Juri
Rytchëu

# Die Suche nach der letzten Zahl

*Zu diesem Buch*

Im Jahre 1918 sticht Roald Amundsen in See, um den Nordpol zu bezwingen. Vor der tschuktschischen Küste bleibt sein Schiff im Eis stecken. Kagot, der Schamane, läßt sich von Amundsen als Koch anheuern. Er beginnt zu lesen, zu rechnen, die Maschinen zu öffnen, sein unstillbarer Erkenntnisdrang droht ihn aus der Bahn zu werfen. Amundsen muß ihn entlassen, aber er macht die Erfahrung, daß er in Kagot einen Bruder gefunden hat, mit dem er den Forschergeist – und auch eine tiefe Schuld teilt.

Diese tschuktschischen Monate haben in Amundsens Tagebüchern ihren Niederschlag gefunden. Aber Juri Rytchëu kennt auch die Überlieferungen seiner Vorfahren über die seltsamen Fremdlinge von damals. Ein heiteres, fesselndes Epos über die Begegnung von Zivilisationen.

»Juri Rytchëu vermag hinreißende Bilder der arktischen Natur mit ihren Eiszeiten und eigentümlichen Lichtverhältnissen zu zeichnen.«
*Lothar Baier, Die Zeit*

*Der Autor*

Juri Rytchëu wurde 1930 als Sohn eines Jägers in der Siedlung Uëlen auf der Tschuktschen-Halbinsel im äußersten Nordosten Sibiriens geboren. Der erste Schriftsteller dieses Volkes mit zwölftausend Menschen wurde mit seinen Romanen und Erzählungen zum Zeugen einer bedrohten Kultur und eines vergessenen Volkes.

Von Juri Rytchëu sind im Unionsverlag lieferbar: »Die Reise der Anna Odinzowa«, »Im Spiegel des Vergessens«, »Teryky«, »Traum im Polarnebel«, »Unna«, »Unter dem Sternbild der Trauer«, »Wenn die Wale fortziehen« sowie »Der letzte Schamane«.

*Die Übersetzer*

Charlotte Kossuth, geb. 1925, studierte Slawistik und Anglistik und war fast dreißig Jahre lang Verlagslektorin für russische und sowjetische Literatur in Berlin. Sie übersetzte u. a. Aitmatow, Astafiew und Granin.

Leonhard Kossuth, geb. 1923, studierte Slawistik und Anglistik, war dreißig Jahre lang Cheflektor für Sowjetliteratur in Berlin. Er ist Herausgeber bzw. Übersetzer u. a. von Majakowski, Okudshawa und Jessenin.

Juri
Rytchëu

# Die Suche nach der letzten Zahl

Aus dem Russischen von
Charlotte und Leonhard Kossuth

Unionsverlag
Zürich

Die russische Originalausgabe erschien 1986
unter dem Titel *Magičeskie čisla*
im Verlag Sovetskij Pisatel', Leningrad.
Für die deutsche Übersetzung hat der Autor
den Originaltext durchgesehen.
Die Übersetzung aus dem Russischen
wurde gefördert vom Literarischen Colloquium Berlin
mit Mitteln der Stiftung Pro Helvetia.
Die deutsche Erstausgabe erschien 1995
im Unionsverlag Zürich.

*Im Internet*
Aktuelle Informationen,
Dokumente, Materialien
*www.unionsverlag.com*

Unionsverlag Taschenbuch 95

Rieterstrasse 18, CH-8027 Zürich
Telefon +41 (0)1 281 14 00, Fax +41 (0)1 281 14 40
mail@unionsverlag.ch

Umschlaggestaltung: Heinz Unternährer, Zürich
Umschlagmotiv: Ölbild von Creswell (Ausschnitt)
»Das Schiff von Robert McClure im Packeis«
Karte: Kümmerly & Frey, Bern
Druck und Bindung: Clausen & Bosse, Leck
ISBN 3-293-20095-8

Die äusseren Zahlen geben die aktuelle Auflage
und deren Erscheinungsjahr an:
5 6 7 8 9 - 07 06 05 04

# Vorwort

In einem malerischen Randbezirk der königlich dänischen Hauptstadt gibt es ein »Haus des Grönländers«. Das ist ein Hotel, aber zugleich ein Wohnheim und eine billige Kantine, wo jeder, der von der eisigen Insel kommt, für lächerliches Entgelt wundervollen Lachs sowie nach Eskimo-Art gekochtes Robbenfleisch erhalten und sich mit Landsleuten treffen kann, die ihr Weg ebenfalls nach Dänemark geführt hat. Bei einem Aufenthalt in Kopenhagen besuchte auch ich dieses gastliche Haus – hier sollte ich einen Vortrag mit Farbdias halten, die ich in der tschuktschischen Siedlung Nowotschaplino aufgenommen hatte.

In einer Vortragspause holten die Hausherren Trommeln hervor, sangen alte arktische Lieder, und schon lebten in meiner Erinnerung die eisigen heimatlichen Küsten wieder auf, meinte ich zu hören, wie der Wind in ufernahen Eisschollen, um vereiste Berggipfel und durch Flußtäler pfiff, wo das Wasser über nie tauenden Grund strömte.

Die Menschen des Nordens zieht es erstaunlich zueinander, und wenn sie sich begegnen, verhalten sie sich wie Verwandte, wie Brüder, die sich lange nicht gesehen haben.

Ich war schon im Begriff zu gehen, als plötzlich eine junge Frau auf mich zukam, deren Gesicht anzusehen war, daß sie aus der Gegend des Polarkreises stammte. Um ihren Hals trug sie an einer dünnen Goldkette einen Talisman – einen aus Walroßbein geschnitzten Frauenkopf.

»Verzeihung«, sagte sie verlegen, »ich wollte Ihnen etwas schenken.« Sie reichte mir einen aus ebensolchem Walroßbein geschnitzten Eskimo-Jagdkajak mit einem darin sitzenden Figürchen. »Zur Erinnerung an meinen Großvater, an die Heimat meiner Vorfahren«, sagte sie und fügte hinzu:

»Meine Mutter wurde auf Tschukotka geboren, aber Roald Amundsen hat sie noch als kleines Mädchen nach Norwegen und dann hierher, nach Kopenhagen, in die katholische Mission gebracht …«

»Kagots Tochter!« fiel mir ein.

»Ja, meine Mutter war Kagots Tochter«, bestätigte die Frau. »Ihr europäischer Name war Mary, in der Heimat aber hieß sie Ainana … Sie ist schon lange tot. Das hier ist unserer Familie als Erinnerung geblieben. Mutter hat gesagt, die kleine Gestalt stelle meinen Großvater dar.«

Ich sah mir das Schnitzwerk genauer an. Das Gesicht des Jägers war sorgfältig ausgearbeitet und erinnerte offenkundig an einen bestimmten Menschen, einen Bewohner der Tschuktschen-Halbinsel.

Seltsam, wie eng sich manchmal die Geschicke von Menschen verflechten, die auf den ersten Blick nichts verbindet und die einander so gar nicht gleichen! Wer konnte ahnen, daß der berühmte Polarforscher, der den Südpol und die Nordwestpassage bewältigt und als erster den Nordpol überflogen hatte, daß der große Norweger Roald Amundsen und ein tschuktschischer Schamane sich in den eisigen Weiten treffen und ein Stück ihres Lebens teilen würden!

Kagot … Ich habe viel von ihm gehört und meine, daß es an der Zeit ist, von ihm und seiner Begegnung mit Amundsen zu erzählen, von der großen und komplizierten Zeit Anfang unseres Jahrhunderts, als auch schon das Wetterleuchten der Revolution von 1917 heraufzog.

# 1

Amundsen stand an Deck und lauschte dem Dröhnen der Maschine. Die »Maud« arbeitete sich langsam, gewissermaßen tastend voran, brach mit dem Heck laut prasselnd das junge, von frisch gefallenem Schnee überpuderte Eis.

Zunächst bot die Küste einen öden, ungastlichen Anblick. Die Aussicht auf ein neues Winterlager an solch menschenfernem, unbelebtem Ort hatte etwas Trostloses. Doch drei Hügel, die Amundsen schon durchs Fernrohr betrachtet und beinahe für Steinhaufen gehalten hätte, erwiesen sich als Jarangas, tschuktschische Wohnstätten. Rauchsäulen über den spitzen Dächern zeugten davon, daß sie bewohnt waren.

Aus tief hängenden Wolken fiel schwerer, feuchter Schnee – wie ein Vorhang verdeckte er allmählich das Küstenpanorama. Es gab aber keinen Grund, sich zu beklagen: Für den 24. September 1919 war die Eissituation hier durchaus erträglich. Vielleicht lag das an der starken Ostströmung, die immer wieder große Felder neugebildeten Eises von der Küste losriß und ins offene Meer hinaustrug.

Es wurde schnell dunkel. Die elektrische Laterne am Mast erfaßte nur einen dichten Schleier fliegenden Schnees. Amundsen befahl, die Maschine zu stoppen und den Anker zu werfen. In dieser Finsternis war es sinnlos, mit den Eisschollen zu kämpfen.

Bevor der Leiter der norwegischen Polarexpedition die Kajüte betrat, schüttelte er sorgsam den an seiner Kleidung klebenden feuchten Schnee ab – bemüht, nicht an das bevorstehende Winterlager zu denken. Doch wie sehr er den Gedanken daran verdrängte – einen anderen Ausweg gab es nicht. Der zweite Winter erwartete sie schon an der

Küste Rußlands, eines Landes voller Rätsel, voller unbegreiflicher Vorgänge, von denen die »Maud« nur lückenhaft Kunde erhielt.

Ein langer Weg lag hinter der Expedition – vom heimatlichen Kristiania, um Skandinavien herum, durch die Meerengen, die die Inseln des Eismeers vom Festland trennten, zu den Küsten von Taimyr, der nördlichsten Halbinsel Asiens. Den ersten Winter hatte die »Maud« unweit des Dorfes Chabarowo verbracht – in der Hoffnung, im nächsten Sommer zur Beringstraße durchzukommen und so eine polare Weltumschiffung zu vollenden, was bisher noch niemandem gelungen war.

Man sollte meinen, es wäre genug Ehre und Ruhm für einen Menschen, daß er die Nordwestpassage und den Südpol bezwungen hatte. Doch der Nordpol ... Noch nie war es einem Menschen gelungen, beide Pole des Planeten zu betreten. Vor allem aber lockte der kühne, noch nicht verwirklichte Plan, den ein anderer großer Norweger, Fridtjof Nansen, erarbeitet hatte: sich im Eis nördlich der Beringstraße einfrieren zu lassen und so bis zum Pol zu driften. Eigens dafür war das neue Expeditionsschiff »Maud« gebaut worden, dessen Konstruktion in vielem der berühmten »Fram« glich.

Nachdem Amundsen die letzten Schneereste abgeschüttelt hatte, betrat er die Offiziersmesse, einen nach Schiffsmaßstäben ziemlich großen Raum. Dort war es warm und gemütlich. An der Wand hingen Fotos, die aus der »Fram« übernommen waren. Hier befanden sich auch Geschenke des Königspaars an die Expedition aus dem Jahr 1910, darunter ein silberner Becher, der auf einem schönen Schränkchen stand. Bei der Luke zum Maschinenraum prangte ein Grammophon, das nach festgelegter Ordnung nur einmal in der Woche spielte – sonnabends, damit das Erlebnis nichts von seinem Reiz verlor. Erzeugt doch nichts so schnell Überdruß wie die endlose Wiederholung eines Vergnügens. Der Fußboden der Messe war mit Linoleum ausgelegt, darüber waren Kokosmatten gebreitet.

Hier, in dieser Offiziersmesse, an diesem großen Tisch unter der Hängelampe, hatte das letzte Gespräch mit Tessem und Knutsen stattgefunden, ehe sie von Bord gingen. Das war vor etwa einem Jahr gewesen, am 4. September 1918, und bis jetzt hatten sie nichts von ihnen gehört. Was war mit ihnen? War es ihnen gelungen, die zivilisierte Welt zu erreichen, oder streiften sie noch immer durch die unermeßlichen Weiten des von Revolution und Bürgerkrieg erfaßten russischen Nordens?

Rasch verschlang der Expeditionsleiter ein leichtes Abendessen und begab sich in seine Kajüte. Kaum lag sein Kopf auf dem Kissen, versank er in tiefen, traumlosen Schlaf.

Der nächste Morgen war etwas klarer als der vorangegangene. Jedenfalls hatte der gar zu lästig gewordene Schneefall aufgehört, und hin und wieder blickte aus den aufgerissenen, wild über den Himmel jagenden Wolken eine winterliche, nicht mehr wärmende Sonne. Die »Maud« stand dicht am Küsteneis, und auf dem höher gelegenen Ufer sah man jetzt deutlich drei Jarangas mit einigen menschlichen Gestalten davor.

Offensichtlich hatte das Auftauchen eines unbekannten Schiffs die Aufmerksamkeit der Bewohner dieser winzigen Siedlung geweckt. Aber noch kam niemand auf die »Maud« zu – entweder hatten sie Scheu vor den Unbekannten, oder das Eis trug sie noch nicht.

»Sieht ganz so aus, als wollten sie uns nicht besuchen«, sagte Amundsen. »In diesem Fall gebietet es die Höflichkeit, daß wir ihnen als erste einen Besuch abstatten.«

Sie warfen das Fallreep und ließen sich behutsam aufs Eis hinab. Voran ging Gennadi Olonkin, ein russischer Expeditionsteilnehmer, der sich ihnen auf Nowaja Semlja angeschlossen hatte, dahinter Hansen, und als letzter stapfte

Roald Amundsen. Das Eis krachte bedrohlich unter ihren Füßen, auf dem weißen Schnee, der die zugefrorene Oberfläche des Meeres überpuderte, bildeten sich Risse. Ein Aufschrei ließ Amundsen sich umdrehen. Unter Hansen war das Eis gebrochen, und nur eine schnelle Reaktion – er konnte noch beiseite springen – verhinderte, daß er im Eismeer versank.

»Haltet größeren Abstand!« befahl er.

»Seht nur, wieviel Schwemmholz!« Hansen zeigte auf Bruchstücke von Stämmen, die unterm Schnee hervorragten, bisweilen waren es auch ganze Bäume mit Resten von Wurzeln und Ästen. Von gewaltigen Flüssen aus der unermeßlichen sibirischen Taiga ins Meer getragen, hatten sie einen weiten Weg zurückgelegt, ehe die Strömung sie hier anspülte.

»An Holz werden wir jedenfalls keinen Mangel haben«, bemerkte Amundsen.

Als sie fast am Ufer waren, lösten sich von den Jarangas zwei Menschen und kamen ihnen entgegen.

Sie waren ziemlich groß für die Einheimischen, trugen warme, ordentliche Kleidung und lächelten freundlich.

»Ettyk! – Seid gegrüßt!« riefen sie fast gleichzeitig.

Als Amundsen und seine Gefährten ihnen die Hände entgegenstreckten, streiften sie bereitwillig ihre warmen Renfell-Handschuhe ab und schüttelten mit sichtlichem Vergnügen die Hände der Gäste.

Die Küste war ziemlich steil, und zu den Jarangas mußten sie vorsichtig hochsteigen – sie konnten leicht abrutschen und sich auf dem Eis des Meeres wiederfinden.

Die Hausherren führten die Gäste in eine Jaranga.

Eine so geräumige Wohnstatt hatten die Reisenden in dieser Gegend noch nie gesehen. Ihr Durchmesser war fast fünfzig Fuß, und an der Stelle, wo durch den Rauchabzug der Himmel hereinschaute, betrug die Höhe sicherlich fünfzehn Fuß. Alles im Innern war solide und fest und zeigte, daß die Bewohner keine Nomaden waren, sondern ständig hier lebten, vielleicht gehörten sie gar zu den Ureinwohnern dieses Landes.

Die Jaranga war in mehrere Räume unterteilt. Der vordere war der kalte Teil, der Tschottagin, wo man Gäste empfing und ein fröhliches Feuer brannte, für das hier offenkundig nicht mit Brennholz gespart wurde. Im Hintergrund sah man den aus erlesenen Renfellen genähten Schlaf-Polog. Daraus blickten zwei Kinder und eine Frau auf die Gäste.

Der ältere Mann, offenbar der Hausherr, ordnete in seiner Sprache etwas an, und vor den Gästen, die sich auf einem als Sitz dienenden Walwirbel niedergelassen hatten, erschien ein aus einem ganzen Holzstück geschnitzter flacher Trog. Dahinein legte die Frau gekochtes Renfleisch aus dem über dem Feuer hängenden Kessel.

»Ich heiße Amtyn«, erklärte der Hausherr, als jeder Gast ein Stück Fleisch verspeist hatte, »und er Kagot.« Er wies auf den zweiten Mann, der schweigend und konzentriert an seinem Fleisch kaute.

Amundsen tippte sich seinerseits auf die Brust und sagte: »Ich heiße Amundsen, und meine Gefährten Hansen und Olonkin.«

»Warum seid ihr mit dem Schiff so spät gekommen?« sagte der Mann, der als Kagot bezeichnet worden war, und Amundsen antwortete vor Verwunderung nicht sofort. Daß er hier in dieser Eiswüste einen Mann treffen würde, der Englisch sprach, hatte er nicht gedacht.

»Verzeihung«, sagte er, und obwohl er begriff, daß seine Frage dumm war, erkundigte er sich für alle Fälle: »Sie sprechen Englisch?«

»Ja«, antwortete Kagot. »Allerdings nicht sehr gut.«

»Ich finde, nicht schlecht«, sagte Amundsen anerkennend. »Wo haben Sie es denn gelernt?«

»Ich bin auf einem amerikanischen Schoner gefahren.«

Amundsen betrachtete das Gesicht des Einheimischen genauer. Jetzt sah er, daß der Mann ziemlich jung war – nur wegen seiner dunklen Gesichtsfarbe wirkte er älter. Die Hiesigen verlieren nie die Frostbräune, zu der im Sommer noch die Bräune von der nie untergehenden Sonne kommt. Der Blick des Mannes war sehr ernst und forschend, und Amundsen war es peinlich, daß er, statt auf die ihm gestellte Frage zu antworten, selbst Kagot ausfragte.

»Wir sind auf einer wissenschaftlichen Expedition durch die Nordwestpassage. Das ist eine große Route, angetreten haben wir sie schon im vergangenen Jahr an der Küste unserer Heimat, das ist Norwegen«, sagte Amundsen, zweifelte jedoch, ob ihn die Einheimischen verstünden.

Die aber lauschten aufmerksam dem, was Kagot ihnen übersetzte.

Amundsen konnte sich nicht daran gewöhnen, daß ein Jaranga-Bewohner Englisch verstand, Englisch sprach, und das verunsicherte ihn, obwohl er begriff, daß daran nichts Übernatürliches war.

»Zu dieser späten Jahreszeit kommen gewöhnlich keine Schiffe hierher«, sagte Kagot zu Amundsen.

»Wir wollten in diesem Sommer die Beringsee erreichen, haben es aber nicht geschafft«, sagte Amundsen betrübt. »Wir müssen hier überwintern ... Sagen Sie, ist es von hier weit zu anderen Siedlungen?«

»Ja«, entgegnete Kagot und setzte hinzu: »Aber bald werden Händler hier vorbeikommen. Die einen fahren von der Kolyma nach Uelen, andere in umgekehrter Richtung. Dieser Verkehr beginnt, sowie der Schlittenweg fest ist, das Küsteneis sicher und die Flußmündungen zugefroren sind.«

Die Gäste vom Schiff wechselten Blicke.

»Wir müssen wissen, ob es hier eine Funkstation gibt«, sagte Hansen.

»Ist hier in der Nähe eine Funkstation?« fragte Amundsen, obwohl er nicht sicher war, daß Kagot ihn richtig verstehen würde.

Doch nachdem dieser einige Worte mit Amtyn gewechselt hatte, sagte er: »Funk kann es in Nishnekolymsk geben, das ist westlich von uns. Oder auch in Nowomariinsk, in der Anadyr-Mündung …«

Amtyn sagte noch etwas, und Kagot setzte hinzu: »Da gibt es auch eine Kirche, falls Sie Verbindung zu Ihren Göttern aufnehmen möchten.«

Amundsen lächelte: »Vorläufig brauchen wir das nicht … Wir würden gern wissen: Hätten Sie und Ihre Nachbarn etwas dagegen, wenn wir den Winter über hier blieben?«

»Sie können bleiben, wo es Ihnen gefällt«, antwortete Amtyn über Kagot. »Wählen Sie sich einen beliebigen Ort am Ufer. Im Winter ist es hier still, das Eis ist fest, starke Verschiebungen gibt es nicht.«

Das Mahl endete mit Teetrinken. Während des Männergesprächs tat die Frau nichts anderes, als ihnen Speisen vorzulegen, und die Kinder verfolgten mit höchster Aufmerksamkeit, wie sich die unerwarteten Gäste benahmen, sie beobachteten jede ihrer Bewegungen. Zwar sahen sie nicht zum ersten Mal Fremdlinge vom Meer, aber jeder Besuch war für sie ein großes Ereignis, von dem sie dann noch lange sprachen und sich jede Einzelheit in Erinnerung riefen.

»Sie behaupten also, daß bald Reisende hier vorüberkommen werden?« fragte Amundsen, nachdem er die Ehrengästen vorbehaltene große Porzellantasse, die offenbar aus China stammte, geleert hatte.

»Das wird sehr bald sein«, antwortete Kagot.

»Erfahren Sie, was in Rußland vor sich geht?« erkundigte sich Olonkin.

Als Amtyn die Frage vernommen hatte, ließ er sich lange über irgend etwas aus.

»Wir können die Tangitan, die Fremdlinge, nur schlecht

unterscheiden. Zum Beispiel – wer Russe und wer Amerikaner ist«, sagte Kagot endlich. »Aber wir haben gehört, der Sonnenherrscher ist gestürzt.«

»Hat es bei euch in Verbindung damit irgendwelche Veränderungen gegeben?« wollte Olonkin wissen.

Kagot sagte fest: »In unserem Leben hat sich nichts verändert.«

»Gibt es denn hier keine Vertreter der Macht?« fragte Amundsen. »In Uelen soll es einen Landpolizisten oder auch einen Kreispolizeichef gegeben haben, jedenfalls vor meiner Abfahrt von Kristiania. Das hat man mir in der russischen Botschaft gesagt.«

»Uns ist davon nichts bekannt«, antwortete Kagot.

Nach dem Tee machten sich die Gäste auf den Rückweg. Amtyn und Kagot begleiteten sie bis zum Abstieg aufs Eis. Hier verabschiedeten sie sich, und die Fremdlinge schritten vorsichtig über das dünne junge Eis zu ihrem Schiff.

## 2

Wieder zurück in der Jaranga, sagte Amtyn aufgeregt zu Kagot: »Die Meeresgötter haben uns Glück gesandt.«

Verwundert sah Kagot ihm ins Gesicht.

»Ja, ja, das ist ein großes Glück!« wiederholte Amtyn. »Das ist sogar mehr, als wenn uns ein Wal an Land gespült worden wäre! Unvorstellbar, daß bei unserem Eppyn ein fremdländisches Schiff, vollgestopft mit allerlei Waren, überwintern würde! Schade, daß ich nur wenig Rauchwerk habe! Warum nur habe ich die Polarfüchse vom Vorjahr Kibisow gegeben!«

»Wer ist denn Kibisow?« fragte Kagot.

»Es gibt hier so einen Mann«, antwortete Amtyn. »Aber warum freust du dich denn nicht?«

»Sie sehen nicht aus wie Händler«, sagte Kagot nachdenklich.

»Warum denkst du so? Gibt es denn Fremdlinge, die nicht handeln?« fragte Amtyn verwundert. »Sogar ihr Schamane, der russische Pope, der vor fünf Jahren hier mit einem Zug Hundegespanne durchgefahren ist, hat mir für ein Bündel Blattabak drei Blaufuchsfelle abgehandelt!«

Amtyn betrachtete Kagot. Ein sonderbarer Kerl war der! Aufgetaucht war er hier gegen Ende des Winters auf einem einsamen Schlitten – mit Zughunden, die von der langen Fahrt völlig erschöpft waren. Er hielt an der Jaranga, und Amtyn, der ihn begrüßen kam, bemerkte unter dem Wust alter Renfelle nicht sogleich ein Kind – ein ungefähr fünfjähriges Mädchen.

Hier war es nicht üblich zu fragen, wer einer war und warum er kam. Wenn nötig, würde er schon von sich berichten. Die ersten Tage schwieg Kagot. Amtyn brachte ihn bei seiner Verwandten Kaljana unter, einer jungen Witwe, die ein Jahr zuvor ihren Mann verloren hatte. Insgeheim dachte er sogar, die Götter hätten einen Mann geschickt, damit die junge Frau nicht allein bliebe.

Einige Tage darauf, als Kagot sich ein wenig erholt und eingelebt hatte, ging er auf Jagd, machte sich an die althergebrachte Männerarbeit. Interesse an Kaljana zeigte er jedoch nicht, soweit Amtyn aus Gesprächen mit seiner Frau urteilen konnte.

Im Sommer fuhr Kagot zusammen mit Amtyn in einem kleinen Fellboot auf Jagd. Im Herbst schossen sie auf der kieselbedeckten Landzunge hinter der schmalen Meerenge, die die flache Lagune mit dem Meer verband, Walrosse. Dort legten sie auch einen soliden Vorrat von Kopalchen für die Hunde und für sich selbst an – Nahrung für den Winter.

Nach und nach erhielt Amtyn durch Kagots karge Berichte Einblick in das Leben dieses Mannes, der seine ferne

Siedlung Inakul verlassen hatte. Dort lebten Tschuktschen und Eskimos gemeinsam, und dort war auch Kagot geboren – von einer Eskimofrau, der Vater aber war Tschuktsche, ein Jäger zur See.

Kagots Kindheit war schnell und unbemerkt verronnen. Angenehme Träume und selige Visionen waren von ihr geblieben – Erinnerung an sorglose, glückliche Tage.

Als kleiner Junge spielte er gern allein und tauchte dann in eine bizarre, von seiner Einbildungskraft geformte Welt, wo er unbegrenzte Macht besaß und ein reicher Rentierzüchter mit unübersehbaren Herden sein konnte, ein erfolgreicher Jäger, der einen riesigen Grönlandwal harpuniert, oder ein bärenstarker Mann, der fähig ist, sich einen Uferfelsen auf die Schultern zu laden und ihn an einen anderen Ort zu versetzen. Er verwandelte sich in den legendären Riesen Pitschwutschin, durchschritt Meere und Ozeane, ohne daß ihm sogar Sturmwellen etwas anhaben konnten – sie näßten höchstens den unteren Fellsaum seiner Kamlejka. Einen ganzen Tag lang konnte er in dieser seiner Welt verweilen, bevor er voll Bedauern in die Wirklichkeit zurückkehrte, in den die Nase reizenden Rauch der Jaranga, auf das harte Lager aus altem, stellenweise schon kahlem Renfell. In seiner Abgeschiedenheit tauchte Kagot nicht nur in die Welt der Träume, sondern auch in eine erschreckende Welt von Fragen, auf die er keine Antwort fand: Warum folgt auf den Sommer so schnell ein kalter Winter? Woher kommt an dieser Küste der Mensch? Was ist dort, hinterm Horizont? Wie weit ist es bis zu den Ländern, aus denen die Schiffe kommen – beladen mit absonderlichen Waren und mit dem von den Erwachsenen so heiß ersehnten, mit blauer Flamme brennenden Feuertrank? Vielleicht werden diese Leute auf ihren Schiffen geboren und sterben da auch, und das schwimmende, ewig das Wasser durchpflügende Schiff ist ihre

Erde, ihre Heimat? Bereits in Kinderjahren begriff Kagot, daß die Erklärungen, die die alten Überlieferungen und Legenden für die Umwelt und die geheimnisvollen Naturerscheinungen liefern, nicht überzeugend sind und oft dem gesunden Menschenverstand widersprechen.

In Inakul hatte ein Mann gelebt, von dem es hieß, er wisse alles. Das war ein noch kräftiger, wenn auch scheinbar von einer übermenschlichen Last gebeugter alter Mann, schweigsam, düster und rätselhaft. Man sagte, Amos habe sich das Rückgrat gebrochen, als er von einem hohen Felsen fiel. Einige Tage in völliger Einsamkeit liegengeblieben, habe er dennoch überlebt, obwohl hungrige Polarfüchse seine Kleidung zerfraßen und sogar seine Hände für immer die Spuren ihrer Bisse bewahrten.

Amos war ein Heilkünstler, ein Enenylyn, ein Schamane. Dieser Mann weckte Kagots größte Neugier.

Als Kagot herangewachsen war, wandte er sich – Scheu und Angst überwindend – oft mit Fragen an Amos, suchte die Ursachen für unbegreifliche Naturerscheinungen und unklare Wünsche, die ihn bestürmten, zu ergründen. Der Schamane, dem der wißbegierige junge Bursche auffiel, bemühte sich, ausführlich zu antworten, aber seltsamerweise weckten seine Antworten nur eine Vielzahl neuer Fragen.

Zu diesen Fragen kam das Interesse für die Frau, für das Geheimnisvolle, das den Mann zu ihr hinzieht. Aber gerade in dieser Zeit geschah etwas, was Kagot für lange Zeit von der heimatlichen Küste wegführte. Nach Inakul kam der kleine Schoner »Belinda«, und der Kapitän fragte die jungen Männer, wer von ihnen bereit sei, bis zum Winter auf dem Schiff mitzufahren. Der Wunsch, zu sehen, was hinterm Horizont vor sich ging, war bei Kagot besonders stark, und er willigte ein, trotz seiner Furcht vor dem Unbekannten. Er ging auf das Schiff, begleitet von den Tränen der Mutter und den finsteren Blicken seiner Dorfnachbarn; noch nie hatte jemand aus dieser kleinen Küstensiedlung sich auf so etwas eingelassen, noch nie hatte jemand die vertraute Jaranga verlassen.

Drei Jahre hintereinander ließ sich Kagot auf der »Belinda« anheuern, und jeden Herbst kehrte er mit einem Haufen Verdientem zurück – das Wertvollste davon waren eine Winchesterbüchse und ein Barometer, mit dessen Hilfe man das Wetter vorhersagen konnte.

Die »Belinda« befaßte sich mit Schmuggel, kaufte bei der Küstenbevölkerung illegal Rauchwerk. Einmal wurde sie jedoch von einem russischen Patrouillenschiff aufgebracht. Sie wurde nach Wladiwostok abgeschleppt, Kagot aber setzten sie in seinem heimatlichen Inakul an Land.

Damals kam Amos von selbst zu ihm. Am ersten Abend sagte er nichts, trank nur mit Genuß frischen Tee und rauchte eine Pfeife aromatischen Tabak aus einer Blechdose, auf der ein Mann mit einem hohen, eimerähnlichen Kopfputz abgebildet war. Tags darauf sagte er, für Kagot sei es Zeit zu heiraten, und empfahl ihm seine Nichte Waal. Kagot sah sich das Mädchen an, das er noch als kleines Kind in Erinnerung hatte, und blieb in deren Familie. Diese hatte keine Söhne, und Kagot wurde nicht nur Waals Mann, sondern auch der Hausherr in der Jaranga.

Eines Tages rief Amos ihn zu sich.

Kagot betrat den halbdunklen Tschottagin. Nach hinten begrenzte ihn schwarz die Fellwand des Schlaf-Pologs. Ein kleines Feuer beleuchtete mit seiner Flamme das faltige, der Rinde eines alten Baumes ähnelnde Gesicht des Schamanen, der auf einem Walwirbel saß.

»Ich habe dich gerufen, Kagot, um dir Wichtiges zu sagen«, begann Amos nach langem Schweigen. Die Flamme des Feuers spiegelte sich in seinen Augen. »Ich habe dich gerufen, um dir zu erklären: Ich will dir meine Schamanenkraft übereignen.«

»Amos!« rief Kagot, verstummte jedoch, als er eine warnende Geste des Schamanen bemerkte.

»Höre!« Durch Amos' Mund schien ein anderer Mensch zu sprechen, vielleicht sogar ein anderes Wesen. Diese sonderbare Empfindung ergriff sogleich von Kagot Besitz, und sie ließ ihn nicht wieder los bis zum Ende seiner Unterweisung in der Kunst des Heilens, des Weissagens und dergleichen wichtiger Beschäftigungen, und manchmal schien es ihm, er würde nie wieder ins Alltagsleben zurückfinden.

Arme Waal! An ihren erschrockenen Augen sah Kagot mehr als einmal, wie betroffen sie von seinem seltsamen Verhalten war, von den schlaflosen Nächten, von den unbegreiflichen Gesängen im Morgengrauen beim totenähnlichen Glanz des Mondes und den Jubelschreien beim Aufleuchten des Polarlichts. Er verschwand in die zufrierende Tundra und kam abgerissen, vor Hunger entkräftet und mit eingefallenen, entzündeten Augen zurück – in den Mundwinkeln angebackenes schwarzes Blut und unfähig, ein gewöhnliches Menschenwort auszusprechen ... Oder er weckte sie nachts und ergriff von ihr wie von heißem Feuer durchglüht Besitz, stöhnend und an unbegreiflichen Tränen und Schluchzern würgend.

Mitunter verlor Kagot tatsächlich den Verstand, und wenn er wieder zu Bewußtsein kam, fürchtete er sich umzusehen, sich wirklich in eine gespenstische Welt versetzt zu finden – voll von unbegreiflichen Kräften, die er zu verstehen suchte und die seine Handlungen lenkten.

Mitunter versenkte er sich zusammen mit Amos in übersinnliche Rituale, erschütterten sie die Jaranga mit Trommelgedröhn und Gesängen, unterbrochen von tierischem Geheul, Vogelstimmen, dem Echo fernen Steinfalls, dem Getöse strömenden Wassers, dem Krachen aufeinanderstoßender Eisschollen. Alle diese Klänge drangen aus dem dunklen Polog, wo die Tranlampe gelöscht war und sich außer den verschwitzten, müden Männern niemand befand. Verwundert entdeckte Kagot, daß ihm dieser Zustand der

Wesensverwandlung gefiel, daß es ihm Genugtuung bereitete, gleichzeitig Tier und Mensch zu sein, ein Sonnenstrahl, ein kalter Wind und ein heißes Feuer. Das festigte in ihm das Bewußtsein, ein besonderer Mensch zu sein, auserwählt von den großen Göttern und unsichtbaren Kräften, um mit einer Welt zu kommunizieren, die den Blicken gewöhnlicher Leute verborgen ist. Jene Kräfte befanden sich außerhalb des Menschen und wurden daher Äußere Kräfte genannt. Sie wirkten durch die von ihnen Erwählten, sandten ihnen durch Stimmen, die einfache Menschen nicht hörten, ihre Offenbarungen. Bisweilen vernahm Kagot solche Offenbarungen, die nicht einmal den erfahrenen Amos erreichten. Zuerst schien es Kagot, als sei das nur ein Traum. Aber es geschah immer öfter, und schließlich mußte er sich Amos anvertrauen und ihn fragen, was das bedeute.

»Das bedeutet, du bist vom Schicksal auserwählt«, sagte Amos mit müder, erloschener Stimme. »Nun ist die Zeit gekommen, da ich mich emporschwingen muß und diese Welt für immer verlassen.«

»Du bist doch nicht krank, deine Kräfte haben nicht nachgelassen«, bemerkte Kagot zweifelnd.

Der alte Mann sah für seine Jahre nicht schlecht aus. Die vielstündigen, erschöpfenden Beschwörungsrituale schienen seine Kräfte nur zu stärken. Nach einer Weile Selbstvergessenheit erhob sich der Schamane jedesmal wieder munter und erfrischt.

»Nein, meine Zeit ist gekommen«, sagte Amos leise, aber fest. »Du bist an meine Stelle getreten, und ich muß gehen. Zwei große Schamanen können nicht gleichzeitig auf Erden leben.«

»Ich kann mich doch mit etwas anderem befassen«, wandte Kagot ein, »ich kann jagen wie andere aus unserer Sippe.«

»Du kannst gegen dich nichts mehr machen«, sagte Amos

seufzend. »Du bist auserwählt und hast nicht die Kraft, dich dem Schicksal zu widersetzen, so wie ich nicht dem Willen jener zuwiderhandeln kann, die mich fortrufen aus dieser Welt … Doch ich bin froh, daß ich dich unter den Menschen zurücklasse, ich vertraue dir meine Angehörigen an und bin sicher, daß du für sie sorgen wirst. Und außerdem: Du wirst mich nach altem Brauch töten, und das bedeutet, mein Weg wird leicht sein, ohne überflüssige Leiden.«

Die letzten Worte griffen Kagot ans Herz, er hatte gedacht, Amos würde eines natürlichen Todes sterben. Kommt es nicht vor, daß ein Mensch lebt und lebt, als stünde alles gut, eines Morgens aber ist er schon nicht mehr, das heißt, was ihn in der hiesigen Welt lebendig machte, hat ihn verlassen, und geblieben ist nur seine körperliche Hülle? Die trägt man in einem weißen Gewand auf eine Anhöhe, wo dann die letzte Abschiedszeremonie stattfindet.

»Aber ich … ich habe so was doch noch nie gemacht«, sagte Kagot leise und spürte, wie ihn ein Schauer überrann, so als wäre wie durch ein Wunder winterliche Kälte in ihn gefahren und hielte sein Herz in eisiger Umklammerung.

»Vieles, wovon du bisher nicht einmal gehört hast, wirst du von nun an tun müssen«, antwortete Amos ruhig. »Und dann mußt du dir noch merken: Wenn jemand an dich und deine Macht glaubt, dann tu alles, um ihn nicht zu enttäuschen.«

Amos kleidete sich ganz in Weiß: In den weißen Torbassen an den Füßen steckten weiße Pelzhosen aus dem Winterfell von Renläufen, an der abgemagerten Greisengestalt schlotterte eine weiße Kuchljanka – so zieht sich ein Mensch an, der sich anschickt, die Welt der Lebenden für immer zu verlassen. Passend zu dem weißen Renfell schimmerten auf Amos' Kopf seine gelichteten weißen Haare.

Festgelegt wurden nun der Tag und die Stunde, da der große Schamane aus dem Leben gehen sollte. Das mußte im Morgengrauen geschehen, unter den ersten Strahlen der aufgehenden Sonne. Ein langer Riemen aus weißgegerbtem Robbenfell wurde mit einem Ende an den Mittelpfeiler der Jaranga gebunden und zu einer einfachen Schlinge geknüpft, das andere Ende aber, an dem Kagot ziehen sollte, wurde durch eine Öffnung in der Wand nach draußen geführt.

Kagot stand bei Amos' Jaranga, den Blick zum östlichen Horizont gewandt. Hell flammte die Morgenröte, doch über dem roten Streifen schimmerten noch die letzten Sterne. Der Polarstern, in dessen Umgebung Amos sich begeben wollte, war längst erloschen. Kagot wußte: Er steht hoch am Himmel, und um ihn herum dreht sich der ganze Himmel, drehen sich alle Sterne wie an einen Pfahl gebundene Rentiere. Im Sternbild der Trauer befinden sich auch die Ruhestätten der bedeutendsten Erdenbewohner, die für immer dahingegangen sind. Dort leben inmitten von Helden die großen Schamanen, und ebendort wollte Amos seine himmlische Jaranga errichten.

Schon hielt Kagot das Riemenende in der Hand, und an dessen Zittern spürte er, daß Amos sich bereits die Schlinge um den Hals gelegt hatte und den Augenblick erwartete, da sie zusammengezogen würde. Kagot dachte an den Hals des alten Mannes. Er war dunkel und sehnig, und wenn Amos sprach oder sang, bewegte sich darin etwas, als lebte es ein eigenes Leben. Jetzt umgab also der gelbliche Riemen den Hals, lag auf dem mit Vielfraßfell besetzten Kragen der weißen Kuchljanka.

Stille lag über der Siedlung. Alle wußten, daß Amos an dem Tag für immer dahingehen würde, und alle waren längst wach, aber niemand sprach, sogar die Hunde heulten nicht, und auch vom Meer her war kein Laut zu vernehmen. Vor dem Aufgang der Himmelsleuchte hatte sich auch der Morgenwind gelegt.

Als der erste Strahl aufblitzte, riß Kagot sich zusammen,

schloß die Hand fest um das über einen Arm gewickelte Riemenende und stürzte vorwärts. Er spürte, wie der Riemen sich spannte und bebte, und zwang sich, an das erste Walroß zu denken, das er eigenhändig harpuniert hatte. Jetzt handelte es sich freilich nicht um ein Walroß, sondern um einen Menschen, der in die Umgebung des Hauptsterns dahinging. Ein schmaler Rand der Himmelsleuchte zeigte sich, das Licht blendete die Augen, und im selben Moment erhob sich von der See her eine leichte Brise, brachte den Geruch von Meer mit sich. Mit weit geöffneten, in Tränen schwimmenden Augen blickte Kagot auf die über Eisschollen aufgehende Sonne und flüsterte die wer weiß woher kommenden Worte vor sich hin:

O Sonne, großes Tagesgestirn, Herrin des Himmels!
Hilf mir, flöße mir die Kraft ein,
daß ich diese bedeutende Tat vollbringe …
Hilf mir, o Sonne, hilf, hilf, große Sonne!

Der Riemen ruckte und zitterte so stark, daß es Kagot für einen Augenblick schien, Amos hätte es sich anders überlegt, hätte beschlossen, nicht in das Sternbild der Trauer zu gehen. Zugleich begriff Kagot, daß es keinen Weg zurück mehr gab und das Wichtigste nun darin bestand, den Riemen festzuhalten, die Spannung nicht zu vermindern und das heilige Ritual zu Ende zu bringen. Als es schon so aussah, als hätte er keine Kraft mehr, und unter dem über den Arm gewickelten Riemen Blut hervortrat, warf er wieder einen Blick auf die Sonne und sah, daß sie sich von der Erde gelöst hatte, bereits über dem Eisfeld hing. Kagot sank auf die Knie und spürte plötzlich, daß am andern Ende des Riemens niemand mehr war, als hätte Amos sich befreit und der Riemen hielte sich nur noch am Mittelpfahl der Jaranga … Entsetzen ergriff Kagot. Er wandte sich um und blickte auf die von greller Sonne beleuchtete schweigsame Jaranga. Für einen Augenblick zeigte sich eine kleine Rauchfahne über dem Dachkegel, dann erhob sich über der alten Wohnstatt ein großer weißer Vogel, flog unter langsamen Flügelschlägen empor und entfernte sich kreisend von der Erde, bis er sich in den Strahlen der Morgensonne aufgelöst hatte, entschwunden war. Warum hat er mir nicht gesagt, daß er in Vogelgestalt davonfliegen wird, dachte Kagot.

Über der Jaranga war nun weder Rauch noch ein Vogel zu sehen.

Kagot zog am Ende des Riemens. Am andern Ende war kein Leben mehr zu spüren.

Überraschende Ruhe durchströmte ihn.

Langsam ging er in den düsteren Tschottagin und wartete, bis sich seine Augen an das Halbdunkel gewöhnt hatten. Amos lag unweit des Mittelpfahls, Arme und Beine von sich gestreckt. Allen Anzeichen nach hatte das Leben lange nicht aus seinem Körper weichen wollen, er hatte die Asche der Feuerstelle aufgewirbelt, den als Kopfstütze dienenden Balken aus der Verankerung gerissen und die als Sitze verwendeten Walwirbel über den Tschottagin verstreut.

Auf die weit geöffneten Augen des ehemaligen Schamanen hatte sich bereits der Schleier des Todes gelegt. Kagot zog dem alten Mann die Lider herunter, befreite seinen Hals von dem Riemen und legte den Körper in den Polog. Dann verließ er ruhig die Jaranga und kniff unter der grellen Sonne die Augen zu.

Als er die Augen wieder öffnete, sah er Menschen von allen Enden der Siedlung kommen. Sie gingen langsam, bedächtig. Während sie sich näherten, bemerkte Kagot, daß sie sich gleichsam verändert hatten. Ihre Blicke waren auf ihn gerichtet, als erwarteten sie Anweisungen, gewichtige Worte oder Offenbarungen.

Da begriff Kagot: Sie waren dieselben wie früher, diese

Menschen, seine Landsleute – er war ein anderer geworden, nachdem er Amos' Platz eingenommen hatte.

»Er ist von uns gegangen«, teilte Kagot den Leuten mit. Er sagte nicht, daß er einen davonfliegenden weißen Vogel gesehen hatte, denn er hatte entschieden, es lohne nicht, alles über seine Erscheinungen zu sagen. Vieles war ihm allein gegeben, und es war durchaus nicht nötig, daß ein jeder davon wußte.

Kranke zu heilen und andere Verpflichtungen wahrzunehmen war nicht so schwierig und belastend, wie er gedacht hatte. Ist es etwa schwer, herauszufinden, wer hoffnungslos krank ist und wer wieder auf die Beine kommen kann, wenn er im Glauben an Heilung durch die Worte eines mächtigen Schamanen bestärkt wird? Manchmal genügte es, nach einem Blick auf den Leidenden zu sagen: »Du wirst gesund«, und schon ging es dem Kranken besser. Was die Wettervoraussage anbelangt, so erwies sich das alte Barometer als ein treuer Helfer, der Kagot nie täuschte. Außerdem war er nicht vergeblich ein dankbarer und aufmerksamer Zuhörer von Amos gewesen und hatte von dem Verstorbenen vieles angenommen.

Im übrigen unterschied sich Kagot nicht von den anderen Bewohnern Inakuls. Er ging auf Jagd, stellte Fallen für Pelztiere und fuhr mit Hunden in ferne Siedlungen von Rentierzüchtern.

Wenn überseeische Schoner kamen, erwies sich Kagot als erfolgreicher Handelsmann, denn er kannte die Sprache und die Bräuche der Weißen, tauschte gegen Rauchwerk Patronen für seine alte Winchesterbüchse ein, Tee, Zucker, bunten Stoff und andere absonderliche Dinge, die auf einmal so notwendig geworden waren. Das einzige, was er nie nahm, war das erheiternde Feuerwasser, auf das seine Stammesgenossen so erpicht waren. Er hatte ein anderes Mittel, sich in höchste Erregung zu versetzen – er lauschte auf die Stille. Dann vernahm er die Stimme der Äußeren Kräfte.

Wenn es nötig wurde, sich an diese Kräfte zu wenden, entstanden von selbst in wohlklingende Folgerichtigkeit sich fügende Worte. In der besonderen Anordnung der Aussagen verbarg sich ein Sinn, der nur dem zugänglich war, dem er galt. Die Worte zu verflechten wurde Kagot zum Bedürfnis, und er ertappte sich oft bei dem Versuch, sie sogar bei der alltäglichen Arbeit aneinanderzureihen – so, wenn er übers Eis auf Robbenfang ging, Netze stellte oder einen neuen Schlitten baute.

Feuer ist doch in jeglichem Holzstück verborgen,
im dunklen, vom Wasser gerundeten Brett.
Doch erst wenn du Kiesel gegen den Stein schlägst,
entflammt es, verharrt nicht in ewigem Schlaf.
So flammt auch in dir, die du unscheinbar bist,
in der Frau, die sich neben mir Nacht für Nacht
auf dem Fell eines Rens zum Schlaf legt, kein Feuer,
solang meine Hand nicht zarte Zonen berührt.

Der einzige Mensch, der sich lange nicht an Kagots neuen Stand gewöhnen konnte, war seine Frau Waal. Zuerst war sie einfach erschrocken und versteckte sich, denn sie war zu jung und unerfahren, um etwas zu verstehen. Doch die neugewonnene Weisheit sagte Kagot, daß niemand als er selbst aus diesem Mädchen, das scheu war wie ein Frühlingsvogel, eine echte Frau und Freundin machen könne.

Er war ungewöhnlich zärtlich und aufmerksam zu ihr. Beschwörungen flüsternd, taute er nach und nach das Herz der Frau auf, setzte Zärtlichkeit frei, Vertrauen und innere Schönheit.

»Wie schön deine Worte sind!« flüsterte Waal heiß und drückte sich an ihn. »Sie ergießen sich in mich wie ein Frühlingsstrom, erwärmen mein Blut … Sprich weiter, sprich, Kagot …«

Für dahingegangenes Leben wird ewig neues geboren,
so ist es auf unserer kalten Erde Brauch.
Zwei heiße Leiber, als wär'n sie zu einem verschmolzen,
zeugen neues Leben in warmer Nacht …

Mitunter wunderte sich Kagot selbst über seine innere Kraft, und ihm schien, als vermöge er jetzt viel. Waal wurde schwanger, und sie erwarteten ein neues Leben anstelle des dahingegangenen, damit sich wieder ein gerechtes Gleichgewicht herstellte. Zugleich aber befürchtete Kagot insgeheim, daß es ihm sehr schaden könne, wenn er seine Macht grenzenlos nutzte, daß dies die ihn beschützenden Äußeren Kräfte erzürnen oder ihre Unzufriedenheit hervorrufen könne. So richtig war Kagot sich nicht im klaren, was die Äußeren Kräfte im Grunde darstellten. Was Amos gesagt hatte, war widersprüchlich: Zum Begriff »Äußere Kräfte« gehörten die Kräfte des Guten und des Bösen, zahlreiche Geister und Gottheiten – die Naturerscheinungen waren ein Zeichen des Wirkens dieser Kräfte.

Noch nie hatten die Bewohner von Inakul einen so fröhlichen und verständnisvollen Schamanen gehabt, der sich offen des Lebens freute und allen half, die Unterstützung brauchten. Kagots Ruhm verbreitete sich in der Tundra und an der Küste. Bald kamen aus anderen Siedlungen und weit entfernten Nomadenlagern Menschen, die Heilung suchten oder Zuspruch.

Kagot errichtete eine neue große Jaranga mit zwei Gast-Pologen, die selten leer standen. Unter Kagots Gästen waren auch Schamanen, die nicht kamen, um ihre Krankheiten heilen zu lassen, sondern um mit ihm zu reden und vielleicht Neues, Geheimnisvolles zu erfahren. Im Gespräch mit ihnen war Kagot vorsichtig, er konnte stundenlang Erörterungen über die Kompliziertheit der menschlichen Natur anstellen, hütete sich aber, von den Kräften zu sprechen, mit denen er Umgang pflegte.

Die Schamanen, die zu Kagot kamen, wollten vor allem herausfinden, ob er die tiefen Geheimnisse dieser Kräfte ergründen könne. Kagot antwortete ausweichend, nicht weil er etwas verbergen wollte, sondern weil er selbst nicht sicher war, daß er die ganze Kompliziertheit der Welt der Äußeren Kräfte richtig begriffen hatte.

Wem offenbart sich einst der Sterne ewiges Rätsel?
Wer hört die Sprache, die aus des Polarlichts Rauschen spricht,
errät in ihrem Klang, wovon die Sterne reden?
Wer kann erklären, welchen Sinn die Form hat
von Vögeln, Tieren, Felsen, fernen Bergen,
von Wolken, weiß und schwarz, vom Regenbogen,
auf dem der Himmel ruht?

Kagot hielt eine kleine, spielzeugähnliche Trommel in der Hand, berührte ihr straff gespanntes Fell sacht mit einem biegsamen Fischbeinstab und murmelte aus seinem Innern kommende Beschwörungen, die Gäste aber lauschten ihm und glaubten, durch Kagots Mund sprächen zu ihnen die Äußeren Kräfte.

Das neue Leben erschien, wie es sich für ein neues Leben ziemt, im Morgengrauen, während draußen ein Frühlingsschneesturm um die Jaranga tobte.

Als Kagot erfuhr, daß er eine Tochter bekommen hatte, überwältigte ihn große Freude. In seinen Träumen hatte er das künftige Leben gerade in Gestalt eines kleinen Mädchens gesehen, als Verkörperung von Zärtlichkeit und Zartheit – wie eine Tundrablüte. Erst nach einer geraumen Weile gestattete man ihm Zutritt zu der jungen Mutter, und sowie er das erschöpfte, aber glückliche Gesicht seiner Frau erblickte, begriff er, daß sie ihm jetzt endgültig vertraute. Von nun an würde es zwischen ihnen nicht einmal mehr den Schatten von Entfremdung, von Unverständnis geben, die Fremde nicht bemerkt, sie beide aber sehr gespürt hatten. Das kaum sichtbare, in Fell gewickelte Häufchen Leben brach plötzlich in so lautes Geschrei aus, daß Kagot zusammenzuckte und sagte: »Sie ruft mich … Deshalb soll sie Ainana heißen, die Rufende.«

Was war das für eine glückliche Zeit! Es schien, als habe sich eine winzige Sonne in der Jaranga niedergelassen und erhelle nun mit ihrem Licht die abgelegensten, finstersten Winkel der alten Wohnstatt. Sooft Kagot vom Meer der Küste zustrebte, vernahm er schon die Stimme der Kleinen und antwortete ihr in Gedanken mit Worten, die ihm aus dem Herzen kamen:

Ein Vöglein hat den Himmel durchgepickt –
schon strömt die Sonne auf die Tundra, auf die Küste.
Ein Vöglein hat mit seinem Lied den Schneesturm
übertönt –
mit seiner Stimme herrscht es über Ruh und Stille.
Dein Lächeln durchwärmt den nächtlich ausgekühlten
Polog,
fort jagst du Kälte und Verdrossenheit –
ein Lächeln wird dir selbst zur Antwort,
dein Gutsein hat ein anderes Herz erwärmt.

Ein ereignisreicher Sommer brach an. Amerikanische Schoner trafen ein, und Seeleute, die Kagot kannten, berichteten ihm, daß der größte Mann Rußlands, der Sonnenherrscher, von seinem goldenen Thron gestürzt worden war.

Kagot interessierten diese Nachrichten nicht, denn das Herrschaftssystem des weißen Mannes war für ihn unbegreiflich. Er bemerkte jedoch, daß das russische Patrouillenschiff nicht mehr kam und daß amerikanische Händler im Bewußtsein der Straffreiheit auf großen oder kleinen Schiffen die küstennahen Lagunen und kleinen Buchten durchpflügten und erhandelten, was sie nur konnten – von zerdrückten Renkalbfellen bis zu Splittern von vergilbtem Walroßzahn, der auf alten heiligen Stätten ausgegraben worden war.

Mit seinem eigenen Glück beschäftigt, schenkte Kagot den Ereignissen, die sich in fernen Gegenden abspielten, keine Beachtung – ohnehin hatten so fernher kommende Neuigkeiten keinen Einfluß auf die bedächtige, seit Urzeiten festgelegte Lebensweise der Küstenbevölkerung. Oft nahm Kagot die heranwachsende Tochter mit in die Tundra, führte sie zu entlegenen stillen Seen, die von Fischen wimmelten, an die Ufer von versonnenen, langsamen, von weichem Moos eingefaßten Wasserläufen, auf trockene, steinige Anhöhen, von denen aus sich eine weite Sicht eröffnete und wo man bei leichtem Wind sogar meinen konnte, er trage die eigenen Gedanken hinter die gezackten Ränder des fernen Gebirgszuges.

Kagot sang Lieder, und das kleine Mädchen beobachtete mit überraschend ernst gewordenen Augen die Bewegungen seiner Lippen, lauschte dem gemächlichen Strom der Worte, die sich von selbst zusammenfügten – hörte auf die Stimmen der Äußeren Kräfte.

So vergingen noch zwei Winter.

Niemand hatte vermutet, daß das Unglück zu einer so schönen Zeit kommen würde, da die Sonne neue Kraft gewann, der schwer gewordene Schnee zusammensackte und unter ihm durchsichtige Ströme von Tauwasser hervorsprudelten. Zuerst erkrankte eine alte Frau in einer abgelegenen Jaranga. Sie starb gegen Morgen, konnte nicht einmal mehr Kagot rufen. Er kam erst, als man den erkalteten Körper bereits in die Totenkleider hüllte. Dann traf es eine junge Frau aus derselben Jaranga. Erst überzog sie sich mit roten Flecken, als drängte das Blut nach außen, dann begann sie vor Fieber zu glühen. Kagot erschien im vollen Schamanenaufzug und befahl, ihn mit der Kranken allein zu lassen.

Er suchte sich zu erinnern, was Amos ihm über die Krankheiten gesagt hatte, suchte in seinem Gedächtnis nach jedem Wort. Es sah ganz so aus, als wären die »Rekken« in der Siedlung aufgetaucht, winzige Wesen in Menschengestalt, die ansteckende Krankheiten übertrugen und großes Unglück brachten. Ihre Hundeschlitten irrten wohl zwischen den Jarangas herum, trugen das unsichtbare Übel in die Wohnstätten.

Doch wo waren sie? Warum erlaubten ihm die Äußeren Kräfte nicht, sie zu sehen und aus der Siedlung weit weg in die Tundra zu befördern? Seltsam – gerade jetzt, wo er in solcher Unruhe war, sprachen die Stimmen nicht mit ihm, äußerten sich nicht durch seine eigene bedächtige Rede, blieb er angesichts des schrecklichen Unglücks sprachlos.

In einer weißen Stoff-Kuchljanka, einen kleinen Speer in der Hand, streifte er durch die Umgebung und betrachtete aufmerksam jedes Fleckchen im Schnee, wobei er oft etwas Schwarzes für einen Schlitten hielt, ein Gespann, eine winzige Menschengestalt. Doch dann war es wieder nur eine Rebhuhnspur im Schnee oder eine Krähenfeder, die sich im leichten Wind bewegte.

Am dritten Tag wurde ihm bewußt, daß sein Augenlicht gelitten hatte – er sah nichts mehr. Aus seinen Augen rannen in unendlichem Strom Tränen, und er hatte Schmerzen, als habe man in einem Steinmörser leere Glasbehälter von Feuerwasser zerschlagen und ihm dieses Pulver unter die Lider geschüttet. Kagot wußte, in dem Fall half nur ein einziges Mittel – mit fest verbundenen Augen im Halbdunkel der Jaranga zu bleiben.

Man rief ihn in benachbarte Jarangas, doch er sagte beschämt, er mache seine Beschwörungen zu Hause, die Wirkung der Schamanenkraft hänge nicht von der Entfernung ab und erfordere nicht unbedingt die persönliche Anwesenheit des Schamanen.

Als er sein Augenlicht wiedergewann, entdeckte er voll Schrecken Anzeichen der Krankheit auch auf dem geliebten Antlitz seiner Frau Waal. Doch sie klagte nicht, und ihre Stimme war wie immer gleichmäßig und ruhig, als wäre nichts geschehen.

Kagot brachte die kleine Tochter in die Jaranga der Eltern, wo die alten Leute noch gesund waren, und kehrte nach Hause zurück. Er legte seine Frau an die hintere Wand des Fell-Pologs und entblößte ihren Körper. Nur eine Tranlampe brannte, die Flamme war winzig wie die rote Zunge eines Welpen. Kagot schien es, als strahle der Körper der Frau sichtbar Hitze aus.

Langsam hüllte er sich in die Schamanenkleidung, legte alle Amulette und Machtsymbole an, die er von Amos übernommen hatte. Die kleinen Figuren geheimnisvoller Tiere und Vögel aus unbekanntem dunklen Holz schmiegten sich kalt an seinen Körper und ließen ihn erschauern. Kagot nahm eine große Trommel, die – als wären es Quasten – von getrockneten und bei jeder Bewegung dumpf dröhnenden Wolfspfoten eingefaßt war, und blies ins Feuer. Die Flamme sprang von der Tranlampe weg und verschwand. So erlischt und entschwindet menschliches Leben ins Unbekannte, dachte Kagot und hob den Kopf zur niedrigen Decke aus Renfellen.

Zunächst wartete er. Wartete, wann ihn gleich einer Woge, gleich dem Widerhall eines fernen Sturms, der sein ganzes Wesen erfassende, in jedem Teilchen seines Körpers aufflammende Schauer ergreifen würde. Doch aus irgendeinem Grund kamen andere Gedanken, nahmen andere Gefühle von ihm Besitz. Er sah den Körper seiner Frau. Arme und Beine weit von sich gestreckt, lag sie an der hinteren Wand des Fell-Pologs, und ihre Haut leuchtete. Die Fellhäute des Pologs waren nicht dicht, hatten viele im Hellen unsichtbare kleine Löcher und Kahlstellen, und durch sie drang nun Licht aus dem Tschottagin.

Kagot lauschte auf den Atem seiner Frau. Er kam stoßweise und heiß.

»Waal«, rief er leise.

»Ich höre dich, Kagot ...«

Erschrocken fuhr Kagot zusammen: Die Stimme kam nicht aus dem liegenden Körper, sondern aus einem oberen Winkel des Pologs, aus dem finstersten Teil, wo es selbst beim Schein der hellen Tranlampe immer düster blieb, so als hielte sich die Dunkelheit dort, in dem abgelegenen Winkel verborgen.

»Warum sprichst du von dort?«

»Weil ich hier bin, Kagot.«

»Du liegst doch aber unten ... Ich sehe deinen Körper.«

»Ich sehe meinen Körper auch, Kagot, es ist schon nicht mehr meiner ...«

»Nein! Nein! Nein!« schrie Kagot mit schrecklicher Stimme, die ihm selbst fremd erschien, und stürzte zu der an der Wand liegenden Waal. Er warf die Trommel weg, umfaßte mit beiden Armen ihren glühenden Körper und flehte: »Halt noch ein wenig aus! Warte, Waal!«

Er ertastete die Trommel und schlug sie mit aller Macht, entlockte dem straff gespannten Fell einen Laut von unwahrscheinlicher Kraft. Der rollte über seinen Kopf, schlug gegen die Wand des Fell-Pologs, durchdrang das Renfell und durchlöcherte es, strebte nach oben, in den freien Raum.

Die Töne entrangen sich wie von selbst Kagots Kehle, er fürchtete nur, ihr heftiger Anstrom könne sie zerreißen. Seine Hand schlug die Trommel, nach dem Gesang schoß nun ihr starkes und helles Gedröhn aus der Jaranga nach draußen und zauste die Ränder eines im Fell-Polog entstandenen Lochs. Er konnte nicht sagen, welche Worte, welche Laute aus seinem vom Krampf erfaßten Mund geflogen kamen, das geschah unbewußt, ohne daß er es begriff. Nur ein Gedanke war klar und deutlich: Er wollte seine Frau retten, sie den Klauen der Krankheit entreißen. Er konnte den Blick nicht von dem an der Fellwand des Pologs liegenden entblößten Körper lösen, und durch Tränen und Schweiß sah er, wie Waal sich bald erhob, über dem mit Walhaut ausgelegten Boden schwebte und bald sich wieder herabließ, weich die Renfelle streifend. In der sterbenden Siedlung gab es niemanden, der hier hätte vorübergehen, der Kagots flehenden Gesang hätte hören können – Worte, die mächtig genug zu sein schienen, nicht nur das gefühlloseste Herz schmelzen zu lassen, sondern sogar einen Eisberg.

Wie lange die Beschwörung gedauert hatte, wußte er nicht mehr, er wußte nicht, wie lange er ohnmächtig bei der erloschenen Tranlampe gelegen hatte. Das Bewußtsein kehrte langsam zurück, Kälte hatte seine bloße Brust erfaßt, war zum Gesicht, zu den geschlossenen Augen hochgestiegen. Als erstes kam Kagot der Gedanke: Das war ein langer und quälender Traum. Alles hatte er nur geträumt, die Seuche, die unsichtbaren Rekken, die auf winzigen Hundeschlitten das Unglück gebracht hatten, und die von der glühenden Krankheit gezeichnete Waal. Gleich würde er die Augen aufschlagen und in dem gewohnten ausgekühlten Polog sein – die Tranlampe wäre erloschen, und allmählich sickerte eiskalte Luft herein. So ist es immer im Morgengrauen, wenn die Träume kommen. Gleich würde er die Hand ausstrecken und die warme Schulter seiner Frau berühren. Sie würde zusammenzucken, was ihm bedeutete, daß sie aufgewacht sei, und näher rücken. Aber was war das? Seine Hand stieß auf einen eisigen, erkalteten Körper. Er riß sie zurück, fürchtete, die Augen zu öffnen. Nein, das war kein Traum! Wie denn das? Er hatte doch auf die Beschwörung seine ganze Fähigkeit, die ganze Kraft seiner Liebe verwandt, den ganzen Glauben an die Macht und die Gerechtigkeit der Äußeren Kräfte. Sie aber hatten sein Flehen nicht erhört …

Das konnte doch nicht sein!

Wie qualvoll war es, in die traurige Wirklichkeit zurückzufinden. Ja, das war kein Traum, sondern Wirklichkeit, jetzt war nichts mehr rückgängig zu machen, nichts mehr zu ändern. Wie grausam! Wie ungerecht! Warum war das geschehen? Wen hätte ihr stilles, niemand schadendes Glück stören können? Wo seid ihr, große Äußere Kräfte?

Dein Leib liegt immer noch hier auf der Erde,
doch das, was du warst, hat sich für ewig verflüchtigt.
Niemand bringt mir dein Lächeln zurück, deinen Blick,
deine lebendige Stimme, den Atem, die Wärme der
Haut.
Die große Sonne – sie flößt mir keine Glut mehr ein,
Kälte verströmen ihre glänzenden Strahlen.
Könnte doch lieber ich zu dem hohen Stern
entschweben,
wenn nur zu dir ein neuer Frühling käme.

Sein Herz wurde zu Stein. Er wußte nur, daß die unerbittliche Krankheit auch Ainana packen, auch sie aus dem Leben reißen konnte. Daher beeilte er sich, Waal zu beerdigen. In seinen Armen trug er sie auf den Hügel ewiger Ruhe, überließ den Körper nicht einem Begräbnisschlitten.

Der Frühlingshimmel strahlte, teilnahmslos gegenüber dem Leid, gleichgültig gegenüber der Trauer. Er strahlte über Kagot, als er die Hunde anspannte und in der Stille einer hellen Nacht von Inakul wegfuhr – um den Rekken zu entfliehen, dem Leid, seiner Machtlosigkeit ... Er erwartete, man würde ihn verfolgen, doch nichts dergleichen geschah. Vielleicht hofften sie dort, in Inakul, zunächst, er würde zurückkehren? Doch jetzt mußte ihnen schon klar sein, daß er für immer gegangen war.

Noch einmal blickte Amtyn auf Kagot, dann sagte er entschieden: »Morgen gehen wir aufs Schiff, zum Handeln. Kaljana soll alles mitnehmen, was sie hat. Wir müssen uns beeilen. Sowie sie in den umliegenden Siedlungen von dem Schiff erfahren, werden sie hier auftauchen, dann bleibt für uns nichts mehr. Dabei haben wir keinen Tee mehr, keinen Tabak und keine Patronen für die Winchester. Wir wären schön dumm, wenn wir die Gelegenheit nicht nutzten, daß ein Schiff an unserer Küste angelegt hat ... Ich vermute, sie haben einen großen Vorrat an erheiterndem Feuerwasser!«

Im Vorgenuß des Vergnügens schluckte Amtyn sogar an seinem Speichel.

## 3

Hauptgegenstand der Gespräche in der Messe der »Maud« waren die bevorstehende Überwinterung und die Einheimischen. Sie unterhielten sich gewöhnlich nach ihren Mahlzeiten. Das Essen für die Expeditionsteilnehmer bereitete der Chef selber. Nun also erklärte Amundsen nach dem Kaffee den Gefährten seinen Plan.

»Wenn wir das Schiff für die Überwinterung vorbereitet haben, werden wir versuchen, die nächste Funkstation zu erreichen. Soweit ich verstanden habe, befindet sich eine in Nishnekolymsk.«

»Ob sie die nicht mit einer Kirche verwechseln?« zweifelte der besonnene Mechaniker Sundbeck.

»Ich denke, Kagot hat sehr wohl verstanden, worum es geht«, antwortete Amundsen. »Wenn der Funk in Nishnekolymsk aus irgendeinem Grund nicht funktioniert, müssen wir uns nach Nowomariinsk begeben. Ich weiß, Sverdrup möchte brennend gern hiesige Nomadenlager aufsuchen, um sich ethnographischen Forschungen zu widmen. Er muß sich gedulden ... Was aber den Ort der Überwinterung betrifft, können wir uns nicht beklagen: Von der Tschaunbucht bis zum Ostkap finden wir keinen geeigneteren Ort. Heute morgen habe ich mir auch überlegt, daß es für uns nur vorteilhaft ist, wenn sich viele Meilen im Umkreis keine größere Ansammlung von Menschen befindet. Das erlaubt uns, ruhig unserer wissenschaftlichen Arbeit nachzugehen, ohne Zeit damit zu verlieren, Gäste zu empfangen. Aber ganz allein bleiben können wir doch nicht. Der gestrige Besuch bei der einheimischen Bevölkerung hat einen guten Eindruck auf mich gemacht. Nach allem zu urteilen, sind die Menschen hier hinreichend entwickelt und nicht aufdringlich.«

»Und einer spricht ausgezeichnet Englisch!« ergänzte Hansen.

Amundsen nickte. »Sagen Sie, Herr Olonkin, existiert eine ethnische Verbindung der hiesigen Tschuktschen zu den Völkern auf Taimyr?«

»Die Sprache der Tschuktschen ist, soweit ich nach dem Gehör urteilen kann, ganz anders«, antwortete Olonkin. »Was aber ihre administrative Unterordnung betrifft, so werden im Verzeichnis der Völker des Russischen Reiches, das in Verbindung mit der dreihundertjährigen Herrschaft der Romanows veröffentlicht wurde, die Tschuktschen zu den nicht völlig unterworfenen Völkern gerechnet.«

»Haben sie denn keinen Jassak, keinen Tribut, gezahlt?« fragte Amundsen.

»Nur freiwillig«, antwortete Olonkin, »und er hieß nicht Jassak, sondern Geschenk für den Zaren. Ich habe gehört, sie hätten manchmal solchen Plunder angebracht, daß man sich schämte, ihn nur in die Hand zu nehmen.« Nach kurzem Schweigen fuhr er fort: »Eigentlich ist wenig wahrscheinlich, daß die Bevölkerung dieser Gegend noch in ursprünglicher Unberührtheit lebt. Wie Sie wissen, hat nicht weit von hier Nordenskiöld überwintert, und erst unlängst hat die Expedition des russischen Hydrographen Wilkizki hier gearbeitet.«

»Ja, ich habe von dieser Expedition gelesen.«

»Überhaupt waren russische Seefahrer schon vor Urzeiten an dieser Küste. Es gibt schriftliche Zeugnisse, datiert vom Beginn des achtzehnten Jahrhunderts, daß das Ostkap erstmalig vom russischen Kosaken Semjon Deshnjow umsegelt wurde.«

»Sagen Sie, stimmt es, daß es die alten russischen Seefahrer fertiggebracht haben, sogar Anfang Mai von der Mündung der Kolyma bis zum Ostkap zu fahren?«

»Ja«, antwortete Olonkin. »Sie haben dazu eisfreie Stellen an der Küste genutzt. Aber für solche Unternehmungen waren Schiffe mit geringem Tiefgang erforderlich. Die alten russischen Seefahrer haben da spezielle Schiffe genutzt, die sie Kotsch nannten.«

»So ähnlich wie die Eskimoboote?« fragte Sundbeck.

»Ja, nur größer«, erwiderte Olonkin. »Dieser Teil der Küste Rußlands wurde seit alters von Walfängern und amerikanischen Handelsschiffen aufgesucht. Ich bin mir sogar sicher, daß es hier in der Nähe einen amerikanischen Handelsstützpunkt gibt.«

»Kurz gesagt«, folgerte Amundsen, »wir haben gehofft, einen stillen Winkel zu finden, und gelandet sind wir auf der Haupthandelsstraße von Nordost!«

Nach dem Mittagessen gingen alle an die Arbeit.

Als Amundsen das Geschirr abgewaschen hatte, schloß er sich denen an, die am Ufer eine Unterkunft für die Hunde errichteten. Dazu verwandten sie Fässer, aus denen sie den Brennstoff bereits in die leeren Schiffszisternen gepumpt hatten. Der Raum war hinreichend groß geraten und bekam ein Dach aus festem Zelttuch. Von außen erhielten die Wände eine Schicht aus festem Schnee.

In der Siedlung rührte sich noch nichts, das beunruhigte Amundsen, und er beschloß, nach dem Abendessen zu einem Besuch an Land zu gehen. Sie hatten jedoch noch nicht fertiggegessen, als der Wachhabende durch die offene Tür der Messe schrie: »Wir bekommen Gäste!«

Auf einer sich im frischen Schnee kaum abzeichnenden Spur näherte sich der »Maud« langsam eine Menschenkette. Alle setzten die Füße vorsichtig auf das junge Eis. Voran schritt Amtyn. Ihm folgte Kagot, und dahinter gingen drei Frauen in Pelzanzügen, mit bloßen Köpfen. Offenbar fanden sie fünfzehn Grad Frost nicht sehr streng.

Bereits von fern rief Amtyn Begrüßungsworte, dann kletterte er geschickt an Bord. Die anderen folgten.

An Deck war es windig. Das Winterschutzdach war noch nicht fertig, daher bat Amundsen alle in die Offiziersmesse.

Für die europäischen Augen sahen alle Einheimischen gleich aus, zumal sie auch noch die gleiche Pelzkleidung trugen. Amundsen aber erkannte unter den Frauen sogleich die Frau des Hausherrn, die hübsche, leicht verlegene Tschejwyne. Die zweite Frau war älter. Die dritte war ein blutjunges Mädchen und auf ihre Art sehr schön.

Während die Gäste mit schnell bereitetem süßen Tee und Zwieback bewirtet wurden, sahen sie sich mit unverhohlenem Interesse um und besprachen sich leise.

»Wir sind gekommen, um zu handeln«, erklärte Amtyn. Er hatte offensichtlich Eile.

Am selben Tag waren aus Enurmino zwei Gespanne mit entfernten Verwandten in die Siedlung gekommen. Die hatten das Schiff gesehen und beschlossen, gleichfalls ihr Glück zu versuchen: Sie waren zurückgefahren, um Rauchwerk zu holen.

Ihre Ankunft hatte Amtyn zu dem endgültigen Beschluß gezwungen, den Fremdlingen alles nur mögliche abzuhandeln, solange nicht schon andere auftauchten, die gleichfalls darauf aus waren, Pelze gegen notwendige Waren einzutauschen.

»Herr Amtyn!« sagte Amundsen langsam, damit Kagot übersetzen konnte. »Unser Schiff ist kein Handelsschiff. Das sollen Sie wissen. Unsere Hauptaufgabe ist, die Küste zu erforschen, die Meerestiefe zu erkunden, die Strömungen.«

Kagot betrachtete aufmerksam Amundsens Gesicht und versuchte herauszufinden, was das für ein Mensch war. Konnte es denn sein, daß ein Fremdling die Küste von Tschukotka ohne jeden Eigennutz entlangfuhr, allein um seine Neugier zu befriedigen? Das Gesicht des Norwegers war scharf geschnitten und kalt, die Augen waren durchdringend, fast ständig zusammengekniffen. Anders als die Fremdlinge, denen Kagot bisher begegnet war, hatte er gestern die Jaranga betreten, als käme er nicht zum erstenmal in eine solche Wohnstatt – er hatte bei dem ungewohnten Geruch nicht die Nase gerümpft und mit dem Messer gegessen wie ein Luorawetljan, ein echter Tschuktsche. Vielleicht war er wirklich von fernen Mächten ausgeschickt worden, um für sie Wege durch das Eismeer zu erforschen? Kagot bemühte sich zu erinnern, was man ihm auf der »Belinda« von der Kugelform der Erde gesagt hatte, suchte sich vorzustellen, von welcher Seite die »Maud« gekommen war. Nach allem zu urteilen, war es eine ganz andere Seite als die, von der die amerikanischen Schoner immer kamen. Die Russen kamen gewöhnlich von Anadyr, von Kamtschatka her und aus einer fernen Siedlung, die Wladiwostok hieß. Alle russischen Händler kamen nur von dort.

Amtyn lauschte geduldig Amundsens Worten, sagte dann aber noch einmal hartnäckig: »Trotzdem sind wir zum Handeln gekommen.«

Er gab den Frauen ein Zeichen, die Säcke aufzubinden, und schüttete Felle von Hermelin, Blaufüchsen, Füchsen sowie einige Hirschkalbfelle aufs Linoleum der Messe.

Amundsen war leicht verwirrt, nahm sich aber zusammen und sagte mit einigem Nachdruck: »Verzeihung, Herr

Amtyn, aber ich kann mit Ihnen nicht handeln. Verstehen Sie mich richtig: Erstens bin ich dazu nicht berechtigt, und zweitens weiß ich nicht einmal, was das alles wert ist.«

Kagot verstand nicht, warum der Norweger ablehnte, übersetzte Amtyn aber gewissenhaft jedes seiner Worte.

»Wir brauchen Tee, Tabak, Patronen für die Winchester, Stoff für Kamlejkas«, sagte Amtyn. »Aber wenn Sie nicht handeln wollen, dann bitte ich Sie, all das als Geschenk anzunehmen.«

Er ergriff einen Armvoll Pelzwerk und warf es Amundsen vor die Füße.

»Auch so ein Geschenk kann ich nicht annehmen.« Der sonderbare Fremdling gab seinen Widerstand nicht auf.

Amtyn warf ihm einen flehenden Blick zu, schüttelte den Kopf und sagte entschieden: »Zurück nehmen wir das sowieso nicht! Ich habe gesagt, es ist geschenkt, also müssen Sie es annehmen. Sonst würden Sie uns zutiefst beleidigen.«

»Hören Sie, Herr Amtyn«, sagte Amundsen lächelnd, »wenn Sie Lebensmittel oder Patronen brauchen, haben Sie die Möglichkeit, all das auf andere Weise zu bekommen.«

Amtyn spitzte die Ohren.

»Was meint er?« fragte er Kagot.

»Wir brauchen dringend Hundefutter«, erläuterte Amundsen. »Und zwar viel, denn wir haben etwa sechzig Hunde. Und dann wollen wir einige Schlittenexpeditionen losschicken. Dafür benötigen wir nicht nur Hundefutter, sondern auch warme Kleidung. Für Ihre Frauen wird es genügend Arbeit geben. Die Kleidung und das Hundefutter aber werden wir Ihnen mit Lebensmitteln aus unseren Vorräten bezahlen.«

Amtyn hatte aufmerksam zugehört und erwiderte: »Wir haben genügend Kopalchen vorbereitet. Das ist gute Nahrung. Unsere Frauen sind geschickte Näherinnen. Wir helfen Ihnen mit allem, was wir haben. Dies aber ...«, er tippte mit der Stiefelspitze an den Haufen Pelze, »ist ein Geschenk. Das wäre alles.«

Amundsen mußte die Pelze annehmen. Dafür aber schenkte er den Gästen freigebig Mehl, Tee, Zucker, Tabak, Nähgarn, bunten Baumwollstoff für die Frauen, und als Höhepunkt brachte er einen Kasten Patronen für die Winchesterbüchsen.

## 4

Hinter Kap Eppyn dehnte sich, von Eis und Schnee bedeckt, eine kieselreiche schmale Landzunge, auf der im Herbst die Walrosse lagerten. Einen Teil der Beute verarbeitete man nach dem Schlachten zu Kymgyt – Rollen aus ganzen Walroßstücken samt Haut, Fettschicht und Fleisch. Das nannte sich Kopalchen. Die Kymgyt kamen in flache Erdgruben und hielten sich so bis zum nächsten Winter. Dann dienten sie Menschen und Hunden als Nahrung.

Kagot besaß dort einen kleinen Anteil. Nach der langen Untätigkeit im Sommer liefen die Hunde flink über den frischgefallenen Schnee, angespornt vom neuen Winter und dem kalten Gegenwind.

Während Kagot der Spur von Amtyns Schlitten folgte, überschlug er in Gedanken, wieviel Kopalchen er für die Ankömmlinge wohl entnehmen könne, damit für ihn und seine Hunde noch genug übrigbliebe.

Bei der Vorratsgrube hielt Amtyn den Schlitten an und kippte ihn auf die Seite, damit die Hunde nicht wegliefen. Er trat auf Kagot zu und setzte sich neben ihn.

»Wir müßten es so einrichten, daß nicht alle möglichen Leute herkommen«, sagte er vorsichtig und stopfte sich die Pfeife mit weichem, Herbstgras ähnelndem Tabak.

»Das liegt nicht in meiner Macht«, antwortete Kagot. »Wie könnte man es ihnen auch verbieten?«

»Sie sollen ihrer Wege ziehn und nicht hier haltmachen«, rief Amtyn böse und besorgt.

Kagot hatte nicht gedacht, daß Amtyn derart auf die Schätze der Fremdlinge versessen war. Kam das etwa daher, daß diese winzige Siedlung nicht mal die ärmlichsten Handelsschiffe anliefen? Wahrscheinlich dachten sie nach einem Blick auf die kaum erkennbaren drei Jarangas: Was wäre an dieser öden Küste schon zu holen?

Tee und Tabak bekamen die Einwohner in Amtyns Siedlung von Nachbarn, denen es gelang, überseeische Waren einzuhandeln. Sowie der Schlittenweg befahrbar war, kamen »Kawraliner« zur Kolyma gefahren – geschäftige Tschuktschen, die mit ihren Stammesverwandten Tauschhandel trieben. Sie nahmen das gleiche wie die weißen Händler: Rauchwerk, Walroßzahn, Fischbein, Erzeugnisse aus Renfellen wie Schlafsäcke, Torbassen, Kuchljankas. Was sie dafür gaben, bewerteten sie jedoch viel teurer, als es sie selbst bei den Schiffskaufleuten gekommen war. Außer den Händlern, die mit Schiffen kamen, gab es hier und da auch niedergelassene. So unweit von hier den Norweger Ben Swensson und weiter weg, auf dem Ostkap, schon seit vielen Jahren den Amerikaner Charles Carpendale. Dort hatten unlängst auch die Gebrüder Karajew eine Handelsniederlassung eröffnet – Vertreter einer russischen Firma aus Wladiwostok.

Sie überquerten eine schmale Rinne, die die Lagune mit dem Meer verband. Das Eis war noch dünn und knackte bedrohlich unter den Kufen.

Die Vorratsgruben für das Fleisch waren so beschaffen, daß niemals auftauende Erde – ewiger Frost – darunter lag und das Fleisch nicht verderben konnte. So wurde das Walroßfleisch von den eigenen Säften durchtränkt, was dem Kopalchen einen ungewöhnlichen Geschmack verlieh. Hackte man mit einer scharfen Axt ein Stück Kymgyt ab, dann verbreitete sich weithin sein Duft, stieg in die Nase und weckte den Wunsch, ein Stück von dem kalten Walroßfleisch in den Mund zu nehmen.

Mit einem Walknochen, der an einem Stock befestigt war, scharrte Kagot den Schnee auseinander und legte die aus einigen Brettern gezimmerte Decke frei. Dann holte er mit einem kurzen spitzen Bootshaken einen Kymgyt heraus. Er konnte der Versuchung nicht widerstehen, griff nach seiner kleinen Axt und schlug ein Stückchen ab. Der Kopalchen war ausgezeichnet. Die ein wenig grün gewordene Fettschicht ging allmählich in rosiges, grobfasriges Fleisch über, das von kristallisierter gefrorener Feuchtigkeit überzogen war. Mit einem scharfen Messer hobelte Kagot eine Scheibe ab – so dünn, daß man durch sie auf die Sonne sehen konnte. Er legte sich die Scheibe auf die Zunge und behielt sie eine Weile darauf, um den Geschmack zu genießen. Mehr als zwei Kymgyt würde er nicht mitnehmen, beschloß er, denn das Eis auf der Seerinne, die zur Lagune führte, war noch dünn, der Schlitten konnte einbrechen.

Nachdem er den Kopalchen aufgeladen hatte, deckte er die Fleischgrube sorgfältig wieder zu und wälzte für alle Fälle noch einige schwere Steine darauf. Manchmal wühlen im Winter hungrige Vielfraße und Polarfüchse die Vorratsgruben auf. Es kann sogar geschehen, daß der »Umka«, der Herr der eisigen Weiten, ihnen einen Besuch abstattet. Er zieht zwar Frischfleisch vor, doch wenn er hungrig ist, verschmäht er auch keinen Kopalchen.

Während Kagot die Grube mit Schnee zuschüttete, waren wer weiß woher große Krähen herbeigeflogen und hatten die Reste aufgepickt.

Amtyn verschnürte seine Ladung mit dicken gelben Robbenfellriemen. Kagot trat zu ihm und fragte, als er die Last auf dem Schlitten sah: »Ist das nicht zu schwer – vier Kymgyt? Ich habe gehört, wie das Eis knackte, als wir die Seerinne überquerten.«

Nach kurzem Überlegen antwortete Amtyn: »Wenn wir schnell genug fahren, können wir durchkommen.«

Amtyn setzte sich auf die zusammengeschnürten Kymgyt und zog seine Pfeife heraus. Zu dem Geruch von frischem Schnee und Kopalchen gesellte sich das Aroma des Rauchs. Amtyn rauchte hingegeben, konzentriert, stieß den Rauch langsam aus. Ein blaues Wölkchen stieg aus seiner Nase, verfing sich, sammelte sich in seinem Schnurrbart. Bei diesem Anblick überkam auch Kagot der Wunsch zu rauchen. Während sie rauchten, unterhielten sie sich.

»Ich würde Amundsen gern alle Kymgyt geben«, überlegte Amtyn, »wenn ich nur wüßte, daß er irgendwas verkauft ... Ich möchte von ihm eine gute Winchester haben. Meine alte taugt nichts mehr, schießt daneben, es ist schade um die Patronen. Für eine neue würde ich alles Fleisch aus der Grube geben.«

»Für die Hunde braucht er nicht soviel Kopalchen«, bemerkte Kagot, »aber vielleicht interessiert ihn frisches Seehund- oder Robbenfleisch?«

»Bald werden wir zur Seehundjagd aufs Eis gehen können«, sagte Amtyn. »Wie wird die Ausbeute sein dieses Jahr, was meinst du?«

Kagot hütete sich, etwas vorauszusagen, aber dann kamen die Worte doch wie von selbst: »Ich habe so ein Gefühl, als würde es diesen Winter genügend Seehunde geben.«

»Das ist schön«, sagte Amtyn zufrieden. »Ich will dir etwas sagen ... aber nimm's mir nicht übel ... Kaljana hat sich bei meiner Frau beklagt ...«

»Ich möchte nicht darüber reden«, sagte Kagot leise.

Er hatte Waal noch nicht vergessen. Und nicht genug damit – er spürte, sie war nicht weit entfernt. Manchmal, gewöhnlich nachts, erschien sie ihm, vor allem gegen Morgen, wenn man nicht recht weiß, ob man schon erwacht ist oder noch schläft. Kagot sah sie so deutlich, daß er sogar mit geöffneten Augen noch lange die Wärme ihrer weichen, zärtlichen Arme spürte, ihre Stimme hörte, den leichten Atem wahrnahm. Er blickte in jene Ecke des Fell-Pologs, wo das Dunkel tief und undurchdringlich war, und ebendort sah er ihr Gesicht, umrahmt von dichtem schwarzen Haar, den Glanz ihrer Augen, ebendorther drang ihre leise, für ihn allein hörbare Stimme an sein Ohr. Schweigend lauschte er, bemüht, den Atem anzuhalten, besorgt, er könne sie durch eine unvorsichtige Bewegung erschrekken. Mitunter offenbarte sie ihm ihre Gegenwart durch ihre Stimme, besonders auf dem Meer oder fern in der Tundra, wenn weit und breit niemand zu sehen war, nur Erde, Steine und am Himmel dahinziehende Wolken.

Die Stimme konnte von überallher kommen, und Kagot wunderte sich über die Vielfalt der Verkörperungen, denn Waal konnte ihn vom Grund eines Taiga-Flüßchens oder Sees, wenn er sich bückte, um eine Handvoll kaltes Wasser zu schöpfen, ebenso anrufen wie von einem Steinhaufen herab oder aus der Höhle einer Zieselmaus. Ihre Gestalt konnte aus den Umrissen von Wolken entstehen, aus dem vom Meer aufsteigenden Nebel, aus Eisschollen oder aus einem dahinziehenden, entschwindenden Schatten tief im Meer.

Er unterhielt sich mit ihr, sagte ihr zärtliche Worte, erzählte von der Tochter, von ihren Spielen, ihren Worten, ihrem Lächeln, das Waals Lächeln so ähnelte. Waal – oder das, was von ihr geblieben war – interessierte sich nie für das einfache Erdenleben, fragte kein einziges Mal, warum er Inakul verlassen hatte, wo er lebte, was für eine Frau mit ihm in einem Polog schliefe. Sie erkundigte sich nur nach Kagots Gefühlen und Gedanken, als fürchtete sie, er könne sie vergessen, verlieren, sie aus dem Gedächtnis streichen. Vielleicht war sie deshalb nachts besonders beunruhigt, erschien ihm im Dunkeln?

Amtyn blickte auf den in Gedanken versunkenen Kagot

und erging sich in Vermutungen. War der Bursche nicht recht bei Verstand, oder gehörte er tatsächlich zu den begnadeten Schamanen, deren Gedanken sich zumeist außerhalb der hiesigen Welt bewegten?

»Na, dann los«, sagte Amtyn und klopfte die Pfeife sorgfältig an der Sohle seines Fellstiefels aus. »Fahr du voran, ich folge dir.«

Die Hunde zogen an, Kagot sprang auf den Schlitten und setzte sich seitlich, um den Nachfolgenden im Blick zu behalten. Er mußte bremsen, denn Amtyns schwerbeladener Schlitten fuhr langsam, sein Lenker mußte immer wieder abspringen und den Hunden helfen.

Von der verschneiten Landzunge aus hielten sie zunächst auf die Tundra zu, um den ufernahen Eisstreifen mit den darauf ragenden Eisbänken und -klippen zu umgehen. Die Hunde liefen über unberührtes Gelände, aber sie brachen nicht ein, denn die Schneeschicht war noch dünn, und darunter war steinhart gefrorene Erde zu spüren. Das Wetter war wie gewöhnlich trüb, und von Zeit zu Zeit fiel aus den dunklen Wolken, die über der Erde hingen, dichter Schnee. Bisweilen kam ein Wind auf und wirbelte den noch lockeren Schnee auf, als wolle er seine Kraft vor den langen winterlichen Schneestürmen erproben.

Trotz aller Mühe konnte Kagot keinen bequemen Platz auf den steinhart hügligen Kymgyt finden, und er spürte, wie die in Walroßfleisch und Fett gespeicherte Kälte durch die Pelzunterhosen und die Oberbekleidung allmählich seinen Körper erreichte. Er mußte seine Lage ändern, vom Schlitten abspringen, nebenher laufen, die Hand am mittleren Haltebügel. Ein paarmal blieb er stehen, damit Amtyn ihn einholen konnte. Dessen schwerbeladener Schlitten kam nur mühsam voran, die Hunde ließen die Zungen heraushängen. Sie hatten sich den Sommer über harter Arbeit entwöhnt und ermüdeten zunächst schnell.

Wäre Kagot allein gewesen, dann hätte er schon längst

die kleine Seerinne überquert und hätte sich der Siedlung von der zugefrorenen Lagune her genähert. Das Eis vor der Seerinne, die das Meer mit der Lagune verband, hob sich durch seine dunkle Färbung ab, offensichtlich zeigte sich auf der Oberfläche Wasser, und der Schnee auf dem Eis war feucht.

Bevor Kagot vom Ufer auf das Eis der Seerinne hinunterfuhr, wartete er auf Amtyn. »Fahren wir in einer Spur?«

Amtyn bremste den Schlitten, hielt ihn mit dem Ostol, einem Stock mit eiserner Spitze, fest und stieg aufs Eis hinab. Als er zurückkam, sagte er: »Eine absolut zuverlässige Stelle. Fahr voran, ich folge dir.«

Kagot brauchte nicht lange, um den ziemlich steilen Hang hinabzufahren und die kurze Entfernung bis zum gegenüberliegenden Ufer zu überwinden. Auf der anderen Seite angekommen, konnte er, ohne die Stimme anzustrengen, mit Amtyn sprechen.

»Na, wie ist's?« fragte der.

»Das Eis scheint fest zu sein. Diesmal war auch kein Knacken zu hören. Aber wollen wir nicht lieber deine Kymgyt in zwei Etappen rüberbringen und nicht alle auf einmal?«

»Nichts da«, sagte Amtyn entschlossen. »Ich kenne diese Seerinne gut. In dieser Zeit ist das Eis schon fest genug.«

Er zog den Ostol aus dem Schnee, schrie seinen Hunden laut etwas zu und half ihnen, den Schlitten anzuziehen. Einträchtig und bellend liefen sie aufs Eis, auf dem sich deutlich die Kufenspur des ersten Schlittens abzeichnete.

Der Schlitten hatte schon die Mitte der Seerinne erreicht, da brach er plötzlich ein, und gleich danach versank auch Amtyn. Starr vor Entsetzen, sah Kagot nur noch vier Hunde, die versuchten, sich am Rand des jäh entstandenen Eislochs festzukrallen. Sie jaulten jämmerlich und heiser, die übrigen aber tauchten nur hin und wieder lautlos aus dem von einer starken Strömung sprudelnden Wasser.

Da zeigte sich Amtyns Kopf. Seine kleinen, schmalen Augen waren so weit aufgerissen, daß es Kagot im ersten Moment vorkam, als blickte ein anderer Mensch aus dem Wasser.

Amtyn stieß einen tierischen Schrei aus, bei dem es Kagot kalt in der Brust wurde. Reglos stand er bei seinem Schlitten neben den Hunden, die das Unheil sahen und spürten und laut und langgedehnt losheulten.

Mit einem Schrei verschwand Amtyn wieder im Wasser, und nacheinander folgten ihm, die Umgebung mit ihrem gellenden Geheul erfüllend, die Hunde. Kagot wußte nicht, wie er diesem Geheul und dem ihm in den Ohren nachklingenden, nicht mehr menschlichen Aufschrei Amtyns entrinnen konnte. Schon war der letzte Hund des Gespanns im eisigen Wasser untergegangen, Kagot aber stand noch immer reglos bei seinem Schlitten, und nur ein Gedanke hämmerte in seinem Kopf: Nach altem Brauch, nach den Geboten der Äußeren Kräfte konnte, ja durfte er einen Menschen nicht retten, nach dem die Meeresgötter bereits ihre Hände ausgestreckt hatten. Plötzlich fielen ihm die Todeszuckungen von Amos wieder ein, die wilden Rucke, als der alte Schamane sich von den unerbittlich sich um seinen Hals zusammenziehenden Robbenfellriemen zu befreien suchte.

Da geschah etwas Unerwartetes: Aus dem dunklen Wasser, das sich fast beruhigt hatte, zeigte sich wieder Amtyns Kopf mit den aufgerissenen gläsernen Augen und dem weit offenen Mund. Eine Stimme hatte er jedoch nicht, es kam kein Schrei, zu hören war nur ein seltsames Zischen, als würde einem prall aufgeblasenen Schwimmkörper langsam die Luft entweichen.

Ohne zu überlegen, was er tat, stürzte Kagot vorwärts. Er warf sich flach auf das noch nicht feste Eis, glitt zu Amtyn hin und packte ihn am Zipfel der zurückgeschlagenen Kapuze. Kraftlos und ohne Bewußtsein, war Amtyn ungewöhnlich schwer geworden, aber Kagot hatte keine Zeit, darüber nachzudenken, auch nicht darüber, daß die Äußeren Kräfte seine Handlung mißbilligen würden.

Er zog Amtyn aufs Eis heraus, zerrte ihn zu seinem Schlitten. Das Gesicht nach unten, legte er ihn mit dem Bauch auf sein angebeugtes Knie und begann, ihn immer wieder energisch auf den Rücken zu drücken. Aus Amtyns Mund und Nase floß reichlich Wasser, doch der Atem blieb aus. Von Zeit zu Zeit hielt Kagot inne und horchte. Einst hatte der alte Amos ihn gelehrt, daß man in einem solchen Fall Geduld haben müsse, die Wiederbelebung eines Menschen, der nicht mehr atme, könne lang dauern. Die Hunde hatten aufgehört zu heulen, sie winselten nur noch und sahen ihren Herrn, der etwas so Unbegreifliches und Sonderbares tat, beunruhigt an. Kagot begriff, daß er vor allem nicht aufhören, die stoßweisen Bewegungen nicht einstellen durfte. Ihm wurde heiß, er mußte die Kapuze zurückwerfen, dann den Malachai abnehmen. Die Handschuhe lagen weit weg, er hatte sie abgezogen und halb in den Schnee getreten.

Kagot schien es, als fehlte nicht viel und er würde selbst bewußtlos neben Amtyn zu Boden stürzen. Bald aber erinnerte er sich wieder an das Erlebte, an den am Ende des Robbenfellriemens zuckenden Amos. Mit frischer Kraft begann er rhythmisch auf den Rücken des nicht atmenden Amtyn zu klopfen.

Wenn es noch Raum gibt für Leben,
muß es ganz und gar lebendig sein.
Wenn es noch Luft gibt zum Atmen,
muß Atem sein …
Wenn das Herz wieder schlagen soll,
soll es doch wieder schlagen.
Keinen Ort gibt es auf der ganzen Welt,
der nicht Leben enthielte.

Vermischt mit Dampf, mit heiserem Atem, drangen die Worte aus seinem erhitzten Kehlkopf, halfen ihm bei seiner schweren Arbeit. Plötzlich spürte Kagot eine Regung, der nicht atmende Körper zuckte zusammen, und ein leises Stöhnen ließ die winselnden Hunde verstummen. Mit gespitzten Ohren erstarrten sie voller Erwartung. Kagot legte sein Ohr an Amtyns Brust, und durch die dicke Fell-Kuchljanka nahm er die raschen, schweren Schläge des wiederbelebten Herzens wahr.

»Wo bin ich?« fragte Amtyn stöhnend und schlug die Augen auf.

»An der Küste von Pilgyn.« Kagot war klar, daß Amtyn sich bereits an einem anderen Ufer glaubte.

»Was ist denn geschehn?«

»Der Schlitten ist eingebrochen. Samt den Hunden und dem Kopalchen. Aber ich habe dich rausgezogen.«

»Du hast mich gerettet«, sagte Amtyn leise. »Du hast mich gerettet ...«

Grenzenloses Glücksgefühl und Erleichterung ergriff von ihm Besitz. Ja, nicht jedem gelingt es, einem solchen Unglück zu entrinnen ... Aber was würden die Götter dazu sagen? Was würden die Äußeren Kräfte davon halten, die es doch verbieten, einen Menschen zu retten, der ins Wasser gefallen ist oder auf einer driftenden Eisscholle davongetragen wird? Allerdings sah es ganz so aus, als habe sein Retter seine eigenen Beziehungen zu den Äußeren Kräften oder denke jetzt nicht daran.

Kagot band die schwere Ladung los, stieß die runden Kymgyt vom Schlitten und zerrte das Gespann zu dem im Schnee liegenden Amtyn. Er legte ihn auf den Schlitten und schrie den Hunden etwas zu.

Die zogen an und stürmten so schnellfüßig voran, als hätten sie den Ernst der Lage begriffen. Kagot mußte sich auf eine Kufe stellen, um nicht hinter dem dahinjagenden Gespann zurückzubleiben.

Amtyn bibberte in Wind und Kälte, aber obwohl er mit seinen klappernden Zähnen riskierte, sich in die Zunge zu beißen, wiederholte er immer wieder: »Du hast mich gerettet, Kagot, hast mich gerettet ...«

»Bleib liegen und sei still«, sagte Kagot. »Du brauchst jetzt vor allem Wärme und Ruhe.«

Schneefall setzte ein, dicht und schräg. Der Wind blies vom Meer, und die Schneeflocken waren groß, schwer und feucht. Sie fielen aufs Gesicht und tauten langsam, blieben an den Wimpern kleben und erschwerten die Sicht. Die Hunde liefen langsamer, die Kufen glitten schlecht auf dem feuchten Schnee, hatten sich nach dem langen Sommer noch nicht geglättet.

Amtyn ächzte leise, versuchte, etwas zu sagen, doch in seinen geöffneten Mund flog Schnee, verursachte Husten und ein tief aus dem Körper kommendes Stöhnen.

Kagot lauschte auf seine innere Verfassung und entdeckte mit stiller Freude in sich etwas Neues. Der Gedanke, daß auf dem Schlitten ein lebendiger Mensch lag, gab ihm eine eigene Empfindung. Schuld vor den Göttern fühlte er nicht. Er empfand auch keine Angst, nur leichte Beunruhigung. Ihm war klar, wenn er Amtyn nicht zu Hilfe geeilt wäre, hätte er sich selbst viel härter verurteilt, als das Urteil der Götter über ihn ausgefallen wäre. Amos hatte immer wieder gesagt, er verhalte sich ihnen gegenüber mit der gebührenden Achtung und erkenne ihre Macht an, aber das hieße nicht, daß er sie fürchte. Nur wer ein unehrenhaftes, ungerechtes und verlogenes Leben führe, fürchte die Götter. Wer aber ein gutes Gewissen und ein reines Herz habe, die Macht der Äußeren Kräfte achte und an sie denke, indem er ihnen zur gebotenen Zeit Opfer bringe, der habe nichts zu befürchten. Die Äußeren Kräfte lenken das Leben des Menschen ihm zum Nutzen, nicht zum Schaden. Die Hunde waren umgekommen, der Schlitten unterm Eis versunken, die mit solcher Mühe kurz vor dem Winter gewonnenen Kymgyt verloren, aber der Mensch war am Leben!

Der Weg führte bergauf. Es war der letzte Anstieg vor den Jarangas.

Schon erkannten sie flackernden Feuerschein. Immer wenn ein Mann aufs Meer zieht oder sich auf den Weg macht, entfachen die in der Jaranga Gebliebenen in der Stunde, da sie ihn zurückerwarten, vor der offenen Tür oder, wenn es windstill ist, draußen, in einem Steinlämpchen ein Feuer. Der helle Fleck führt den müden Heimkehrer zum Haus, verheißt Wärme und heißes Essen.

Kagot lenkte das Gespann unmittelbar zu Amtyns Wohnstatt. Die in der Siedlung verbliebenen Hunde empfingen die Ankömmlinge mit aufgeregtem Gebell, die Frau aber, die neben Amtyns Jaranga wartete, blickte schweigend auf Kagot und die auf dem Schlitten liegende ungewöhnliche Ladung. Sie hatte schon begriffen, daß ein Unglück geschehen war, denn der zweite Schlitten fehlte. Noch wußte sie nicht, ob der Mann tot war oder noch am Leben.

Tschejwyne trat mit bloßem Kopf und wirren Haaren in ihrer Fellkombination langsam an den stehenden Schlitten und vernahm von Kagot: »Er lebt … Ist in Pilgyn im Eis eingebrochen. Hunde und Schlitten sind verloren. Er aber ist gerettet.«

Amtyn schlug die Augen auf, umfing mit trübem Blick die Frau und krächzte, während er den in seinen Mund geratenen feuchten Schnee ausspuckte: »Er hat mich gerettet … Hat mich aus dem Wasser gezogen … Er hat mich gerettet …«

Behutsam hoben Kagot und Tschejwyne Amtyn an und trugen ihn in die Jaranga, in den Fell-Polog.

»Zieh ihn vollständig aus«, ordnete Kagot an, »und gib ihm heißen Tee. Möglichst viel heißen Tee und Renbrühe … Ich bin gleich zurück.«

Er führte die Hunde mit dem Schlitten beiseite, spannte sie aus, befahl Kaljana, sie zu füttern, und kam in Amtyns Jaranga zurück.

Entkleidet und tiefrot vom Tee, lag Amtyn auf dem Renfell und erzählte langsam, was vorgefallen war.

»Dunkelheit und Kälte hielten mich umfangen ... Da dachte ich: Das wär's, mein Erdendasein ist beendet, gleich würde ich im andern Leben auferstehn. Mein Verstand hatte sich damit abgefunden, der Körper aber wollte immer noch nicht sterben – Arme und Beine kämpften mit aller Macht, wollten mich an die Oberfläche stoßen. Mit einem Mal spürte ich keine Kälte mehr, erst, als das Wasser mir in Mund und Ohren strömte ... Wahrscheinlich war ich schon in anderen Breiten, als Kagot mich aus dem Wasser zog. Zuerst konnte ich nicht glauben, daß ich noch auf Erden war. Die Brust tat mir sehr weh und der Magen ... Iiii!« stöhnte Amtyn auf und schloß die Augen.

Kagot bat alle, den Polog zu verlassen. Er blieb allein mit Amtyn zurück. An der hinteren Fellwand brannte hell eine Tranlampe und erfüllte den Raum mit gelbem Licht, verbreitete nach angebranntem Fett riechende Wärme.

»Höre, Amtyn«, sagte Kagot, »da es sich nun mal so ergeben hat und du in die Welt der Lebenden zurückgekehrt bist, müssen wir an die Zukunft denken.«

»Das hört sich so an, als täte es dir leid, daß du mich gerettet hast.« Amtyn verzog den Mund.

»Es tut mir nicht leid«, antwortete Kagot ruhig. »Im Gegenteil, ich bin mir immer sicherer, daß ich richtig gehandelt habe. Bedauern könnten es andere ...«

»Wer denn?« fragte Amtyn beunruhigt.

»Die Äußeren Kräfte. Die dich in ein anderes Leben gerufen haben. Hast du ihren Ruf nicht vernommen?«

»Ich kann mich nicht erinnern«, antwortete Amtyn unsicher. »Vielleicht war da ein Ruf ...«

»Bestimmt gab es einen«, sagte Kagot überzeugt. »Und

wer davon nichts wissen will, kann sich den Zorn der Götter zuziehen.«

»Ja?« fragte Amtyn erschrocken. »Was soll ich denn machen? Ich kann doch nicht wieder in das kalte Eisloch?«

»Es gibt einen anderen Weg«, sprach Kagot.

Hoffnungsvoll sah Amtyn ihn an und stützte sich sogar mit einem Ellenbogen auf das Renfell.

»Sag schnell – was ist das für ein Weg?«

»Du mußt ein anderer werden.«

»Wie soll ich das machen?« fragte Amtyn verwundert.

»Du mußt deinen Namen wechseln«, fuhr Kagot fort, ohne die Stimme zu heben, »mußt deine Gewohnheiten und die Kleidung wechseln. Wo legst du dich zum Schlafen hin?«

»Im Polog.«

»Ich frage, von welcher Seite legst du dich zu deiner Frau, von rechts oder von links?«

»Gewöhnlich von links«, antwortete Amtyn nach kurzem Überlegen. »Tschejwyne liegt dicht am Fellvorhang. Sie steht vor mir auf.«

»Du mußt an ihrem Platz schlafen und sie an deinem«, sagte Kagot streng.

Kagots Erregung übertrug sich auf Amtyn, doch aufgewühlt von seiner Errettung, erfaßte er alles nur schlecht und antwortete unpassend.

»Und alles andere?«

»Was hast du im Sinn?« Kagot verstand nicht.

»Immerhin bin ich ein Mann«, erinnerte ihn Amtyn mit leicht gekränkter Stimme.

»Ach, das meinst du?«

Amtyn hatte den Eindruck, als lächelte Kagot spöttisch, obwohl er selbst daran gar nichts komisch fand.

»Da mußt du dir selber was ausdenken ... Mach es anders, nicht so wie üblich«, riet Kagot. »Das ist nicht die Hauptsache. Am wichtigsten ist jetzt, daß sich alle deine äußeren Anzeichen und Handlungen, die die Leute kennen, ändern.«

»Wie kann einer an all das denken?« Amtyn stöhnte jammervoll auf. »Wäre ich doch lieber ertrunken!«

»Sag das nicht! Da du gerettet bist, war es der Wille der Götter. Die Götter, die deinen Tod wollten, haben anderen nachgegeben, die halfen, dich zu retten. Doch die bösen Äußeren Kräfte haben ein gutes Gedächtnis. Von morgen früh an mußt du schon einen anderen Namen tragen«, schärfte ihm Kagot ein.

»Woher sollen wir denn einen neuen Namen nehmen?« Hilflos breitete Amtyn die Arme aus.

»Einen Namen gebe ich dir«, sagte Kagot und spürte, wie in seiner Brust etwas Großes, Frohes aufkam – wie ein Wind der Begeisterung. »Ich nenne dich Amos! Hörst du mich, Amos?«

»Ich höre«, antwortete der Mann leise und schloß erschöpft die Augen, als hätte ihm der Gewinn des neuen Namens die letzten Kräfte geraubt.

Kagot verließ den Polog und sagte zu den Leuten, die sich im Tschottagin zusammengefunden hatten: »Hier ist kein Amtyn mehr … Der Mann, der jetzt im Polog schläft, trägt den Namen Amos! Merkt es euch, der Mann heißt Amos!«

Der Schnee fiel noch dichter, und aufgekommener Wind verhüllte den sichtbaren Raum. Das Dunkle und Schwere, das seit jenem klaren Frühlingstag auf Kagots Herz gelegen hatte, da er dem alten Schamanen das Leben nahm, war dahin, war verschwunden, hinweggetragen von Wind und feuchtem Schnee.

Nicht zu sehen sind die Sterne, nicht zu hören ihr
    Rauschen,
in schwarze Nacht ist alles getaucht:
Ob menschliche Stimme, ob tierisches Brüllen –

nichts gibt es, nur Dunkel und nachtschwarze Stille …
Wer wird dich hören, wenn nicht du selbst?
Was ist dein Gedanke, wenn nicht Antwort des eigenen
Gedankens!
Dunkel und Stille – sie spiegeln nur deine Seele,
sind eine kühle Wiege dunkler Gedanken …

## 5

Der leichte Schneefall und der schwache Wind erinnerten zunächst an den Vorwinter in Norwegen, vor allem in der Umgebung des Bunnefjords. Das Eis war allem Anschein nach fest geworden, und sollte es doch Eisbewegungen und Eispressungen geben, würden sie das Schiff wohl kaum erreichen. Gegen Ende September wurde jedoch klar, daß das Wetter hier nichts mit dem norwegischen gemein hatte. Mit jedem Tag verstärkte sich der Frost, und das Weiß, das die Umgebung einhüllte, wirkte allmählich bedrückend.

Jeden Tag begann Amundsen mit einem Rundgang durch das Schiff, um zu prüfen, was da vor sich ging, dann stieg er hinab aufs Eis. Sundbeck hatte den Flutmesser fertigmontiert – ein Gerät zur Registrierung von Schwankungen des Meeresspiegels. Der Hundestall war ausgezeichnet. In dieser zuverlässigen und warmen Zuflucht brauchten die Hunde weder Schneestürme noch harten Frost zu fürchten.

Die Arbeiten zur Vorbereitung auf die Überwinterung näherten sich dem Ende.

Amundsen begriff: Die wissenschaftlichen Ergebnisse dieser Expedition würden ohne genaue Auskünfte über die Eingeborenen dieses Landstriches unvollkommen sein, daher war es Zeit, eine Expedition Sverdrups tief in die Tundra von Tschukotka ernsthaft ins Auge zu fassen. Eine zweite Gruppe mußte versuchen, Nishnekolymsk zu erreichen und von dort ein Telegramm in die Heimat zu senden.

Obwohl sie während des Festliegens im Winter weniger Leute benötigten, beabsichtigte Amundsen, zumindest einen Mann für die Arbeit an Bord anzustellen. Doch bisher hatte er unter denen, die aufs Schiff kamen, noch keinen gefunden, der für ein ständiges Leben an Bord eines Expeditionsschiffes getaugt hätte.

Sie richteten ein Dampfbad ein, und eines Abends beschlossen alle, sich einmal ordentlich zu waschen. In den ersten Dampf durften Amundsen und Sverdrup – er wurde vorgezogen, weil zu vermuten war, daß er mindestens ein halbes Jahr nicht wieder die Möglichkeit haben würde, sich richtig zu waschen.

»Praktisch sind die Völker dieses Landstrichs von der Wissenschaft kaum erforscht«, sagte Sverdrup, die Hitze genießend. »Vor uns war hier nur eine kleine Expedition des Museums für Naturgeschichte in der Smithsonian Institution …«

»Nansen hat mir davon erzählt«, ließ sich Amundsen aus einer Dampfwolke vernehmen. »Darin haben vorwiegend russische politische Verbannte gearbeitet, Bogoras und Jochelson. Sie haben als erste die Sprachen und Religionen der hiesigen Völker beschrieben. Aber ohne Kenntnis der Sprache werden Sie es wohl schwer haben. Während einer Überwinterung an der Küste von Nordkanada habe ich das besonders deutlich gespürt. Manchmal hatte ich den Eindruck, als verstünde ich das innere, geistige Leben der Eskimos ganz gut, dann aber geschahen mitunter Dinge, daß ich zu dem Schluß kam, sie würden für mich ein Rätsel bleiben … Übrigens nicht nur für mich, sondern auch für viele andere, sogar für diejenigen, die glauben, das Phänomen des arktischen Menschen begriffen zu haben. Wer die Seele eines Volkes kennenlernen will, muß seine Sprache kennen.«

Ungewöhnlicher Lärm vom Deck her und Olonkins Stimme zwangen sie, das Gespräch in dieser anheimelnden

Umgebung abzubrechen. »Besuch, Herr Amundsen! Ein großer Zug von Hundegespannen nähert sich!«

Um das Schiff hatte sich ein ganzes Lager von Hundegespannen mit deren Gespannführern versammelt. Die Schreie der Menschen, das Gewinsel und Gebell der Hunde, das durch dunkle Wolken dringende Mondlicht boten ein wunderliches, einmaliges Schauspiel. Es war schwer zu glauben, daß sich das alles in der durch ihre Menschenleere und Schweigsamkeit bekannten arktischen Einöde abspielte.

In der Messe hatten sich schon ein paar Mann eingefunden, darunter fielen Gesichter offensichtlich europäischen Ursprungs auf.

»Guten Tag, meine Herren!« begrüßte Amundsen sie auf englisch. »Ich freue mich, Sie auf der ›Maud‹ begrüßen zu können, die mit wissenschaftlichem Auftrag durch die Nordostpassage fährt.«

Er ordnete an, den Besuchern Kaffee zu reichen. Viele legten die Pelzbekleidung ab und warfen ihre Kuchljankas und Malachais auf den Boden an der Wand der Messe.

»Sind unter Ihnen Vertreter der örtlichen Administration?«

Die Gäste wechselten Blicke. Einer trat aus der Menge hervor und sagte in ziemlich gutem Englisch: »Mein Name ist Grigori Kibisow. Ich bin ein Händler hier vom Nordkap. Ich muß Ihnen sagen, Herr Amundsen, daß es in Rußland zur Zeit keine feste Macht gibt. Da ist Bürgerkrieg.«

»Ich hoffe doch, die Auseinandersetzungen finden fern von Tschukotka statt?«

»Leider nein!« Kibisow breitete die Arme aus. »Der Machtkampf zwischen den rivalisierenden Gruppen hat schon unsere Gegenden erreicht … Uns auf dem Fuß folgen die Vertreter des Revolutionskomitees von Anadyr.«

»Meine Herren«, sagte Amundsen nach kurzem Überlegen, »ich habe mich immer aus der Politik herausgehalten und möchte mich nicht in die inneren Angelegenheiten Rußlands einmischen. Bitte betrachten Sie meine Fragen als das natürliche Interesse eines Mannes der Wissenschaft. Wir beabsichtigen, einige Schlittenfahrten ins Inland und nach Nishnekolymsk zu unternehmen, um über die dortige Funkstation Telegramme aufzugeben. Unsere Regierung, unsere Verwandten sorgen sich um das Schicksal der Expedition. Ich würde gern Näheres über die tatsächliche Lage in der Gegend hier erfahren.«

Kibisow trank mit sichtlichem Vergnügen einen Schluck Kaffee und verschlang unzerkaut ein weiches Brötchen, das Amundsen eigenhändig gebacken hatte. Neugierig beobachtete der Hausherr den Gast. Ihn interessierten von jeher Menschen, deren ganzes Leben darauf ausgerichtet war, in diesen rauhen Landstrichen Reichtümer zu erwerben. Unwillkürlich empfand er Sympathie für sie, auch wenn er sich niemals hätte mit ihnen gleichsetzen lassen.

»Anfang 1917«, begann Kibisow seinen Bericht, »wurde hier wie in ganz Rußland die Machtübernahme der Provisorischen Regierung verkündet. Aber noch lange blieb alles beim alten, denn eine neue Verwaltung kam nicht. In großen Siedlungen wie Uelen arbeiteten noch die zaristischen Polizisten und die alte Administration, und in Nowomariinsk gab es eine Kreisverwaltung mit dem Kreisvorsitzenden Zaregorodzew. Dann aber entzog die Provisorische Regierung Zaregorodzew die Macht. Und im Sommer vorigen Jahres kam nach Nowomariinsk eine andere Macht – der Oberste Regent von Sibirien, Admiral Koltschak ...«

»Verzeihung, Herr Kibisow«, unterbrach ihn Amundsen, »ich kann Ihrem Bericht nicht folgen. Wodurch unterscheidet sich denn das Programm der einen Obrigkeit von dem der anderen?«

»Ehrlich gesagt, haben wir damit selbst unsere Schwierigkeiten«, sagte Kibisow spöttisch lächelnd.

»Und wer ist zur Zeit in Rußland an der Macht?«

»In den zentralen Gebieten des Landes«, fuhr Kibisow fort, »sind laut amerikanischen Zeitungen und Meldungen, die wir über den Telegraphen erhalten, die Bolschewiken an der Macht.«

»Wer sind denn die?« fragte Amundsen neugierig. »Ich höre zum erstenmal von denen.«

»Man erzählt alles mögliche«, sagte Kibisow achselzukkend. »Aber es ist offenbar eine starke und weitverbreitete Bewegung. Anfang diesen Jahres haben sie die Sowjetmacht in Nowomariinsk verkündet und Treue zu ihrem Führer Wladimir Lenin.«

»Na, so was!« rief Amundsen verwundert, weil das politische Leben in dem Land, das einem außenstehenden europäischen Beobachter noch vor wenigen Jahren wie ein schlafender Bär vorkam, so stürmisch verlief.

»Die Regierung der Bolschewiken in Nowomariinsk hat aber nicht lange gedauert, im Februar sind die Vertreter von Admiral Koltschak wieder an die Macht gekommen.«

In seinem Bericht hatte Kibisow Einzelheiten der grausamen Abrechnung ausgespart, die Koltschaks Konterrevolutionäre unter den Mitgliedern des ersten Revolutionskomitees von Tschukotka angerichtet hatten. Die ortsansässigen Kaufleute befürchteten, die Errichtung der Sowjetmacht im fernen Nordosten könnte die hiesige Freizügigkeit im Handel beenden, wo amerikanische und russische Handeltreibende sich gleichermaßen wohl fühlten, und zu denen im Sommer auch die Japaner und viele Glückssucher unbekannter Nationalität sowie Staatsbürgerschaft stießen.

»Dann ist also auf Tschukotka wieder Koltschak an der Macht?« fragte Amundsen.

»Nein«, antwortete Kibisow. »Aus Wladiwostok ist in diesem Sommer eine Abteilung Rotarmisten eingetroffen.«

»Und wer sind die?« fragte Amundsen verwundert.

»Anhänger der Bolschewiken«, entgegnete Kibisow.

»Kennen Sie denn die politische Plattform und das Programm dieser Bolschewiken?«

»Sehr vage«, antwortete Kibisow. »Es heißt, sie seien für eine vollständige Kollektivierung des Lebens, für die Nationalisierung des Eigentums jeder Art, bis hin zu den Frauen.«

»Was Sie nicht sagen!« rief Amundsen ungläubig. »Wie soll denn das praktisch aussehen?«

»Praktisch?« Kibisow überlegte. »Das heißt, meine Frau wird ebenso auch die Frau meines Nachbarn sein.«

»In dem Fall wird aber die Frau Ihres Nachbarn ebenso Ihre Frau sein«, bemerkte lächelnd Sundbeck, der das Gespräch verfolgt hatte.

»Ich denke, über die Bolschewiken werden Sie bald von ihnen selber mehr erfahren. Wie ich bereits sagte, kommen hinter uns zwei Gespanne mit Vertretern der neuen Macht«, sagte Kibisow und äußerte so sein Mißvergnügen über Sundbecks Bemerkung.

»Ich habe noch eine Frage, Herr Kibisow.« Amundsen gab dem Gespräch wieder einen ernsten Ton. »Wie ist Ihr Verhältnis zu der neuen Macht und überhaupt zu den Veränderungen in Rußland?«

Kibisow trank seinen Kaffee aus und stellte die Tasse behutsam auf den Tisch.

»Wir Händler von hier denken, allmählich kommt alles wieder ins Lot und wird so wie früher. Das Randgebiet hier hat die zaristische Regierung wenig interessiert und die neue Obrigkeit schon gar nicht. Das ist ein gottverlassenes Land, Herr Amundsen, und jeder sucht hier sein Glück.«

Nach der Bewirtung äußerten die Gäste den Wunsch, zu Handelsgeschäften überzugehen, und Amundsen mußte ihnen erklären, daß die Expedition keinen Handelscharakter habe.

»Ich erwerbe alles, was ich für eine ruhige und erfolgreiche Überwinterung benötige, von den Ortsansässigen, zu denen wir gute Beziehungen haben.«

Kibisow nickte verständnisvoll.

Danach erörterte Amundsen die Möglichkeit einer Fahrt nach Nishnekolymsk.

»Ihre Kameraden können ja hinter unserer Karawane herfahren«, sagte Kibisow.

Während ihres Gesprächs hatte sich herausgestellt, daß die »Maud« nicht das einzige Schiff war, das in diesem Jahr an der Küste von Tschukotka vor Anker gegangen war, um hier zu überwintern. Östlich von der Tschaunbucht, bei Kap Serdze-Kamen, hatte das Eis den russischen Dampfer »Stawropol« eingeschlossen.

Spätabends, als sich das Lager beruhigt hatte und auf dem Schiff Stille eingetreten war, beschloß Amundsen, an Land zu gehen, und rief Gennadi Olonkin zu sich. Ihm machte Sorgen, daß sich seit einigen Tagen weder Kagot noch Amtyn bei ihnen hatten sehen lassen.

Den ganzen Tag über war Schnee gefallen, mitunter war sogar richtiger Schneesturm aufgekommen. Doch gegen Abend hatten sich die Wolken verzogen, es zeigten sich erstaunlich klare Sterne, und das Mondlicht reichte, um alle Unebenheiten auf dem Weg von der »Maud« zur Küstensiedlung zu erkennen.

Aus Vorsicht hatten Amundsen und Olonkin lange Stökke mit Spitzen mitgenommen. Der Schnee knirschte angenehm unter ihren Füßen, die kristallklare Luft aber und die verhältnismäßig hohe Temperatur erinnerten an die schönsten Sommerabende am Bunnefjord.

Sie gingen auf die große Jaranga von Amtyn zu, wo sie das erstemal gewesen waren. Aus der geöffneten Tür schimmerte Licht – im kalten Teil der Jaranga brannte ein Feuer. Die Hunde empfingen die Gäste mit Gebell. Aus der Jaranga blickte eine Frau und verschwand alsbald wieder. Im Tschottagin war Kagot.

Amundsen erwiderte den Gruß und sagte: »Wir haben Sie lange nicht gesehen … Ist bei Ihnen alles in Ordnung?«

Kagot antwortete nicht sogleich.

»Wir konnten unser Versprechen nicht halten und haben keinen Kopalchen gebracht. Ein Unglück ist geschehen: Mein Kamerad ist mitsamt der Ladung eingebrochen. Er hat alles verloren, den Schlitten und die Hunde.«

»So ein Pech!« rief Amundsen voll aufrichtigem Mitgefühl. »Ist Ihr Kamerad selbst noch am Leben?«

»Ja, er lebt«, antwortete Kagot.

»Gott sei Dank!« sagte Amundsen erleichtert. »Und wie geht es Herrn Amtyn?«

»Amtyn gibt es nicht mehr.«

»Wie das?« rief Amundsen. »Den armen Amtyn gibt es nicht mehr?«

»Nein, den gibt es nicht mehr«, antwortete Kagot fest. »An seiner Statt lebt in dieser Jaranga jetzt Amos.«

»Ich verstehe gar nichts.« Verwirrt wandte sich Amundsen nach Olonkin um. »Was sagen Sie dazu? Wohin ist der arme Amtyn verschwunden, und warum lebt in dieser Jaranga Amos, den wir nicht kennen?«

»Sie kennen Amos«, fuhr Kagot mit gleichbleibend ernster Stimme fort. »Und er kennt Sie.«

»Seltsam! Unbegreiflich!« murmelte Amundsen.

»Können wir diesen Amos nicht sehen?« bat Olonkin.

»Doch das können Sie«, sagte Kagot und rief laut: »Amos!«

Im Inneren der Jaranga bewegte sich der Pelzvorhang des Schlaf-Pologs, und der ihnen gut bekannte Amtyn blickte in den Tschottagin.

»Ich habe die Aufmerksamkeit der bösen Geister abgelenkt«, erklärte Kagot mit schlichter, alltäglicher Stimme. »Habe die Spur verwischt. Von nun an steht vor Ihnen ein anderer Mensch, der dem, den Sie noch vor ein paar Tagen kannten, nicht gleicht. Er heißt Amos.«

»Ja, ja, Amos, ich habe verstanden.« Amundsen lächelte, denn er entsann sich, daß bei vielen Urvölkern der Wechsel des Namens eine teilweise Verwandlung des Menschen bedeutet.

Der Neuverwandelte unterschied sich allerdings durch nichts von dem früheren, und auf seinem Gesicht lag das gleiche pfiffige und verschmitzte Lächeln.

»Schade, daß wir kein Hundefutter mitgebracht haben.«

»Das macht nichts, wir können ein paar Tage warten, bis Sie wieder endgültig auf den Beinen sind«, sagte Amundsen. »Ich denke«, fuhr er fort, »jetzt ist es höchste Zeit, ein wenig Arznei einzunehmen.«

Er machte Olonkin ein Zeichen, und der zog eine kleine Metallflasche mit Schraubverschluß heraus.

»Was meinst du, darf ich die Medizin der Fremdlinge einnehmen?« erkundigte sich Amos hoffnungsvoll.

»Was ist denn das?« interessierte sich Kagot.

»Es wirkt genauso wie Wodka, ist aber von viel besserer Qualität«, erklärte Amundsen. In der Flasche war französischer Cognac.

»Amtyn liebte das erheiternde Feuerwasser und hat immer danach gegiert«, sagte Kagot, »aber Amos ...«

Eilfertig ergänzte Amos: »Amos macht sich nichts aus erheiterndem Feuerwasser.«

Verwundert sah Amundsen ihn an und sagte mit einem Anflug von Achtung: »Wenn dem so ist, will ich nicht drängen.«

Sie sprachen über die bevorstehende Fahrt nach Nishnekolymsk. »Nehmen Sie möglichst viel Kopalchen mit«, riet Amos. »Das ist gute Nahrung für unterwegs. Außerdem kann man dafür bei den Nomaden immer Renfleisch und Renfelle eintauschen. Wir haben große Vorräte und sind bereit zu teilen.«

»Ich danke Ihnen«, sagte Amundsen beim Abschied. »Erholen Sie sich möglichst schnell.«

Beim Schiff stand Kibisow.

»Können Sie nicht schlafen, Herr Kibisow?« fragte Amundsen.

»Ich lebe hier schon etliche Jahre, kann mich aber an die hiesige Natur einfach nicht gewöhnen. Heute bin ich so unruhig – sicherlich wird es Polarlicht geben. Sehen Sie den Schein im Nordwesten, unmittelbar am Horizont?«

Amundsen und Olonkin drehten sich um und bemerkten einen hellen Streifen, der aussah, als befände sich dort eine lichtüberflutete Großstadt.

»Und was sagen die Einheimischen dazu?«

»Unterschiedliches«, antwortete Kibisow. »Aber kann man ihnen trauen? Das Volk ist unwissend und ungebildet, sie glauben an allen möglichen Unsinn, an den jemand mit gesundem Menschenverstand niemals glauben kann, dem er nicht mal Aufmerksamkeit schenken würde.«

»Sind Sie jemals Schamanen begegnet?« erkundigte sich Amundsen.

»Ja, hin und wieder«, antwortete Kibisow, »bei uns auf dem Nordkap gibt es einige. Darunter sogar eine Frau.«

»Na, so was!« rief Amundsen verwundert.

Kibisow lächelte spöttisch. »Sie haben sogar Wechselwesen: kleiden sich wie Frauen, sind aber Männer. Oder umgekehrt: Eine Frau gibt vor, ein Mann zu sein. Sonderbares gibt es bei ihnen viel, das Wesentliche ihres Lebens kann man nicht ergründen.«

»Finden Sie denn an ihnen nichts Anziehendes?« fragte Amundsen.

»Sie hatten auch anziehende Züge«, antwortete Kibisow nach kurzem Überlegen. »Aber viele haben sie bereits verloren. Die früher hier gelebt haben, erzählen, daß die Ortsansässigen ungewöhnlich ehrlich gewesen seien. Daß sie, ohne um Erlaubnis zu fragen, auch nur eine Kleinigkeit an sich genommen hätten – das hat es bei ihnen nicht gegeben.«

»Stehlen sie denn jetzt manchmal?« fragte Amundsen.

»Ich selbst habe das nicht gesehen«, antwortete Kibisow, »am erstaunlichsten aber ist, daß sie sich allmählich in Handelsfragen auskennen. Früher war das so: Welchen Preis man auch immer für Pelzwerk bot, sie akzeptierten ihn. Jetzt haben sie gelernt zu handeln. Bald paßt einem dies nicht und bald etwas anderes, für ihren Plunder verlangen sie gute Ware und in großer Menge.«

»Aber soweit ich verstanden habe, ist der Handel hier nach wie vor profitabel, wenn man nach der Zahl der Händler urteilt?« bemerkte Amundsen.

»Die Konkurrenz ist groß«, seufzte Kibisow, »vor allem die Amerikaner stechen uns Russen aus. Wegen des Bürgerkriegs können wir immer weniger Ware aus Wladiwostok beziehen, zu ihnen aber fahren jedes Jahr Schoner aus Nome, San Francisco, Seattle. Hier Handel zu treiben ist schwer, vor allem deshalb, weil es keine sichere Macht gibt.«

Amundsen hörte zu und dachte, gerade das Fehlen einer sicheren Macht gestatte den zahlreichen hiesigen Händlern, die örtliche Bevölkerung auszurauben. Aber laut sagte er nichts, er wünschte Kibisow nur eine gute Nacht.

## 6

Nach der Abfahrt der großen Handelskarawane verließ als erste Sverdrups ethnographische Gruppe die »Maud«. Sie nahmen Kurs aufs Inland, zu den Nomadenstämmen der Tschuktschen-Halbinsel.

Einige Tage darauf begab sich auch eine andere Gruppe mit Olonkin, Hansen und Tønnesen auf den Weg.

Am Vorabend ihrer Abreise führte Amundsen ein langes Gespräch mit Olonkin.

»Ich habe den Eindruck«, sagte der Leiter der Expedition, »Rußland befindet sich an der Schwelle höchst wichtiger Veränderungen, die sich auf die gesamte Weltsituation auswirken werden. Die alte russische Administration mußte früher oder später durch eine andere, zeitgemäßere ersetzt werden. Ich hatte zwar nur mit denen zu tun, die den Norden verwalten, aber ihre Rückständigkeit hat mich verwundert ... Nehmen Sie nur Kibisow. Sie können einwenden, er sei kein Russe, sondern stamme aus dem Kaukasus. Aber er ist Rußlands Untertan, und soweit ich begriffen habe, fühlt er sich auch vor allem als Russe, besonders angesichts der amerikanischen Handelskonkurrenten. An den hiesigen Bewohnern findet er offenbar keine menschlichen Züge. Ich muß Ihnen offen sagen, das ist ein großer Fehler ... Was meinen Sie, Herr Olonkin?«

»Ich stamme von den Nordrussen ab«, antwortete Olonkin, »die seit Jahrhunderten in enger Nachbarschaft mit den Ureinwohnern des Nordens gelebt haben, vor allem mit den Nenzen. Glauben Sie mir, wir hatten zu ihnen ein ganz anderes Verhältnis als die Händler ... Und was die Zukunft anbelangt ... Ich kann schwer vorhersagen und erraten, was kommen wird. Das einzige, worum ich Gott ständig anflehe, ist, daß diese Küsten Rußland nicht entrissen werden.«

»Denken Sie denn, eine solche Gefahr besteht?« fragte Amundsen.

»Von hier aus ist es nach Amerika viel näher als bis Petrograd oder Moskau«, antwortete Olonkin trübselig.

»Hoffen wir auf den Verstand der neuen Administration«, sagte Amundsen aufmunternd. »Unsere Hauptaufgabe ist, nach Nishnekolymsk zu gelangen und zu versuchen, ein Telegramm an die norwegische Regierung abzuschicken. Trotzdem wäre es gut, herauszufinden, wer in der Gegend hier tatsächlich an der Macht ist. Sonst kommt es noch so weit, daß wir uns hier gewissermaßen ungesetzlich aufhalten. Jedenfalls hat eine beliebige Administration das Recht, uns zu fragen, was wir hier machen und mit wessen Genehmigung. Aber wie immer die Regierungen wechseln und wer immer im örtlichen Handel die Oberhand hat, ganz gleich, ob Russen oder Amerikaner – die wahren Herren des Landes hier sind die Ureinwohner. Mit ihnen sollten Sie eine sehr enge und freundschaftliche Verbindung halten. Achten Sie ihre Bräuche und Gewohnheiten, vermeiden Sie jegliche Handlungen, die ihre Menschenwürde verletzen könnten.«

Olonkin ging in seine Kajüte. Er legte sich auf sein schmales, aber bequemes Lager aus weichen Renfellen, über die ein Laken gebreitet war, und dachte an seine Kindheit in dem Küstendorf bei Archangelsk zurück, an die angereisten Nenzen, das lange Teetrinken mit den endlosen Gesprächen über das Wetter, den Fischfang und die Rentierweiden. Ein Rentierzüchter der Nenzen lebte keineswegs besser als ein russischer Bauer. Unter der üppigen Winterkleidung war die Armut zwar nicht immer zu erkennen, aber die einen wie die anderen litten gleichermaßen unter den zaristischen Beamten und den Händlern.

Die Vorgänge in den riesigen Weiten Rußlands, das sich unübersehbar nach Süden wie nach Norden erstreckte, beunruhigten und erregten Olonkins junges Herz. Er schämte sich für seine Mitbürger und Verwandten, vor allem für die Beamten und Kaufleute, für ihre unsagbare Dummheit und Gier, die absolute Gleichgültigkeit gegenüber staatlichen Angelegenheiten und dem Schicksal der Fremdstämmigen, die an den Küsten des Eismeers lebten.

Diesen hatte der Umgang mit der zivilisierten Welt, mit den Händlern nicht den geringsten Nutzen gebracht. In früheren Zeiten kühn und unabhängig, verloren sie sichtlich Gesundheit und Stolz. An der Küste des Eismeeres stieß man oft auf Nomadenlager und Siedlungen, in denen jämmerliche Überreste einst zahlreicher Stämme und blühender Sippen hausten. Armut, Hungersnöte und unbekannte Krankheiten, gegen die sogar die mächtigen Schamanen machtlos waren, hatten die einst gesunden und kräftigen Menschen zu Hunderten hingerafft. Sie waren zum Untergang verurteilt, und Olonkin empfand Erbarmen und Mitgefühl, wenn er dieses offenkundig erlöschende Leben betrachtete. Ob sie wohl selbst ahnungslos waren, welch trauriges Los sie erwartete?

Noch ein Gedanke bewegte Olonkin des öfteren: Nicht fremdländische, sondern Forschungsreisende aus Rußland, eigene Leute müßten diese Küsten erforschen. Anstelle der norwegischen Expedition müßte eine russische kommen, vielleicht mit einem Schiff wie die »Heilige Foka«, auf der Georgi Sedow zum Nordpol gefahren war …

Am zwanzigsten Oktober fuhren Olonkin, Hansen und Tønnesen mit einem Hundegespann in der Spur des etwas eher aufgebrochenen Kibisow los. Der Schneematsch, der sich auf dem Eis gebildet hatte, machte das Vorankommen beschwerlich. Hunde und Menschen mußten gleichermaßen arbeiten. Olonkin hatte aus weißgegerbtem Riemen einen Alyk für sich selbst gefertigt – so nannten sie hier das Zuggeschirr für Hunde – und spannte sich neben dem vorderen Hund ein. Um den Zeitplan einzuhalten, bemühten sie sich, am Tag bis zu fünfzehn Meilen zurückzulegen. Zwischen dem Massiv des Kaps Baranow und dem offenen Meer war das Küsteneis nur etwa zwanzig Meter breit und wirkte nicht sehr zuverlässig. Doch sie passierten es glücklich, erreichten die Küste, gruben ein paar Balken aus dem Schnee, entfachten ein großes Feuer und gönnten sich eine Ruhepause. Einige Male hatten sie unterwegs halbzerstörte Hütten angetroffen, an einem Ort sogar drei Häuser und eine Kirche. Hier hatten offenkundig einst Russen gelebt, hatten sich solide und für die Dauer niedergelassen, davon zeugte die Kirche mit dem gut erhaltenen Altar. Was war geschehen, wohin waren diese Leute geraten? Hatte eine Seuche sie überrascht, oder hatte der Hunger sie gezwungen, ihre Wohnstatt zu verlassen? Wer würde jetzt die ungeschriebene Chronik vom heldenhaften Leben des russischen Menschen an dieser unwirtlichen Küste entdecken, wer würde sie lesen?

Nach etwa zehn Tagen bemerkten sie schon vom Schlittenweg aus ein Haus auf dem steil ins Meer abfallenden Kap Medweshi. Es stand einsam auf einer Anhöhe. Sie lenkten das Gespann dahin, erklommen zusammen mit den Hunden den steinigen Hang.

Oben angekommen, klopfte Olonkin an die Tür, aber niemand reagierte, und das Äußere der Wohnstatt ließ kaum vermuten, daß sie zur Zeit bewohnt war. Das Haus war jedoch allem Anschein nach erst kürzlich von Menschen aufgesucht worden – das bestätigte sich, als die Reisenden eintraten. An einem in die Wand geschlagenen Nagel hing ein Zettel, auf dem es hieß, das Haus sei am elften September diesen Jahres verlassen worden. Die Reisenden ließen einen kleinen Vorrat Mehl, Tee und Streichhölzer zurück und zogen dann weiter, zur Siedlung Sucharnoje, wo laut Grigori Kibisow viele Russen leben sollten. Darunter konnten auch Zugereiste sein, die etwas Zuverlässiges über den Zustand der Funkstation wissen müßten.

Hinter Kap Medweshi wurde der Weg besser. Manchmal bereitete die Fahrt mit einem Hundegespann sogar ein gewisses Vergnügen: Sie saßen auf dem Schlitten und betrachteten die herbe und wunderschöne nördliche Landschaft. Es wurde früh dunkel, und am klaren Himmel entbrannte, gewissermaßen als Entschädigung für das karge Tageslicht, ein Polarlicht, färbte das ganze Himmelszelt und wirkte auf die Reisenden seltsam erregend. Das Spiel der Farben wurde so stark, daß alles, was sie sahen, wie die Ausgeburt ihrer Phantasie oder das Ergebnis des Wirkens von unbekannten mächtigen Kräften aussah, deren Wesen dem menschlichen Verstand nicht zugänglich ist.

Sucharnoje erwies sich als eine kleine, aber dichtbewohnte Siedlung: Hier lebten etwa sechzig Jakuten und Russen, die aus Nishnekolymsk hierhergezogen waren, um Fischfang zu treiben.

Sie kehrten bei einem Fischereibesitzer ein, der ihnen sein Haus überließ und selbst für eine Nacht zu Nachbarn zog. Die Reisenden wurden mit echt nordrussischer Gastfreundschaft empfangen, und nachdem die nach dem ungewohnt langen Weg ermüdeten Hunde gut gefüttert waren, erfolgte die Bewirtung der Gäste. Es überwogen natürlich Fischgerichte – eine herrliche Fischsuppe, von der der Hausherr sagte, dergleichen hätte nicht einmal der gestürzte russische Zar gegessen, und was die »Stroganina« anbelangt, in hauchdünne, rosa durchscheinende Scheiben geschnittenen, gefrosteten rohen Fisch, so hatte davon außer echten Nordländern niemand auch nur eine Vorstellung.

In dem Haus war so viel Volk zusammengeströmt, daß hin und wieder die Tür geöffnet werden mußte, damit etwas frische Frostluft hereinkam, anderenfalls hätten sie ersticken können. Olonkin reichte eine für solche Fälle bereitgehaltene Flasche Wodka herum, die leer zu ihm zurückkam.

Jeder wollte eine möglichst seltsame Neuigkeit verkünden. Es stellte sich heraus, daß die Funkstation früher einmal nicht in Nishnekolymsk, sondern in Srednekolymsk gewesen, aber schon lange zerstört war.

»Und es sieht ganz so aus, als fände sich niemand, der sie wieder in Gang bringen könnte«, sagte einer der Fischer.

»Gibt es denn keine Post oder einen anderen Fernmeldedienst in der Nähe?« fragte Olonkin.

Obwohl die Frage einfach war, rief sie Bewegung unter den Versammelten hervor, und einige Stimmen antworteten fröhlich, die Menschen von hier hätten längst vergessen, was das sei.

»Aber auf irgendeine Weise erhalten sie doch Neuigkeiten von der Außenwelt?« forschte Olonkin.

»Durch die Stiefelpost!« sagte der Hausherr und erklärte: »Neuigkeiten erfahren wir nur von Durchreisenden. Neulich war Kibisow hier und hat uns vom Machtwechsel in Nowomariinsk und Uelen erzählt.«

»Welche Macht ist denn hier?«

Die Antwort war wieder nur ein Lachen.

»Was heißt Macht!« Der Hausherr winkte ab. »Wer Geld und Wodka hat, der ist an der Macht. Jetzt sieht es überhaupt schlimm aus. Es gibt weder Tee noch Tabak. Der letzte Dampfer aus Wladiwostok ist vor drei Jahren hierhergekommen. Wir haben auf die ›Stawropol‹ gehofft, aber sie wurde vom Eis zerdrückt. Jetzt bauen wir nur noch auf die amerikanischen Schoner, aber hierher kommen die selten – manchen Sommer ist die ganze Küste voller Treibeis.«

Wie Olonkin aus den verworrenen Gesprächen entnahm, hatten schon viele in dieser Gegend versucht, die Macht an sich zu reißen: zuerst Vertreter der Provisorischen Regierung, später Einheiten des Generals Pepeljajew, die dem Kommando des Obersten Regenten Sibiriens, Admiral Koltschak, unterstanden. Es bestätigte sich, was ihnen kürzlich Kibisow mitgeteilt hatte.

»Jetzt scheinen die Bolschewiken zu siegen«, erzählte der Hausherr. »Sie führen einen Partisanenkampf, und die ärmsten Bauern und die Jakuten unterstützen sie. Die Landlosen und Benachteiligten gehen gern in die Partisanenabteilungen. Sie hoffen, bei einer Aufteilung der Reichtümer ihren Anteil abzubekommen.«

»Ein Raubzug ist im Gange, ein gewaltiger Raubzug!« rief einer der Anwesenden. »Man fängt hier Fisch, fährt nach Nishnekolymsk – aber da gibt es keinen, dem man ihn verkaufen könnte: Der Händler ist ruiniert, seine Reichtümer sind verteilt, der Laden ist ausgeraubt.«

»So weit kommt es bei uns nicht«, beruhigte ihn der Hausherr. »Das Volk hier ist friedlich, und was die Jakuten und die Eingeborenen anbelangt – die sind ungebildet.«

Beunruhigung und Verwirrung verließen Olonkin nicht, während er durch verfallene Häuser und unbegreifliche Ruinen schlenderte, in denen die Kolyma-Fischer wie Wildtiere in ihren Bauen überwinterten. Die ortsansässigen Tschuktschen und Jukagiren sahen erheblich anständiger aus als diese heruntergekommenen Vertreter einer zivilisierten Nation. Der Besitzer selbst einer kleinen Herde war viel selbstbewußter als ein wer weiß woher in diese Gegend verschlagener Zugereister. Die meisten dieser Zugewanderten redeten nicht gern über ihre Vergangenheit. Viele waren mit der Hoffnung hierhergekommen, ihr Glück beim Pelzhandel oder beim Goldschürfen zu machen. Doch ihr Pelzwerk verkauften die Hiesigen keineswegs billig, und den Preis der mitgebrachten Waren kannten sie auch recht gut. Sie ließen sich einfach nicht hinters Licht führen, waren nicht zu betrügen; das einzige, was sie gern nahmen und wofür sie oft das Letzte hingaben, war Wodka. Aber mit diesem Teufelszeug zu handeln war nicht ungefährlich: Laut den zuletzt hierhergelangten zaristischen Anweisungen war der Verkauf von Wodka und Schnaps an die örtliche Bevölkerung streng verboten. Bei Zuwiderhandlungen drohte die Beschlagnahme der gesamten Ware und ein hohes Strafgeld. Was aber das Gold auf Tschukotka anbelangt – Spuren davon gab es wohl, doch soviel Gold wie in Nome wurde hier nicht gefunden.

In dieser bunten Menge, deren Stimmung ständig wechselte, spürte man eine innere Spannung, die Erwartung entscheidender Wendungen im Leben. Niemand konnte diesen Zustand detailliert und verständlich darlegen, aber es gab ihn zweifellos. Den Weg nach Srednekolymsk fortzusetzen hatte keinen Sinn mehr. Und mit Hunden bis nach Jakutsk zu fahren war unvernünftig.

Nachdem die Karawane die Schlitten mit frischem Fisch beladen hatte, fuhr sie am ersten November wieder zurück. Die gut erholten Hunde zogen die Schlitten so munter, als erwarteten sie schon die künftige Ruhe in der gemütlichen Hundehütte unweit der »Maud«. Auf dem vorderen Schlitten fuhr Olonkin, hinter ihm Hansen, den Abschluß bildete der Zug von Tønnesen.

Olonkins Weggefährten hatten wenig Umgang mit den Leuten von der Kolyma, weil sie die russische Sprache nicht beherrschten, aber Eindrücke von Sucharnoje und seinen Bewohnern hatten sie trotzdem gewonnen. Auch sie hatten die Verwirrung und Ungewißheit der russischen Bevölkerung bemerkt.

»Mir scheint, diese Leute warten nur darauf, daß jemand kommt und ihnen sagt, was zu tun ist«, äußerte sich der besonnene Hansen, der mangelnde Ordnung nicht ertragen konnte. »So kann es nicht mehr lange weitergehen. Ein normaler Mensch kann ohne Obrigkeit und Gesetze nicht leben.«

»Dafür sind sie frei«, ließ sich Tønnesen vernehmen, während er unter seinem vereisten Schnurrbart schmunzelte.

»Was ist das schon für eine Freiheit?« wandte Hansen ein. »In Armut, ohne das geringste über die Zukunft zu wissen. Sagen Sie, Herr Olonkin, was ist für einen Russen wichtiger – Freiheit oder materieller Wohlstand?«

»Mir scheint, für einen jeden Menschen, ungeachtet seiner nationalen Zugehörigkeit, ist Freiheit das teuerste Gut«, antwortete Olonkin nach kurzem Überlegen.

Er selbst hatte in seiner Kindheit des öfteren von der Freiheitsliebe der nördlichen Bauern erzählen hören, die keine Leibeigenschaft kannten und immer wieder Zulauf von denen erhielten, die aus den südlichen Landstrichen Rußlands geflohen waren, weil sie Ungebundenheit und freies Land suchten. Bisweilen dachte er voller Stolz, daß er in den Fußstapfen seiner Vorfahren wandele, die der Welt diese wahrhaft unermeßlichen Weiten erschlossen hatten – Weiten, die sich endlos nach Osten erstreckten, der Sonne entgegen, wie es in alten Zeiten hieß. Die Kenntnisse der russischen Pomoren über die Polargeographie waren in der Tat viel umfassender als das, was in den Annalen der Wissenschaft geschrieben stand und in den offiziell anerkannten geographischen Karten verzeichnet war.

Manchmal hatte er den Eindruck, daß auch Amundsen ein wenig entmutigt war, weil die Nordostpassage von früheren russischen Seefahrer-Expeditionen gut erschlossen war. Das wurde besonders in letzter Zeit offenkundig, als der Leiter in Gesprächen immer wieder betonte, das künftige Hauptziel der Expedition bestehe darin, im Polareis zum Nordpol zu driften, also einer Aufgabe, die sich Nansen auf seiner »Fram« vorgenommen hatte.

Die letzte Rast machten sie auf Kap Medweshi, in der schon bekannten Hütte auf der Anhöhe des Kaps. Inzwischen hatte sich da schon jemand aufgehalten: Der Vorrat war angerührt, aber durch zwei packleinene Pfundsäckchen amerikanischer Herkunft wieder ergänzt – statt zerkleinertem Zucker lag da ein angebrochener russischer Zuckerhut, und auch der Brennholzvorrat war erneuert.

Am Abend des elften November schrieb Amundsen in sein Tagebuch: »Am Nachmittag machten die Hunde einen Mordsspektakel. Ich sagte mir, daß sie Menschen sahen, und hastete an Deck. Fast im selben Moment hatten Hansen und Olonkin das Schiff umfahren und waren an der Laufplanke …«

Das Ergebnis der Fahrt war wenig tröstlich – eine Funkstation gab es in Srednekolymsk nicht. Jetzt blieb ihnen nur noch die Hoffnung auf zwei mögliche Funkstationen – eine in Nome, an der amerikanischen Küste, und die andere in Nowomariinsk, an der Mündung des Flusses Anadyr.

Einige Tage später brachen Hansen und Wisting in Richtung Nowomariinsk auf, um über die dortige Funkstation Verbindung mit Norwegen aufzunehmen.

## 7

Die Vorbereitungen zur ersten Winterjagd hatten Kagot schon seit fernen, halbvergessenen Kindertagen erregt und gefreut. Stellt sich doch gerade bei der Jagd heraus, ob du zum Beutemachen taugst, ob du imstande bist, dich als einzelner, ohne fremde Hilfe, auf dem Meereseis zu bewegen, zu orientieren und nach den geringsten Anzeichen einen Seehund aufzuspüren und zu erlegen.

Am Vorabend hatte Kagot die notwendigen Riten ausgeführt, hatte den Meeresgöttern und anderen Göttern, von denen der Zustand des Eises und das Wetter an der Küste abhing, Opfer gebracht. Kaljana hatte aus den Winkeln der Jaranga gedörrtes Renfleisch geholt – Lieblingsnahrung der Götter. Mit einem scharfen Jagdmesser hatte Kagot es in Streifen geschnitten. Das Fleisch war gut gedörrt und am offenen Feuer geräuchert.

Das Wetter war klar und still. An den Abenden veranstalteten die Himmelsgötter feurige Schauspiele, überschütteten die unter Schnee versunkene Erde mit Funken vielfarbigen Lichts.

Kagot ging langsam am Ufer entlang, entfernte sich von der Siedlung und dem im Eis eingefrorenen Schiff. Auf dem Eis zwischen dem Schiff und der Küste stand ein Zelt zur Beobachtung der Meeresströmung. Darin plätscherte in einem Eisloch kaltes Ozeanwasser. In einiger Entfernung stand die Hundehütte. Dahin hatten die Fremdlinge elektrisches Licht gelegt. Solches Licht hatte Kagot schon während seines Aufenthalts an der amerikanischen Küste gesehen, und er war jetzt nicht so beeindruckt wie Amos, der, obwohl er sich noch nicht ganz erholt hatte, beschlossen hatte, sich dieses Wunder anzusehen.

Amundsen hatte von dem Anblick dieser Zauberei stürmische Entzückensrufe erwartet, war aber wohl ziemlich enttäuscht, als die Tschuktschen nur aufmerksam, aber schweigend die elektrische Lampe betrachteten, während Sundbeck sie ein paarmal ein- und ausschaltete. Dann war das Interesse für das Wunder erloschen, und die Aufmerksamkeit richtete sich wieder auf die hierzulande unbekannten Hunde. Die Zughunde für die Expedition waren vorwiegend auf Nowaja Semlja gekauft worden, sie gehörten eher einer europäischen Rasse an, die sich durch Zähigkeit und Ausdauer auszeichnete.

Dort, in jenem anderen Leben, hatte Waal stets Kagot für die Jagd versorgt. Sie hatte sich als erste erhoben und die Tranlampe angezündet, damit ihr Mann bereits im Warmen aufstehen konnte: Schließlich würde er den ganzen Tag über im eiskalten Seewind frieren müssen. Sie hatte Essen bereitet und sich Mühe gegeben, daß es reichlich und heiß war, obwohl es hieß, ein Meeresjäger müsse leicht hungrig aufs Eis gehen. Einen Vorrat mitzunehmen hieß, grob gegen den Brauch zu verstoßen: Ein Jäger, der auf Beute aus war, durfte kein Essen mitnehmen! Während Waal ihren Mann für die Jagd auf See ausrüstete, sprach sie kein Wort. Den ganzen Morgen über herrschte tiefe Stille.

Dann stand sie lange neben der Jaranga, und ihre dunkle Kleidung verschwamm mit den Walroßfellen. Kagot blickte sich nicht um, spürte aber, daß sie ihm nachsah, bis er in den Eisschollen verschwunden war.

Kaljana stand nicht neben der Jaranga. Ein paarmal sah Kagot sich um, und eine sonderbare Enttäuschung überkam ihn, als er bei der Jaranga keine menschliche Gestalt erblickte. Nun ja, sie war eben nicht Waal, war nicht seine Frau … Allein Waal war seine richtige Frau gewesen …

Kagot blieb stehen und sah noch einmal zurück. Im Licht des langsam anbrechenden Wintertags war nur das dunkle Ufer zu erkennen. Weder die »Maud« noch die daneben errichteten Bauten, noch die Jarangas waren mehr zu sehen: In der grauen Dämmerung verschwamm alles, und das Ufer war nur noch an dem sich verdichtenden Dunkel zu erahnen. Auf den Eisschollen jedoch wurde es merklich heller. Schon unterschieden die Augen die blaß in die Luft ragenden Riffe aus Packeis. Kagot mußte den vorderen Rand des am Festland angefrorenen Eisstreifens betreten. Ein solcher Streifen hat keine festen Ausmaße: Manchmal ist er schmaler, drängt sich näher an das felsige Ufer, an anderen Stellen zieht er sich weit hinaus ins Meer. Das hängt vom Charakter der Küstenlinie und von den Meeresströmungen ab. Die hiesigen Bedingungen kannte Kagot noch nicht recht, daher bemühte er sich, alles zu beobachten und sich alles einzuprägen.

Je weiter sich Kagot vom Ufer entfernte, desto mehr erfaßte ihn das bekannte, aber lange nicht mehr empfundene Hochgefühl, ein Abheben vom Alltag, als hätte er sich wie durch ein Wunder zu einem unhörbaren Flug über die Erde erhoben. Die morgendlichen Gedanken an Waal trugen ihn zurück nach Inakul, zu den für immer dahingegangenen Tagen … Wo mochte Vergangenes seinen Platz finden? Wie kann es geschehen, daß ein von Licht, Lärm, Gesprächen, Freude, Leid, Lachen, Tränen, Vogelstimmen und Raubtiergebrüll erfüllter wunderschöner Tag völlig verschwindet? Das Vergangene kann doch nicht spurlos zu nichts werden wie ein aus einer Jaranga davonfliegender blauer Rauchstreifen? Da es in Gedanken wiederkehrt und man es, wenn man will, in der Phantasie auferwecken oder sogar im Traum erblicken kann, muß es doch irgendwo ganz in der Nähe sein? Aber wo, wo ist dieser Lagerraum des Vergangenen? In welchen Winkeln des Alls? Und welche Verbindung besteht zwischen der Realität des Alltags und dem Vergangenen? Ist es jemandem gegeben, wenigstens aus den Augenwinkeln einen Blick auf jene Welt zu werfen?

Aus dem Umgang mit dem mächtigen Amos und dessen Mitstreitern hatte Kagot gelernt, daß die Schamanen keinen direkten Zugang zu den Äußeren Kräften besaßen. Sie verkehrten mit ihnen nur indirekt, durch diese oder jene Zeichen, die gewöhnliche Menschen oft gar nicht bemerkten. Um die magische Sprache der Äußeren Kräfte zu begreifen und zu deuten, mußte man über eine besondere Beobachtungsgabe verfügen, über die Fähigkeit, dank eigener Einbildungskraft scheinbar unwesentliche Hinweise miteinander zu verknüpfen und nach ihnen ein Bild des Lebens zu gestalten.

Die für Kagot klarste und verständlichste Sprache der Äußeren Kräfte waren auf besondere Weise aneinandergereihte gewöhnliche menschliche Worte mit einem oftmals darin nicht unmittelbar ausgedrückten zusätzlichen Sinn. Sie tauchten unabhängig von seinem Willen auf, unbekannt woher, völlig überraschend, oft bei den unpassendsten Gelegenheiten. Kagot hatte allerdings bemerkt, daß ihn dieser Zustand meistens überkam, wenn er allein war, oder in Augenblicken der Erschütterung, wie das letztemal, als er Amtyn-Amos gerettet hatte.

Allmählich wurde es hell, in der Luft verbreitete sich ein Glanz, und das kalte Dunkel löste sich auf, versteckte sich zwischen den Eisschollen, entwich zum Horizont. Hell wurde es Kagot auch ums Herz, und er überlegte sich, wie er sich nun verhalten, wie er leben sollte. Seine Tochter wuchs heran und brauchte immer mehr frauliche Fürsorge. Kaljana schonte Kraft und Aufmerksamkeit nicht, Ainana war immer gut genährt und warm angezogen. Bisweilen spielte die Frau lange mit dem kleinen Mädchen, sang ihr

Lieder vor, die sie soeben erdacht hatte. Kagot hörte diese Lieder mit wachsender Besorgnis, vernahm er doch darin Sehnsucht, qualvolle Erwartung und Hoffnung. Hoffnung äußerte sich vor allem im Inhalt solcher Lieder, in denen Kaljana einen künftigen kleinen Bruder von Ainana beschrieb, mit dem das Mädchen spielen, ans Ufer laufen, von den Wogen an Land geworfene Muscheln, Seegras und lange, glänzende Fische suchen würde.

Mit Kagot sprach Kaljana nicht über solche Pläne, aber offenbar erörterte sie sie in anderen Jarangas.

Der Verstand sagte Kagot, daß es so wie jetzt nicht weitergehen konnte. Aber Waal kam nach wie vor zu ihm. Und Kagot konnte sich nicht vorstellen, daß er eine andere Frau liebkosen und ihr Worte sagen könnte, die nur einer vorbehalten waren.

Unter diesen Überlegungen gelangte er unmerklich zu seinem Jagdgebiet.

Als Kagot unweit einer eisfreien Wasserzone dünne Bruchstücke von Preßeis fand, das sich beim Zusammenschieben der jungen Eisoberfläche gebildet hatte, errichtete er am Eisrand einen Unterstand, indem er sich mit einer durchsichtigen Eisplatte gegen anlaufendes Wasser abschirmte. Dank guter Sicht auf den leichten Dunst, der sich über dem Wasser ausbreitete, würde er jeden Seehund gut erkennen.

Hinter fernen Eisschollen entbrannte die Morgenröte. Sie würde kräftiger werden, in einen kurzen Wintertag übergehen, sich überm Horizont mit ihrem hellsten Abschnitt zur Küste verlagern und bald schon den Himmel über der Tundra entzünden, über den bei gutem Wetter kaum sichtbaren Gebirgszügen. Woher kam das alles? Wie waren die Sonne, die Erde, der Mond und die Sterne entstanden? Die Erklärung, die ihm der Steuermann der »Belinda« gegeben hatte, indem er ihm den Globus zeigte, die Drehung der Erde und den Weg der Sonne am Himmel demonstrierte, hatte viele Fragen und Zweifel hervorgerufen. Ob anderen Menschen auch solche Gedanken kommen? Bestimmt. Aber sie sind weise genug, sich nicht mit dem zu quälen, was nicht zu enträtseln ist und offenbar niemals enträtselt wird. Wie entsteht im Mutterleib ein Mensch, wie wächst er heran und wird geboren? Wie entsteht überhaupt das Leben? Auf all diese Fragen und noch viele andere fand er keine einleuchtenden Antworten. Das Bewußtsein der eigenen Machtlosigkeit machte es Kagot keineswegs leichter. Quälende Gedanken weckten ihn in der Nacht, raubten ihm die Ruhe und marterten seinen armen, hilflosen Verstand. Natürlich gibt es eine fertige Antwort und Erklärung: die Äußeren Kräfte. Sie lenken alles, geben der Natur und dem menschlichen Leben einen höheren Sinn. Man könnte sich damit begnügen, wäre da nicht diese ungeheuerliche Ungerechtigkeit, die der armen Waal widerfahren war. Warum? Wen hat ihre unbeschwerte, glückliche Liebe gestört? Ihre ständige, nie erlöschende Freude darüber, daß nebenan ein liebendes Herz schlägt? Oder lieben die Äußeren Kräfte keine Vollkommenheit, lassen sie ebensowenig zu wie die Möglichkeit, daß ein heute lebender Mensch seiner für immer entschwundenen Vergangenheit wiederbegegnet?

Jeder Moment, kaum daß er angebrochen,
entschwindet, läßt nicht eine Spur zurück …
Stirbt das Leben, entschwindet dein Atem ebenso,
kaum daß du auf die Welt gekommen bist?
Heißt das, der Tod ist selbst ein Teil des Lebens?
Doch warum glaubt – noch bis zum letzten Hauch –
beharrlich jeder Mensch nur an das Leben?

Ein leichtes Plätschern von aufgewirbeltem Wasser brachte Kagot in die Wirklichkeit zurück. Über dem Wasser, nur wenig über dem darüber schwebenden Dunst, schwamm der Kopf eines Seehunds. Wie losgelöst schien er vom Körper, den das dunkle, eiskalte Wasser barg, aus dem sich bei diesem Frost ständig kleine Kristalle von neuem Eis bildeten.

Lautlos griff Kagot nach seiner Winchester, drückte den Kolben an die Schulter und spürte an der Wange die Kühle des polierten Holzes. Es roch gut nach gegerbtem, gebleichtem Seehundfell … Hier war alles miteinander verbunden. Die Winchester, aus der der Seehund den Tod empfangen würde, hatte soeben noch in einem Futteral aus Seehundfell gelegen, der Riemen, der bereitlag, war gleichfalls aus Seehundfell. Leben aus Leben, Tod aus Leben …

Das Krachen eines Schusses zerriß die Stille über dem Meer – von der durch eine Reihe Eisschollen markierten Küstenlinie bis hin zur Ozeanferne, ob dort nun offenes Wasser war oder driftendes Eis. Die ruhige, glatte Wasseroberfläche überzog sich mit Gekräusel, und über dem unterm Wasser verschwundenen Seehund bildete sich ein grellroter Fleck, der durch die aufkommende Morgenröte noch verstärkt wurde. Kagot wickelte ein dünnes Tau auf, an dessen einem Ende eine Holzbirne mit scharfen Metallhaken befestigt war, und sowie sich die Beute auf dem Wasser zeigte, warf er den Akyn – so hieß diese Vorrichtung – aus und zog den auf den Haken gespießten Seehund aufs Eis.

Am Rand eine Blutspur hinterlassend, glitt der Körper schwer aufs Eis, und Kagot holte ihn näher heran. Es war ein Weibchen. Vielleicht hätte es im zeitigen Frühling ein kleines weißes Seehundjunges zur Welt gebracht … Aber so ist das Leben. Um existieren zu können, tötet der Mensch Tiere. Seehunde, Robben, Walrosse, Wale, Enten, Fische, Eisbären – all das ist von den Äußeren Kräften für die Ernährung des Menschen bestimmt. Krähen aber werden nicht getötet und nicht gegessen. Es heißt, sie sind eine Erscheinungsform der Äußeren Kräfte. Die Äußeren

Kräfte verkörpern sich zwar nicht in Krähen, doch offenbaren sie in ihnen gewissermaßen ihre Existenz, machen auf sich aufmerksam.

Nachdem Kagot den Seehund genügend weit vom Eisrand weggezogen hatte, verfiel er wieder in eine reglose Haltung und starrte auf die eisfreie Zone, wo jetzt selbst ein scharfer Blick nichts Verdächtiges hätte entdecken können. Und wieder hing über dem eisbedeckten Meer ewige Ruhe und Stille, spürbar und so nah, daß es schien, man könne sie greifen.

Noch ein anderer Gedanke drängte sich ihm auf, sonderbar lästerlich, und Kagot vertrieb ihn mit aller Kraft seines Willens, lenkte sich ab, indem er das Packeis und die entflammende Morgenröte betrachtete. Doch er brauchte nur wieder die ruhige Wasseroberfläche anzusehen, und der Gedanke erschien mit neuer Kraft, erschreckte sein Herz und ließ es erkalten. Die sprühenden roten Strahlen der Wintersonne hatten ihn nur für kurze Zeit von einer düsteren Vermutung abgelenkt, aber nach einem Blick auf die blutrote Wasseroberfläche hätte Kagot fast geweint vor Hilflosigkeit. Er konnte diesem Gedanken nicht entrinnen! Denken aber mußte er folgendes: Da der Mensch sich von den Tieren seiner Umwelt ernährt, zieht vielleicht jemand von den Äußeren Kräften Menschenfleisch vor? Nährt sich von Menschenfleisch, so wie die Menschen mit Vergnügen nur leicht gekochtes Seehund- oder Robbenfleisch verschlingen, aus dem noch warmes rotes Blut tropft? Und jemand dort in unbekannten, von Kräften aus dem Jenseits bewohnten Fernen hat mit Genuß den Körper der armen Waal verzehrt?

Solche Gedanken können einen geradezu um den Verstand bringen! Warum muß ein Mensch sich so mit seinen Gedanken quälen? Warum haben ihm die Äußeren Kräfte nicht zusammen mit Waal den Verstand genommen und vielleicht auch das Leben?

Aber Ainana? Das arme kleine Mädchen, das keine Schuld trifft, es sei denn, das einzige Zeugnis des Schönsten zu sein, was Kagot je gesehen und erlebt hat?

Kagot hätte den getöteten Seehund auf dem blutigen Eis liegengelassen, aber da das kleine Mädchen nun mal in Menschengestalt geboren war, forderte es für sein Leben frisches Seehundfleisch.

Kagot steckte die Winchester ins Futteral und zog einen dünnen Riemen durch die bärtigen Lippen des Seehunds. Auf seinem Rücken baumelten neben der im Futteral stekkenden Winchester Schneeschuhe, sogenannte Krähenpfoten. Heute hatte er sie noch nicht angezogen – das Eis war fest und der Schnee noch nicht tief. Die echten Schneefälle würden erst kommen, wenn die Sonne sich nicht mehr überm Horizont zeigte und nur die helle Mittagssonnenröte auf den Zeitwechsel hindeutete.

Der gefrorene Seehund glitt übers Eis, es ging sich leicht, und der Gedanke, der seinen Verstand und sein Innerstes verbrannt hatte, verblaßte langsam, hinterließ nur leichte kalte Asche.

Schon von fern erkannte Kagot Amundsens Schiff an den elektrischen Lichtern. Der Norweger hatte ihm gesagt, das Schiff trage den Namen der norwegischen Königin.

Woher kommen die Könige und Zaren, die bei den Fremdlingen an der Macht sind? Die Tschuktschen und die benachbarten Eskimostämme hatten keine über alles bestimmenden Herrscher. Aber in jeder Siedlung gab es einen Menschen, der dank seines Erfolges und seiner Kraft zum Oberhaupt wurde und auf dessen Wort man hörte. In den letzten Jahren hatten diese Leute zu handeln begonnen, hatten bei russischen und amerikanischen Händlern Waren eingetauscht. Gewöhnlich schlossen sich diesen Leuten auch Schamanen an, meist mit ihnen auch noch durch Verwandtschaft verbunden, so wie Kagot mit Amos und dessen Sippe verbunden war.

Aus Gesprächen mit erfahrenen Leuten und Berichten des verstorbenen Amos wußte Kagot, daß das Land der Tschuktschen zu dem von einem Sonnenherrscher regierten Rußland gehörte. Hinter dem Meer, genauer, hinter der Meerenge, in der sich zwei von Eskimos bewohnte steinerne Inseln befanden – Imaklik und Inalik –, lag noch ein anderes großes Land – Amerika. Es wurde von einem anderen Fremdling regiert, der sich Präsident nannte. Der russische Zar war für die Tschuktschen und die Eskimos von Tschukotka eine Art ferner Vater, der seine Kinder vergessen hat. Die Leute des amerikanischen Präsidenten besuchten wegen ihrer Nähe zum Tschuktschenland oft diese Küste, um gegen allerlei Waren, meist gegen erheiterndes Feuerwasser, Pelzwerk, Walroßzähne und Fischbein einzuhandeln. Kagot sah und bemerkte, daß zwischen den Leuten des russischen Zaren und denen des amerikanischen Präsidenten eine Rivalität existierte, die bisweilen zu offenen Zusammenstößen führte, wie es mit der beim ungesetzlichen Handel ertappten »Belinda« der Fall war. Ganz hatte Kagot allerdings nicht begriffen, warum man zum Handel eine spezielle Erlaubnis benötigte. Wenn du ein Hermelinfell hast und ein Fremdling ein Messer, warum sollte man dann nicht tauschen – zu beiderseitigem Nutzen und beiderseitiger Zufriedenheit? Das brachte doch niemandem Schaden. Andererseits war unbegreiflich: Das Land hier war russisch, warum waren aber in den Küstensiedlungen die größten Handelsleute Amerikaner? Warum hatten sich die Russen urplötzlich vom Sonnenherrscher losgesagt? Und nicht nur das, es hieß sogar, sie hätten ihn gewaltsam von seinem goldenen Thron gestürzt. Man müßte jemanden fragen, aber wen schon, so wie er auch niemanden fragen konnte, wo denn das Vergangene bleibt.

Kagot hielt sich links vom Schiff. In der hellwachen abendlichen Stille drangen von dort kaum hörbare Geräusche, die davon zeugten, daß das Schiff bewohnt war und die Leute noch nicht schlafen gegangen waren.

Die letzte Reihe Packeis überwand Kagot gegenüber von Amos' Jaranga, und als er hinaufgestiegen war, spürte er eher, als daß er sah: In der Siedlung war etwas vorgefallen. Bei der Jaranga bemerkte er vor dem Eingang zum Tschottagin einen hellen Fleck, und schon von hier entdeckten seine scharfen Augen, daß da ein Feuer brannte und keine Robbentranlampe, die eine im Haus zurückgebliebene Frau als lockendes Licht, als Leitstern zum häuslichen Herd anzündet. Warum hatten sie ein Feuer entfacht? Spürte vielleicht Kaljana von fern, daß der Mann mit Beute zurückkehrte, hatte sie schon im voraus ein großes Feuer entfacht, um möglichst viel Essen zu kochen und Gäste zum ersten frischen Seehundfleisch einzuladen?

Als Kagot näher trat, gewahrte er ein fremdes Gespann, das mit einer langen Kette so festgemacht war, daß die Hunde sich nicht gegenseitig beißen konnten. Am Dach der Jaranga lehnten zwei große Schlitten.

## 8

Kaljana empfing den Jäger, wie es dem Hausherrn gebührt, mit einem Krug kalten Wassers.

Kagot ergriff den Krug, begoß das Maul des getöteten Seehunds, als wolle er ihm aus Flußeis getautes Süßwasser zu trinken geben, trank selber einige Schlucke, spritzte die restlichen Tropfen zum Meer hin und fragte leise: »Wer?«

»Tangitan – Fremdlinge.«

»Woher?«

»Aus Nowomariinsk.«

»Handelsleute?«

»Nein, ganz neue Leute.«

»Amerikaner?«

»Zwei Russen und einer vom Stamm der Tschuwanzen. Er spricht gut Tschuktschisch und Russisch. Die neue Macht.«

»Die neue Macht?« fragte Kagot verwundert, und er mußte an seine kürzlichen Überlegungen denken. »Von wem kommt diese Macht?«

»Von den Armen«, antwortete Kaljana aus irgendeinem Grund flüsternd.

Aus der Jaranga trat ein Mann.

»Ettyk!« grüßte er auf tschuktschisch. »Aber machen wir uns bekannt. Ich heiße Anempodist Parfentjew und komme aus Nowomariinsk, aus Anadyr.«

Kagot musterte den Gast aufmerksam.

»Die Jagd war offenbar erfolgreich?« fragte Anempodist.

»Ich habe einen Seehund«, erwiderte Kagot knapp. »Aber das offene Wasser ist weit vom Ufereis, einen halben Tag muß man bis zu ihm laufen.«

Nach seinem Aussehen konnte Anempodist Parfentjew ein Russe oder ein Tschuktsche sein. Die Züge beider Völker zeigten sich in seinem Äußeren irgendwie getrennt voneinander. Schmale Augen, eine große Nase, anders als bei den hier Ansässigen. Die Haut war hell, das Haar aber blauschwarz und glatt, es quoll aus einer leichten, unter einer großen Pelzkapuze gezogenen Ohrenklappenmütze hervor.

Kagot holte ein gebogenes Stück Rentierhorn und klopfte den Schnee aus seinen Torbassen. Er machte das äußerst sorgfältig, damit in den Schuhen, besonders zwischen der Sohle und dem oberen Pelzteil, nicht ein Schneeflöckchen blieb. So würden ihm die Torbassen noch lange dienen und keine Nässe durchlassen. Während er den Schnee aus seiner Kleidung klopfte, dachte er, was für ein Volk wohl angekommen war. Wenn es Fremdlinge waren, warum hatten sie sich nicht bei den norwegischen Reisenden niedergelassen?

Beunruhigt ging Kagot in den Tschottagin. Die neu eingetroffenen Gäste saßen am Feuer und tranken Tee.

»Guten Tag, Hausherr!« sagte der Jüngere mit den gelben Haaren, in denen sonderbar der Schein des Feuers tanzte. Anempodist übersetzte die russischen Worte.

Kagot nickte schweigend und setzte sich neben sie auf einen Walwirbel.

Kaljana zog den Seehundkörper herein und legte ihn neben das Feuer, damit er schneller taute. Mit einem scharfen Frauenmesser mit breiter Schneide – dem Pekul – schnitt sie ein mit eisiger Flüssigkeit gefülltes Auge heraus, schnitt es leicht ein und reichte es Ainana, die schon sehnsüchtig auf die beliebteste tschuktschische Leckerei wartete. Kagot zog den verräucherten Teekessel näher zu sich heran und griff nach seiner mit feinen Riemen umflochtenen Tasse. Er nahm ein paar große Schlucke und spürte, wie ihn allmählich Wärme durchströmte. Erst danach fragte er bedächtig: »Haben Sie einen weiten Weg vor sich?«

»Wir kommen von weit her, vom Fluß Anadyr, wir sind schon seit dem ersten Schnee unterwegs«, sagte Anempodist. »Alexej Perschin«, er deutete mit dem Kopf auf seinen gelbhaarigen Kameraden, »bleibt hier in Ihrer Siedlung, Nikolai Terechin und ich aber ziehen weiter, erst zur Mündung der Kolyma und von da nach Ostrownoje, näher zum Volk der Lamuten.«

Terechin sah viel älter als Perschin aus mit seinen schwarzen Augen und dem sorgfältig gestutzten kleinen Schnurrbart. Er war sehr mager, und die Wangenknochen schienen im nächsten Moment die dünne Haut zu durchstoßen.

»In welcher Angelegenheit sind Sie unterwegs?« fragte Kagot, denn er erinnerte sich an die Worte, die Kaljana ihm zugeflüstert hatte.

»Unsere Hauptaufgabe ist es, den Menschen auf Tschukotka die Nachricht zu überbringen, daß in Rußland die sozialistische Revolution gesiegt hat und die Macht des Arbeitervolks als höchste politische Kraft errichtet wurde«, antwortete Alexej Perschin; in der Tschuktschensprache klangen diese Worte aus Anempodists Mund so: »Eine große Neuigkeit reist jetzt mit uns: Im ganzen russischen Land wurden die Ärmsten die Stärksten …«

»Wie haben sie das denn geschafft?« wunderte sich Kagot.

»Was heißt geschafft?« fragte Anempodist zurück.

»Die Armen, daß sie die Stärksten wurden?«

»Unter der Führung neuer Leute«, erläuterte Anempodist, »der Bolschewiki.«

»Und wer sind diese Bolschewiki?« forschte Kagot weiter.

»Von den Armen die Klügsten!« antwortete Anempodist. In seinem Mund wurden die langen Sätze des Russen erstaunlich verkürzt, fanden Platz in zwei, drei tschuktschischen Wörtern.

»Ich begreife gar nichts.« Kagot zuckte mit den Schultern. »Wie können sie die Klügsten sein, wenn sie es bis heute nicht geschafft haben, selber reich zu werden, und die Macht der Reichen geduldet haben? Oder ist ihnen urplötzlich ein Licht aufgegangen?«

»Genau, ihnen ist ein Licht aufgegangen.« Anempodist nickte. »Mit Hilfe der Bolschewiki.«

Kagot vermutetete, Anempodist wußte selbst nicht allzuviel über die neue Macht, insbesondere über die Bolschewiki, und dachte für sich: Warum muß sich dieser Tschuwanze aus Anadyr in die Angelegenheiten der Fremdlinge einmischen? Die werden schon selber herausfinden, wo bei ihnen die Macht der Armen ist und wo die Kraft der Reichen. Aber laut sagte er das nicht. Er verließ die Jaranga und brachte einen großen Kessel, in den er frisches, aus Süßwassereis getautes Wasser goß, um darin Seehundfleisch zu kochen.

Doch es stellte sich heraus, daß Anempodist noch nicht alles über die neuen Angelegenheiten der Fremdlinge gesagt hatte. Er fuhr fort: »Alexej Perschin bleibt nicht nur als Vertreter der neuen Macht hier, sondern auch als Lehrer.«

»Als Lehrer?« Neugierig betrachtete Kagot den Russen. Der verstorbene Amos, dessen Namen jetzt der Nachbar trug, war viel älter gewesen, als man ihn Lehrer genannt hatte.

»Mach dir nichts draus, daß er so jung ist«, sagte Anempodist, als er Kagots ironischen Blick bemerkt hatte. »Alle Leute der neuen Macht sind jung, denn die Macht selber ist jung.«

»Nun ja.« Kagot nickte zum Zeichen des Einverständnisses. »Die Jungen sind immer arm, woher sollten sie auch in kurzer Zeit Reichtümer anhäufen? Aber woher hat er die Weisheit, um Lehrer zu werden?«

»Er kann lesen und schreiben.«

»Das können viele Fremdlinge«, bemerkte Kagot, der noch vor gar nicht langer Zeit ernstlich angenommen hatte, daß die Fähigkeit, die Spuren menschlicher Rede auf Papier festzuhalten und zu unterscheiden, eine ebenso angeborene und natürliche Fähigkeit eines Fremdlings war wie seine weiße Haut und der starke Haarwuchs im Gesicht.

»Lesen und Schreiben will er unserem Volk beibringen, um ihm den Weg zur Weisheit zu eröffnen«, fuhr Anempodist fort.

»Zu welcher Weisheit?« fragte Kagot, denn ihm fiel ein, wie er heute in seiner Einsamkeit auf dem Meereseis darüber nachgedacht hatte, wo das Vergangene blieb und wovon sich die Äußeren Kräfte ernährten. Ob dieser junge Mann mit den feuerfarbenen Haaren so etwas wußte?

»Zu vielen Kenntnissen«, antwortete Anempodist ausweichend und bemerkte unzufrieden: »Du stellst viele Fragen, aber das lieben auch die Fremdlinge nicht. Hör lieber gut zu, dann wird alles in Ordnung sein. Die Hauptsache ist, sie versprechen reichen Handel!«

Kaljana ging daran, den aufgetauten Seehund zu zerteilen. Zuerst schnitt sie den Körper der Länge lang auf, von der Kehle bis zu den hinteren Flossen. Vom mittleren Einschnitt machte sie zwei weitere Schnitte zu den Vorderflossen, dann zog sie mit einem Mal zwei große Hälften Seehundfell samt einer dicken Schicht Fett ab und legte das schwarzrote Fleisch bloß. Nun öffnete sie den Brustkorb, schnitt die besten Stücke heraus und füllte den überm Feuer hängenden Kessel.

In den Tschottagin kam Amos. Er begrüßte Kagot und sagte: »Ich habe die Gäste zu dir geschickt. Da ist mehr Platz und nur eine Kleine, bei meinen zwei Schlingeln können die Gäste nicht gut ausruhen.«

»Haben sie etwas von der Revolution gehört?« ließ Nikolai Terechin Anempodist fragen.

»Wir haben gehört, daß die Fremdlinge miteinander kämpfen, daß sie den Sonnenherrscher gestürzt haben, daß sie nun Schwierigkeiten haben, die Macht unter sich zu teilen«, antwortete Amos, »aber mehr Neuigkeiten sind hierher nicht gedrungen.«

»Wir vertreten die Revolution«, verkündete Terechin vielsagend, »die Revolution zum Wohl des Arbeitervolks.«

»Das ist schön«, stimmte Amos zu.

»Was ist schön?« fragte Perschin, der ein wenig Tschuktschisch verstand.

»Schön, daß die arbeitenden Menschen es gut haben werden«, erläuterte Amos seine Zustimmung und erkundigte sich sogleich: »Und wer nicht arbeitet? Wie wird es dem gehen?«

»Die werden nichts zu essen kriegen«, erklärte Anempodist selbst. »So steht es im Hauptgesetz der Revolution, das Karl Marx festgelegt hat.«

»Jaaa?« sagte Amos ärgerlich. »Sollen sie etwa vor Hunger krepieren?«

»Wird wohl so sein.« Anempodist nickte.

Beunruhigt sah Amos Kagot an und blickte dann auf Ainana, die Kaljana nicht aus den Augen ließ.

Kaljana aber hatte inzwischen eine lange Holzschüssel – einen Kemeny – auf den niedrigen Tisch gestellt, hatte den brodelnden Kessel vom Haken genommen und füllte mit einem großen Holzlöffel das dampfende heiße Seehundfleisch in die Schüssel.

Alle begannen schweigend zu essen. Auch Terechin und Perschin waren offensichtlich keine Neulinge bei einem Tschuktschenmahl. Sie hantierten geschickt mit ihren Messern, schnitten große Stücke ab und nagten genüßlich an den Rippen.

Nach der ersten Sättigung seufzte Amos tief und griff das Gespräch wieder auf.

»Also würden nach dem neuen Gesetz die kein Essen kriegen, die nicht arbeiten?« fragte er Anempodist.

»Stimmt.« Der Tschuwanze nickte mit vollem Mund.

»Und die Kinder?« Amos blickte zur hingebungsvoll mit dem Essen beschäftigten Ainana hin. »Kinder arbeiten doch nicht.«

»Kinder werden Lesen und Schreiben lernen«, antwortete Anempodist.

»Und die Alten und Hinfälligen?« fuhr Amos fort. »In unserer Siedlung wohnt der blinde Gaimissin. Wir alle helfen ihm. Muß der etwa nach dem neuen Gesetz verrecken?«

»Von denen ist doch nicht die Rede!« Anempodist lächelte spöttisch. »Das Recht auf Essen verlieren alle die, die nicht arbeiten, aber über Reichtum verfügen, zum Beispiel die Händler. Ist Ihr Gaimissin vielleicht reich?«

»Ein guter Händler legt doch auch nicht die Hände in den Schoß, sonst kann er seine Ware nicht verkaufen«, bemerkte Amos. »Ich habe noch nie gehört, daß es in unserem Land Leute gibt, die nichts tun.«

»Und die Schamanen?« erinnerte ihn Anempodist. »Die betrügen das Volk!«

Als Kagot diese Worte vernahm, erkaltete sein Herz, und er geriet in Spannung.

»In Ihrer Siedlung, die von so wenigen Menschen bewohnt wird, gibt es vielleicht keine Reichen, in der Tundra aber finden sich mehr als genug, vor allem unter den Rentierzüchtern. An der Küste sind das die Besitzer von Booten und Jagdschaluppen.«

»Aber sogar der reichste Rentierzüchter oder Bootsherr arbeitet, wenn er gesund ist«, sagte Amos, dem das neue Gesetz über den Essensentzug ungerecht erschien. Essen war im Norden immer eine heilige Handlung. Einem Reisenden gab man vor allem zu essen, erst dann fragte man ihn, woher er komme und wohin er unterwegs sei. Wenn ein Jäger Beute brachte und andere nichts hatten, wurde alles Erbeutete unter den Bewohnern der Siedlung oder des Lagers aufgeteilt. Heimlich für sich allein zu essen galt als schreckliche Sünde, und wer so etwas tat, bekam im Mund und auf der Zunge im Nu zahlreiche unheilbare eitrige Geschwüre.

»Doch in den großen Ansiedlungen Rußlands – in Petrograd und Moskau, ja sogar nicht weit von unserer Küste, in Petropawlowsk und Nowomariinsk – gab es solche Leute«, sagte Anempodist. »Länger will das Arbeitervolk das nicht dulden.«

»Was will es denn eigentlich?« fragte vorsichtig Kagot, der endlich in das Gespräch eingriff.

»Das Arbeitervolk will Gerechtigkeit!« verkündete Anempodist feierlich. »Alles soll zu gleichen Teilen gehen. Alles Erworbene, alles Geschaffene muß gleichmäßig unter denen aufgeteilt werden, die gearbeitet, es erworben haben … So ist es!«

»Das machen wir aber immer«, bemerkte Amos. »Heute erst hat Kagot einen Seehund erbeutet – die ganze Siedlung ist satt. Und morgen teilen wir meine Beute.«

»Du hast von den Schamanen gesprochen«, erinnerte Kagot Anempodist.

»Schamanen sind Betrüger!« behauptete Anempodist. »Ebenso wie alle Popen.«

»Die russischen Popen auch?« fragte Kagot verwundert. »Alle die, die sich vor dem gemalten Gott verneigt haben?«

»Die auch!« Anempodist machte eine Handbewegung, als zerschlüge er Kopalchen.

Amos und Kagot sahen sich beunruhigt an.

Die beiden Russen hatten sehr aufmerksam zugehört, Blicke gewechselt und manchmal kurz miteinander gesprochen.

Die Neuigkeiten waren für Kagot und Amos verwunderlich und aufregend. Noch vor kurzem hatten sie gedacht, der ferne Krieg, die Revolution, der Kampf um die Macht, die verschiedenen, einander oft widersprechenden Gerüchte seien alles Ereignisse, die keinen Einfluß auf das festgefügte Leben der Ortsansässigen haben durften – auf Tschuktschen, Eskimos, Lamuten. Anders mochte es bei den Tschuwanzen aussehen, etwa bei Anempodist Parfentjew, der durch seine Herkunft mit den Russen verbunden war. Sie hatten ein anderes Leben, das nur wenig Berührungspunkte mit dem Leben eines Rentierzüchters oder Meeresjägers besaß.

»Wollen Sie denn nicht aufs Schiff gehen?« erkundigte sich Kagot.

»Morgen gehen wir hin«, antwortete Anempodist. »Die neue Obrigkeit will wissen, was dieses Schiff an einer fremden Küste macht.«

»An was für einer fremden Küste?« Kagot verstand nicht.

»An unserer Küste«, erläuterte Anempodist. »Für die

Norweger wie auch für die amerikanischen Händler ist unsere Küste eine fremde.«

»Wird man sie dann von hier verjagen?« fragte Kagot erregt.

»Ja.« Anempodist nickte. Allem Anschein nach hatte der Tschuwanze schon verschiedentlich auf diese Fragen geantwortet, die ja auf ihrem langen Weg vom Nowomariinsker Stützpunkt bis zur Tschaunbucht einfach auftreten mußten.

»Wer gibt uns dann aber Patronen für die Winchester, Pulver, Schrot, Tee, Zucker, Tabak, Stoff für Kamlejkas?« fragte Amos. »Heutzutage muß ein Tschuktsche viel bei Händlern kaufen.«

»Die neue Macht wird Handel treiben«, erklärte der Tschuwanze. »Aus Wladiwostok werden Dampfer mit den nötigen Waren kommen, und diese Ware wird zu einem gerechten Preis verkauft werden.«

Kagot wollte schon fragen, woher die Armen so viele Waren nehmen würden, um einen neuen Handel zu beginnen, hielt aber beizeiten inne, denn Terechin begann zu sprechen.

Anempodist hörte zu und nickte mit gefurchter Stirn, bemüht, sich jedes Wort des Russen gut einzuprägen.

»Die neue Macht ist die Macht des Volkes«, übersetzte Anempodist. »Das heißt, ein jeder – du, Kagot, und du, Amos –, ein jeder von euch wird sich Gedanken machen, was zu tun ist, wie wir weiter leben werden. Und allein dieser Wunsch des Volkes wird das Gesetz des Lebens sein. Um das Leben richtig zu begreifen, muß man lernen. So hat der Anführer des Stammes der Bolschewiki, Wladimir Lenin, gesagt. Dieser neue Stamm hat in ganz Rußland die Macht ergriffen, um die Ungerechtigkeit zu beseitigen. Damit ein jeder Mensch, ob Russe, Tschuktsche, Eskimo oder Kaukasier, damit alle gleich sind.«

Bei der Erwähnung eines Kaukasiers mußte Kagot an Grigori Kibisow denken, der unlängst mit einem Schlitten voller Waren vorbeigekommen und zur Kolyma-Mündung weitergefahren war.

»Deshalb muß ein jeder Einwohner hier Lesen und Schreiben lernen und Wissen erwerben«, fuhr Anempodist fort. »Für den Anfang wird Perschin alle Erwachsenen unterrichten, denn kleine Kinder gibt es hier nur wenige, die muß man in den umliegenden Nomadenlagern sammeln. Dann werdet ihr eine Obrigkeit wählen, einen Sowjet, und werdet das Leben nach einem neuen, gerechten Gesetz neu gestalten.«

Kagot hörte zu, verstand aber vieles nicht, obwohl er sich Mühe gab, kein Wort zu verpassen. Er vermutete, daß der Übersetzer vieles verdrehte, denn an Terechins Gesicht war zu sehen, daß er über ernsthafte und bedeutsame Dinge sprach, aber in Anempodist Parfentjews Worten tönte das alles nicht recht einleuchtend.

»Worin liegt eigentlich der Sinn dieses neuen Lebens?« fragte Kagot noch einmal, während er Terechin in die Augen sah, damit dieser sich angesprochen fühlte.

Der Russe erriet es und fragte Anempodist: »Wonach fragt er?«

»Er kann den Sinn der Sowjetmacht einfach nicht begreifen, der Dämlack!« sagte Anempodist spöttisch.

»Dann setz es ihm auseinander, erklär es ihm«, sagte Terechin geduldig und lächelte Kagot ermutigend zu. »Sag ihm: Von heute an beginnt für die Tschuktschen eine neue Zeit. Bis jetzt hat ein Mensch gewissermaßen sein ganzes Leben verschlafen, vieles nicht begriffen, war von anderen Menschen abgeschnitten, und jeder x-beliebige konnte ihn beleidigen und ausnehmen. Er war hilflos Krankheiten ausgeliefert, war hilflos gegenüber unbegreiflichen Naturkräften, ein Sklave des Lebens. Künftig aber wird er der Herr sein!«

War denn der Mensch hier nicht Herr seines eigenen Lebens, dachte Kagot … Irgendwas stimmte da nicht …

Und wie konnte er gegen Krankheiten kämpfen, gegen Unglücksfälle und gegen Katastrophen. Wie konnte man einfach so als Gast herkommen und bei einem fremden Volk auf fremdem Land eine neue Lebensordnung errichten wollen?

Es war schon spät. Die arme Ainana, gesättigt und der unbegreiflichen Gespräche überdrüssig, müde vom Anblick der fremden Gesichter, aber glücklich über ein reiches Geschenk – ein riesiges Stück festen weißen Zuckers –, schlief schon längst im Polog. Verstummt waren die Hunde, gelegt hatte sich der Abendwind, und das Polarlicht mit seinen vielfarbigen Streifen hatte den Himmel klaren Wintersternen überlassen. Unter den Füßen knirschte laut der Schnee, funkelte sogar in der Dunkelheit, sichtbar bis zum Packeis des Meeres, wo als dunkler Fleck, von Signallampen gekennzeichnet, das norwegische Expeditionsschiff »Maud« zu sehen war.

Kagot und Amos gingen langsam, vertieft in Überlegungen und beunruhigende Gedanken über die Zukunft.

In Kagots Herz glomm schon immer der Gedanke, im Leben müsse sich etwas ereignen. Es konnte doch nicht sein, daß alles gleichmäßig verlief, in einem uralten, eingefahrenen Kreislauf. Sein Warten auf ein Wunder schlug bisweilen in Träume um. Mitunter kam es Kagot so vor, als habe er gewaltige Macht errungen, habe ein magisches Mittel gewonnen, um Gutes zu vollbringen. Mitunter dachte er, alle Leute würden unversehens unsterblich werden oder sich in Wale verwandeln wie in der alten Legende über den Ursprung des Küstenvolks. Oder daß in den kalten Norden ewiger Sommer kommen und das Eis in ferne Meere davonschwimmen werde. Alle diese Erwartungen und Träume verbanden sich mit dem Wirken der mächtigen Äußeren Kräfte.

»Hör mal, Kagot«, begann Amos, »die Zugereisten haben von einer Obrigkeit gesprochen, die wir wählen sollen.

Sicherlich kommen wir nicht darum herum. In unserer Niederlassung bist du der Geeignetste. Dich werden wir auch wählen.«

»Warum das?« Kagot war auf der Hut.

»Weil du ärmer bist als ich«, antwortete Amos. »Du hast kein Boot und auch weniger Hunde. Die Jaranga gehört Kaljana, du bist nur eine Art Mitbewohner bei ihr. Für sie bist du sogar ärmer als der blinde Gaimissin.«

»Nein, ich kann nicht«, antwortete Kagot ernst. »Ich bin ein Schamane, und mit den Schamanen haben sie kein Erbarmen, wie ich es verstanden habe.«

»Aber du hast dich doch eigentlich losgesagt«, begann Amos, verstummte indessen, denn ihm fiel ein, wie Kagot ihn gerettet hatte und daß er ihm nicht nur das Leben, sondern auch seinen neuen Namen verdankte. Mit jedem Tag fühlte er sich besser und rüstete sich bereits für die erste Winterjagd. Seine rasche Genesung führte Amos vor allem darauf zurück, daß er Kagots Rat befolgt und ein neuer Mensch geworden war. Nach dem Namenswechsel achtete Amos eifrig darauf, entgegen seinen Gewohnheiten zu handeln, obwohl ihm das nicht leichtfiel. Besonders gekränkt war seine Frau, und ihn beschlich sogar der Gedanke, er müsse auch sie austauschen. Aber die Kinder … Um die Kinder tat es ihm leid, und ihretwegen blieb er bei seiner alten Frau, der er, das muß man schon sagen, aufrichtige Liebe und Wärme entgegenbrachte. Er war daran gewöhnt, daß sie da war, daß sie ihn empfing, wenn er nach einem langen Weg von der Winterjagd zurückkehrte, daß ihre Stimme mitsamt dem warmen Rauch die Jaranga erfüllte.

»Ja, das ist richtig«, pflichtete Kagot ihm bei, »ich habe mich von vielem losgesagt … Aber auch jetzt habe ich manchmal das Gefühl, als hätte mich die Kraft nicht ganz verlassen. Die Äußeren Kräfte sprechen bisweilen mit mir oder durch mich.«

Amos warf einen Blick auf Kagot. Er sah wie ein ganz gewöhnlicher Mensch aus, zog durch nichts die Aufmerksamkeit auf sich. Aber welche innere Kraft besaß er! Wie schrecklich, an die Quellen dieser Kraft zu denken!

»Hör mal, Kagot«, sagte Amos einschmeichelnd, »vielleicht brauchen wir diese neue Macht überhaupt nicht? Urteile selbst: Was haben wir davon? Aus drei Jarangas den Ärmsten wählen – lächerlich!« Amos hüstelte. »Nie und nimmer werde ich glauben, daß die Fremdlinge sich mit uns verbrüdern. Was meinst du, werden die auf dem Schiff sich auch zum neuen Leben bekehren?« fragte er vorsichtig.

»Sie kommen ja aus einem anderen Land«, antwortete Kagot.

»Ich kann sie nicht auseinanderhalten«, bekannte Amos mit einem Seufzer. »Für mich sehen sie alle gleich aus – eben Fremdlinge. Und wenn es viele sind, drehe ich ganz durch und kann dann den einen nicht vom andern unterscheiden, vor allem, wenn sie auch noch gleich angezogen sind.«

»Bei den Fremdlingen gibt es große Unterschiede«, sagte Kagot. »Es gibt Russen, Kaukasier, Amerikaner, Norweger, und nun sind auch noch die Bolschewiki gekommen.«

Nachdem Kagot Amos zu seiner Jaranga begleitet hatte, bog er zu seiner Wohnstatt ab, ging aber nicht sogleich hinein, sondern blieb noch lange draußen und freute sich am Sternenschein. Trotz der erregenden Gespräche spürte er eine Beseligung – oder, wie er es in Gedanken nannte, einen Wind der Beseligung – und überließ sich dessen gleichmäßiger Kraft, die in ihm göttliche Worte wecken mußte.

Im Tschottagin war es schon still. Kaljana hatte an der linken Wand einen Gast-Polog aufgestellt, gerade groß genug, daß darin drei Gäste Platz finden konnten, sie selbst aber lag schlaflos da, mit dem Kopf im Tschottagin. In dem von verräucherten Steinen umgebenen Herd glommen die letzten Kohlen, bedeckten sich mit Asche oder flammten bei jeder schwachen Luftbewegung wieder auf.

Kagot zog sich langsam aus, hängte die Kleidung in den Tschottagin und schlüpfte in den Polog.

»Was wird nun?« fragte Kaljana beunruhigt.

Ohne die Frage der Frau zu beachten, legte er sich auf sein Lager am anderen Ende des Pologs und schloß die Augen.

Vom Verstand in Grenzen gehalten,
wie von den Ufern das freie Wasser eines Flusses,
träumt der Gedanke, ungehemmt hinzuströmen,
sucht er sich loszureißen, strebt in die Freiheit …
Doch nur eine große Wasserflut, eine Flut von Ideen
kann den gewohnten Strom, den gewohnten Gedankenfluß durchbrechen
und dem Verstand bislang ungewohnte Wege öffnen …

## 9

Kagot wurde früh wach, blieb aber noch lange im Polog liegen und dachte über das nach, was er am Vortag vernommen hatte. Schade, daß er nicht Russisch konnte, um selbst mit diesen Leuten zu reden und sie gehörig auszufragen.

Er steckte seinen Kopf aus dem Schlaf-Polog in den Tschottagin und sah zum Gast-Polog hin, bemerkte aber nichts Besonderes.

Kaljana war längst wach und dabei, ein Feuer anzuzünden.

»Wir haben wenig Brennholz«, sagte sie zu Kagot.

Kagot glitt in den Tschottagin, zog sich schnell an und verließ die Jaranga.

Draußen war es still, aber trüb. Durch den glitzernden

Meeresnebel drang vom Hauptmast des norwegischen Schiffes das elektrische Licht.

Kagot nahm den Schlitten vom Bock, spannte sich selber davor und begab sich ans Ufer, um einige von Wasser und Steinen abgeschliffene Balken aus dem Schnee zu holen.

Was mochten diese neuen Fremdlinge, die den Handelsleuten so gar nicht ähnelten, nur für Menschen sein? Ob sie die gleichen Gedanken plagten wie ihn? Ob sie über Leben und Tod nachdachten? Warum, kraft welchen Gesetzes, kraft welcher allmächtigen Entscheidung wird der Mensch zu Staub, entflieht seinem Körper, was ihm zuvor den lebendigen Atem, die Stimme, die Gedanken, die Fähigkeit der Rede verlieh? Oder gilt ihnen das Leben eines Menschen nichts? Falls dem so ist, dann sicherlich deshalb, weil sie, die Fremdlinge, verglichen mit den Tschuktschen, Eskimos und Lamuten, so zahlreich sind. Selbst hier, auf dem Frostboden, auf dem angestammten Land der Luorawetljanen gibt es an diesen ersten Wintertagen viel mehr Fremdlinge als Ureinwohner.

Auf dem Rückweg erblickte er Menschengestalten, die sich vom Schiff her übers Eis bewegten.

Als Kagot in die Jaranga zurückkam, waren die Gäste schon erwacht und mit einer seltsamen Tätigkeit befaßt: Einer hielt sich mit der einen Hand einen Spiegelscherben vor, und mit der anderen führte er ein Rasiermesser über das eingeseifte Gesicht. Der danebenstehende Anempodist hielt eine Blechschüssel mit heißem Wasser und einen Seifenrest in beiden Händen. Vom Querbalken her, der am Polog-Eingang sowohl als Kopfstütze wie auch als Sitzgelegenheit dient, beobachteten Kaljana und Ainana den Vorgang hochinteressiert und aufmerksam. Kagot selbst benutzte sein Jagdmesser, wenn ihm die auf seinem Gesicht wachsenden Haare lästig wurden. Sein Haarwuchs war allerdings spärlich, und er schabte sich das Kinn nach Gefühl glatt, ohne zum Spiegel zu greifen.

»Amtyn etti!« begrüßte ihn Anempodist fröhlich. »Sieh dir die schönen Männer an! Sollen sie dich auch rasieren?«

»Nicht nötig«, lehnte Kagot ab, faßte aber unwillkürlich nach seinen spärlichen Bartstoppeln.

Er setzte sich an die andere Seite des Feuers und sagte zu Kaljana: »Besucher kommen vom Schiff.«

»Dann gieße ich Wasser in den Teekessel nach«, sagte Kaljana geschäftig.

»Zu uns kommen Norweger vom Schiff«, erklärte Kagot Anempodist.

Terechin sah sich im Tschottagin um und sagte lächelnd zu Perschin: »Na ja, sehr ansehnlich ist der Raum für den Empfang ausländischer Gäste ja nicht, aber dafür befindet er sich auf dem Gebiet der Sowjetrepublik.«

Kaljana holte aus dem Geschirrschrank einige Porzellantassen, darunter sogar zwei heile, die nicht von dünnen Robbenfellriemen umflochten waren. Auf einen kleinen Holzteller legte sie dünne Scheiben frischgefrorenen Fleisches von der Vortagsbeute und dazu ein Stück leicht angedunkelten Zucker.

»Anempodist, hol mal unsere Vorräte!« kommandierte Nikolai Terechin. »Wo sind Zwieback, Zucker und Tee? Bring alles auf den Tisch!«

Anempodist band einen Leinensack mit kargen Vorräten auf, schüttete einen kleinen Berg schwarzen Zwieback auf den Tisch und legte ein paar Stücke Zucker dazu. Nach einem Blick auf den gedeckten Tisch rief Terechin mit zufriedener Miene: »Na bitte, nicht schlecht. Gar nicht schlecht … Sieh mal nach, Anempodist, kommen sie?«

Anempodist sah hinaus und kam mit der Nachricht zurück: »Sie nähern sich. Drei Mann kommen anmarschiert.«

Während seiner Reisen entlang der Küste der Tschuktschen-Halbinsel hatte sich Nikolai Terechin zu seiner Verwunderung davon überzeugt, daß dieses ferne Land keineswegs ein gottverlassenes Randgebiet war. Die hiesigen

Bewohner tranken schon längst Tee, rauchten Tabak, naschten hin und wieder Zucker, schossen Tiere mit der Winchester, einem Mehrladegewehr, wußten sehr wohl, was Alkohol ist, und stellten ihn in einigen Siedlungen selbst her, destillierten ihn aus Mehl und Melasse. Zur Sommerzeit wimmelten an diesen Küsten Handelsschoner, kleine Schiffe, mit denen Goldsucher kamen, die von angeblich unermeßlichen Goldvorkommen an hiesigen Landzungen gehört hatten. Ehrlich gesagt, war ihnen auf der ganzen Strecke von Nowomariinsk bis zur Tschaunbucht kein einziger reich gewordener Goldgräber begegnet, doch Spuren des wertvollen Metalls gab es hier, die erfolgreichsten Goldwäscher füllten in einem Sommer ein Pfundsäckchen, in dem amerikanisches Mehl gewesen war, mit Gold.

Als erster betrat Amundsen den Tschottagin. »Guten Tag, meine Herren!« grüßte er fröhlich und freundlich.

Der hinter ihm hereingekommene Olonkin übersetzte seinen Gruß.

»Guten Tag, Herr Amundsen!« antwortete Nikolai Terechin.

»Oh, Sie kennen meinen Namen?« Der Norweger war verblüfft.

»Die ganze zivilisierte Welt kennt den Namen des kühnen Reisenden, des Südpolbezwingers!« sagte Terechin. »Willkommen in der Jaranga. Entschuldigen Sie, daß wir Sie in solcher Umgebung empfangen.«

»Aber nicht doch, nicht doch!« Amundsen konnte sich noch immer nicht von seiner Verwunderung erholen. Zwar liebte er den Ruhm und die Ehrungen, die ihm, dem berühmten Reisenden, entgegengebracht wurden, aber hier, am Rande des Planeten ... »Gestatten Sie mir, Ihnen meine Gefährten vorzustellen, die Mitglieder der norwegischen Polarexpedition, Herrn Gennadi Olonkin, Russe seiner Herkunft nach, den Mechaniker unseres Schiffs, Knut Sundbeck ...«

Nikolai Terechin und seine Gefährten wechselten Händedrucke. Kaljana richtete das Holz im Feuer, damit der Raum hell war und nicht so verräuchert.

»Ich bin der bevollmächtigte Vertreter des Anadyrer Revolutionskomitees von Tschukotka, das hier, im Nordosten der Sowjetrepublik, die vom Führer unserer Revolution, Wladimir Iljitsch Lenin, geleitete bolschewistische Regierung repräsentiert. Ich heiße Nikolai Wassiljewitsch Terechin. Mein Genosse Alexej Terentjewitsch Perschin vertritt ebenfalls das Anadyrer Revolutionskomitee und ist in die Tschaunbucht gekommen, um hier die Sowjetmacht zu errichten und die Aufgaben der Revolution zu erläutern. Wenn es ihm gelingt, wird er eine Schule eröffnen. Anempodist Parfentjew, unser Schlittenführer und Übersetzer, ist Angestellter des Anadyrer Revolutionskomitees.«

»Sehr angenehm, sehr angenehm!« sagte Amundsen.

»Ich bitte zu Tisch.« Alexej Perschin machte eine einladende Geste.

Bevor Amundsen auf seinem Walwirbel Platz nahm, begrüßte er Kaljana und gab Ainana ein bunt eingewickeltes Bonbon.

Kaljana nahm den Teekessel vom Haken und begann Tee einzugießen. Sie goß auch Kagot welchen ein. Amundsen interessierte sich für dessen Tasse, obwohl er sie nicht zum erstenmal sah. »Gestatten Sie?« fragte er.

Ohne zu ahnen, was den Norweger an der Tasse interessieren konnte, reichte Kagot sie ihm.

»Sehen Sie nur«, rief Amundsen erregt, »wie kunstvoll die Tasse umflochten ist! Es sieht aus wie ein Spitzenmuster, eine Spitze aus Riemen. Erstaunlich! Ich bin einfach begeistert von der Fähigkeit der Menschen des Nordens, sich den unwahrscheinlichsten Bedingungen auf dem von der Natur benachteiligten Land anzupassen. Weiß Gott, diese Leute verdienen ein besseres Los und Schutz.«

Obwohl von Kagots Tasse die Rede war, verstand Nikolai Terechin die Anspielung. »Die Revolution in Rußland wurde ja gerade gemacht, um allen Armen und Benachteiligten ein neues Leben zu eröffnen. Wir Bolschewiki gehen von dem Prinzip aus, daß das Arbeitervolk selbst über die Früchte seiner Arbeit verfügen soll.«

»Ich habe aber gehört«, sagte Amundsen hüstelnd, »die Bolschewiken lehnen Eigentum ab …«

Terechin lächelte spöttisch. »Wir lehnen nicht das Privateigentum in vernünftigen Grenzen ab, das für die Gestaltung eines würdigen Lebens des jeweiligen Menschen und seiner Familie benötigt wird. Doch wir sind entschieden gegen ein Eigentum, das seinem Besitzer nichterarbeitete Einkünfte bringt und es ihm erlaubt, einen Armen auszubeuten.«

Amundsen hörte Terechin aufmerksam zu und sagte dann würdevoll: »Ich muß bemerken, Herr Terechin, daß ich aus reiner Neugier gefragt habe. Unsere Expedition gedenkt keinesfalls, sich in Ihre inneren Angelegenheiten einzumischen oder auf irgendeine Weise den Gang der Ereignisse im hiesigen Gebiet zu beeinflussen. Das einzige, was wir benötigen, ist eine Unterstützung unserer Expedition bei der Erfüllung von Aufgaben, die voll und ganz mit den historischen Zielen der gesamten Menschheit übereinstimmen. Falls unser Unternehmen gelingt, hätten wir zwei geographische Aufgaben gelöst – eine Weltumschiffung über das Eismeer und die Eroberung des Nordpols durch Eisdrift auf einem eingefrorenen Expeditionsschiff. Unser Schiff ist eigens dafür gebaut … Ich persönlich und alle Mitglieder unserer Expedition würden uns freuen, Sie bei uns zu Gast zu sehen.«

Olonkin übersetzte Wort für Wort und bemühte sich um äußerste Genauigkeit. Zugleich betrachtete er neugierig Nikolai Terechin und Alexej Perschin. Die beiden noch jungen Männer waren nach Aussehen und Benehmen Russen, doch zugleich bemerkte er in ihrem Äußeren etwas

Neues, was er noch nie gesehen hatte. Besonders erstaunlich war, wie überzeugt Terechin im Namen der gesamten Russischen Republik sprach, wobei er Worte äußerte, für die ihn die zaristischen Gendarmen, wie sich Gennadi Olonkin gut erinnerte, noch vor kurzer Zeit eingesperrt, in die Verbannung geschickt hätten.

»Wir nehmen Ihre Erklärungen zur Kenntnis, Herr Amundsen«, antwortete Terechin. »Die Sowjetrepublik wird in Kürze die eigene Erforschung der Arktis in Angriff nehmen, besonders die Erforschung unserer heimatlichen Küsten.«

»Oh, in dem Fall werden wir Ihnen mit Vergnügen die Erfahrung und die Kenntnisse weitergeben, die wir beim Abschluß unserer Expedition gewonnen haben«, bot Amundsen an.

»Ich werde Ihre Worte den wissenschaftlichen Einrichtungen unserer Republik übermitteln«, antwortete Terechin.

»Verzeihen Sie«, fuhr Amundsen fort, »haben Sie vielleicht von einem Herrn Wilkizki gehört?«

»Persönlich kenne ich ihn nicht«, entgegnete Terechin, »aber der Name ist mir bekannt. Wollten Sie ihm etwas mitteilen?«

»Ja, aber wie?« sagte Amundsen zweifelnd. »Wie wir feststellen mußten, ist die nächste Funkstation in Srednekolymsk nicht in Betrieb.«

»In Nowomariinsk gibt es Funk«, sagte Terechin. »Dort arbeitet übrigens Ihr Landsmann Lampe. Ein sehr fähiger Fachmann. Er hat nicht nur eine Verbindung zu Petropawlowsk hergestellt, sondern auch zu etlichen amerikanischen Stationen.«

»Prächtige Neuigkeiten!« rief Amundsen erfreut. »Sie können sich nicht vorstellen, wie man sich fühlt, wenn man über ein Jahr von der zivilisierten Welt abgeschnitten ist!«

»Ich verstehe Sie schon«, erwiderte Terechin spöttisch lächelnd. »Seinerzeit habe ich sechs Jahre in einer Einzelzelle des Butyrka-Gefängnisses gesessen, ohne Schreib- und Besuchserlaubnis.«

»Oh, verzeihen Sie!« Amundsen hob die Hände. »Gefängnis – das ist schrecklich, unmenschlich!«

Während der Unterhaltung goß Kaljana Tee ein und schob ihnen in dünne Scheiben geschnittenes Seehundfleisch hin, das der Norweger mit sichtlichem Genuß verspeiste.

»Mögen Sie das hiesige Essen?« erkundigte sich Alexej Perschin.

»In den Jahren meiner arktischen Reisen habe ich mich überzeugt, daß die Ortsansässigen sich ein Ernährungssystem erarbeitet haben, das sie zuverlässig vor Skorbut schützt. Daher stelle ich die gesamte Expedition, falls möglich, auf eine Ernährung mit hiesigen Lebensmitteln um.«

»Haben Sie schon mal ein hiesiges Nahrungsmittel mit der Bezeichnung Kopalchen probiert?«

»Hiesigen Kopalchen habe ich noch nicht probiert«, antwortete Amundsen mit ernster Miene, »aber etwas Ähnliches. In einer Grube gesäuertes und besonders haltbares Walroßfleisch samt Fett und Haut habe ich wiederholt während meiner Fahrten durch die Nordwestpassage gekostet. Ich muß schon sagen, in wesentlichen Zügen ist das Leben der Ureinwohner der Arktis sehr ähnlich.«

»Ja, Kopalchen ist ein schwieriges Essen«, bemerkte Alexej Perschin mit einem Seufzer und suchte sich ein Stück Zwieback aus. Er tauchte es kurz in starken Tee und biß ab. Der eingeweichte Zwieback wurde süßlich, und notfalls konnte man so den Tee auch ohne Zucker trinken. Die Vorräte an eigenen Lebensmitteln, die sie den verwüsteten Lagern in Anadyr entnommen hatten, waren längst verbraucht, und was sie in der Jaranga auf den Tisch gelegt hatten, waren die letzten Reste, die Anempodist Parfentjew erstaunlicherweise gerettet hatte. Schon etliche Monate hatten sich die Reisenden mit hiesiger Nahrung begnügen müssen, und die schwierigste war für Alexej Perschin Kopalchen.

»Wie lange beabsichtigen Sie hierzubleiben?« fragte Amundsen.

»Übermorgen fahre ich mit Anempodist weiter zur Mündung der Kolyma, und Perschin bleibt, wie ich bereits sagte, in diesem Lager.«

»Wir könnten Ihnen mit einigen Lebensmitteln aushelfen«, sagte Amundsen. »Unsere Expeditionsvorräte sind groß genug, kommen Sie aufs Schiff, wir können Ihnen ohne weiteres etwas abgeben.«

»Nein, wir haben alles, was wir brauchen«, antwortete Terechin fest. »Ihre Einladung aber nehmen wir an und kommen, wenn es Ihnen recht ist, morgen am Tag.«

»Kommen Sie zum Mittagessen«, sagte Amundsen beim Abschied und verbeugte sich formvollendet am Ausgang der Jaranga.

Mit dem Recht des Hausherrn begleitete Kagot die Gäste. Eine Weile herrschte im Tschottagin Stille. Als erster ließ sich Anempodist vernehmen, während er die Zwiebackreste sammelte: »Wieviel die gegessen haben, die verflixten Kerle!«

Ja, der schwarze Zwieback hatte bei den Norwegern offensichtlich großen Anklang gefunden. Besonders viel hatte Gennadi Olonkin geknabbert, den das Übersetzen nicht gehindert hatte zu essen.

»Anempodist«, sagte Terechin streng, »laß den Zwieback liegen!«

»Und den Zucker?« fragte der Schlittenführer bedauernd.

»Den Zucker auch!« entgegnete Terechin. »Warum bist du nur so? Das ist doch unanständig – etwas auf den Tisch stellen und dann wieder mitnehmen.«

»Das ist aber der letzte Rest!« flehte Anempodist. »Wir

haben rein gar nichts mehr! Wovon sollen wir denn leben? Wir können doch nicht auch zu Kopalchen greifen. Wir sind doch keine Norweger!«

»Ob die wirklich Kopalchen essen?« zweifelte Perschin. »Diese Bourgeois! Das sieht man doch gleich. Und dieser Russe – offenbar ein Kommis. Blitzsauber, gut genährt. Wahrscheinlich handeln sie insgeheim mit Rauchwerk, unsere Forscher.«

Aus unerfindlichem Grund empfand Perschin weder gegenüber Amundsen noch dessen Gefährten große Achtung. Natürlich kannte auch er den Namen des großen Forschungsreisenden, des Südpolbezwingers, aber der Anblick glücklicher, gesunder, wohlgenährter Leute ärgerte ihn.

Kagot kam in die Jaranga zurück und ging zum Polog. Er setzte sich auf den Querbalken, zog seine Pfeife heraus und rauchte. Perschin reckte die Nase und fragte: »Woher hast du den Tabak?«

»Vom Schiff.«

»Ein Geschenk?«

»Nein, warum«, erwiderte Kagot. »Ich habe ihn eingetauscht. Gegen Kopalchen, Hundefutter.«

»Na, was habe ich gesagt?« Triumphierend warf Perschin Terechin einen Blick zu. »Ihr Eroberer des Südpols treibt doch ein wenig Handel!«

»Halt, halt.« Terechin wandte sich Kagot zu. »Sie sagen, den haben Sie auf dem Schiff gekauft. Bei wem denn?«

»Bei dem Obersten, Amundsen«, entgegnete Kagot zaudernd, denn er spürte, einer der Russen, der Jüngere, zürnte dem Norweger aus irgendeinem Grund.

»Na bitte! Dann muß er Handelszoll zahlen!« sagte Perschin. »Am besten wäre, wir konfiszieren bei ihm irgendwas.«

»Warum so voreilig?« Terechin sprach ruhig. »Konfiszieren können wir allemal. Sie laufen uns nicht davon, wenn sie so fest ins Eis eingefroren sind. Aber wir müssen bedenken, es ist eine wissenschaftliche Expedition. Und ein weltbekannter Mann. Da redest du von konfiszieren! Du weißt, es gibt ohnehin genug Leute, die drauf aus sind, unsere Revolution schlechtzumachen ... Hör mal, Kagot, mit wem hat der Norweger eigentlich noch gehandelt?«

Kagot spürte am Ton der Unterhaltung, daß Amundsen das wohl nicht hätte tun dürfen, da er aber gewöhnt war, nichts zu verheimlichen, antwortete er direkt: »Mehr weiß ich nicht. Aber Durchreisende haben sich über ihn beklagt.«

»Beklagt?« Terechin spitzte die Ohren.

»Er hat es abgelehnt, mit ihnen zu handeln. Hat gesagt, er sei kein Kaufmann und habe keine Handelsware.«

Terechin sah Perschin an und sagte ruhig: »Mach du lieber folgendes: Registriere heute alle Kinder und alle Bewohner dieser Niederlassung und kläre, welche Rentierzüchterlager es hier in der Nähe gibt. Und noch etwas ist wichtig: Wir müssen klären, wo du wohnen wirst. Eine Schule wird man dir, so Gott will, in vielleicht zwei Jahren bauen, also denk nach.«

»Leben wird er einstweilen in einer Jaranga, was gibt's da viel zu überlegen«, ließ sich Anempodist vernehmen.

»Klar«, sagte Perschin verzagt. »Nur in welcher?«

Nach Kagots Auskünften stellten sie die Anzahl der Bewohner einer jeden Jaranga fest: Ständige Bewohner gab es in der Siedlung ganze zehn.

»Ich muß bitten, ihn in dieser Jaranga aufzunehmen«, sagte Terechin am Ende und wandte sich an Kagot: »Sie haben doch nichts dagegen, wenn Perschin in Ihrer Jaranga wohnen bleibt?«

Kagot sah Kaljana an. »Sie müssen die Hausfrau fragen.«

»Versteht sich«, bemerkte Terechin, »natürlich nicht ohne Einwilligung der Frau. Aber Sie selbst haben doch nichts dagegen?«

»Ich bin hier nicht der Hausherr«, sagte Kagot. »Ich bin

ein Zugereister wie Sie. Kaljana hat mich bei sich aufgenommen.«

»Ach sooo!« sagte Terechin. »Dann müssen wir wirklich die Hausfrau fragen ... Kaljana, Sie haben doch nichts dagegen, wenn der Genosse Perschin in Ihrer Jaranga eine Weile wohnen wird? Wir zahlen später auch Miete.«

»Er kann ruhig hier wohnen«, sagte Kaljana schlicht. »Platz haben wir genug. Wenn ihm der Gast-Polog recht ist, kann er gleich dableiben.«

»Sehr schön!« rief Terechin erfreut. »Man kann sagen, die Hauptfragen sind alle geklärt. Eine Versammlung wirst du einberufen, Alexej, wenn du dich mit der Lage vertraut gemacht hast.«

Den Rest des Tages beschäftigten sich die Männer mit Vorbereitungen für die Weiterreise. Kagot mußte zu den Fleischgruben fahren und Kopalchen für die Hunde holen.

Am Abend zum Tee kam Amos, aber er war vorsichtig bei der Unterhaltung und schwieg meistens, um sich mit keinem Wort als der frühere Amtyn zu verraten. Wenn ihm jemand eine Frage stellte, nickte er und erklärte sich mit allem einverstanden, was immer einer auch sagte. Amos hatte sich in der letzten Zeit völlig verändert, und Kagot bemerkte mitunter, daß sein Nachbar über Gebühr bemüht war, die bösen Geister zu verwirren, manchmal sogar so weit ging, daß er seine Frau verwirrte.

## 10

Am nächsten Tag begaben sich Terechin, Perschin und Anempodist Parfentjew zur festgesetzten Stunde zum Gegenbesuch auf die »Maud«.

Es herrschte Frostwetter, ein kräftiger, stetiger Wind blies ihnen ins Gesicht und zwang sie, sich abzuwenden. Der Pfad vom Schiff zur Küste zeichnete sich schon deutlich ab, und sie folgten ihm. Der rote Widerschein der hinter den fernen südlichen Gebirgszügen verborgenen Sonne war so stark geworden, daß der gesamte verschneite Raum südlich der Eisküste wie mit Blut übergossen aussah. Trotz der großen Kälte beflügelte die strenge Schönheit der Umgebung die Phantasie.

Die vom Schiff aufs Eis herabgelassene Laufplanke war in Erwartung der Gäste sorgfältig vom Schnee gereinigt und sogar mit gelbem Sand bestreut.

Amundsen empfing die Besucher an Deck, am oberen Ende des Laufstegs, und erwies damit den Vertretern der Macht besondere Aufmerksamkeit.

»Ich freue mich, Sie auf dem kleinen, inmitten des ewigen Schnees verlorenen Territorium meiner geliebten Heimat Norwegen begrüßen zu können«, sprach der Hausherr feierlich. »Ich bitte in die Offiziersmesse.«

Am Vorabend hatte die gesamte Schiffsbesatzung ein Großreinemachen veranstaltet, und die Messe empfing die Besucher nicht nur mit Wärme und den Klängen des Grammophons, sondern auch mit dem Glanz von geputztem Messing und poliertem Holz. Sundbeck hatte eine zusätzliche Birne in den Kronleuchter eingeschraubt, und der große Raum war in so blendendes Licht getaucht, daß Anempodist unwillkürlich ausrief: »Ist das hell!«

Nachdem die Gäste ihre Pelzkleidung abgelegt hatten, folgten sie einer einladenden Geste Amundsens und setzten sich auf Stühle, die am Fußboden angeschraubt waren, worauf sie weiterhin die Ausstattung des großen Schiffsraumes betrachteten. Zufrieden über die dem Schiff geschenkte Aufmerksamkeit, schwieg Amundsen, als wolle er den Gästen Gelegenheit geben, sich umzusehen und an die Umgebung zu gewöhnen.

»Eine prächtige Offiziersmesse!« lobte Nikolai Terechin aufrichtig. »Und wem gehört das Schiff?«

»Das Schiff gehört mir«, antwortete Amundsen. »Ich

habe für den Bau mein ganzes Vermögen hingegeben und bedaure es nicht. Von allen Schiffen ähnlichen Typs hält wohl nur die ›Fram‹ von Nansen einen Vergleich mit der ›Maud‹ aus. Das Schiff wurde in Norwegen gebaut, auf der Askerschen Werft, in Vollen – unser Schiffsbau kennt keine sorgfältigere, vernünftigere und gewissenhaftere Arbeit.«

In der Kombüsentür zeigte sich Rønne mit einem Tablett. Er trug eine weiße Jacke mit blitzenden Knöpfen und eine hohe, gleichfalls weiße Mütze. Die eingelegten Tomaten, Gurken, schön in Scheiben geschnittenen Mohrrüben waren mit frischen Zwiebellauchröllchen verziert. Höchstwahrscheinlich hatte Sundbeck seinen »Gemüsegarten« unter der Lichtluke abgeerntet.

Über allem ragte eine Flasche echten russischen Wodkas, umgeben von Kristallgläsern. Amundsen goß Wodka ein und sagte: »Meine Herren! Ich weiß nicht, inwieweit meine Vorstellungen von russischen Bräuchen der Wahrheit entsprechen, aber bevor wir mit dem Essen beginnen, möchte ich einen Toast auf die Gesundheit unserer Gäste und auf das Gedeihen der Sowjetrepublik ausbringen!«

»Austrinken«, sagte Terechin leise zu seinen Genossen und ergriff sein Glas.

Die Gäste würdigten nach Gebühr die Vorspeise und die danach gereichte Tomatensuppe, aber ungezwungen fühlten sie sich nicht. Unsicher machte sie nicht etwa das Essen, sondern die luxuriöse Aufmachung, das Tafelsilber, die gestärkten Servietten. Perschin beobachtete aus den Augenwinkeln Anempodist, der seine Verlegenheit unter bedächtigen und soliden Umgangsformen verbarg. Er hatte schnell mitbekommen, wie er verfahren mußte, und ahmte jede Geste des Gastgebers nach.

Zur Speisenfolge gehörten Lachs, Renzunge mit Spargel. Als aber Sahneröllchen aufgetragen wurden, konnte Terechin sich nicht bezwingen und warf Perschin einen fröhlichen Blick zu.

Als sie zu Kaffee, Likör und Zigaretten übergegangen waren, sagte Amundsen: »Herr Terechin, ich möchte Ihnen mitteilen, daß wir zum Gebrauch der Expedition einige Pelzwaren für Kleidung erworben haben sowie Walroß-Kopalchen und Fisch für die Hunde. Ich bin bereit, Ihnen als den Vertretern der Regierung alles Erworbene zu zeigen und nötigenfalls dafür den erforderlichen Zoll zu zahlen.«

»Herr Amundsen«, antwortete Terechin, während er eine Zigarette zwischen den Fingern drehte, »unsere Regierung wird friedlichen wissenschaftlichen Forschungen jede Hilfe erweisen. Was aber das Pelzwerk angeht, das Sie für die Ausstattung erworben haben, so unterliegt es keiner Zollgebühr. Schließlich ist die wahre Wissenschaft Gemeingut der gesamten Menschheit.«

Perschin sah seinen Genossen verwundert an.

»Wir sind Ihnen sehr dankbar. Sie können sicher sein, daß wir uns nicht mit Handelsoperationen und Tauschhandel zum Zwecke des Gewinns befassen.«

»Wir glauben Ihnen, Herr Amundsen«, wiederholte Terechin.

»Ich danke Ihnen noch einmal, Herr Terechin«, sagte Amundsen, schon beruhigt. »Ich habe Ihrer gestrigen Unterhaltung entnommen, daß Sie beabsichtigen, hier eine Schule zu eröffnen?«

»Ja, wir haben uns vorgenommen, den Leuten Lesen und Schreiben beizubringen und dadurch sowie durch Aufklärung ihr Leben zu verändern.«

»Ein löblicher Wunsch«, bemerkte Amundsen, »die Frage ist nur: Wollen die Menschen hier selber Veränderungen? Vielleicht ist für sie gerade die Lebensweise, an die sie seit Jahrhunderten gewöhnt sind, die geeignetste? Ich sage das nicht, um einfach Betrachtungen anzustellen, sondern gestützt auf eigene Erfahrung beim Umgang mit Ureinwohnern der Arktis. Ich habe während der Entdeckung der Nordwestpassage in der kanadischen Arktis überwintert, habe lange unter Eskimos gelebt, und ich habe sie wiederholt versichern hören, daß der Mensch des Nordens nie und nimmer sein Leben gegen ein anderes eintauschen würde. Die Geschichte der arktischen Völker ist eine erstaunliche Geschichte, voller Entbehrungen und Tapferkeit. Es ist keine Übertreibung, wenn ich sage, daß das ganz alltägliche Leben bei ihnen aus dem Blickwinkel eines europäischen Kleinbürgers eine wahre Heldentat ist, eine Offenbarung außergewöhnlichen Heldentums.«

»Niemand wird die Lebensweise der arktischen Völker ändern, genausowenig wie die der anderen Völker der Sowjetunion«, antwortete Terechin. »Unsere Aufgabe ist es, ihnen die Augen zu öffnen für die Ungerechtigkeit und Unwissenheit in ihrem Leben, damit sie diese mit eigenen Kräften abschaffen.«

»Ich verstehe Ihr Bestreben«, meinte Amundsen, »was aber wird, wenn Sie keine Bereitschaft finden, die Augen für das zu öffnen, was Sie Ungerechtigkeit und Unwissenheit nennen?«

»Wir glauben an den Verstand des Menschen, an seine unerschöpflichen Möglichkeiten, daran, daß unser Zeitgenosse, unter welch schweren und unglaublichen Bedingungen er auch lebt, sich durch nichts – weder psychisch noch physisch – von diesem europäischen Kleinbürger unterscheidet, den Sie soeben erwähnt haben. Wir wären nur naive Phantasten, wenn wir erwarteten, daß man jedes unserer Vorhaben widerspruchslos annehmen und billigen würde. Natürlich sind wir auf unwahrscheinliche Schwierigkeiten gefaßt, vielleicht sogar auf Unverständnis in erster Zeit. Aber wir glauben an unsere Ideale.«

»Verzeihen Sie den Vergleich, aber Sie erinnern mich an einige Missionare«, bemerkte Amundsen.

Von allen, die Zigarren genommen hatten, rauchten nur er und Anempodist eifrig, die anderen legten sie beiseite oder hielten sie einfach in der Hand.

»Die Missionare haben den Menschen eine verzerrte Vorstellung von der Welt übermittelt, sie haben eine Verirrung durch eine andere zu ersetzen versucht«, sagte Terechin. »Wir haben eine andere Aufgabe.«

»Na gut, dann sagen Sie, warum sollten Sie nicht das Wesentlichste an den Anfang stellen – die Versorgung der hiesigen Menschen mit guten Gewehren, Motorbooten, die Organisierung ihrer medizinischen Versorgung? Sie beginnen mit dem Unterricht ... Ich bin nicht sicher, daß die Tschuktschen Sie richtig verstehen werden.«

Behutsam näherte Amundsen die bläuliche Aschesäule seiner Zigarre, die wie der Sproß eines Rengeweihs aussah, dem Aschenbecher und schlug sie mit einem leichten Schnipser ab. Anempodist machte es ihm nach, und Amundsen fragte lächelnd: »Möchten Sie vielleicht noch etwas Likör?«

Anempodist leckte sich die Lippen und sagte: »Sehr gern!«

»Sundbeck«, ordnete Amundsen an, »bringen Sie noch Likör!«

Als Anempodist nachgegossen worden war, fuhr Amundsen fort: »Ich bin sicher, Ihre Absichten und die Philosophie des neuen Lebens sind nicht nur für die hier Ansässigen anziehend. Seinerzeit habe ich mich mit verschiedenen utopischen Werken europäischer Denker bekannt gemacht, auch mit der Lehre des Sozialismus. Ich sage Ihnen offen: Das Ziel an sich ist sehr verlockend, denn es spiegelt den jahrhundertealten Traum der Menschheit von Gerechtigkeit. Das einzige, dem ich aber nicht zustimme, sind die Mittel, dieses Ziel durch eine gewaltsame Revolution zu erreichen.«

»Was soll man machen, wenn die Menschen sich nicht freiwillig von den zusammengeraubten Reichtümern trennen? Es gibt solche Ungerechtigkeiten, daß man Gewalt anwenden muß, um sie abzuschaffen.« Terechin umfing die

Genossen mit einem Blick und sagte fröhlich: »Na schön, wir haben die Gastfreundschaft genossen, jetzt reicht's!«

Amundsen gab Sundbeck ein Zeichen, der verschwand für einen Moment hinter der Tür der Messe und kam mit drei gut verpackten beeindruckenden Paketen wieder zurück.

»Im Namen der norwegischen Polarexpedition bitte ich Sie, diese bescheidenen Geschenke entgegenzunehmen. Wir haben uns bemüht, zu berücksichtigen, was Sie auf der langen Reise durch das kalte verschneite Land brauchen könnten ... Und noch ein freundschaftlicher Vorschlag: Wir haben im Laderaum Lebensmittel für fast drei Jahre und verschiedene andere Vorräte, von denen wir Ihnen ohne weiteres etwas abgeben könnten ... Bitte!«

Terechin stand auf. »Die Geschenke nehmen wir als Zeichen der Freundschaft an«, sagte er. »Was das übrige anbelangt, so haben wir uns daran gewöhnt, mit wenigem auszukommen. Aber wenn Sie schon die ersten Schritte der Sowjetregierung auf Tschukotka so gerne unterstützen möchten, dann bitten wir Sie, unseren Lehrer Alexej Perschin zumindest mit den notwendigsten Schreibutensilien zu versorgen.«

»Mit dem größten Vergnügen«, versicherte Amundsen.

»Heute abend, wenn in Petrograd Morgen ist«, sagte Terechin, »hissen wir die rote Fahne, das Symbol der Republik, über der offiziellen Residenz unseres Vertreters. Ich bitte Sie, der Zeremonie beizuwohnen.«

»Wir kommen bestimmt!« versprach Amundsen.

Als Fahnenstange fand sich in Amos' Jaranga ein alter Mastbaum von einem gekenterten Schoner. Er wurde an einem Ende behauen, dann befestigten sie daran eine Schlinge, die mit Robbenfett eingeschmiert war, damit ein Riemen glatt hindurchgleiten konnte.

Die Fahnenstange wurde rechts vom Jaranga-Eingang aufgestellt. Terechin holte ein Stück roten Stoff und befestigte ihn sorgfältig an einem Riemen. Die Fahne ließ sich leicht aufziehen, der Wind entfaltete sie und verlieh nicht nur der Jaranga, sondern auch der ganzen Siedlung einen neuen, erstaunlichen Anblick.

Zur festgesetzten Stunde versammelten sich in der Jaranga alle Bewohner der Siedlung und fast alle Mitglieder der norwegischen Polarexpedition.

Nikolai Terechin, das Riemenende in der Hand, hielt eine kurze Rede.

»Genossen! Einwohner der fernen Tschuktschensiedlung! Zu Ihnen ist eine neue Macht gekommen, die Sowjetmacht, der Morgen eines gerechten Lebens in der Menschheitsgeschichte. Ich möchte, daß alle, die heute hier bei diesem bedeutsamen Ereignis zugegen sind, diesen Tag in der Erinnerung behalten. Es lebe die proletarische Revolution! Es lebe der Führer der Arbeiterklasse, Genosse Lenin! Hurra, Genossen!«

Es schrien nur Perschin und Anempodist Parfentjew, aber alle beobachteten bewegt, wie die Fahne langsam aufstieg und ein eisiger Wind die rote Stoffbahn entfaltete.

## 11

Nach dem Aufbruch seiner Genossen wurde Perschin so wehmütig zumute, daß er ihnen am liebsten hinterhergefahren wäre. Doch er mußte arbeiten.

Perschin wollte die Bewohner der Siedlung zusammenrufen, um einen Sowjet zu wählen. Kagot war jedoch nicht in der Jaranga, auch Amos nicht – sie waren zur Meeresjagd aufs Eis gegangen. In der Siedlung waren nur die Frauen und der blinde Gaimissin zurückgeblieben, aber sie alle hatten zu tun, sogar die kleinen Kinder. Allein schlenderte Perschin von einer Jaranga zur andern und versuchte, tschuktschisch zu sprechen. Die Frauen lachten über seine

Aussprache, wunderten sich, daß ein Tangitan, ein Fremdling, in ihrer Sprache zu sprechen versuchte, und verbesserten ihn nur zu gern, brachten ihm neue Worte bei.

Die Niederlassung in der Tschaunbucht war vom Anadyrer Revolutionskomitee in Nowomariinsk ausgesucht worden. Hier sollte eine besondere Siedlung aufgebaut werden, von der die Ideen und Beispiele des neuen Lebens auf die angrenzenden Tundragebiete und auf die Eisküste ausstrahlen sollten. Geplant waren auch eine Internatsschule, ein Krankenhaus, eine Funkstation, Ausbildungsstätten für Erwachsene und eine Veterinärstation. Es sollte eine sowjetische kulturelle Basis werden, wie der Vorsitzende des Revolutionskomitees sagte. In ferner Zukunft sollten an dieser Küste ein Seehafen und eine Stadt entstehen.

Einstweilen aber machte dieser Ort, vor allem im Dunkel der Polarnacht, Perschin nur verzagt und traurig. Man sollte meinen, die grenzenlosen Weiten, die sich dem Blick boten, hätten andere, freundlichere Empfindungen wecken müssen, doch der Gedanke, daß es von hier bis Petrograd viele tausend Kilometer waren, Anadyr und Petropawlowsk zwar näher lagen, aber ebenso unerreichbar, bedrückte ihn und rief ein Gefühl der Ausweglosigkeit hervor. In diesen Augenblicken erinnerte er sich besonders deutlich an seine Kindheit in der grünen Umgebung von Petrograd, an das alte, knarrende Holzhaus, das nach Arznei riechende Arbeitszimmer des Vaters, sein ärztliches Sprechzimmer. Alexej Perschin war in einer durchaus gesicherten und wohlhabenden Familie geboren und herangewachsen. Er hatte auf der Petrograder Seite das Gymnasium besucht, war jeden Morgen mit der Straßenbahn dahin gefahren. Bereits in den oberen Klassen war er mit illegaler marxistischer Literatur bekannt geworden, und als Hörer der Höheren Handelsschule war er gleich zu Kriegsbeginn in die Partei der Bolschewiki eingetreten. Die Handelsschule beenden konnte er nicht mehr. Die Partei schickte ihn nach dem Fernen Osten. Und nun war er auf Tschukotka. In weiter Ferne waren das Vaterhaus in Oserki, das Schwesterchen, die Eltern zurückgeblieben. Schon drei Jahre hatte er von ihnen nichts mehr gehört. Es war seltsam, aber der Besuch auf dem Schiff der norwegischen Forschungsreisenden hatte Erinnerungen geweckt, hatte ihn an das väterliche Holzhaus erinnert, das irgendwie dem Schiff ähnelte, an die langen Winterabende und die Lesungen im Eßzimmer. Unter der großen Hängelampe mit dem grünen Schirm hatten sie neue Gedichte des berühmt gewordenen jungen Dichters Alexander Block gelesen:

Spät im Herbst, im gewohnten Hafen,
wenn längst Schnee auf die Erde fiel,
lichten schwere Schiffe die Anker,
nehmen Kurs auf ihr fernes Ziel.

Perschin schüttelte die Traurigkeit ab, verjagte die wehmütigen Gedanken, umrundete einige Male die Siedlung und stieg hinab zum Meer. Seltsame Gegenstände, die unter Eis und Schnee hervorragten, hatten sein Interesse geweckt. Als er näher hinblickte, sah er, daß es Holztrümmer waren, oft sogar ganze Balken und Bretter. Ihn durchzuckte ein Gedanke: Hätte er Nägel und einfaches Werkzeug, dann könnte er ohne weiteres aus alldem eine kleine Hütte mit einem richtigen Fenster errichten und zwei, drei Schulbänke zimmern. Er ging um einige Stapel aufgehäuftes Holz herum, berührte die gefrorenen Fundstücke und dachte, seine Lage sei gar nicht so schlecht, wie es ihm in den ersten Augenblicken nach dem Abschied von seinen Genossen vorgekommen war.

Schnell kehrte er in die Siedlung zurück und traf im Tschottagin der Jaranga Gennadi Olonkin. Nachdem sie sich begrüßt hatten, sagte Olonkin: »Amundsen lädt Sie ins Schwitzbad ein.«

»Ins Schwitzbad?« Perschin traute seinen Ohren nicht. »Habe ich mich auch nicht verhört?«

»Nein, Alexej«, antwortete Olonkin lächelnd. »Ich habe sogar einen Rutenbesen.«

»Einen Rutenbesen? Woher? Wo haben Sie denn hier eine Birke gefunden?«

»Am Ostufer des Taimyr. Als wir dort in der Mündung eines kleinen Flusses lagen, bin ich in einen Zwergbirkenhain gegangen und habe einige Zweige gebrochen.«

Das Dampfbad auf der »Maud« war eine Erfindung von Sundbeck und bestand aus einem winzigen, mit ungestrichenen Fichtenholzlatten verschalten Raum, in dem mit Hilfe eines kleinen, durch eine Erdölfeuerung erhitzten Steinofens eine echte Schwitzbadatmosphäre geschaffen wurde. Die anderen Teilnehmer der Expedition hatten sich schon gewaschen, hatten das Dampfbad genossen und tranken jetzt Tee und Kaffee in der Messe.

Im Schwitzbad stand ein Kübel mit heißem und ein zweiter mit eisigem Wasser, zum Mischen. Außerdem war für jene, die ihn nutzen wollten, an Deck, gleich hinter der Tür, ein ganzer Haufen von reinem, frischem und weichem Schnee zusammengefegt.

Der Bastwisch war hart, das Wasser heiß, Perschin stöhnte und grunzte vor Vergnügen. Und Olonkin gab sich alle Mühe, er rieb Perschins Körper, bis er rot war, übergoß ihn mit kaltem Wasser, seifte ihn wieder ein. Sie peitschten sich kräftig mit dem dünnen, kaum beblätterten Polarbirkenzweig, liefen an Deck, warfen sich in den weichen Schneehaufen und gingen wieder zurück in den Dampfraum.

Schließlich waren sie endgültig erschöpft, zogen sich an und gingen in die Messe.

»Sie können unser Bad immer nutzen, wenn wir es heizen«, sagte Amundsen. »Jeden Freitag.«

»Besten Dank«, entgegnete Perschin. »Aber es ist mir peinlich.«

»Warum?« fragte Amundsen verwundert.

»Wenn ich schon in das Leben der hiesigen Ureinwohner eintrete«, antwortete Perschin, »muß ich ihre Lebensweise übernehmen, also mit ihnen alle Mühsal teilen, insbesondere die Unmöglichkeit, sich zu waschen.«

Amundsen lachte. »Sie kennen diese Naturkinder nicht. Die weisen nicht nur kategorisch den Gedanken von sich, sich den Körper zu waschen, sie hüten sich sogar davor! Bitte, ich bin bereit, ihnen das Schwitzbad zur Verfügung zu stellen, aber sie werden ablehnen. Ich versichere Ihnen, sie werden den Vorschlag sogar als Beleidigung ansehen.«

»Vielleicht«, sagte Perschin und preßte die Finger zusammen. »Und doch – um das Recht zu haben, sie zu unterrichten, muß ich erst mal ihr Leben begreifen.«

»Ich muß schon sagen«, Amundsen lächelte über den Hitzkopf, »wie immer Ihr Vorhaben, Rußland zu verändern, auch enden wird – Sie sind mir höchst sympathisch. Sie erinnern mich an meine Jugend. Als ich meinen Weg als Erforscher der Polargebiete begann, haben mich die meisten Leute, denen ich von diesen Plänen erzählte, für einen Phantasten gehalten, haben mich oft des Schlimmsten verdächtigt – daß es mir an gesundem Menschenverstand fehle. Sie beschreiten so unerforschte Wege wie ich seinerzeit, als ich die Entdeckung der Nordwestpassage und die Eroberung des Südpols plante.«

Perschin nickte, obwohl er innerlich lachen mußte: Unvergleichbar waren die Aufgaben und vor allem die Möglichkeiten, die heutigentags der Leiter der norwegischen Expedition und der junge Vertreter der Sowjetrepublik, der kommunistische Kommissar Alexej Perschin, hatten.

Die Geschenke vom Vortag verteilten die Zugereisten trotz des unwillkürlichen Murrens von Anempodist Parfentjew unter den Bewohnern der Siedlung, sie selbst behielten sich nur ein wenig Tee und Zucker für unterwegs. Dieses Schwitzbad aber und die üppige Bewirtung in der schön ausgestatteten Offiziersmesse weckten bei Alexej den Gedanken an Verrat.

Während Perschin übers Eis zu den Jarangas ging, blickte er bisweilen zum Meer hin und bemühte sich, die heimkehrenden Jäger zu sehen. Doch in der sich vertiefenden Dämmerung war nichts zu erkennen, und die fernen Eisblöcke verschwammen mit dem Himmel zu einem einzigen grauweißen Nebelschleier. Dagegen waren vom Meer aus am Ufer deutlich die Lichter zweier Jarangas zu unterscheiden – der Jarangas von Kagot und Amos –, und erstaunlich deutlich hob sich die rote Fahne auf der hohen Stange ab.

Im Tschottagin war es verräuchert, knisterte ein Feuer. Kaljana schabte mit einer auf einen langen Stock gespießten Steinspitze ein getrocknetes Seehundfell. Die kleine Ainana spielte still mit einer Puppe, die aus Rentierleder genäht und mit Renhaar ausgestopft war. Das Puppengesichtchen bestand aus einem flachen Stück gebleichtem Seehundfell. Perschin setzte sich neben das Mädchen, nahm ihr behutsam die Puppe ab und zog einen Tintenstift heraus. Das verstummte Mädchen sah ihn mit verwundert ernsten Augen aufmerksam an.

»Gleich machen wir ihr ein Gesicht«, sagte Perschin und begann die Augen zu malen. »Siehst du, ein Auge, das zweite Auge … Wimpern, Brauen … So … Da ist das Näschen. Der Mund, die Lippen … Na, wie gefällt es dir?«

Ainana nahm die Puppe, betrachtete ihr Gesicht und begann plötzlich laut zu heulen. Kaljana warf ihr Steingerät beiseite und stürzte zu dem Kind. »Was hast du, Ainana?«

Das Mädchen sagte etwas zu ihr und zeigte mit dem Finger auf die Puppe. Kaljana betrachtete das gezeichnete Gesicht und sagte vorwurfsvoll zu Perschin: »Das ist doch ein Tangitan-Gesicht! Haben richtige Menschen denn so große Augen? Gib mal deinen Stift her.«

Mit einigen zusätzlichen Strichen verwandelte sie das Puppengesicht in das eines Tschuktschenmädchens mit schmalen, leicht schrägen Augen, einem kleinen Näschen und üppigen Lippen.

»Gefällt es dir jetzt?« fragte Kaljana und zeigte dem Mädchen die Puppe.

Ainana lächelte noch mit Tränen auf den Wangen und streckte die Hände nach dem Spielzeug aus.

Plötzlich wurden die Hunde im Tschottagin unruhig, erst reckte einer den Kopf, dann ein zweiter. Kaljana ließ das nicht fertig bearbeitete Fell liegen, legte den Steinschaber hin und ergriff einen hölzernen Krug mit einem Henkel aus Knochen. Sie schöpfte Wasser, warf sich ihren Kerkér – eine Pelzjacke – über die entblößte Schulter und verließ die Jaranga. Perschin folgte ihr.

Vom Ufer her kamen langsam zwei Jäger hoch. Sie gingen vor Anstrengung leicht gebeugt.

Unweit der Siedlung trennten sie sich. Amos begab sich zu seiner Jaranga, wo Tschejwyne gleichfalls mit einem Krug stand. Kagot näherte sich Kaljana und nahm seine Last ab. Sein spärlicher Schnurrbart, die Brauen und Wimpern waren dick bereift. Er wirkte auf Perschin wie ein echtes Väterchen Frost.

Nach der üblichen Zeremonie ging Kagot mit Kaljana in den Tschottagin. Kaljana zog den Seehund nahe zum Feuer, damit er auftaute.

»War die Jagd gut?« fragte Perschin, seine kärglichen Kenntnisse der Tschuktschensprache aktivierend.

»Iii«, antwortete Kagot und setzte sich neben dem kleinen schiefbeinigen Tisch auf den Querbalken.

Ainana streckte ihm die Puppe entgegen und zwitscherte etwas in ihrer Sprache.

»Kakomej!« rief Kagot erstaunt, als er das gemalte Puppengesicht erblickte.

Das kleine Mädchen spielte mit Kagot, und sie unterhielten sich, ohne Perschin zu beachten, der nicht wußte, was er machen sollte. Endlich entsann er sich seiner Englischkenntnisse aus der Gymnasialzeit, und er wandte sich an Kagot: »Ich würde gern einmal mit Ihnen reden, Genosse Kagot.«

»Oh, Sie sprechen Amerikanisch?« sagte Kagot verwundert.

»Eigentlich heißt diese Sprache Englisch«, bemerkte Perschin, insgeheim seiner Englischlehrerin dankbar, und fuhr fort: »Ich möchte, daß Sie alle Bewohner der Siedlung hierher bitten.«

»Warum sollte ich sie alle zusammenrufen? Sie kommen schon von allein«, entgegnete Kagot.

»Von allein?« fragte Perschin zurück.

»Umkenëu wird gleich Fleisch holen kommen, und auch Amos hat versprochen hereinzuschaun, sowie er die Hunde gefüttert hat«, sagte Kagot.

»Nein, ich will, daß sich alle Einwohner versammeln«, sagte Perschin. »Eine wichtige Angelegenheit.«

»Eine wichtige Angelegenheit?«

»Wir werden einen Sowjet wählen.«

»Mehr ist für Wahlen nicht nötig«, bemerkte Kagot. »Amos und ich werden dasein. Andere brauchen wir nicht einzuladen.«

»Warum?«

»Weil die andern Frauen sind, Kinder und der blinde Gaimissin«, erläuterte Kagot.

»Nein, alle sollen erscheinen«, rief Perschin entschieden. »Bitten Sie Ihre Frau, sie möge es ihnen sagen.«

»Sie ist nicht meine Frau«, antwortete Kagot.

Perschin hatte den Eindruck, er habe nicht richtig verstanden oder sich verhört. »Was haben Sie gesagt? Kaljana ist nicht Ihre Frau?«

»Nein.«

»Wessen Frau dann?«

»Sie hat keinen Mann«, entgegnete Kagot ruhig und ernst. »Ihr Mann ist umgekommen.«

»Ich dachte, da Sie hier leben und das Kind …« Irgendwas stimmte nicht, war unbegreiflich. »Na schön, aber alle sollen kommen«, bat Perschin noch einmal und hoffte, daß er mit der Zeit herausfinden würde, wer hier zu wem gehörte.

Kaljana warf sich wieder die Pelzjacke über die bloße Schulter und verließ die Jaranga.

Zuerst kam Amos mit seiner ganzen Sippschaft: Tschejwyne und die Kinder, offenbar nur ein Jahr auseinander, ein Junge und ein Mädchen von acht oder neun. Sie wandten sich sofort der Puppe zu. Kagot erklärte, der Russe könne Amerikanisch sprechen, worauf Amos rätselhaft ein langgedehntes »Eee« hören ließ.

Nach einer Weile erschien Umkenëu mit ihren hinfälligen Eltern, dem erblindeten Vater Gaimissin und der Mutter Tutyna. Das Mädchen selbst aber war die verkörperte Gesundheit und Lebensfreude.

Als alle beim Feuer Platz genommen hatten, hüstelte Perschin und begann auf englisch, während er Kagot ansah: »Ich habe euch alle hier zusammengerufen, damit wir uns bekannt machen. Ich heiße Alexej Perschin und bin der Vertreter des Revolutionskomitees von Anadyr, der höchsten Macht auf ganz Tschukotka. In dieser Gegend beginnt ein neues Leben. Ein menschenwürdiges Leben, ein Leben ohne Furcht vor Hunger, Armut und Krankheiten.«

Während Perschin redete, dachte er: Mein Gott, was erzähle ich diesen Leuten, denen der Sinn meiner Worte so unwahrscheinlich fremd ist? Wie kann man hier einen Sowjet wählen, wenn sie zusammen mit Kindern und Alten gerade zehn Leute sind? Das ist doch lächerlich. Trotzdem muß ich es probieren.

»Ich will Ihnen, meine neuen Freunde, erzählen, was sich in Rußland ereignete und warum das Arbeitervolk die

Macht in die Hände genommen hat.« Kagot übersetzte und gab sich Mühe, Worte zu wählen, die den Versammelten verständlich wären.

»In Rußland haben verschiedene Leute gelebt. Unter ihnen ragten durch ihren Reichtum die heraus, die den arbeitenden Menschen grausam behandelten. Sie zwangen ihn, von früh bis spät zu arbeiten, ernährten ihn kärglich, zahlten wenig.«

»Genauso ging es mir, als ich bei Trotschgyn als Hirte arbeitete«, meldete sich Gaimissin zu Wort, der aufmerksam zugehört hatte.

In seiner Jugend hatte Gaimissin einige Dutzend Rentiere besessen. Aber eine Krankheit, die Moderhinke, die die Tschaunsker Tundra heimsuchte, hatte all seinen Reichtum vernichtet. In der Hoffnung, sich wieder eine, wenn auch kleine, Herde anzuschaffen, hatte sich Gaimissin bei dem reichen Rentierbesitzer Trotschgyn als Tagelöhner verdungen. Aber kurz darauf war er erkrankt, hatte das Augenlicht verloren und war schließlich zu seinem weitläufigen Verwandten Amtyn gezogen, der bereits vor vielen Jahren aus der Tundra an die Küste umgesiedelt war.

»Lange haben die Arbeiter Rußlands gelitten, haben dem Sonnenherrscher geglaubt und sogar bei ihm Beistand gesucht. Sehr viele sind gemeinsam zu ihm gegangen, um sich über die Reichen zu beklagen. Aber der Sonnenherrscher hat vor seiner Jaranga Krieger aufziehen lassen, die Gewehre trugen, und hat ihnen befohlen, auf unbewaffnete Kinder, Frauen und Greise zu schießen.«

»Wahnsinn!« rief Gaimissin.

Der Blinde konnte selbst gut allerlei Geschichten, Märchen, Überlieferungen und Legenden erzählen. In Schwung geriet er vor allem, wenn seine Zuhörer ihr Verhältnis zu dem Erzählten laut äußerten. Auch jetzt veranlaßte er Perschin, seine ganze Beredsamkeit aufzubieten.

»Und da erschien in Rußland ein Mann von großer

Weisheit und Kraft namens Lenin«, fuhr Perschin fort, tatsächlich angespornt von den Zeichen der Aufmerksamkeit. »Lenin sammelte die Arbeiter und öffnete ihnen die Augen für ihre ärmliche Lage.«

»Kakomej!« rief Gaimissin überrascht. »Kann er nicht auch mir die Augen öffnen?«

Perschin hielt inne und fragte Kagot: »Was meint Gaimissin?«

»Er sagt, vielleicht kann Lenin ihm, dem Blinden, die Augen öffnen?«

Perschin entgegnete ernst: »Lenin hat den Leuten die Augen nicht in diesem Sinn geöffnet. Er hat ihnen erklärt, daß nur sie selbst sich helfen können, denn, wie es im Lied der Unterdrückten heißt: Es rettet uns kein höh'res Wesen, kein Gott, kein Kaiser, kein Tribun ...«

»Helden haben den Armen geholfen«, bemerkte Gaimissin. »So war es in unseren Märchen.«

»Ich erzähle aber kein Märchen«, wandte Perschin ein.

»Ein gutes Märchen ist immer wahr«, beharrte Gaimissin.

»Was in Rußland geschehen ist, ist auch wahr!« sagte Perschin hitzig.

»Das ist schön«, pflichtete ihm Gaimissin bei. »Erzähl weiter.«

Das Gesicht des Blinden war erstaunlich veränderlich und beweglich. In ihm spiegelten sich alle seine Gemütsbewegungen und Gedanken. Je nach dem Inhalt von Perschins Worten verfinsterte sich seine Miene, oder er lächelte zustimmend, öffnete und schloß den Mund. Verglichen mit dem ausdrucksstarken Gesicht des Blinden, waren die Gesichter der Sehenden reglose Masken.

»Die Sowjetmacht ist in das ferne Tschuktschenland gekommen«, fuhr Perschin fort. »Jetzt haben auch hier die Armen die Macht in die eigenen Hände genommen.«

»Dabei haben wir gar nicht gewußt, daß wir schon an der Macht sind!« bemerkte Gaimissin fröhlich.

»Ihr werdet ein neues Leben beginnen! Vor allem müßt ihr euch vereinigen, um den Kampf gegen die Reichen und die Schamanen zu führen.« Plötzlich übersetzte Kagot nicht mehr weiter. Perschin bemerkte es zuerst nicht, dann aber hielt er selbst inne und fragte: »Was haben Sie?«

»Ich bin ein Schamane«, antwortete Kagot.

»Wer?« Perschin hatte nicht begriffen.

»Ich bin ein Schamane«, wiederholte Kagot ruhig.

Verwundert starrte Perschin ihn an. In seiner Vorstellung mußte sich ein Mann, der die Fähigkeit besitzt, mit Geistern Umgang zu pflegen, auch äußerlich von gewöhnlichen Menschen unterscheiden. Der hier hob sich indessen durch nichts von den Tschuktschen ab, die Perschin auf seiner langen Reise von Nowomariinsk bis zur Tschaunbucht begegnet waren. Allerdings hatte man ihn in Uelen, Enurmino und anderen großen Siedlungen bisweilen auf den einen oder anderen Mann hingewiesen und ihm zugeflüstert: »Ein Schamane ...« Das waren im wesentlichen Greise gewesen, sie gingen fern vorüber und hatten mit den Bolschewiki nichts zu tun. Der aber ... Er saß nicht nur neben ihm und lebte in derselben Jaranga, sondern übersetzte auch die Worte eines bolschewistischen Kommissars!

»Was sind Sie denn für ein Schamane?« fragte Perschin zweifelnd.

»Ich erhielt die Berufung von meinem Vorgänger Amos«, verkündete Kagot feierlich, ohne die Stimme zu heben. »Seither bin ich als Schamane oder Enenylyn angesehen, wie wir es nennen.«

»Amos?« Perschin begriff nicht.

»Das war ein anderer Amos«, erläuterte Kagot. »Er ist verstorben. Jetzt trägt der hiesige Amos, der früher Amtyn war, diesen Namen.«

»Ach ja«, murmelte Perschin, »bei euch gerät man ganz durcheinander.«

»Das wollten wir ja gerade«, sagte Kagot lächelnd, »wir wollten die bösen Kräfte verwirren, damit sie ihn losließen.« Kagot zeigte auf Amos.

»Wovon redet ihr?« fragte Gaimissin laut, und auf seinem Gesicht zeigte sich sofort Beunruhigung, vermischt mit Neugier. Die gewöhnlich glatte Haut auf seiner hohen Stirn hatte sich in Falten gelegt.

»Ich versuche, dem Russen die Verwandlung von Amtyn in Amos zu erklären«, antwortete Kagot.

»Aha!« Der Blinde nickte. »Erzähl es ihm, sonst ist es für ihn vielleicht unerklärlich.«

Kagot erzählte Perschin eingehend von dem unglücklichen Vorfall auf dem dünnen Eis, wie er Amtyn kuriert und ihm den Namen des vor langer Zeit in das Sternbild der Trauer dahingegangenen Amos verliehen hatte. Die Kräfte, die möglicherweise ihren Anschlag auf Amtyns Leben noch nicht aufgegeben hatten, würden nun nicht wissen, wo er geblieben sei.

Perschin hörte zu und wunderte sich, wie dieser Mann, der doch ganz vernünftig aussah, mit ruhiger und sicherer Stimme weiß der Teufel was für einen Unsinn verzapfte.

»Und Sie glauben an all das?« fragte er lächelnd.

»Wenn wir nicht daran glauben würden, würden wir so etwas nicht tun«, antwortete Kagot ruhig. »Wenn wir nicht daran glauben würden, wäre Amos längst nicht mehr unter uns, seine Kinder wären verwaist und seine Frau Witwe geworden wie Kaljana. Ich bin froh, daß ich ein Unglück abwenden konnte in dieser kleinen Siedlung, wo die Leute ohnehin wenig Freude haben.«

»Das stimmt«, pflichtete ihm Perschin bei.

Erst jetzt hatte er vollends begriffen, wieviel ihn von diesen Menschen trennte, die so naiv und heiß an Wunder glaubten, an unbekannte und unbegreifliche Kräfte.

»Für heute haben wir uns genug unterhalten.«

Perschin verstummte. Inzwischen war das Fleisch im

Kessel gar geworden, und alle setzten sich zum Mahl. Perschin erhielt den Ehrenplatz am Kopfende des Querbalkens, neben den Hausherren. Als sie sich am Seehundfleisch satt gegessen hatten, tranken sie Tee, von dem sie genügend besaßen, weil sie von Amundsens Schiff welchen bekommen hatten. Kaljana legte die Reste der norwegischen Geschenke auf den Tisch und dazu schwarzen Zwieback.

Perschin nahm einen, legte ihn Gaimissin in die Hand und sagte: »Das ist getrocknetes russisches Brot.«

Gaimissin schnupperte am Zwieback und rief erfreut: »Ich habe ihn am Geruch erkannt! Als ich noch blutjung war, schnell laufen und gut sehen konnte, kam einmal ein Gottesdiener in unsere Siedlung – ein Pope. Der hat uns überreden wollen, den russischen Glauben anzunehmen, hat denen, die einwilligten, allerlei Freuden nach dem Tod verheißen, denen aber, die bei ihrem Glauben bleiben wollten, eine große Strafe angedroht. Damals habe ich russisches Brot und russischen Wodka gekostet.«

Der Blinde biß mit überraschend festen weißen Zähnen ein Stück Zwieback ab, behielt es eine Weile im Mund und kniff vor Vergnügen die Augen zusammen.

»Das schmeckt!« sagte er mit der Miene höchsten Genusses auf dem ausdrucksstarken Gesicht.

Als die Gäste gegangen waren und in der Jaranga nur noch Kaljana, die mit der Puppe in den Armen eingeschlafene Ainana, Perschin und Kagot zurückgeblieben waren, wurde es im Tschottagin auf einmal still und leer. Nur das Feuer brannte nach wie vor fröhlich: Kaljana hatte noch genug mit der Wirtschaft zu tun und legte immer wieder reichlich Holz nach.

# 12

Einige Tage beschäftigte Perschin Kagots Bekenntnis. Er ertappte sich dabei, daß er diesen Mann begreifen, das Besondere in ihm entdecken wollte, das von seiner Zugehörigkeit zu dem verwunderlichen magischen Beruf zeugte. Aber wie sehr er sich auch bemühte, er bemerkte an Kagot nichts Ungewöhnliches. Die Schamanen gehörten, soweit Perschin bekannt, zur Ausbeuterklasse. Kagot aber ging selbst zur Jagd, machte alles im Haus, und in der Jaranga deutete nichts auf Reichtum hin. Vielleicht war alles dort geblieben, woher er stammte?

»Sie haben gesagt, Sie kämen auch von weit her?« fragte Perschin.

»Ja, ich bin mit meiner Tochter hierhergekommen«, antwortete Kagot.

»Von woher?«

»Von Inakul.«

»Und was hat Sie veranlaßt, von da wegzuziehen?«

Kagot seufzte so schwer und tief, daß Perschin seine Frage bedauerte.

»Wenn Sie genug Geduld haben, will ich Ihnen erzählen, wie ich hierhergeraten bin«, entgegnete Kagot.

Ihm gefiel der junge Russe, der so gar nicht jenen Fremdlingen glich, die er früher gesehen hatte. Zu Beginn seines Lebens hatte Kagot ernstlich geglaubt, die Tangitan würden auf Schiffen geboren und stürben auch da, sie bildeten einen Stamm, der besessen war von der Gier, Handel zu treiben, von dem Wunsch, möglichst viel weiches Rauchwerk, Walroßzahn und Fischbein zu haben. Davon war er überzeugt, bis er an Bord der »Belinda« kam.

Und nun sah er diese neuen Fremdlinge. Vieles von

dem, was sie sagten, glich in der Tat einem Märchen, und der blinde Gaimissin hatte gar nicht so unrecht, wenn er Perschins Bericht mit Zaubermärchen verglich. Deren Ereignisse spielten zwar in längst vergangenen Zeiten und hatten auch keinen großen Einfluß auf die Zuhörer, aber das, wovon Perschin sprach, sollte anscheinend zum Alltag der Menschen an der eisigen Küste werden.

Perschin hörte aufmerksam zu, was Kagot ihm über sein Schicksal erzählte.

»Nach allem, was vorgefallen ist, können die Verwandten versuchen, mir die Tochter wegzunehmen und mich zu zwingen, nach Inakul zurückzukehren, damit ich wieder der Hauptschamane der Siedlung werde«, sagte Kagot zum Abschluß.

»Wollen Sie denn kein Schamane mehr sein?«

»Das hängt nicht von mir ab«, erwiderte Kagot. »Ob ich will oder nicht – ich bin ein Schamane. Dazu haben mich das Schicksal und die Äußeren Kräfte auserkoren. Aber nachdem ich Waal nicht retten konnte, nachdem die Äußeren Kräfte mein Flehen nicht erhört und mir keine Hilfe erwiesen haben, beschloß ich, sie nie mehr um etwas zu bitten.«

»Haben sie denn früher geholfen?«

»Ja«, antwortete Kagot, »aber diesmal haben sie mein Flehen nicht mal beachtet.«

»Vielleicht gibt es sie aber überhaupt nicht, diese Äußeren Kräfte?« sagte Perschin vorsichtig.

»Wieso nicht?« Kagot verzog den Mund. »Es gibt sie. Und man muß keineswegs ein Schamane sein, um ihre Anwesenheit, ihre Einwirkung auf das Leben zu spüren.«

»Sie sagten doch selber, sie haben Ihr Flehen nicht erhört«, erinnerte ihn Perschin. »Beweist das nicht, daß sie nicht existieren?«

»Nein.« Kagot schüttelte den Kopf. »Wenn es sie nicht gäbe, wäre meine Frau am Leben geblieben. Andere Gründe für ihren Tod als die Einwirkung der Äußeren Kräfte gab es nicht.«

»War sie nicht krank?« fragte Perschin.

»Ja, sie war krank«, antwortete Kagot. »Und zwar sehr. Diese Krankheit haben kleine Wesen zu uns gebracht, die Rekken. Sie sind eine Weile bei uns gewesen, und viele Leute sind gestorben. Meine Waal ist auch erkrankt.«

»Da sehen Sie!« rief Perschin. »Sie ist an der Krankheit gestorben! Was haben diese Kräfte damit zu tun?«

Kagot sah seinen Gesprächspartner vorwurfsvoll an. »Aber wer hat diese Rekken geschickt? Sie haben doch nicht von allein den Weg in unsere Siedlung gefunden? Krankheiten leben nicht unter den Menschen, sonst wäre das ganze Menschengeschlecht längst ausgestorben.«

»Verzeihung, Genosse Kagot«, Perschin hüstelte sich frei, »ist das alles Ihr Ernst? Ich glaube nicht an diesen Unsinn.«

»Sie brauchen ja nicht dran zu glauben«, bemerkte Kagot, »das ist Ihr gutes Recht. Ich aber glaube. Und meine Stammesgenossen auch.«

Perschin wußte nicht, was er tun sollte. Schade, daß Nikolai Terechin nicht da war, er hätte ihm schon einen Rat gegeben. Wie viele Praktiker unter den Revolutionären schien der Mechaniker Nikolai Terechin umfassendes und gründliches Wissen zu besitzen. »Wir haben die Zeit im Gefängnis nicht verloren«, so hatte er Perschin die Quelle seiner Kenntnisse erklärt, »Gefängnisse und Verbannungen waren unsere Universitäten.«

»Ich habe hier unterm Ufereis viel Holz gesehen.« Perschin gab dem Gespräch eine andere Wendung.

»Ja!« rief Kagot lebhaft, froh über den Wechsel des Themas. »Holz gibt es hier viel mehr als an unserer Küste in Inakul.«

»Manchmal findet man sogar gute Bretter«, fuhr Perschin fort. »Vielleicht sollten wir versuchen, Tische zu zimmern, damit ich euch in Lesen und Schreiben unterrichten kann?«

»Wir können mehr als nur Tische bauen«, entgegnete Kagot, »sogar eine hölzerne Jaranga, wir brauchen nur Nägel und Werkzeug.«

»Werkzeug und Nägel können wir uns von den Norwegern erbitten«, sagte Perschin.

Am nächsten Tag besuchte Perschin das Schiff und erhielt vom vorsorglichen Sundbeck nicht nur ein Fäßchen mit verschiedenen Nägeln, einen Fuchsschwanz, eine Bügelsäge und einen Hobel, sondern sogar eine zufällig auf die »Maud« geratene Schiefertafel mit einem Vorrat an Kreide. Das war ein wirklicher Reichtum.

Perschin stellte die Schiefertafel an den hellsten Platz im Tschottagin, neben den Feuerplatz, unter die Öffnung für den Rauchabzug. Da stand der Mittelpfeiler, der den ganzen Kegel der Wohnstatt hielt. Perschin schaute die Tafel befriedigt an, nahm ein Stück Kreide und schrieb: Sowjet, Lenin, Petrograd.

Kagot war schon im Morgengrauen aufs Meer gegangen, und in der Jaranga waren nur Kaljana und Ainana zurückgeblieben. Sie beobachteten mit unverhohlenem Interesse das Wirken des Fremdlings.

Perschin sprach laut die Worte, wobei er deutlich die Silben trennte: »So-wjet, Le-nin, Pe-tro-grad ...«

Zunächst sah ihn Kaljana verständnislos an, bis sie darauf kam, daß Perschin sie aufforderte, zusammen mit ihm die Worte zu sagen. Dieser junge Tangitan mit den hellen Haaren gab sich solche Mühe, daß Kaljana mit ihrem sensiblen Frauenherz ihn bedauerte und halblaut nachplapperte: »So-wjet, Le-nin, Pe-tro-grad ...«

»Gut!« schrie Perschin erfreut. »Ausgezeichnet!«

»Gut« sagte Perschin häufig, besonders, wenn es Kaljana gelang, ihm gefällig zu sein oder etwas zu tun, was der Fremdling wollte; daher begriff sie ziemlich schnell, daß dieses Wort eine Billigung bedeutete.

Perschin seinerseits hatte nicht erwartet, daß es ihm auf

so ungewöhnliche Weise gelingen würde, den Unterricht zu beginnen. Als ihm klar war, daß Kaljana erraten hatte, was »gut« bedeutete, schrieb er in beiden Sprachen an die Tafel: Nymelkin = gut! Doch hier erwiesen sich seine Bemühungen als vergeblich, und Kaljana begriff nicht, welche Schriftzüge das tschuktschische Wort und welche das russische wiedergaben.

Trotzdem freute sich Perschin wie ein Kind. Er hatte gefürchtet, da er die Tschuktschensprache nur schlecht beherrschte, würde er ohne Bilderfibeln, Lehrbücher und Methodik nicht auskommen, wenn er den Ortsansässigen Russisch beibringen wollte. Nun aber, da er sah, daß die Menschen hier, selbst die Frauen, sehr aufgeweckt und neugierig waren, zerstreuten sich seine Zweifel. Außerdem sah er Kaljana wie zum erstenmal, erkannte, daß sie eine noch ganz junge Frau war, auf ihre Weise anziehend, mit einem netten runden Gesicht und gütigem Lächeln. Insgeheim machte er sich Vorwürfe, daß er unter dem ersten Eindruck Kaljana den schweigsamen und früh gealterten weiblichen Wesen zugeordnet hatte, denen er auf seiner Reise in den Lagern und Siedlungen entlang der Eismeerküste begegnet war. Kaljana bemerkte alsbald das Neue in seinem Blick und geriet in Verwirrung.

Perschin selbst erging es überraschend ebenso, und er verließ die Jaranga. Langsam schlenderte er zum Ufer, zu den unter Schnee und Eis hervorragenden Balken und Bretterresten. Die Tage waren still und frostig. Perschin gewöhnte sich bereits an diese fast unirdische, überwältigende Schönheit. Besonders beeindruckten ihn der Himmel, die erstaunlichen und klaren Farben der langen Morgenröte, die sich im Laufe des ganzen Tages am Horizont veränderte, als würde sie das Meereseis, die fernen Berge und die über der Tundra liegenden Schmeemassen schmelzen lassen.

Noch vor kurzem hätte Perschin sich nicht vorstellen

können, daß er irgendwann einmal am Rande Rußlands, in einem winzigen Wohnlager sein könnte, unter Leuten, die von manchen durchaus gewissenhaften Gelehrten und Reisenden für Wilde gehalten, das heißt irgendwo zwischen Tieren und eigentlichen Menschen eingeordnet wurden. Noch weniger hätte er gedacht, daß gerade seine revolutionäre Tätigkeit ihn hierher verschlagen würde, an die Grenze zweier großer Erdteile, unter den märchenhaften Schein des Polarlichts. Am erstaunlichsten aber waren hier die Menschen! Man konnte sie unmöglich Wilde nennen, und sei's nur darum, weil sie vieles wußten, sich sehr gut in den Naturerscheinungen auskannten und ungewöhnlich gescheit waren. Und dann noch das Phänomen Kagot! Unter seinem durchschnittlichen Äußeren spürte man einen keineswegs simplen Verstand. Obwohl er sich Schamane nannte, war er ganz und gar nicht so, wie Perschin sich einen Schamanen vorstellte – behängt mit Kinkerlitzchen, halbverrückt, ein schlauer und habgieriger Erpresser, der die Unwissenheit und Zurückgebliebenheit seiner Stammesgefährten ausnutzt. Wie sollte er sich ihm gegenüber verhalten? Einerseits konnte er sich schwerlich vorstellen, daß ein Bolschewik, ein Mann, der den Materialismus predigt, ein überzeugter Atheist, mit einem Vertreter der wildesten Religion zusammenarbeiten könnte – andererseits war gerade Kagot der Mann, der den Hierhergekommenen echte Hilfe leisten konnte, denn er war wißbegierig und klug. Aber was er von den kleinen Menschlein erzählt hatte! Dabei war das nur ein Teil seiner verzerrten Vorstellungen von der Umwelt.

Als Perschin wieder zur Siedlung zurückkehren wollte, vernahm er Kinderstimmen. Von dem kleinen Hügel bei der letzten Jaranga fuhren Sohn und Tochter von Amos, Ermen und Ilkej, Schlitten, gefertigt aus zwei Hälften von gespaltenen Walroßhauern, an die mit dünnen Robbenfellriemen Holzlatten befestigt waren. In der Frostluft waren die klaren und hellen Kinderstimmen deutlich zu vernehmen.

Die Kinder verstummten, als sie Perschin von fern erblickten. Sie beobachteten ununterbrochen, wie der Tangitan näher kam, liefen aber nicht weg. Perschin trat auf sie zu und sagte: »Guten Tag, Kinder.«

Die Kinder antworteten nicht. Sie sahen ihn an wie Wolfswelpen: beunruhigt, fremd, bereit, jeden Augenblick wegzulaufen.

»Kamkomej!« Perschin rief das erste tschuktschische Wort, das ihm in den Sinn kam.

Die Kinder lächelten.

»Tschai warkyn«, fuhr Perschin fort. »Nymelkin! Minkri warkyn nargyn? Uine taak, uine akimyl. Kopalchen warkyn. Amyn ettyk! – Tee gibt es. Gut! Wie ist das Wetter? Kein Tabak, kein Wodka. Kopalchen gibt es. Seid gegrüßt!«

Je länger sich Perschin auf tschuktschisch »unterhielt«, desto wärmer wurden die Augen der Kinder, und ihr Lächeln wurde zu einem aufrichtigen fröhlichen Lachen.

»Koro! Koro! – Weiter!«

Plötzlich zeigte der Junge aufs Meer und rief: »Kygite! Iwinilyt! – Seht doch! Ein Jäger!«

Perschin mußte sich sehr anstrengen, um zwischen den in der Dämmerung verschwimmenden Eisschollen zwei Jäger zu entdecken.

Die Kleinen packten ihre Schlitten und liefen zu den Jarangas.

Perschin trabte hinterher, froh über seinen kleinen Sieg: Ihm schien, als habe er durchaus freundschaftliche Beziehungen zu seinen künftigen Schülern hergestellt.

# 13

Perschin und Olonkin halfen Sundbeck, einen Tisch und einen Hocker zu zimmern. Der Norweger erwies sich als echter Meister: Beide Dinge wurden sehr schön und gediegen.

»Bald haben wir Neujahr«, sagte er. »Ist es bei den Russen Brauch, für die Kinder einen Tannenbaum aufzustellen?«

»Bei den Russen schon«, antwortete Perschin, »aber ich bin mir nicht sicher, ob es bei den Tschuktschen üblich ist. Noch kenne ich ihren Kalender nicht.«

»Früher oder später müssen sie sich mit der allgemeingültigen Zeitrechnung vertraut machen«, sagte Sundbeck. »Deshalb wäre es schön, wenn wir ihnen einen Tannenbaum aufstellen würden.«

»Und wer macht Väterchen Frost?« fragte Perschin lächelnd.

»Der findet sich schon, aber mit der Tanne werden wir Schwierigkeiten haben«, meinte Sundbeck nachdenklich.

Der Gedanke, für die Kinder der Siedlung eine Neujahrstanne zu besorgen, gefiel Amundsen sehr.

Perschin brachte den Tisch und den Stuhl und stellte sie im Tschottagin neben den Fellvorhang seines Pologs. Dann sagte er zu Kaljana: »Bald kommt Neujahr.«

»Woher?« fragte Kaljana.

»Nirgendwoher, es kommt einfach so. Beginnt wie Frühling, Herbst, Winter, Sommer ... Unterscheiden Sie denn nicht den Beginn eines neuen Jahres, einer neuen Zeit?«

»Wir unterscheiden zwei Hauptzeiten – die Zeit des Lichts und die Zeit der Finsternis. Die Zeit des Lichts beginnt schon im Winter, wenn wir Frost haben und

Schneestürme, die Sonne sich aber bereits überm Horizont zeigt, sie dauert bis zum neuen Schnee. Das ist eine lange Zeit, die kurze aber ist, wenn es keine Sonne gibt und die Zeit der Finsternis anbricht, die Zeit des Polarlichts, des Mondscheins und der Sterne.«

»Nun ja«, sagte Perschin, »diesmal feiern wir gemeinsam den Beginn des Jahres 1920.«

»Wieviel Zwanziger sind das?« fragte Kaljana verwundert, die wie alle ihre Landsleute in Zwanzigern rechnete.

Im tschuktschischen Zahlwort »klikkin – zwanzig« ist die Wurzel »klik« enthalten, die Männlichkeit, Mann bedeutet. Die Zahl der Finger und Zehen ist bei ihm gleich zwanzig. Kaljana empfand das nicht als ungerecht, so wurde seit Jahrhunderten gerechnet, obwohl eine Frau nicht weniger Finger und Zehen als ein Mann hat.

»Das ist mehr als alle Bewohner unserer Siedlung, selbst wenn man noch alle Norweger vom Schiff und die Bewohner der umliegenden Siedlungen hinzurechnet.«

»Kyke wai!« Kaljana klatschte erstaunt in die Hände. »Wozu brauchen wir so viele Jahre?«

»So hat man sie zusammengezählt«, antwortete Perschin verschwommen, denn er befürchtete, Kaljana könne fragen, worauf die Berechnung beruhe. Dann hätte er in die Tiefen der christlichen Zeitrechnung zurückgehen müssen.

Kaljana aber erklärte sich überraschend einverstanden. »Wenn sie sie so zusammengezählt haben, dann ist es eben so.«

Es war Zeit fürs Mittagsmahl. Das Essen war einfach – Renfleisch, zerkleinerte Seehundleber mit frischem Robbenfett und Tee. Das war ein gesundes und sicherlich nahrhaftes Essen, Perschin war danach nicht mehr hungrig.

Ainana hatte sich schon an den Tangitan gewöhnt, aß gemeinsam mit allen, und einem Außenstehenden konnte es scheinen, daß hier eine gewöhnliche Tschuktschenfamilie zu Mittag aß.

»Gefällt dir das Leben mit uns?« fragte Kaljana. Auf Bitte Perschins unterhielt sie sich zur Übung mit ihm auf tschuktschisch.

»Mir gefällt es sehr.«

»Fühlst du dich im Polog wohl?«

»Ja. Nur am Morgen, wenn das Tranlämpchen erlischt, ist es kalt.«

»Das Tranlämpchen muß man in der Nacht ein paarmal auffüllen«, sagte Kaljana. »Aber das ist Frauenarbeit.«

»Bring es mir bei«, bat Perschin.

»Das darfst du nicht machen!« entgegnete Kaljana streng und erläuterte: »In der Jaranga gibt es Gegenstände, die die Hand eines Mannes nicht anrühren darf. So wie es auch Männersachen gibt, die die Hand einer Frau nicht berühren darf. Das ist eine große Sünde! Du kannst dein Jagdglück einbüßen und sogar deine Manneskraft.«

»Dann werde ich eben frieren«, sagte Perschin lächelnd.

»Wenn du willst, kann ich mit dir im Polog schlafen«, bot Kaljana mit einfacher, alltäglicher Stimme an. »Ich bin schließlich nicht Kagots Frau, er hat mich nie angerührt.«

Vor Verwunderung verschluckte Perschin sich am Tee.

»Nicht doch«, murmelte er schnell. »Allein geht es mir nicht schlecht, ich mag es sogar, wenn es kühl ist.«

»Ich habe immer darauf gewartet, daß Kagot mich anfaßt«, fuhr Kaljana fort, »aber offenbar hat er anderes im Sinn. Wahrscheinlich kann er seine Frau nicht vergessen. In der ersten Zeit konnte ich mir nicht vorstellen, wie es ohne Ranautagin weitergehen könne, mit einem andern. Er ist mir im Traum erschienen, hat mich berührt und sogar manchmal gerufen. Dann geschah das aber immer seltener. Besonders, nachdem Kagot aufgetaucht war. Er hat sicherlich gedacht, da in der Jaranga ein anderer Mann erschienen war, brauchte er sich nicht mehr in Erinnerung zu bringen.«

Kaljana sagte es mit so trauriger Stimme, daß Perschin

nicht wußte, wie er sie trösten könne. Sollte er ihr über den Kopf streichen? Wie aber würde sie diese Geste auffassen?

»Ich hoffe, eines Tages wird Kagot dich bemerken.«

»Ich habe die Hoffnung aufgegeben«, sagte Kaljana leise.

An diesem Abend spürte Kagot eine Veränderung in der Beziehung zwischen Perschin und Kaljana. Und er wunderte sich, als der Russe sagte: »Ich werde auch auf Jagd gehen. Schließlich kann ich nicht die ganze Zeit mit den Frauen und Kindern in der Jaranga sitzen.«

»Gut«, erwiderte Kagot. »Bereite die Kleidung vor, Kaljana.«

Die Jagdkleidung gehörte dem umgekommenen Ranautagin.

Kagot fand eine alte, aber durchaus noch brauchbare Winchester, reinigte sie, wickelte den langen Riemen ab und knetete ihn weich, bereitete zwei Stäbe vor, einen mit einer scharfen Spitze, den anderen mit einem Haken. Die Schneeschuhe mußten ein wenig ausgebessert werden. Kagot veranlaßte Perschin, sie etliche Male anzuziehen, zur Gewöhnung mit ihnen um die Jaranga durch den Schnee zu gehen und sie schnell wieder auszuziehen.

Am Morgen des folgenden Tages weckte Kagot Perschin früh. Der Russe schlüpfte rasch aus seinem nachtsüber kalt gewordenen Polog. Die Torbassen, die Kuchljanka, die Fellhosen – alles paßte, als wäre es für ihn genäht. Kaljana war an diesem Morgen besonders traurig: Sie erinnerte sich, wie sie ihren jungen Mann für die Jagd auszustatten pflegte. Sie frühstückten gut, aber nicht zu schwer, damit die Nahrung den Magen nicht belastete.

Auf dem Trampelpfad, der an der »Maud« vorüberführte, gingen sie hinunter zum Packeis.

Kagot schritt voran, er wählte einen möglichst glatten Weg, damit Perschin sich dem unebenen Eis anpassen konnte. Er selbst hatte in Gedanken schon das offene Wasser erreicht. Dort, im eiskalten Wasser, sah er, schwammen langsam Seehunde mit riesigen, wie mit Fett eingeschmierten schwarzen Augen.

Kagot unterwarf sich gleichsam dem Strom des Lebens und vertraute sich und sein Geschick den Umständen an. Er hatte wieder ganz und gar den Rhythmus eines Meeresjägers übernommen: Er stand im Morgengrauen auf, ging hinaus aufs Meer und kehrte spätabends zurück in die Jaranga, oft mit Beute beladen. Zu Hause erwarteten ihn zwei warme Flämmchen – Ainana und Kaljana.

Der gewohnte, ein für allemal festgelegte Lebenslauf ließ ihm viel Zeit für Überlegungen. Immer öfter beschäftigte ihn der Gedanke, wie es mit ihm weitergehen sollte. Kaljana war noch jung und mußte an ihre Zukunft denken. Auch er konnte nicht länger so im ungewissen leben, in einer fremden Jaranga, an einem fremden Feuer. Konnte er sich für immer hier niederlassen? Würde man ihn in Ruhe lassen? Seit es den Schlittenweg wieder gab, wartete er mit Bangen auf die Ankunft seiner Verwandten. Jeder sich bewegende dunkle Punkt, der sich vom Ostkap her näherte, weckte eine Unruhe, die sich erst legte, wenn er sich überzeugt hatte, daß nicht die kamen, deren Erscheinen er befürchtete. Sollte er vielleicht weiter nach Westen ziehn? Aber hinter der Kolyma-Mündung sprach man schon fremde, ihm unbekannte Sprachen.

Perschin blickte auf Kagots Rücken und bemühte sich, mit ihm Schritt zu halten. Als es ihm gelang, fühlte er sich erleichtert. Er sah sich um und dachte, wenn er hier allein wäre, würde er nie auf den Gedanken kommen, daß es in dieser vom purpurnen Licht der Morgenröte übergossenen weißen Ödnis Leben geben könne. Überall waren kosmische, starke Kälte, reglose, eisige Luft und scheinbar endlos Eis und Schnee. Schwer zu glauben, daß irgendwo eine andere Welt existierte – mit Wald und Feld, großen Städten voller Menschenmassen, Autos, Musik, Theater, Bibliotheken, Bildergalerien. Unterbrochen wurde die Stille nur vom Knirschen des Schnees unter den Füßen und dem Geräusch des eigenen Atems, der in dieser eisigen Schweigsamkeit laut und sonderbar rasselte.

Als Perschin sich zur Küste umdrehte, sah er weder die Jaranga noch das im Eis eingefrorene Schiff von Amundsen. Allmählich fühlte er sich von der ganzen Welt abgeschnitten. Die entflammte Morgenröte hatte die ihr nächsten Sterne verschlungen, die aber, die im Zenit standen, leuchteten wie zuvor in diamantenem Licht.

Kagot ging stetig wie eine aufgezogene Maschine und blickte sich nicht um, so als wäre er allein. Doch er spürte und hörte hinter sich den Atem des Zugereisten und vermerkte insgeheim befriedigt, daß Perschin gleichmäßig lief, ohne zu keuchen, mit kraftsparendem und gemessenem Schritt.

Schon spürte Kagot vorn das offene Wasser, Schwemmwasser, das sich von der Bewegung der Eisfelder bildete. Und selbst das Eis, das auf den ersten Blick fest und dick zu sein schien, glich nicht mehr dem ans Ufer geschmiedeten. Es war merklich heller geworden, und vorn glitzerte ein sich im dunklen Wasser spiegelnder Stern.

Kagot drehte sich um und zeigte mit der Hand nach vorn: »Wir sind da!«

Die Schwemmwasserzone war nicht sehr groß. Sie erstreckte sich über etwa hundert Meter. Das Wasser darin stieg und fiel im selben Takt, wie der Ozean atmete.

Kagot erklärte Perschin eingehend, wie sie nach Seehunden Ausschau halten müßten, und half ihm, aus einer dünnen jungen Eisscholle einen Schutzschirm zu machen.

Perschin richtete sich möglichst bequem ein und starrte auf die glatte, wie polierte Oberfläche des eiskalten Wassers mit den darauf haftenden Streifen weißen Nebels. Er war schläfrig, aber kaum waren ihm die Augen zugefallen, wurde er von einem lauten Schuß geweckt: Am andern Ufer der Wasserzone wickelte Kagot bereits den Akyn ab, um die Beute aus dem Wasser zu ziehen. Perschin erhob sich aus seiner Deckung, weil er vermutete, die von dem Schuß aufgeschreckten Seehunde würden jetzt nicht so bald aus dem Wasser herauskommen, und ging zu seinem erfolgreichen Gefährten.

Kagot hatte den Seehund bereits herausgezogen und schleppte ihn möglichst weit weg vom Eisrand. Der Seehund war schwer und rund, von Fett überzogen.

Perschin empfand Neid: Er hätte den Seehund töten und als erfolgreicher Jäger in die Siedlung zurückkehren wollen! Wie hätte ihn dann wohl Kaljana angesehen? Nachdem er den Seehund bewundert hatte, trottete er langsam an seinen Platz zurück.

Er war schon weit von Kagot entfernt, als er plötzlich Beunruhigung verspürte und zum Ufer hin blickte. Vor dem Hintergrund des heller werdenden Himmels stand auf einem nahen Eisblock ein Eisbär und sah ihn an. Perschins erster Gedanke war, zurückzulaufen, dahin, wo Kagot saß. Wenn der Bär ihm aber nachrannte? Einen weglaufenden Menschen einzuholen machte ihm nichts aus: Der Abstand zwischen Tier und Perschin war viel geringer als der von Perschin zu Kagot.

Im ersten Augenblick hatte Perschin nicht an die Winchester gedacht, die er in der Hand hielt. Erst kurz darauf fiel ihm das Gewehr ein, und er hob es langsam. Der Bär bot eine prächtige Zielscheibe und schien von einer Gefahr nichts zu ahnen. Entweder hatte er noch nie einen Menschen gesehen, oder er vermutete in dem reglosen Zweibeiner keinen Feind. Perschin zielte mitten auf den vorgereckten Kopf – der Bär stand seitlich zu ihm. Als er zusammen mit dem Krachen des Schusses einen kräftigen Rückstoß an der Schulter erhielt, begriff er nicht sogleich, was geschehen war: Der Bär war plötzlich verschwunden. Perschin machte einige Schritte vorwärts und vernahm hinter sich den Ausruf: »Kakomej, umka! – Ein Eisbär!«

Der Bär lag auf der rechten Seite. Aus einer kleinen Kopfwunde rann Blut auf das weiße, gelbliche Fell.

Kagot sah Perschin fragend an. »Hast du schon mal einen Bären erlegt?«

»Noch nie«, entgegnete Perschin, der noch nicht wieder ganz zu sich gekommen war und das Vorgefallene noch gar nicht begriff.

»So kann nur ein guter Jäger schießen«, sagte Kagot. »Der Bär war auf der Stelle tot.«

Er trat zu dem Tierkörper und tippte mit der Spitze eines Torbas vorsichtig dessen Kopf an. Der schwankte kraftlos. Die kleinen schwarzen Augen hatten sich bereits mit einem weißlichen Schleier überzogen. Kagot holte ein Messer heraus. »Wir werden ihn zerteilen, solange er noch nicht gefroren ist.«

Perschin half ihm. Er zog die Pfoten lang und hielt das Fell am Rand fest, bis Kagot es mit dem langen und scharfen Jagdmesser von dem im Frost dampfenden Körper abgezogen hatte.

»Ein sehr schöner Bär«, meinte Kagot. »Das Fell ist sauber und dicht. Und das Fleisch fett. Er ist noch nicht dazu gekommen zu hungern. Hätte man mir heute morgen gesagt, daß du mit einem Eisbären zurückkommen wirst, ich hätte es nicht geglaubt.«

Kagot handhabte sein Messer äußerst geschickt, und bald lag auf dem ausgebreiteten Fell ein riesiger roter Körper, als hätte der Herr der Eiswüsten beschlossen, sich auszuziehen und die Kleidung abzulegen. Erst als das Fell engültig abgezogen war, schnitt Kagot den Bärenkörper auf und entnahm ihm die Innereien. Er löste die Leber aus, zog sie beiseite und fragte Perschin: »Weißt du, was das ist?«

»Wahrscheinlich die Leber«, antwortete Perschin, der sich an seine Anatomiestunden erinnerte.

»Sie ist sehr giftig«, sagte Kagot. »Wer von der Leber eines Eisbären ißt, bei dem schält sich die Haut und löst sich ab, ihm fallen die Haare aus.«

»Und das Fleisch und alles übrige?« fragte Perschin, der erst jetzt langsam mitbekam, daß dies seine Beute war und er selbst die ungewöhnliche Erregung des sonst so zurückhaltenden und schweigsamen Kagot verursacht hatte.

»Das Fleisch und alles andere kann man essen, soviel man will«, sagte Kagot fröhlich.

Er zerhackte das Fleisch nicht, sondern trennte geschickt, von den Gelenken ausgehend, die Knochen, als wolle er den Körper in seine Bestandteile zerlegen.

Als er diese Arbeit beendet hatte, fertigte er aus dem Fell eine Art Sack und steckte dahinein alle Fleischstücke und Innereien.

Ein kleiner Streit entbrannte, als zu klären war, wer den Seehund schleppen sollte und wer den Bär. Das Bärenfell mit dem darin eingewickelten Fleisch war viel schwerer als der Seehund und glitt obendrein schlechter übers Eis.

»Da ich ihn erbeutet habe, muß ich ihn auch schleppen«, sagte Perschin und legte sich ins Geschirr.

Kagot half ihm, den Riemen über der Brust richtig anzulegen, und sie gingen zum Ufer.

Die Morgenröte flammte genau im Süden, als wollte sie ihnen den Weg nach Hause weisen. Perschin, voller Stolz, spürte die Last seiner Beute nicht. Eigentlich war sie ihm nur eine Freude, und er blieb hinter dem vorangehenden Kagot nicht zurück.

»Die Götter haben dir große Güte erwiesen«, sagte Kagot, als sie sich zu einer kurzen Rast auf das langsam gefrierende Bärenfell setzten.

»Vielleicht waren es gar nicht die Götter?« fragte Perschin übermütig.

»So darfst du nicht reden.« Vorwurfsvoll wiegte Kagot den Kopf. »Erfolg hängt nicht nur vom Menschen ab.

Natürlich muß auch ein Jäger seiner Beute würdig sein, aber ohne die Meeresgötter würde kein Werk gelingen.«

»Meinetwegen«, pflichtete ihm Perschin herablassend bei, war er doch äußerst gütig gestimmt. »Nehmen wir an, die Götter haben uns ein schönes Neujahrsgeschenk dargebracht.«

»Natürlich!« rief Kagot plötzlich. »So ist's! Die Götter haben erfahren, daß dein Neujahr kommt, und dir Erfolg beschieden!«

»Das neue Jahr beginnt nicht nur für mich, sondern für alle Menschen auf Erden. Und das Geschenk ist auch für alle«, sagte Perschin.

»Nach unserem Brauch gehört das Fell dem, der das Tier erbeutet hat«, sagte Kagot, »aber alles übrige wird unter den Leuten der Siedlung geteilt.«

»Dann lebt Gaimissins Familie nur von dem, was ihr erbeutet?« fragte Perschin.

»Umkenëu geht manchmal auf Jagd«, erwiderte Kagot. »Besonders im Sommer, wenn wir Walrosse jagen. Auf einen andern kann Gaimissin aber nicht bauen. Wenn Amos und ich nichts erbeuten, dann haben auch sie nichts zu essen.«

»Müßt ihr oft hungern?« fragte Perschin.

»Es kommt schon vor«, erwiderte Kagot. »Vor allem, wenn wir keine Wintervorräte mehr haben, wenn es keine Walrosse auf den Herbstlagerstätten gibt. Dann sieht es schlecht aus, erwarten uns Tod und Krankheiten. Dieses Jahr war bei uns gut: In den Vorratsgruben ist noch viel Kymgyt, und wenn die Winterjagd gut wird, reicht der Kopalchen auch noch fürs nächste Jahr.«

»Wenn ihr hungert, eßt ihr dann Hunde?« fragte Perschin.

»Nein!« rief Kagot erschrocken, schwieg eine Weile und setzte hinzu: »Das wäre dasselbe wie Menschenfresserei. Das gibt es nur bei denen, die den Verstand verloren haben.

Wenn aber so ein Mensch wieder zu Verstand gekommen ist, sucht er den Tod.«

Perschin erinnerte sich an die Beschreibung von Amundsens Reise zum Südpol, an seine sorgfältigen Berechnungen, in die die Nutzung von Hunden nicht nur als Futter für die verbliebenen Hunde, sondern auch als Nahrung für die Menschen einging. Doch er sagte nichts darüber zu Kagot, um dessen Eindruck von dem Norweger nicht herabzusetzen.

An dem Abend gab es in der Jaranga ein richtiges Fest. Kaljana stellte sofort einen großen Kessel aufs Feuer, um frisches Bärenfleisch zu kochen, und Kagot sagte zu Perschin: »Du mußt alle Nachbarn zum Essen einladen.«

»Auch die Fremdlinge vom Schiff«, ergänzte Kaljana. »Sonst zürnen die Götter und schicken dir keinen Erfolg mehr.«

Perschin blieb nichts anderes übrig, als zuerst durch die Jarangas zu gehen und dann auch auf die »Maud«.

Die Nachricht von Perschins Glück freute alle Expeditionsmitglieder aufrichtig. Amundsen sagte: »Wenn das hier Brauch ist, muß man ihn achten. Wir kommen bestimmt zum Essen.«

Während Perschin die Gäste einlud, hatte Kagot sich umgezogen, ein Opfergefäß in die Hände genommen, einige mit Blut vermischte Brocken Bärenfleisch hineingetan und war ans Meeresufer gegangen.

Bevor er die Opfermahlzeit für die Meeresgötter aufs Eis warf, blieb er eine Weile stehen und wartete, daß ihn eine besondere Stimmung überkam und Ausdruck in Worten fand:

Mit einem großen Geschenk habt ihr den Mann
erfreut,
dessen Haut stets hell bleibt wie die Haut
eines Kindes,

der überall stark behaart
und dessen Sprache den Menschen am Meer unbekannt ist.
Ihr habt ihm Glück gesandt, einen »Umka« als Beute.
Unter uns beiden, die zur Jagd waren, habt ihr ihn erwählt ...
Zürnt nicht, ihr Götter, wenn dennoch ich das Opfer darbringe,
er, der Fremdling, kennt nicht den uralten Brauch.

Kagot ergriff eine Handvoll Bärenfleisch und warf es zum Meer hin. Seine Freude war groß, doch etwas beunruhigte ihn zugleich tief im Inneren, als wäre er neidisch auf den Fremdling, der den Eisbären offenbar zur eigenen Überraschung erlegt hatte. Vielleicht rührte seine Unzufriedenheit auch daher, daß er bei seinen Worten die frühere Erregung vermißt hatte, jenen stürmischen Wind der Begeisterung, der sonst in seiner Seele tobte, wenn seine besten Worte entstanden? Oder hatte er selbst sich innerlich verändert, war er ein anderer geworden, während er sich immer weiter von seinem Schicksal entfernte, von seiner Berufung und sogar von Waal, die ihm schon einige Tage nicht mehr erschienen war, sich nicht in Erinnerung gebracht hatte?

So einen lärmenden und fröhlichen Festschmaus hatte Kaljanas Jaranga noch nie erlebt. Im Tschottagin war es hell von dem flammenden Feuer und den aus dem Polog herausgebrachten drei Tranlampen, die Leute redeten in verschiedenen Sprachen, aber ihre Stimmen drückten allgemeine Freude und Zufriedenheit aus.

Der blinde Gaimissin wollte ständig die Gesichter der Fremdlinge abtasten, um sich ihr Aussehen besser vorstellen zu können.

Lange noch gingen an diesem Abend die Leute der Siedlung nicht auseinander.

# 14

Eine Woche darauf begann das neue Jahr, 1920. In der Jaranga erschien auf dem von Sundbeck und Perschin gezimmerten Tisch ein wunderschöner Baum. Das war ein erstaunliches Werk: In einem aus Hartholz gedrechselten Stamm steckten trockene Äste, und auf diesen klebten fransenförmig geschnittene dünne Messingstreifen. Der ganze Baum war grün angestrichen, mit Metallflitter überschüttet und mit kleinen Kerzen bestückt.

Die Gäste vom Schiff brachten Geschenke mit, verteilten sie unter den versammelten Bewohnern der Siedlung und ernteten dafür laute Rufe der Freude und Dankbarkeit. Gaimissin befühlte seine neue Tabakpfeife, lächelte übers ganze Gesicht, wobei er die Pfeife an die Wange drückte, und rauchte dann lange mit Genuß.

Als sie die Kinder schlafen geschickt hatten, zog Amundsen eine bereitgehaltene Flasche Champagner hervor und ließ den Korken zum Rauchabzugsloch hinausschießen. Das sprudelnde Getränk wurde in die verschieden großen Teetassen gegossen, darunter auch in die mit dünnen Robbenfellriemchen umflochtene Lieblingstasse von Kagot.

Den Champagner tranken die Tschuktschen zaghaft. Gaimissin hob die Tasse an den Mund, schnupperte lange daran, nieste, und auf seinem Gesicht malten sich Schatten der verschiedensten Empfindungen.

»Kakomej, er beißt!« rief er überrascht, nachdem er mit der Zunge das perlende Getränk berührt hatte. »Eine ganze Tasse voll kleiner Hunde!« Doch er sagte es lustig, froh.

»Hast du das schon mal getrunken?« fragte Kaljana Kagot.

»Ich koste es zum erstenmal«, antwortete Kagot. »Es ist ganz anders als das erheiternde Feuerwasser.«

»Wenn es anders ist als das Getränk, das Amtyn einstmals liebte, kann es Amos nicht schaden«, sagte Amos lächelnd und trank seine Tasse aus, nachdem Amundsen einen Toast darauf ausgebracht hatte, daß das neue Jahr für alle glücklich sein möge.

Die gute Stimmung wäre um ein Haar durch Umkenëu gestört worden. Sie hatte Amos' Kinder weggebracht und schlafen gelegt, kam zurück in die Jaranga und wollte nun auch von dem Neujahrsgetränk etwas abhaben. Als Perschin meinte, sie dürfe noch nicht trinken, was Erwachsenen vorbehalten sei, erklärte sie laut: »Ich bin doch erwachsen! Ich mache im Haus alles, was eine erwachsene Frau tun muß. Und daß ich keinen Mann habe, ist nicht meine Schuld. Würden wir in einer großen Siedlung leben, wäre ich schon verheiratet und hätte Kinder.«

Gemeinsam versuchte man herauszufinden, wie alt Umkenëu sei. Heraus kam: zwischen vierzehn und sechzehn Jahren.

»Laßt sie davon kosten«, entschied Amundsen. »Ein Schluck Champagner wird ihr nicht schaden.«

Der Expeditionsleiter war sehr zufrieden. Wohl zum erstenmal in den langen Jahren seiner Reisen durch die Polargebiete konnte er diese wunderlichen Leute aus solcher Nähe beobachten. Wenn sie zu essen hatten, wenn ein Dach sie zuverlässig vor kaltem Sommerregen, vor winterlichen Schneestürmen und alles durchdringender Kälte schützte, schienen sie sich für die glücklichsten Menschen auf Erden zu halten. Auch wenn ihnen vom Standpunkt eines Europäers zum wahren Glück noch vieles fehlte. Ihre Wohnstatt, aus Schwemmholz, Walroßhaut und Renfell zusammengebaut, war armselig. Sie glich eher einer Höhle, denn Außenlicht drang nicht herein. Die einzige Öffnung für den Rauchabzug oben im Kegel gab nicht genügend Licht für den Tschottagin. Den kleinen Wohnraum teilten sich nicht nur die Menschen, sondern auch die Hunde.

Daher kam natürlich auch der undurchdringliche Schmutz und der unausrottbare Geruch – ein Gemisch aus dem Gestank von ranzigem Robbenfett, vom qualmenden Rauch der Moosdochtleuchter, von menschlichen Ausscheidungen, von Hundeausdünstungen und vielem anderen Unbegreiflichen, das den hiesigen Ureinwohnern aber so vertraut war, daß sie es ohne das wahrscheinlich ungemütlich gefunden hätten. Zum Teil hielten gerade diese Überlegungen Amundsen davon ab, einen Mann für unkomplizierte Arbeiten aufs Schiff zu nehmen, um sich und den anderen Zeit für wissenschaftliche Beobachtungen sowie für die Durchsicht von Ausrüstung und Gerätschaften für die beabsichtigte Drift zum Nordpol freizuhalten. Bald würde eine Gruppe zum Ostkap aufbrechen. Vielleicht würde sie von dort noch weiterfahren müssen, zur Mündung des Flusses Anadyr. Auf dem Schiff würden nur vier Mann zurückbleiben.

Heute, während er im verräucherten Tschottagin am festlichen Tisch saß, neigte Amundsen immer mehr dazu, daß, wenn er überhaupt jemanden nehmen würde, nur Kagot dafür in Betracht käme.

Es gab einen wichtigen Grund: Kagot sprach Englisch und war auf einem amerikanischen Handels- und Walfangschiff gefahren, also würden viele Gewohnheiten und Bräuche des weißen Mannes für ihn nicht unverständlich und überraschend sein. Überhaupt gefiel Kagot ihm immer mehr. Wenn man seine Erscheinung genauer betrachtete, konnte man eine natürliche Eleganz bemerken, Akkuratesse und sogar Anzeichen von Reinlichkeit, falls man diesen Begriff auf den Bewohner einer aus Schwemmholz und Walroßhaut errichteten Hütte anwenden konnte. Außerdem war Kagot, wie sich herausstellte, alleinstehend – Kaljana, obwohl sehr anziehend, war weder seine Ehefrau noch seine Beischläferin.

Nachdem Gaimissin den Champagner gekostet und

gespürt hatte, wie überraschend dieses Getränk die Gedanken erhellt und die Phantasie beflügelt, erklärte er, er wolle die Legende erzählen, wie Vögel das Licht auf die Erde gebracht hätten. Gaimissin war ein geschätzter Erzähler, ihm lauschten alle gern. Kaljana trug die schlafende Ainana in den Polog, und alle versammelten sich um den niedrigen Tisch. Für die Gäste übersetzte Kagot.

»In der Morgenröte des Ursprungs der Erde, als die Gewässer und die Berge entstanden«, begann Gaimissin, »schien die Sonne ununterbrochen, es gab keinen Unterschied von Tag und Nacht. Das Leben konnte sich nicht genug freuen, die Tiere wollten sich schnell vermehren, und der Mensch suchte seine Brüder. Das dauerte sehr lange, und die Äußeren Kräfte weideten sich an dem fröhlich wimmelnden Leben auf Erden, denn ein jedes Tun brachte ihnen Genugtuung. Doch im Leben gibt es immer Böses. Und das duldet kein Licht ohne Schatten, kein Lächeln ohne Tränen, keine Freude ohne Kummer, keinen Lärm ohne Stille. Wo es Gutes gibt, wo Freude herrscht, muß auch Böses und Trauer sein, so überlegten die bösen Kräfte. Und sie beschlossen, den Menschen die Sonne wegzunehmen. Allerdings konnten die bösen Kräfte sie nicht auslöschen, nicht ganz vom Himmel holen. Dazu fehlte ihnen der Mut. Sie beschlossen, zwischen Erde und Himmel Festland aufzutürmen, das die Sonnenstrahlen nicht durchläßt. Also bemerkten die Menschen eines Tages, daß das Sonnenlicht schwächer wurde und schließlich gänzlich vom Himmel verschwand. Die Erde tauchte in Dunkel. Da heulten die wilden Tiere auf, es weinten die Frauen und Kinder, die bestürzten Männer aber versammelten sich in einer großen Wohnstatt und dachten nach. Sie beschlossen, die Stärksten aus ihrer Mitte auszuschicken, damit sie eine Öffnung in jenes Festland schlugen. Die starken Männer zogen los, doch die Zeit verrann, und keiner von ihnen kam zurück. Sie blieben dort, zu Tode entkräftet. Man rätselte, was zu tun sei. Inzwischen war es merklich kälter geworden. Die Leute, die bisher ohne Kleidung und Wohnung gelebt hatten, begannen zu suchen, womit sie sich bedecken und wo sie sich verstecken könnten. Doch die Kälte wurde immer stärker, hier und da froren die Flüsse zu, und die Meere überzogen sich mit Eis. Verzagtheit und Trauer breiteten sich auf der ganzen Erde aus, und das Menschengeschlecht sah dem Tod entgegen. Doch eines Tages vernahmen die Menschen in der Lautlosigkeit der eingetretenen Finsternis das Lied eines Vogels. Eine Schneeammer kam geflogen und sang:

Grämt euch nicht, Menschen,
heult nicht, Tiere,
zu früh ist es, das Leben zu beerdigen.
Ich hole euch die Sonne,
bringe euch das Licht wieder,
damit ein jeder
des Kindes Lächeln sieht …

Mit diesem Lied flog die Schneeammer an den Rand des Festlandes, das sich zwischen Himmel und Erde geschoben hatte. Lange warteten Menschen und Tiere. Alle Erdenbewohner hofften, denn sogar eine kleine Hoffnung war für sie eine Stütze. Doch die Zeit verrann, noch immer gab es kein Licht, und die Finsternis verdichtete sich wie erstarrendes Blut. Nur hin und wieder, wenn es ganz still war, vernahmen die Hellhörigsten das Vogellied und versicherten den übrigen, daß es noch Sinn habe, zu warten und zu hoffen. Die Hoffnung aber erlosch.

Eines Morgens, als die verzweifelten Menschen und Tiere ausgestreckt in ihren dunklen und kalten Wohnungen, Höhlen und Löchern lagen, meinte jemand plötzlich, dort in der Ferne sei ein Lichtschein aufgeblitzt. Da standen die Menschen auf, die Tiere erhoben sich von ihren Lagerstätten, und sie sahen, wie dort, wo Himmel und Meer zusammenstießen, ein rotes Licht erschien, so als beschmiere jemand das Himmelszelt mit Blut und von diesem Blut gehe ein Leuchten aus. Ja, das Blut leuchtete! In seinem Schein war selbst das winzige Vögelchen zu erkennen. Sie, die kleine Schneeammer, schlug mit ihrem schwachen Schnabel auf das himmlische Festland ein, hatte ihn dabei schon bis zum Kopf zerfetzt, so daß ihr Blut hinuntertropfte. Betroffen betrachteten Menschen und Tiere den tapferen kleinen Vogel und trauten sich nicht, die Stimme zu erheben, um ihn nicht zu erschrecken, ihn nicht zu stören. Aus letzter Kraft hieb die Schneeammer mit ihren blutigen Schnabelresten noch einmal zu und noch einmal, und – o Wunder! Sie hatte ein winziges Loch geschlagen, durch das ein Sonnenstrahl bis auf die Erde drang. Froh schrien die Menschen, brüllten die Tiere auf. Und alle eilten dem kleinen Vogel zu Hilfe. Ein schwarzer Rabe erreichte mit einigen Flügelschlägen die Grenze zwischen der Erde und dem himmlischen Festland und steckte seinen festen Schnabel in das entstandene Loch. Ihm folgten Adler, Möwen, Enten und Gänse, Kormorane und Papageitaucher. Die Papageitaucher gingen daran, das Loch von der anderen Himmelsseite zu vergrößern, deshalb haben sie rote Schnäbel, sie haben sich damals mit Blut besudelt. Vereint erweiterten sie alle das Himmelsloch, das der tapfere kleine Vogel durchgepickt hatte, und Sonne und Sonnenlicht kamen auf die Erde zurück. Seit dieser Zeit verschwindet die Sonne zwar immer zur Winterruhe vom Himmel und erinnert daran, daß es auf Erden noch Kräfte des Bösen gibt. Aber das Blut der kleinen Schneeammer, das sich jeden Morgen über das Himmelszelt ergießt, erinnert an das Vöglein, an seinen Mut und seine Kühnheit. Das wär's.«

So beendete der blinde Gaimissin sein Märchen, verstummte und spürte, daß die Wirkung des wundersamen Neujahrsgetränks verflogen war.

Amundsen zog eine große silberne Uhr aus der Tasche, warf einen Blick darauf und rief: »Meine Herren und Genossen! Wir leben bereits im Jahr 1920!«

Kagot und Perschin begleiteten die Gäste aufs Schiff.

In der kalten Luft knirschte der vom Frost ausgetrocknete Schnee, klangen schrill die Stimmen.

An Deck gingen sie nicht. Amundsen blieb stehen, führte Perschin ein wenig beiseite: »Was halten Sie von Kagot?«

»Meiner Meinung nach ist er ein bemerkenswerter Mensch!« rief Perschin hitzig, schwieg eine Weile und setzte hinzu: »Nur eines macht mich betroffen.«

»Und was?«

»Daß er ein Schamane ist.«

»Hat das einen Einfluß auf seinen Charakter oder sein Verhalten?«

»Dergleichen habe ich nie an ihm bemerkt«, bekannte Perschin. »Er sieht ganz wie ein normaler Mensch aus und benimmt sich auch so.«

»Worum geht es dann?« fragte Amundsen ungeduldig.

»Ich weiß nicht mal, was ich dazu sagen soll«, antwortete Perschin.

Nach kurzem Schweigen sagte Amundsen: »Ich frage danach, weil ich einen endgültigen Entschluß fassen will, ob ich ihn aufs Schiff nehmen soll oder nicht? Es geht darum, daß wir nach der Abreise unserer Kameraden ans Ostkap nur noch wenige auf dem Schiff sein werden, ohne daß der Umfang der Arbeiten auch nur im geringsten abnimmt. Mir scheint, von den hiesigen Bewohnern wäre dafür nur Kagot mehr oder minder geeignet.«

»Da weiß ich nicht, was ich Ihnen raten soll«, entgegnete Perschin.

»Ich werde ihn gut entlohnen«, fuhr Amundsen fort. »Da Geld hier keine große Bedeutung hat, werde ich ihm Lebensmittel geben und Waren, die ihn für den Verzicht auf die traditionelle Beute vollauf entschädigen.«

Kagot, der von der künftigen Veränderung in seinem Leben nichts ahnte, überlegte, warum er trotz des Feiertags und der Heiterkeit in der Jaranga so unruhig war. Eine unbegreifliche Erregung ließ ihn im Innersten frieren. Bisweilen dachte er voller Neid an seine Verwandten, die sich keine Gedanken über das Leben machten und es so hinnahmen, wie es sich ihnen bot – mit seinen Freuden, seinen guten Seiten, mit seinem Leid und traurigen Vorkommnissen.

## 15

Kagot willigte nicht sofort ein, aufs Schiff überzuwechseln. Als er den Vorschlag vernahm, schüttelte er den Kopf und sagte leise: »Nein.«

Amundsen sah ihn verwundert an und sagte: »Als Lohn werden Sie Mehl erhalten, getrocknete Bohnen und Konserven in solcher Menge, daß Sie persönlich und Ihre Familie mindestens ein halbes Jahr keinen Hunger leiden müssen. Außerdem Zucker, Trockenmilch, Zwieback, Pemmikan, verschiedene Stoffe, Garn, Nadeln, Glasperlen, alles, was Frauen für Handarbeit benötigen. Bei der Endabrechnung erhalten Sie noch eine Winchester mit sechshundert Patronen. Während Ihrer Arbeit auf dem Schiff werden Sie kostenlos zusammen mit den Expeditionsteilnehmern verpflegt. Sind das etwa schlechte Bedingungen?«

»Nein«, entgegnete Kagot wieder, obwohl Amundsen diesmal den Eindruck hatte, als wäre sein Entschluß ins Wanken geraten.

Dem Norweger kam nicht in den Sinn, daß Kagot weniger ablehnte, weil er eine andere Beschäftigung aufnehmen und den Wohnplatz wechseln sollte, sondern vielmehr, weil der Vorschlag so überraschend kam.

»Ich denke, Ihre Ablehnung ist nicht endgültig«, sagte Amundsen vorsichtig. »Überlegen Sie es sich gut. Sie müssen nicht unbedingt sofort antworten. Ich gebe Ihnen ein paar Tage Zeit zum Überlegen.«

In diesen Tagen dachte Kagot wirklich qualvoll nach. Nicht über die Segnungen, die Amundsen ihm für seine Arbeit versprochen hatte. Zwei Umstände verwirrten ihn. Erstens wußte er nicht, was er auf dem Schiff würde tun müssen. Schließlich war es kein Walfang- oder Handelsschiff, und außerdem war es im Eis festgefroren. Und zweitens – was würde mit seiner Tochter werden?

Auch die Lage in der Jaranga hatte sich verändert. Nachdem Perschin den Bären erlegt hatte, hatte es sich wie von selbst ergeben, daß er den ersten Platz in der Wohnstatt einnahm, obwohl er einstweilen noch immer im Gast-Polog schlief. Kaljana gab offensichtlich dem Russen den Vorzug. Die Frau schien den von der Jagd heimgekehrten Männern die gleiche Fürsorge zuteil werden zu lassen. Aber am Tisch saß der Bärentöter Perschin auf dem Querbalken an der Seite des großen Pologs, während Kagot auf einem Walwirbel Platz nehmen durfte. Wenn Kaljana mit einem scharfen Messer Kopalchen oder gefrorenes Fleisch zerschnitt und die Stücke auf der langen Holzschüssel verteilte, schob sie die besten Teile dem Russen zu. Mehrmals schlug Kaljana Perschin laut vor, in den großen Polog umzuziehen, aber jedesmal lehnte der Lehrer mit betretener Miene ab. Die kleinen Vorräte an Tee und Zucker wurden natürlich von der Hausfrau verwaltet, und ihre Zuneigung äußerte sich auch darin, daß sie das größte Stück Zucker dem Russen hinlegte, was ihn erröten und unverständliche Worte murmeln ließ. Perschin versuchte, den Zucker mit dem kleinen Mädchen zu teilen, aber Kaljana nahm dem Kind den Zucker weg und legte ihn wieder dem Russen vor, wobei sie laut sagte, das Mädchen habe seinen Teil schon erhalten.

Sie nähte dem Russen eine wunderschöne Kuchljanka und Renfellhosen, Torbassen und einen prächtigen Malachai, den sie mit langhaarigem Vielfraßfell verzierte. Kagot aber fror in seiner abgetragenen Kuchljanka, in der er schon aus Inakul gekommen war. Seine Fausthandschuhe waren durchlöchert, und er mußte Kaljana ein paarmal daran erinnern, bis sie sie ausbesserte. Nur eines veränderte sich nicht – Ainana wurde von Kaljana nach wie vor aufmerksam und zärtlich umsorgt.

Zu alldem begann Kaljana auch noch zu lernen. Allerdings fanden die Unterrichtsstunden nicht täglich statt. Nur von Zeit zu Zeit, besonders bei schlechtem Wetter, wenn man nicht aufs Meer hinausgehen mußte, rief Perschin die Kinder in die Jaranga und begann mit ihnen ein Spiel: Er holte die Schiefertafel hervor, malte Buchstaben und versuchte seinen Schülern beizubringen, welche Laute sie wiedergaben. Zusammen mit den Kleinen kam auch Umkenëu, und neben ihr nahm Kaljana Platz. Insgeheim billigte Kagot das kindische Gehabe der erwachsenen Frau nicht. Umkenëu konnte er das ja noch nachsehen, obwohl auch sie längst kein kleines Mädchen mehr war. Aber Kaljana … Doch er schwieg und ging seiner Arbeit nach, warf nur hin und wieder einen schiefen Blick auf die Tafel und versuchte den Sinn und die Bedeutung der Zeichen herauszufinden, die Perschin gemalt hatte.

Das erste Buch, das Kagot in seinem Leben gesehen hatte, war die Bibel beim Kapitän der »Belinda«. Er hatte etliche Tage gebraucht, um wenigstens annähernd ihre Bestimmung zu verstehen. Sie enthielt die Beschwörungen und göttliche Worte für die Fremdlinge, festgehalten von Zeichen auf einer sehr dünnen weißen Materie, die leicht zerriß. Aber auf welche Weise diese Zeichen auf den Menschen wirkten – das überstieg Kagots Horizont. Sie besaßen keinen scharfen Geruch, davon hatte er sich überzeugt, als er heimlich an der Bibel schnupperte. Und sie hatten auch keine Stimme, denn wer den göttlichen Sinn des Aufgezeichneten begriff, lauschte nicht, sondern überflog mit den Augen die Reihen der gleichmäßig aneinandergereihten Zeichen.

Perschins Absicht, seine Landsleute in Lesen und Schreiben zu unterrichten, hielt Kagot für unseriös. Nie, nicht mal in den unwahrscheinlichsten Märchen, hatte er gehört, daß ein Luorawetljan – ein Tschuktsche – Zeichen zu Papier gebracht und sie entziffert hätte. Nur angeborenes Feingefühl und der Wunsch, einen Menschen nicht zu kränken, hielten ihn davon ab, laut am Erfolg des Lehrers zu zweifeln. Amos lachte nur darüber und sagte zu Kagot, diese Kinderei zu untersagen sei unter seiner Würde, mochten sie nur ihren Spaß haben. Kaljana aber … Sie war doch kein Kind mehr …

Zwei Tage darauf, als Amundsen sich noch einmal an Kagot mit dem Vorschlag wandte, die Arbeit auf dem Schiff aufzunehmen, hörte er die Antwort: »Ich bin einverstanden.«

Kagot packte seine schlichte Habe zusammen, strich der kleinen Tochter zum Abschied über den Kopf und sagte zu Kaljana: »Ich ziehe aufs Schiff. Ich werde dort arbeiten. Ainana mag einstweilen bei dir bleiben.«

Kaljana sah Kagot sonderbar an – halb mitleidig und halb schuldbewußt – und sagte: »Natürlich! Ainana bleibt hier. Was hat sie unter diesen unbegreiflichen Tangitan zu suchen? Am Ende wird sie noch krank, weil alles so ungewohnt ist.«

Nach einer kurzen Pause setzte sie hinzu: »Aber wenn es dir dort nicht gefällt, kannst du jederzeit zurückkommen.«

»Gut, Kaljana«, sagte Kagot und ging aufs Schiff.

Amundsen erwartete ihn in der Messe. Er war ernst und sprach langsam und vielsagend: »Herr Kagot! Wenn Sie aufs Schiff kommen, betreten Sie gewissermaßen norwegischen

Boden. Als Mitglied unserer Expedition, als unser Kamerad während der Überwinterung, müssen Sie sich einigen Forderungen unterwerfen, einigen Bedingungen unseres gemeinsamen Lebens. Wie Sie sehen, Herr Kagot, ist unser Schiff keineswegs eine Jaranga, daher sind die Anforderungen an Hygiene und Ordnung bei uns streng.«

Zuerst wurde Kagot rasiert. Man nahm ihm den Backenbart ab, ließ aber zu seiner Verwunderung den Schnurrbart stehen, obwohl er gar nicht darum gebeten hatte. Darauf folgte ein langes, anstrengendes Waschen im Dampfbad, das eigens für ihn vorbereitet war. Als er mit Sundbeck den holzverkleideten, von heißer Luft erfüllten kleinen Raum betrat, war sein erster Gedanke, in den Schnee hinauszuspringen, aufs Eis, um frische Luft zu schöpfen. Er hatte das Gefühl, in seine Kehle ströme eine heiße Flüssigkeit, ergieße sich in die Lungen, zerreiße ihr zartes Gewebe und verbrenne es.

»Keine Angst«, sagte Sundbeck ruhig, »von einem guten Schwitzbad ist noch niemand gestorben.«

Sundbeck hatte ein aus festem und hartem Gras geflochtenes Werkzeug in der Hand – so eingeseift, daß es völlig in weißem Schaum verschwand; damit rieb er Kagots Haut, um den Schmutz zu entfernen. Kagot hatte ein Gefühl, als ginge lebendige Haut ab. Im Halbdunkel des Baderaums betrachtete er seinen roten Körper, besorgt, gleich würde Blut auf die breite Holzbank fließen. Er fand weder Kraft noch Zeit, sich über Sundbecks ungewöhnlichen Körperbau und die helle Farbe seiner Haut zu wundern. Am erstaunlichsten aber war natürlich der sonderbare reichliche Haarwuchs. Als Sundbeck ihm vorschlug, an Deck zu gehen und vor dem letzten gründlichen Einseifen noch ein wenig auszuruhen, fragte Kagot: »Haben bei Ihnen die Frauen auch soviel Haare auf der Brust oder nur die Männer?«

Sundbeck grinste und antwortete: »Nach den langen

Monaten der Enthaltsamkeit wäre jetzt auch eine Behaarte schön! Aber glücklicherweise ist bei unseren Frauen, wenn man so sagen kann, die Brust nackt und wunderschön.«

Kagot stellte verwundert fest, daß er sich allmählich an die heiße Luft und das heiße Wasser gewöhnte. Immer mehr überwältigte ihn ein bislang fremdes Gefühl von Leichtigkeit und Befreiung. In ihm regte sich der aus Kinder- und Jugendträumen bekannte Wunsch zu fliegen. Ihm schien, er bräuchte nur kräftig hochzuspringen, und schon würde er sich über das Schiff und die Packeisschollen aufschwingen, würde die Küstenhügel, die Insel Ajon und die von hoch oben kaum sichtbare Siedlung weit unter sich zurücklassen.

Nachdem Kagot in saubere Stoffsachen neu eingekleidet worden war, hatte er noch immer ein Gefühl der Körperlosigkeit. Seine Haut war ungewöhnlich empfindlich und dünn geworden, durch den rauhen, in glitschigen Seifenschaum gehüllten Bastwisch gewissermaßen abgeschliffen.

Die Frostluft nahm ihm den Atem, und er hüstelte.

»Schnell in die Messe, schnell!« drängte ihn Sundbeck. »Nach so einem Dampfbad holt man sich schnell eine Erkältung.«

In der Messe erwartete sie ein heißer Grog. Kagot nahm einen Schluck und fragte verwundert: »Ist dies das üble erheiternde Wasser?«

»Nur ganz wenig«, antwortete Sundbeck fröhlich. »Gerade so viel, wie man für die Gesundheit und ein Wohlgefühl nach so einem Bad braucht.«

In dem Maße, wie die vom Bad hervorgerufene Müdigkeit und Schwäche verflogen, wurde der Körper ungewöhnlich straff und leicht, der Kopf wurde frei, als hätte sich auf wundersame Weise der Raum für Gedanken vergrößert.

Nacheinander kamen die Mitglieder der Expedition in

die Messe, und jeder äußerte sich begeistert und verwundert über Kagots neues Aussehen.

»Sie sind einfach ein schöner Mann, Kagot!« faßte Amundsen das allgemeine Entzücken zusammen. »Ich hatte nicht gedacht, daß ein einfaches Schwitzbad Sie so verändern würde.«

Kagots Kajüte lag nicht weit von seinem Arbeitsplatz, der Kombüse. Es war ein ebensolcher Raum, wie ihn alle anderen Expeditionsmitglieder hatten, ausgenommen der Leiter, dessen Kajüte aus zwei Räumen bestand und etwas anders möbliert war. Allein geblieben, schlug Kagot als erstes die Decke zurück und entdeckte darunter ein schneeweißes Laken. Er legte die Hand darauf, nahm sie wieder weg und sah nach – es war noch immer sauber. Ebenso weiß war auch das Kissen. Ja, das war etwas anderes als auf der »Belinda«. Dort hatte auf einer harten hölzernen Lagerstatt eine Decke von undefinierbarer Farbe gelegen, mehr nicht – kein Kissen und schon gar kein weißer Stoff.

Abends, bevor er sich niederlegte, nahm Kagot vorsichtig beide Laken und den Kissenbezug weg und legte alles ordentlich in den Wandschrank. In dem anfangs ungewohnten Bett fand er keinen Schlaf. Er erinnerte sich an die Fahrt auf der »Belinda«, an seine Furcht vor Unbekanntem, die sich jedoch als übertrieben erwiesen hatte, und nun war er also wieder auf einem Schiff. Amundsen hatte mit ihm einstweilen nur Arbeit bis zum Frühjahr vereinbart, genauer, bis zur Befreiung der »Maud« aus der Gefangenschaft im Eis. Doch soweit Kagot verstanden hatte, blieb es Amundsens Absicht, im Eis einzufrieren und bis zum Gipfelpunkt der Erdkugel zu driften, möglicherweise würde auch er, Kagot, so lange auf dem Schiff bleiben, wie man brauchte, um das Hauptziel der Expedition zu erreichen. Wie mochte es wohl dort, auf dem Gipfelpunkt der Erde, aussehen? Amundsen und etliche seiner jetzigen

Kameraden waren bereits am unteren Ende der Erde, am Südpol, gewesen. Unbegreiflich, wie sie sich da hatten halten können und nicht in den Abgrund gestürzt waren, aber danach zu fragen wäre peinlich gewesen. Doch einmal würde schon der Augenblick kommen, in dem er fragen würde, wie sie das geschafft haben. Offenbar hatten sie – wie Fliegen, die an der Decke laufen – für diese Zeit irgendwelche Vorrichtungen erfunden. Aber so lange Zeit mit dem Kopf nach unten zu verharren war doch bestimmt sehr schwer! Am Nordpol war es wahrscheinlich viel interessanter! Allein von der Aussicht dort mußte einem schwindlig werden! Wohin man auch blickt, überall sieht man die ganze übrige Erde – die tschuktschische, die russische und die amerikanische!

Die phantastischen und kühnen Gedanken, die ihm in der Jaranga nie in den Sinn gekommen wären, verstärkten noch das Gefühl der eigenen Verwandlung nach dem Schwitzbad. Also wecken eine andere Umgebung, andere Verhältnisse und sogar ein anderes Bett Gedanken, die den früheren so gar nicht gleichen! Wäre Amtyn-Amos, als mit ihm das Unglück geschehen war und man ihn vor den bösen Geistern verstecken mußte, hierhergeraten, dann wäre niemand, nicht einmal der scharfsichtigste Kely, ein böser Geist, darauf gekommen, ihn hier, auf dem Schiff der Tangitan, zu suchen. Obwohl die Jaranga ganz nah war, nur ein paar Dutzend Schritt von der »Maud« entfernt, hatte Kagot das Gefühl, als wäre er schon weit, weit davon entfernt, gleichsam in einer anderen Gegend. Den ganzen Tag hatte er heute Lebensmittel der Fremdlinge gegessen, er hatte von seinem Körper alle Gerüche und den ganzen Schmutz abgewaschen, der so viele Jahre unberührt auf seiner Haut gelegen hatte, hatte sich in ein ungewohntes Bett gelegt, und sofort waren andere Gedanken aufgetaucht. Wo aber waren die Gedanken geblieben, die ihn sonst immer erfüllt, ihn sogar des Nachts geweckt hatten?

Schon etliche Tage sprachen die Äußeren Kräfte nicht mit hehren Worten zu ihm. Oder hatten auch sie ihn auf dem Schiff inmitten der Fremdlinge verloren?

Wenn es so war, konnte auch er die Fähigkeit verlieren, mit den Äußeren Kräften zu verkehren. Schließlich hatten die Äußeren Kräfte nicht nur mit ihrem Auserwählten gesprochen und durch ihn das Menschenleben beeinflußt, sie hatten ihm auch besonderen Schutz gewährt. Diesen Schutz hatte Kagot immer gespürt, er war ein Teil seiner Kraft und seiner Ruhe gewesen.

Der Schlaf aber wollte und wollte nicht kommen. Mitunter war in der tiefen Stille plötzlich das leichte Knirschen des Schnees unter den Füßen des Wachhabenden zu hören, das Knacken von Eis, unbekannte Geräusche und Laute, die Bewegung von Luftströmen, die Kagot aus der Jaranga nicht kannte.

Und dann die Gerüche. Sie betäubten ihn, riefen bisweilen heftige Kopfschmerzen hervor. Die neuen, durchdringenden Gerüche kamen von überallher – sie drangen bald einzeln und bald gemischt in die Nase und drohten ihr zartes Inneres zu zerreißen. Eine einzige Rettung gab es vor ihnen – aufs Deck zu gehen und tief frische Frostluft einzuatmen, sie zu schlucken, mit allen Poren des Körpers aufzunehmen, um die beunruhigenden, physische Schmerzen verursachenden Gerüche zu vertreiben. Jetzt, in der Nacht, konnte er freilich nicht aufs Deck gehen, wenn er die anderen Schiffsbewohner nicht belästigen wollte. Das war etwas ganz anderes als in einer Jaranga, wo man lautlos über den Erdboden laufen kann, weil man genau weiß, wo alle Dinge liegen, sogar, wo sich dieser oder jener Hund seinen Platz fürs Nachtlager wählt. Vielleicht will der Schlaf deshalb nicht kommen, weil er sich nicht richtig auf die hölzerne Lagerstatt mit Seitengurten gelegt hat, die verhindern sollen, daß einer beim Schlingern des Schiffs im Schlaf herausfällt? Kagot stand vorsichtig auf, zündete Licht an und betrachtete die Kajüte. Ihm fielen die Laken und der Kopfkissenbezug ein, die er im Schrank versteckt hatte. Er holte sie heraus und starrte sie nachdenklich an: Vielleicht kann er nicht schlafen, weil sie fehlen? Aber wenn er die Laken ausbreitet, wird er sich noch ungemütlicher fühlen – weniger weil es ungewohnt ist, als bei dem Gedanken, daß er auf so teuren Stücken wunderschönen, haltbaren Stoffes liegt. Kagot legte sich wieder ins Bett und löschte das Licht.

Wenn Kagot in der Jaranga von Schlaflosigkeit geplagt war, erstanden im Dunklen alsbald Schatten, drängten sich Ereignisse des Tages oder auch längst vergangene neu heran, erschienen die Gesichter von Bekannten, erklangen halbvergessene Gespräche. Zu solcher Zeit pflegte Waal in die Jaranga zu kommen, und ihre zärtliche, liebevolle Stimme erfüllte den ganzen dunklen Raum. Manchmal spürte Kagot ihre Anwesenheit so deutlich, daß er unwillkürlich die Hände ausstreckte, um ihren Körper zu berühren. Doch die Hände stießen ins Leere, und wieder ergriffen Sehnsucht und Hoffnungslosigkeit von ihm Besitz.

Hier aber, auf dem Schiff, waren die vertrauten Stimmen nicht zu vernehmen.

So konnte Kagot bis zum Morgen nicht einschlafen, bis zu dem Augenblick, da aus der Nachbarkajüte Lärm zu ihm drang und es dann an seine Tür klopfte. Rasch sprang er Amundsen entgegen.

»Wie haben Sie an dem neuen Ort geschlafen?«

»Nicht sehr gut«, antwortete Kagot. »Es war so ungewohnt.«

»Das ist natürlich«, bemerkte Amundsen und blickte zum Bett. »Aber das macht nichts, bald werden Sie sich hier ausgezeichnet fühlen.«

Kagot zog schnell seine Stoffkleidung an und folgte seinem Vorgesetzten in den Waschraum. Hier putzte er sich die Zähne, wusch sich und begab sich erst danach an seinen neuen Arbeitsplatz, in die Kombüse.

»Keine Sorge«, sagte Amundsen. »In der ersten Zeit bleibe ich bei Ihnen und zeige Ihnen, was zu tun ist. Zuerst müssen Sie frisches Eis holen, es zerschlagen und in die beiden Kessel hier geben. Zerkleinertes Eis taut gut, und Sie gewinnen genug Wasser nicht nur für die Zubereitung des Essens, sondern auch zum Spülen des Geschirrs. Sie haben offensichtlich begriffen, daß das Essen nur mit absolut sauberen Händen zubereitet werden darf. Dazu gibt es hier Hähne für kaltes und heißes Wasser, Seife und ein Handtuch. Ich möchte das nicht wiederholen, aber die geringste Schlamperei würde automatisch die Entlassung zur Folge haben. Also seien Sie so gut und beachten Sie das ... Zuerst heizen wir den Herd, damit er schön heiß wird«, fuhr Amundsen fort, »und bis das Feuer richtig brennt, machen wir den Teig für Brötchen. Wir könnten natürlich auch Fladen backen, aber frische warme Brötchen schmekken morgens mit Butter und Konfitüre besonders gut. Die Mannschaft muß schwer arbeiten, und natürlich beschränkt sich die Morgenmahlzeit nicht auf Brötchen. Überhaupt muß ich Ihnen sagen, Herr Kagot, die Morgenmahlzeit bestimmt die Laune und Arbeitsfähigkeit des Menschen für den ganzen Tag. Und Sie als Koch unserer Expedition müssen gerade dem Frühstück besondere Aufmerksamkeit schenken ... Wie bereiten wir also den Teig für die Brötchen? Sehen Sie zu.«

Kagot gab sich Mühe, alles zu behalten, und stellte insgeheim fest, daß die Zubereitung der fremdländischen Kost nicht besonders geheimnisvoll war. Er mußte nur ordentlich, aufmerksam und gewissenhaft sein. Die Qualität eines Gerichts, selbst eines auf den ersten Blick so einfachen wie Haferbrei, hing von der genauen Beachtung der Mengenverhältnisse von Grütze, Wasser und Milchpulver sowie von der Kochzeit ab.

Wenn Kagot auch nur einen kleinen Fleck an den Fingern bemerkte, auch nur ein winziges Stück daran klebenden Teig, nahm er die Seife und wusch sich sorgfältig die Hände. Überhaupt gefielen ihm Sauberkeit und Akkuratesse, er wusch sich gern und achtete auf sich. Jetzt roch er nach duftender Seife und schmackhaftem Essen. Wenn er sich selbst betrachtete, hatte er wieder das Gefühl, ein anderer geworden zu sein. Als wäre der Kagot von früher an der Küste geblieben, in Kaljanas Jaranga, in der gewohnten Tschuktschenkleidung – Pelz-Kuchljanka, Renfellhosen, Pelz-Torbassen, ohne ein Unterhemd aus Stoff.

Ein paar Tage stand Amundsen zusammen mit Kagot auf und leitete die Zubereitung des Frühstücks.

»Als erstes werden Sie das Frühstück selbständig vom Anfang bis zum Ende zubereiten und auftragen«, sagte Amundsen, »dann erst befassen wir uns mit dem Mittag- und Abendessen.«

Gerätschaften fürs Essen hatten die Fremdlinge ziemlich viele. Es gab Suppenlöffel und andere, etwas kleinere, und noch ganz winzige, für Tee und Kaffee. Ebenso war es mit den Gabeln, von denen manche aussahen wie Speere, mit deren Hilfe Kagot in der Kindheit in dem in die Lagune mündenden Bach kleine Fische gestochen hatte – nur eben kleiner. Außer den Eßgeräten, die man auf dem Tisch in einer bestimmten Ordnung hinzulegen hatte, gehörte neben jede Garnitur eine Serviette in einem silbernen Ring. Das war gewissermaßen der Ärmel der Kuchljanka, mit dem man sich in der Jaranga Lippen und Hände abwischte, nur war er hier abgerissen und zusammengedreht. Auf dem Tisch standen obendrein allerlei Gewürze – Salz, Pfeffer und andere erstaunliche Dinge, die zu kosten Kagot sich hütete. Und als Gipfel all dessen – Zahnstocher aus Fischbein! Natürlich sah so ein Tisch schön aus, und die scheinbare Vielfalt und der Wirrwarr der Aufmachung erklärten sich höchst einfach: Jedes Eßgerät war für ein besonderes Gericht bestimmt. Obwohl, wie Kagot für sich dachte, das Tangitan-Essen so weich war, daß man es einfach mit einem Löffel, einem Messer oder sogar mit einer Gabel hätte zu sich nehmen können. Suppe konnte man trinken, wenn man den Teller an den Mund hob, und auch alles andere brauchte man nicht sehr zu kauen. Doch da er sich besann, daß man ihn nicht auf dem Schiff eingestellt hatte, um neue Eßgewohnheiten einzuführen, schwieg er sich aus. Bisweilen kam es ihm selbst so vor, als gebe es eine Zweckmäßigkeit in dieser fast rituellen Essenseinnahme. Bei Tisch wurden bedächtige und bedeutsame Unterhaltungen geführt, und nur sehr selten erklang Lachen. Auch das prägte sich Kagot gut ein, und er bemühte sich, am gemeinsamen Tisch den Mund nicht aufzutun – es sei denn, daß einer sich an ihn mit einer Frage wandte. Und in dem Fall antwortete er kurz.

Endlich war der lang ersehnte Tag gekommen.

Er stand besonders früh auf und schlich vorsichtig in die Kombüse, wo er bereits am Vorabend die Lebensmittel zurechtgelegt und sich mit Wasser versorgt hatte. Alles schien so zu werden, wie es sein mußte. Noch war niemand in der Messe. Ein paarmal suchte Kagot sie auf, um sich zu vergewissern, ob er auch nichts vergessen und alles an den dafür bestimmten Platz gelegt hatte.

Kagot kam sich vor, als betrete er dünnes, erst in der Nacht entstandenes Eis. Vorsichtig ging über das hölzerne, mit Linoleum ausgelegte Deck, vor allem besorgt, das Gleichgewicht zu halten und das riesige schwere Silbertablett mit dem Geschirr und einer großen Kaffeekanne nicht fallen zu lassen. Doch er brachte alles glücklich zum Tisch und deckte ihn unter den billigenden Blicken der Expeditionsteilnehmer, wie Amundsen es ihn gelehrt hatte.

Nachdem Kagot in die Kombüse gegangen war, blickte Amundsen siegesfroh in die Runde und sagte: »Ehrenwort, ich hätte nie gedacht, daß es so gut geht!«

»Das ist einmalig!« bemerkte Olonkin. »Ich habe längst festgestellt, daß die hiesigen Bewohner ungewöhnliche Fähigkeiten besitzen, aber sich in so kurzer Zeit das anzueignen ist bewundernswert.«

»Der Brei schmeckt ausgezeichnet!« sagte Rønne und leckte sich die Lippen.

»Und die Brötchen erst!«

»In diesen Menschen steckt eine Masse verborgener Fähigkeiten, die nur darauf warten, geweckt zu werden«, sagte Amundsen. »Jetzt werde ich mich kein bißchen wundern, wenn Perschin den Kindern hier wirklich Lesen und Schreiben beibringt.«

»Und wenn wir nun versuchten, Kagot Lesen und Schreiben beizubringen?« ließ sich Sundbeck vernehmen.

»Nicht alles mit einem Mal«, warnte Amundsen. »Wenn wir dem armen Kagot alles zugleich aufhalsen, was wir ihm beibringen wollen, hält er das nicht aus, fürchte ich.«

»Sie denken, es könnte ihm schaden?« fragte Sundbeck.

»Lesen und Schreiben?« fragte Amundsen zurück. »Nein, das glaube ich nicht. Dennoch bin ich überzeugt, daß es etwas verfrüht wäre, einem Eingeborenen hier Bräuche und Gewohnheiten eines zivilisierten Menschen aufzupfropfen. Zu dieser Meinung bin ich auf Grund meiner Beobachtungen von Eskimos an der arktischen Küste Kanadas gelangt. Allerdings sind die dortigen Bewohner im Vergleich zu den hiesigen weniger auf weiße Menschen gestoßen. Was Kagot anbelangt, so ist er natürlich eine Ausnahme. Nicht nur, weil er schon auf einem amerikanischen Schoner fuhr, sondern auch, weil er ein Schamane ist. Soweit mir bekannt ist, erringt diesen Rang hier keineswegs ein jeder. Natürlich wäre es von meinem Gesichtspunkt aus ideal gewesen, man hätte diese Naturkinder völlig in Ruhe gelassen und die zivilisierten Staaten hätten sich verpflichtet, auf jegliche Weise ihre Eigenart und gewohnte Lebensweise zu bewahren.«

Dennoch war Amundsen auf Kagots schnelle Metamorphose sowohl stolz als auch über sie verwundert. Hätte man jemandem erzählt, Kagot, dieser angesehene, schweigsame, betont ordentliche Koch mit der schneeweißen Mütze, habe noch vor kurzem in einem verräucherten, schwülen Polog geschlafen, habe sich morgens nie gewaschen, geschweige denn ein Schwitzbad besucht, und keine Unterwäsche getragen – er hätte es nie und nimmer geglaubt.

Abends, wenn Kagot den Tisch abgeräumt und das Geschirr abgewaschen hatte, gesellte er sich zu den anderen Expeditionsmitgliedern und setzte sich ein wenig abseits an den großen Eßtisch in der Messe. Interessiert beobachtete er die Schachspieler und die Lesenden, hörte sich ihre Unterhaltungen an und lebte ungewöhnlich auf, wenn das Grammophon angestellt wurde. Dessen Töne weckten in ihm eine unklare, vage Sehnsucht und leise Trauer. Wenn Kagot eine Frau singen hörte, traten Tränen in seine Augen. Ihm schien, die »Maud« habe sich vom Ufer entfernt und fahre weit weg von Tschukotka unter unsichtbaren Segeln. Hatte er genug Musik gehört, zog er sich an und ging an Deck, unter die hellen und klaren Wintersterne. Der vom Sturm herangewehte trockene Schnee knirschte laut unter seinen Füßen. Fern an der Küste, in den dunklen Flecken dort, erahnte er die Jarangas. Manchmal blitzte hier und da ein Licht auf – jemand hatte eine Tür geöffnet, oder Kaljana oder eine andere Frau hatte ein Steinlämpchen mit brennendem Moosdocht hinausgestellt.

Einmal sagte Amundsen zu Kagot: »Jede Woche sollen Sie einen Ruhetag haben. Im Vorgriff auf Ihren Lohn können Sie sich Mehl, Zucker und Trockenmilch nehmen. Ich rate Ihnen, sich vor allem um Ihre Tochter zu kümmern.«

Als Kagot auf der »Belinda« gefahren war, hatte er keine Ruhetage gehabt. Dieser Fremdling war so ganz anders als die Weißen, die er früher gekannt hatte!

# 16

Immer besser begriff Kagot die hohe Wissenschaft, wie das Essen für die Tangitan zu bereiten war. Nach Brennholz fuhr er auf eine ferne Landzunge, nach Süßwassereis an einen zugefrorenen Bach. Wenn er in der Messe allein vor dem großen Spiegel stand, fragte er manchmal laut: »He, Kagot! Bist du denn das?«

Mit dem neuen Äußeren, den neuen Gedanken und sogar dem neuen Hunger erkannte er sich selbst nicht wieder: Wenn er essen wollte, dachte er an Brötchen mit gelber Butter, an Renbeefsteaks und heißen Kaffee mit Milch. Manchmal sehnte er sich allerdings auch nach Kopalchen und steinhart gefrorener Seehundleber, in einem Steinmörser mit einem steinernen Stößel zerkleinert.

Bisweilen erschien Amos auf dem Schiff.

»Es wird viel über unser Schiff geredet«, berichtete er – er nannte die »Maud« immer »unser Schiff«. »Im Wohnlager bei Kuwlil haben sie mich gefragt: Stimmt es, daß sich auf dem Schiff, das an unserer Küste überwintert, der Sonnenherrscher befindet, den die weißen Leute von seinem goldenen Thron verjagt haben? Und dann – wie werden wir weiterleben?«

Was konnte Kagot darauf antworten?

»Perschin behauptet immer, auf uns wartet ein herrliches Leben«, fuhr Amos fort. »Alles wird sein wie bei den Fremdlingen: Man wird hölzerne Jarangas bauen, allen Lesen und Schreiben beibringen, ihre heilkundigen Schamanen, die die Menschen aufschneiden, um ihre Krankheiten zu finden, werden kommen, man wird uns alle waschen und uns Stoffunterhemden geben, damit die Läuse besser zu sehen sind … Wie steht es bei dir damit?«

»Läuse gibt es nicht«, entgegnete Kagot. »Aber der Körper juckt. Das kommt von der Sauberkeit und der Dünnhäutigkeit.«

»Woher?« Amos begriff nicht.

»Wenn ich mich wasche, reibe ich mit dem Schmutz einen Teil der oberen Hautschicht ab«, erklärte Kagot. »Davon wird die Haut so zart wie Kinderhaut.«

»Interessant«, murmelte Amos nachdenklich. »Und warum soll man sich so anstrengen? Am Ende hat man keine Haut mehr.«

»Wegen der Reinlichkeit. Die Fremdlinge denken, daß alle Krankheiten vom Schmutz kommen«, antwortete Kagot.

»Kommen sie denn nicht von den Rekken?« fragte Amos verwundert.

»Sie sagen – vom Schmutz.«

»Das kommt mir mächtig einfach vor«, sagte Amos mißtrauisch. »Wenn also ein Mensch krank ist, muß man ihn waschen und den Schmutz abreiben, und dann wird er gesund?«

»Ich weiß nicht, aber so sagen sie.«

»Und wie fühlst du dich selber?«

»Mir geht es gut«, antwortete Kagot, der sich nicht verstellen konnte. »Ich fühle mich viel leichter. Und wenn ich gehe, dann möchte ich am liebsten hüpfen, sogar wenn ich irgendwo sitze, merke ich, daß ich mühelos aufspringen kann.«

»Dir geht es also gut«, meinte Amos versonnen, aber Kagot spürte in diesen Worten eine leise Mißbilligung.

»Aber mir ist kalt«, fiel Kagot ein. »Vielleicht kommt das von der Stoffkleidung.«

»Das kommt daher, daß deine Haut, wie du gesagt hast, dünn geworden ist«, bemerkte Amos. »Auch dein Gesicht ist jetzt schmaler. Und was reden deine Fremdlinge von der Zukunft?«

»Meiner Meinung nach sehnen sie sich nur danach, sich

aus der Gefangenschaft im Eis zu befreien und weiterzufahren, zum Gipfelpunkt der Erde.«

»Zum Gipfelpunkt der Erde? Warum?«

»Wahrscheinlich, um von dort hinunterzublicken und zu sehen, wie die ganze Erde von oben ausschaut«, antwortete Kagot unsicher, denn er konnte sich das selbst nicht recht vorstellen.

»Weißt du, was …« Amos sah sich verschwörerisch um. Sie saßen in der Kombüse und tranken gut gebrühten Kaffee mit reichlich Zucker und Milch. »Manchmal kommt es mir so vor, als würden uns die Fremdlinge zum Narren halten. Perschin mit seinen Plänen, uns allen Lesen und Schreiben beizubringen und Bücher zu besorgen, in denen tschuktschische Wörter gedruckt sind, die Deinigen mit ihrem Traum vom Gipfel der Erde …«

»Gibt es denn Bücher für Tschuktschen?« fragte Kagot verwundert.

»Perschin behauptet, man würde welche machen.«

»Soweit ich weiß, verzeichnen die Fremdlinge in den Büchern nur Gottesworte«, sagte Kagot.

»Ich weiß nicht«, seufzte Amos. »Perschin hat mir etliche seiner Bücher gezeigt und gesagt, darin stehe die Lehre von der Macht der Armen.«

»Früher«, sagte Kagot nach ziemlich langem Schweigen, »haben die Fremdlinge für sich gelebt und wir für uns. Auch wenn sie versucht haben, uns ihre Götter aufzuzwingen – damit haben sie sich nicht sehr angestrengt. Sie haben nur Handel getrieben. Jetzt aber – ich weiß nicht, was werden soll. Vielleicht erwartet uns wirklich ein wunderbares Leben?«

»Koo – Wer weiß …« Zweifelnd wiegte Amos den Kopf. »Aber in der Jaranga, in der du gewohnt hast, beginnt wohl ein richtig neues Leben. Kaljana ist aufgeblüht wie eine Braut. Am Ende wird sie der Tangitan nehmen? Dabei war sie für dich bestimmt. Dann bleibst du ohne

Frau. Vielleicht hättest du lieber nicht aufs Schiff gehen sollen?«

»Ich weiß nicht«, entgegnete Kagot verwirrt.

Er wußte in der Tat nicht, wie er sich verhalten, was er von Kaljana denken sollte, denn in tiefstem Herzen hatte er sie in guter Erinnerung.

»Und dann habe ich noch gehört«, fuhr Amos fort, »daß die Bewohner ferner Randgebiete sich nach dir erkundigt haben. Sie haben deinen Namen genannt und gesagt, du seist verrückt, weil du mit einem kleinen Mädchen weggelaufen bist.«

Unruhe erfaßte Kagot gleich einem heftigen Windstoß, er krümmte sich sogar zusammen. Also waren sie doch seiner Spur gefolgt und suchten ihn in den riesigen Räumen, in denen er samt seiner Tochter, seinem Leid und seiner Niederlage hatte untertauchen wollen?

»Vielleicht suchen sie einen ganz anderen Kagot?« tröstete ihn Amos, der bemerkt hatte, wie sich die Miene seines Gesprächspartners verändert hatte. »Du bist doch nicht verrückt.«

Als Amos gegangen war, blieb Kagot noch eine Weile erstarrt sitzen, vergaß sogar, daß in der Backröhre noch frisches Renfleisch schmorte. War es seinen Verfolgern gelungen, ihm auf die Spur zu kommen? Sollten sie durch die Siedlung kommen, dann würden sie Kagot sofort erkennen.

Er erinnerte sich noch gut, wortwörtlich an das, was ihm der alte Schamane Amos gesagt hatte: »Wer sich von der ihm durch die Äußeren Kräfte verliehenen Macht lossagt, wer die Verpflichtungen nicht achtet, die das Schicksal und die Äußeren Kräfte ihm auferlegt haben, den erwartet eine grausame Strafe!« Amos hatte ihm erklärt, ein solcher Mensch verliere das Recht zu leben, denn seine Anwesenheit unter den Leuten würde den Glauben an die Macht der Schamanen untergraben. Und das Wohlergehen der

Menschen, vieler Menschen, sei mehr wert als das Leben eines Verbrechers. Manchmal, so sagte Amos, sei es auch geschehen, daß ein Schamane im Bewußtsein, daß ihm die Kraft nicht mehr reiche, seinen Verpflichtungen nachzukommen, selbst darum gebeten habe, ihm das Leben zu nehmen, und diese Bitte sei immer erfüllt worden. Er aber, Kagot, war nicht einfach ein Abtrünniger, sondern obendrein ein Flüchtling!

Kagot zwang sich, wieder in die Wirklichkeit zurückzufinden und das gut durchgebratene Renfleisch aus der Backröhre zu nehmen. Die Kombüse füllte sich mit dem Duft des schmackhaften Essens, und die finsteren Gedanken verschwanden, wichen der Sorge um das Auftragen des Mittagsmahls.

Kagots Aussehen verriet jedoch seine Verfassung, und Amundsen erkundigte sich teilnahmsvoll: »Ist was passiert, Kagot?«

Als Kagot in die Kombüse gegangen war, sagte Sundbeck: »Sein Landsmann Amos war da, und sie haben sich lange unterhalten.«

»Vielleicht hat er Sehnsucht nach der Kleinen?« vermutete Olonkin.

»Gut möglich«, bemerkte Amundsen. »Ich hätte nichts dagegen, meine Herren, wenn das kleine Mädchen hierher zum Vater zöge. Sie ist sehr nett und braucht offenbar mehr Fürsorge, als sie dort in der Jaranga hat.«

»Das soll Kagot selber entscheiden«, sagte Rønne vernünftig.

Als sein freier Tag näher rückte, wuchs Kagots Ungeduld. Am Vorabend rief Amundsen ihn zu sich und legte ihm ein Blatt Papier vor, auf dem irgendwelche Zeichen geschrieben standen.

»Herr Kagot«, begann der Expeditionsleiter, »ich hielt es für überflüssig, mit Ihnen einen formalen Vertrag zu schließen, zumal es hier keinen Notar gibt, der ihn hätte beglaubigen können. Sie sollen aber wissen, was Ihnen zusteht. Sehen Sie …«

Amundsen nannte Zahlen von norwegischen Kronen, rechnete sie der Anschaulichkeit halber in amerikanische Dollar um, dann wieder in Kronen, die Kronen aber in die Menge Mehl, Zucker, Tee und Stoff, die man dafür kaufen konnte.

Kagot blickte auf die Zahlenreihen und bemühte sich gewissenhaft, zu begreifen, was ihm der Tangitan auseinandersetzte, verstand aber gar nichts.

Amundsen sah ihn lange an und lächelte schuldbewußt. »Verzeihen Sie. Ich hatte ganz vergessen, daß Sie von Zahlen nichts verstehen. Sie sollen aber genau wissen, daß Ihnen, auch wenn Sie morgen eine große Menge Lebensmittel und Geschenke mitnehmen, noch viel von Ihrem Verdienst bleibt, den Sie dann bei der Endabrechnung erhalten.«

»Ich begreife tatsächlich nichts von diesen Zeichen«, bekannte Kagot betreten.

»Möchten Sie gern begreifen, was sie bedeuten?« fragte Amundsen, denn ihm fiel Sundbecks Vorschlag ein, Kagot Lesen und Schreiben beizubringen.

»Ob ich das kann?« fragte Kagot zweifelnd.

»Warum denn nicht?«

»Ich glaube nicht, daß ich das begreifen werde«, zweifelte Kagot. »Mir scheint, die Fähigkeit, Spuren einer Rede zu Papier zu bringen, ist nur dem weißen Mann eigen. In den Büchern aber, dachte ich, stehen nur Gottesworte und Beschwörungen.«

»Nein«, antwortete Amundsen, »in Büchern stehen nicht nur Beschwörungen und Gottesworte, wie Sie es nennen. Bücher, so kann man sagen, enthalten die ganze Weisheit der Menschheit, die sich in Jahrhunderten angesammelt hat. Deshalb greift ein Wißbegieriger, der etwas erfahren will, vor allem nach einem Buch. In großen fernen Städten gibt es geräumige Steinjarangas, in denen diese Bücher aufbewahrt werden.«

»Dann haben Sie also viele Bücher gelesen?« fragte Kagot, der ahnte, daß der große Reisende fremde Länder aufsuchte, weil er in den Büchern nicht das fand, was er wissen wollte.

»Ja, ziemlich viele«, antwortete Amundsen, der mit großem Vergnügen daran dachte, daß es wohl nirgends einen so schönen und ruhigen Ort für eine bedächtige und gedankenvolle Lektüre gab wie im Winterquartier inmitten des Eismeers. In den zwei Jahren seines Aufenthalts in der kanadischen Arktis hatte er ungestört die Bücher gelesen, deren Lektüre er unter anderen Umständen wegen Zeitmangel immer wieder aufgeschoben hatte.

»Ich fürchte sogar, daran zu denken, ich könnte eines Tages auch nur ein einziges Wort lesen«, sagte Kagot mit erregter Stimme.

»Warum sollen wir es nicht mal versuchen?« sagte Amundsen. »Wenn Sie nach Ihrem freien Tag hierher zurückkommen, nehmen wir uns unverzüglich vor, Sie in Rechnen, Lesen und Schreiben zu unterrichten.«

## 17

Auf den gefrorenen Erdboden der Jaranga fiel feiner Schnee, durch den Rauchabzug aber sickerte bläulich-kaltes Licht. Wie immer während eines Schneesturms stieg die Außentemperatur, und im Tschottagin verstärkten sich die Gerüche von warmem Hundefell, angetautem Seehundfett und gesäuertem Grünzeug aus den an den Jaranga-Wänden abgestellten Holzfässern.

Sie mußten nicht auf Jagd gehen, konnten sich auf dem warmen Renfellager aalen, den Kopf in den Tschottagin hinausgestreckt, wo Kaljana schon ein Feuer entfacht hatte, das Frühstück bereitete und hin und wieder lächelnd ihren Mitbewohner betrachtete. Ainana schlief noch, auch die Hunde dösten, und nur, wenn sie sich umdrehten, verriet ein Zittern ihrer Körper, daß sie ständig bereit waren aufzuspringen.

Alexej Perschin hatte sich ziemlich schnell an das hiesige Leben gewöhnt und sich vielen Dingen angepaßt, die er früher für unannehmbar gehalten hatte. Auch jetzt schlüpfte er rasch in den Tschottagin, zog eine weite Kuchljanka über das Hemd und wollte hinaus ins Freie. Er öffnete die Tür und sah eine glatte Schneewand vor sich. Kaljana reichte ihm eine Schaufel – einen breiten Walknochen an einem Holzgriff. Der Schnee mußte zunächst ins Innere der Wohnstatt befördert und an die Wand geschoben werden, wo die Fässer mit den Vorräten standen. Nachdem Perschin den Eingang frei geschaufelt hatte, verließ er mit tief gesenktem Kopf und wegen des fliegenden Schnees blinzelnd die Jaranga und kroch dann zu deren hinterer Wand. Er versuchte zum Meer hin zu blicken, sah aber nichts außer einem grauweißen Schleier fliegenden Schnees.

Er ging um die Jaranga herum, untersuchte die mit Findlingssteinen beschwerten Riemen und schaffte es, mit einem schnellen Blick das ganze Walhautdach zu überblicken. Nachdem er sich vergewissert hatte, daß die Wohnstatt einstweilen noch dem Sturmwind widerstehen würde, wollte er schon wieder zurück in die Jaranga gehen, da spürte er, wie etwas Lebendiges nach ihm griff.

»Wer ist das?« fragte er erschrocken.

»Ich bin's!« vernahm er durch das Heulen des Windes eine Mädchenstimme und Lachen. »Ich, Umkenëu! Bist du erschrocken?«

Erleichtert seufzte Perschin auf und fragte streng: »Warum treibst du dich bei solchem Wetter draußen rum? Du wirst dich noch verirren, oder der Wind trägt dich ins Meer.«

»Das macht er nicht, ich bin schon groß«, antwortete Umkenëu. »Heute ist Schneesturm, da wollte ich mich erkundigen: Haben wir Unterricht?«

Sie hielt sich noch immer an Perschin fest und preßte sich an ihn. Durch die Kamlejka und den Kerkér spürte er ihren festen, straffen Körper. Das von tiefer Röte überzogene Gesicht war ganz nah, streifte fast seinen Hals, und er wollte sich abwenden.

Umkenëu hingegen schien es zu gefallen, sich so an ihn zu drücken. Sie spuckte den ihr in den Mund fliegenden Schnee aus und sagte: »Wie interessant riecht doch ein Tangitan aus der Nähe!«

»Komm in die Jaranga, komm schon!« drängte Perschin und zog das Mädchen mit sich.

Umkenëu schien sich zu widersetzen, wehrte sich und lachte noch immer. Schneebedeckt von Kopf bis Fuß, so stürmten sie zu Kaljanas Verwunderung beide in den Tschottagin, und beinahe hätte ein Windstoß von draußen das gerade entzündete Feuer zum Erlöschen gebracht.

»Was treibst du dich draußen rum?« fiel Kaljana über das Mädchen her.

»Ich bin zum Unterricht gekommen!« entgegnete Umkenëu.

»Kann man denn bei solchem Wetter lernen?« fragte Kaljana Perschin. Sie hatte gehofft, heute würden sie allein bleiben.

»Für kleine Kinder ist es natürlich gefährlich, bei solchem Wetter die Jaranga zu verlassen«, antwortete Perschin, »da aber Umkenëu nun mal gekommen ist, wollen wir uns an die Arbeit machen.«

Vor der Unterrichtsstunde frühstückten sie – aßen gekochtes Seehundfleisch vom Vorabend und tranken Tee. Inzwischen wurde Ainana wach, dann mußten die Hunde gefüttert werden.

Erst nachdem alle Hausarbeiten verrichtet waren, holte

Perschin die Schiefertafel heraus und stellte sie an die Vorderwand des Fell-Pologs, damit der Feuerschein darauf fiel. Er malte wieder ein »A« an die Tafel und daneben ein »B«, über das dann der ganze Unterricht stolperte. Wie sich herausstellte, gab es in der lebendigen Tschuktschensprache keinen solchen Laut. Genauer, es gab keine Laute, die in der russischen Grammatik stimmhafte Konsonanten genannt werden.

Umkenëu blickte auf das »B«, kräuselte komisch die Nase und rief gedehnt: »Schon wieder dieser verdammte fremdländische Laut. Müssen wir uns lange damit plagen?«

»Solange ihr ihn nicht begriffen habt, können wir nicht weitergehen«, sagte Perschin streng und fuhr vorwurfsvoll fort: »Die Kinder haben ihn schon gelernt, und Kaljana und du, ihr könnt es nicht.«

Beide junge Frauen waren aufrichtig bemüht, b ... b ... b ... auszusprechen. Die kleine Ainana dachte, das sei ein Spiel, und machte es ihnen nach: »b ... b ... b ...«

»Da seht ihr's!« rief Perschin erfreut. »Sogar Ainana kann diesen Laut aussprechen!«

»Kein Wunder«, bemerkte Kaljana, »sie ist die Tochter eines Schamanen!«

»Wann werden wir denn alle diese Laute können?« fragte ohne besondere Ungeduld Umkenëu.

»Das hängt nur von eurem Eifer ab«, entgegnete Perschin. »Wenn ihr alle diese Laute kennt, nehmen wir die Wörter in Angriff.«

»Wie lange hast du denn selber gelernt?« wollte Kaljana wissen.

»Neun Jahre im Gymnasium und dann noch drei Jahre.«

»Kann man denn neun Jahre Lernen aushalten?« fragte Umkenëu zweifelnd.

»Wie du siehst, bin ich noch am Leben«, sagte Perschin fröhlich und fügte hinzu: »Manche lernen ihr ganzes Leben lang.«

»Die Ärmsten!« Aufrichtiges Mitgefühl schwang in Umkenëus Stimme. »Uns macht ein einziger Buchstabe am Tag so fertig, daß uns die Zunge anschwillt, und das dann neun Jahre! Das kann man doch unmöglich aushalten!«

Kaljana war zurückhaltender als Umkenëu – wenn das Mädchen losplapperte, preßte sie die Lippen aufeinander und schwieg, als wolle sie mit ihrem ganzen Aussehen zeigen, daß sie nicht so leichtsinnig war wie ihre jüngere Freundin.

Nachdem Perschin eine Weile erfolglos versucht hatte, den Frauen die Aussprache des Buchstabens »B« beizubringen, verkündete er eine Pause. In der zweiten Stunde schrieb er russische Wörter an die Tafel und sagte, was sie bedeuteten. Diese Stunde gestaltete er so, daß er zugleich seine Kenntnisse in Tschuktschisch ergänzen konnte. Kaljana und Umkenëu nannten ihm um die Wette neue Wörter und verbesserten seine Aussprache. Die Stunde verlief unter lautem Gelächter. Nach der zweiten Stunde las Perschin gewöhnlich Gedichte, wobei er seine Zuhörerinnen durch die Melodik der russischen Sprache verblüffte. Zunächst äußerte Kaljana die Vermutung, das seien lauter Beschwörungen, denn nur ein Gespräch mit den Äußeren Kräften verliefe in solch rhythmischer Rede. Perschin wandte jedoch ein, was er gesprochen habe, sei alles andere als ein Gespräch mit Göttern. Er versuchte sogar, einige Gedichte ins Tschuktschische zu übertragen, doch dabei kam nichts Rechtes heraus: Er kannte die Sprache nicht gut genug, um Nachdichtungen zu machen.

Manchmal stimmte Perschin Lieder an, besonders revolutionäre Lieder.

Vorwärts, Genossen, im Gleichschritt!
Mut wächst uns zu in der Schlacht.
Ihr, die ihr heut in den Kampf zieht,
habt Freiheit einst allen gebracht.

Zur Verwunderung des Lehrers wurden die Worte und die Melodie des Lieds von Kaljana und Umkenëu augenblicklich erfaßt, und nicht nur sie prägten sie sich ein, sondern auch die kleinen Kinder. Nach zwei Tagen sangen alle »Vorwärts, Genossen ...«, und das durchaus verständlich. Sogar der blinde Gaimissin sang mit seiner schönen, tiefen Stimme mit, nachdem er das Lied einige Male aufmerksam angehört hatte.

Perschin entdeckte immer mehr Neues und Überraschendes im geistigen Leben und in den Fähigkeiten der Bewohner dieser Siedlung. Manchmal fanden sich alle in Gaimissins Jaranga ein, und der alte Mann sprach von längst vergangenen Zeiten, erzählte Zaubermärchen von Tieren oder berichtete einfach von Ereignissen, die sich in Uelen, Nowomariinsk oder in Tundrasiedlungen zugetragen hatten. Mitunter fragte Amos den Blinden nach diesem oder jenem Vorfall, als suchte er Auskunft darüber, und schon huschte ein Lächeln über Gaimissins Gesicht, antwortete er ausführlich unter Nennung von Namen und Bezeichnungen. Es war erstaunlich, daß sich in diesem kärglichen, sogar an äußeren Erlebnissen armen Leben eine eigene, auf ihre Weise hohe Kultur herausgebildet hatte und Bräuche entstanden waren, die das Leben im Sinne von Güte und Menschlichkeit regelten. Die Leute hier hatten ihren Kalender, kannten gut den Sternenhimmel mit der Bewegung der Planeten, und waren auf Grund von Naturerscheinungen imstande, ziemlich genau das Wetter vorhersagen – auch ohne Hilfe von Kagots Schatz, dem großen Wandbarometer.

Gewöhnlich wurde ein Unterrichtstag mit einer Gesangstunde beendet, das hieß aber nicht, daß danach alle sofort auseinandergingen. Die Kinder gingen nach Hause, Umkenëu aber blieb noch, worüber Kaljana nicht immer erfreut war.

So fragte Kaljana auch heute, als sie »Vorwärts, Genossen …« zu Ende gesungen hatten: »Haben deine Leute zu essen?«

»Jede Menge!« antwortete Umkenëu. »Gestern habe ich ihnen einen ganzen Kessel voll frischem Seehundfleisch gekocht, dann habe ich noch den Kymgyt, den Alexej mitgebracht hat, zu Kopalchen gehackt.«

War der Lehrer in der Nähe, ließ ihn das verliebte Mädchen nicht aus den Augen. So war Umkenëu nun mal: Was sie fühlte, stand auf ihrem Gesicht geschrieben. So hatte sie sich heute Perschin gegenüber niedergelassen, der auf dem Querbalken saß, und beobachtete schweigend, was er schrieb.

»Zeig mal«, bat sie.

»Du kannst es sowieso nicht lesen«, sagte Perschin lächelnd.

»Und wenn ich's doch kann?« Umkenëu lächelte zurück. »Interessant! Wie die Spur eines Blaufuchses auf frischem Schnee … Nein, wie die eines Rebhuhns … Oder wie eine Naht, wenn man an wasserfesten Torbassen aus Seehundfell arbeitet. Wann werden wir das lernen?« seufzte sie schwer.

»Ihr werdet es lernen, bestimmt«, ermutigte sie Perschin.

»Schön wär's«, sagte Umkenëu fast flüsternd.

»Du sollst den Mann nicht stören«, sagte Kaljana vorwurfsvoll. »Wenn du nichts zu tun hast, spiel mit der Kleinen.«

»Was soll ich denn mit der Kleinen spielen?« Umkenëu zuckte mit den Schultern. »Ich bin doch kein kleines Kind mehr.«

»Das nicht, aber du benimmst dich wie ein kleines Kind«, sagte Kaljana.

»Wenn ich erst selber Kinder habe, werde ich mich auch mit ihnen abgeben«, erklärte Umkenëu.

»Bevor du an Kinder denkst, mußt du erst heranwachsen und einen Mann finden«, belehrte Kaljana sie geduldig.

»Ich bin schon erwachsen!« behauptete Umkenëu hartnäckig und sah Perschin in die Augen. »Und einen Mann finde ich!«

»Wie sicher du bist!« Kaljana lächelte matt. »Ich warte schon so lange, hab immer noch keinen.«

»Ich finde einen! Stimmt's, Alexej?«

Bei diesen Worten sah sie Perschin vielsagend an. Kaljana bemerkte den Blick und sagte böse: »Solche Dummheiten kann nur ein unvernünftiges und unerfahrenes Kind sagen, dem die Scham eines heiratsfähigen jungen Mädchens noch fremd ist. Wenn du dich für erwachsen und reif genug hältst, eine Ehe zu begründen, dann solltest du vor solchen Reden überlegen, ob das deinem künftigen Mann auch recht ist.«

Diesmal war Umkenëu betreten, sie verstummte. Kaljana sah das Mädchen an, und sie tat ihr leid.

»Hilf mir, den Gast-Polog abzunehmen«, bat sie weich.

»Du willst den Gast-Polog abnehmen?« fragte Umkenëu verwundert.

Dieser Gedanke war Kaljana gekommen, als Kagot die Jaranga verlassen hatte. Jetzt aber war schon allen klar, daß der zweite Polog nutzlos war. Wozu zusätzliches Öl verbrennen, das im Winter ohnehin nicht reicht, wenn man gemeinsam in einem Polog schlafen kann?

»Ja, wir müssen ihn wegnehmen«, sagte Kaljana sachlich, »er wird nicht mehr gebraucht.«

»Kommt Kagot denn nicht mehr zurück?«

»Wenn er zurückkommt, dann bestimmt nicht hierher«, erwiderte Kaljana. »Er wird sich eine eigene Jaranga bauen.«

»Aber alle dachten doch ...« Umkenëu war offensichtlich von Kaljanas Entschluß betroffen. »Alle hofften, Kagot würde dein Mann.«

»Wer mein Mann wird, das laß nur meine Sorge sein«, sagte Kaljana böse. »Also, hilfst du mir?«

Doch Umkenëu hatte damit keine Eile. »Dann wird Alexej mit dir in einem Polog schlafen?«

»Wohin soll er denn sonst? Bei euch ist es eng, Amos hat kleine Kinder«, zählte Kaljana auf. »In einem gemeinsamen Polog hat er es gemütlicher und wärmer.«

Perschin, der endlich mitbekommen hatte, worum es ging, sagte hastig: »Kaljana! Nimm den Polog nicht ab. Laß ihn an Ort und Stelle. Am Ende kommt Kagot doch wieder?«

»Dann wird er in einer anderen Jaranga leben«, sagte Kaljana, »ich will nicht mehr, daß er bei mir wohnt.«

»Aber Ainana ist doch hier.«

»Ainana wird mit ihm zusammen umziehn!«

»Aber Kaljana ... Ich will nicht in den großen Polog wechseln«, widersetzte sich Perschin.

Umkenëu kam ihm zu Hilfe. »Da siehst du's!« sagte sie triumphierend. »Alexej will nicht mit dir in einem Polog schlafen.«

»Was heißt hier schlafen?« sagte Perschin betreten. »Es geht doch nicht darum, aber so ist es für mich bequemer. Und was den Tran anbelangt, für ihn werde ich bezahlen, dich entschädigen.«

»Womit willst du denn bezahlen, wenn du keine Waren hast?« fragte Kaljana.

»Ein Schiff wird kommen und alles Notwendige bringen, Waren und Lebensmittel«, versprach Perschin. »Tran verbrenne ich nur ganz wenig, außerdem erbeute ich selber welchen.«

»Ein echter Mann pocht einer Frau gegenüber nie auf seine Beute«, sagte Kaljana verächtlich, denn ihr war klar, diesmal hatte sie es nicht geschafft, den Russen in ihren Polog zu ziehen.

»Wir wollen lieber singen«, schlug Umkenëu versöhnlich vor. »Sing uns ein russisches Lied, Alexej.«

Alexej horchte auf das Heulen des Schneesturms und

sagte: »Nun gut. Ich singe euch ein altes russisches Lied vor.«

Er hüstelte sich frei und stimmte an:

Durch Steppengestrüpp hinterm Baikal,
wo Goldsucher graben im Grund,
zieht müde, sein Schicksal beklagend,
sein Bündel um, ein Vagabund …

## 18

Kagot mußte zum hohen Ufer, wo die Jarangas standen, fast hinaufkriechen und tastete sich dort zu Kaljanas Wohnstatt. Im Heulen des Windes glaubte er Gesang zu hören und lauschte: Er kam tief aus Kaljanas Jaranga.

Mühsam öffnete er die Tür und purzelte in den Tschottagin, über und über mit Schnee bestäubt. Erkannt wurde er erst, als er zu reden begann.

»Kakomej, Kagot!« rief Umkenëu mit einem erstaunten Blick in sein Gesicht.

Kagot schüttelte den Schnee ab und warf die Kapuze seiner neuen Kamlejka zurück.

Die Kleine jauchzte auf und stürzte ihm entgegen. Behutsam nahm der Vater die Tochter auf den Arm und drückte sie an sich. Er schloß die Augen und blieb eine Weile stehen. Ainana wurde still, genoß gemeinsam mit dem Vater die Freude des Wiedersehns.

Kaljana sah ihren einstigen Wohngefährten verwundert an: Vor ihr stand ein ganz anderer Mann als der, der vor einigen Tagen mit einem kleinen Ledersack aufs Schiff der Tangitan gegangen war, traurig und sogar niedergeschlagen. Jetzt lächelte sie im Tschottagin ein anziehender Mann mit sorgfältig geschnittenen Haaren an, sauber rasiert, mit klaren, ruhigen Augen. Er wirkte größer und schlanker. Kaum zu glauben, daß der Aufenthalt auf dem Schiff der Fremdlinge einen Mann so verändern kann.

Sogar seine Stimme schien eine andere zu sein.

»Wie geht es euch hier?« fragte Kagot und stellte das kleine Mädchen auf den gefrorenen Erdboden im Tschottagin.

»Gut geht's uns«, antwortete Kaljana.

»Du bist ja ein richtiger Tangitan!« rief Umkenëu, als Kagot die Kamlejka über den Kopf gezogen hatte und in der Tuchjacke dastand, die ihm Sundbeck geschenkt hatte. Im Lichtschein des Feuers blitzten an seiner Brust zwei Reihen gut geputzter Messingknöpfe. »Würde ich dich nicht von früher kennen, dann würde ich sagen: ›Das ist der Chef selber, Amundsen.‹«

»Guten Tag, Kagot!« Perschin freute sich aufrichtig über Kagots Kommen und wunderte sich mit den anderen über die Veränderung in seinem Äußeren.

Kagot zog einen großen, bis oben hin vollgestopften Sack ans Feuer, holte Geschenke heraus und erklärte dabei: »Das ist noch nicht der volle Lohn, nur ein Vorschuß, den ich erhalten habe, damit ich euch beschenken kann. Hier sind Mehl, Zucker, Tee, Stoff, Tabak ... Kaljana, nimm alles und lad Gäste ein!«

Froh, weil der Vater gekommen war, wich Ainana nicht von seiner Seite und klammerte sich an seinen Ärmel. Kagot zog eine Tafel Schokolade aus dem Sack und sagte triumphierend: »Diese Süßigkeit schickt dir der Leiter der Expedition, Amundsen!«

Behutsam wickelte er die Schokolade erst aus dem Papier, dann aus der Folie, brach einige Stückchen ab und ließ alle kosten.

»Sieht nicht gerade schön aus, schmeckt aber!« rief Umkenëu und kniff vor Vergnügen die Augen zusammen. »Und wie wird dieses dünne Eisen gemacht?«

Die Frage war an Perschin gerichtet. Der Lehrer hielt

die knisternde Folie eine Weile in der Hand und sagte dann: »Ich weiß es nicht.«

»Du weißt es nicht?« fragte Umkenëu verwundert. Ihr wollte nicht in den Kopf, daß der Lehrer etwas nicht wissen könnte.

»Solche Dinge werden in Werkstätten hergestellt, die Fabriken heißen«, erklärte Perschin vage.

»In denen, die die Armen den Reichen weggenommen haben«, erriet Umkenëu. Sie dachte dabei an die Schilderungen, wie die Armen, Rußlands Arbeiter, den Besitzern ihre Fabriken und Werke weggenommen hatten, die der Lehrer der Einfachheit halber Werkstätten zur Herstellung verschiedener Waren nannte.

»Ja«, erwiderte Perschin. »Mit speziellen Maschinen.«

»Ob ich wirklich eines Tages mit eigenen Augen sehen werde, wie solche Wunder geschaffen werden?« sagte Umkenëu verträumt. »Noch vor kurzem hätte ich nie gedacht, daß es Eisen gibt, das dünner ist als sogar das feinste Renleder.«

»Bei den Fremdlingen gibt es Wunder über Wunder«, sagte Kagot ernst. »Was bekommt man nicht alles zu sehen, schon gar, wenn man bei ihnen lebt.«

Umkenëu sprang auf. »Gleich rufe ich die Nachbarn zusammen. Erzähl einstweilen noch nichts, Kagot! Das interessiert uns alle, besonders meinen Vater.«

Während sich die Gäste noch durch Wind und Schneesturm herankämpften, spielte Kagot mit seiner Tochter, sang ihr ein Lied ins Ohr und bat Kaljana um ein Stück Kopalchen.

»Das Essen bei den Fremdlingen schmeckt gut und ist reichlich, aber es ist viel Grünzeug drin«, bemerkte er.

»Was für Grünzeug?« fragte Kaljana.

»Allerlei Pflanzen«, erklärte Kagot. »Ich hätte nie gedacht, daß die Fremdlinge soviel Pflanzen essen. Es gibt sie in verschiedener Form – meist getrocknet und im voraus zubereitet. Amundsen sagt, das ist gut für die Gesundheit. Damit die Zähne nicht ausfallen.«

»Tyrasti, truk!« sagte fröhlich und wohlgemut der blinde Gaimissin, als er den Tschottagin betrat.

»Er begrüßt dich auf russisch, mit ›Sdrawstwuite‹«, erläuterte Umkenëu. »Alexej hat es uns beigebracht. Begrüßt man sich dort auf dem Schiff etwa nicht so?«

»Nein«, entgegnete Kagot, »unser Gruß ist anders, frühmorgens sagen sie ›guten Morgen‹, und tagsüber gebraucht man andere Worte.«

»Mir aber gefällt das ›tyrasti, truk‹ sehr gut«, sagte Gaimissin und ging mit Hilfe seiner Tochter vorsichtig zum Querbalken.

Als schließlich Amos und seine Frau hereinkamen, wurde es im Tschottagin sehr eng. Kagot verlangte, daß vor dem Teetrinken und vor seinem Bericht über das Leben der Fremdlinge die mitgebrachten Geschenke in drei gleiche Teile geteilt würden. Kaljana tat es mit sichtlichem Vergnügen und mit einer Miene, als gehörten diese Kostbarkeiten ihr persönlich oder wären ihr und Kagots gemeinsames Eigentum. Nachdem der Tee eingegossen und die Geschenke verteilt waren, nahm Kaljana ihren Platz am niedrigen Tisch ein.

Obwohl den Bewohnern der winzigen Siedlung vieles schon bekannt war, lauschten alle aufmerksam, wollten sie kein Wort verpassen. Größtes Interesse weckte der Bericht über das Waschen im Schwitzbad. Kagot mußte sich sogar ein wenig entblößen, damit sie einen Blick auf seine reine Haut werfen konnten. Gaimissin betastete sie, drückte mit den Fingern darauf und rief verwundert: »Na, so was! Der Finger bleibt nicht kleben! Sie haben die ganze Fettschicht abgewaschen! Interessant! Sie behaupten also, das sei Schmutz?«

»Ja, Schmutz.« Kagot nickte. »Sie haben mich so abgerieben, daß ich schon fürchtete, ganz ohne Haut zu bleiben.«

»Alexej sagt, auch uns würden sie bald waschen«, ließ sich Umkenëu vernehmen. »Sie werden hier ein Holzhaus bauen und als Schwitzbad einrichten.«

»Waschen sie die Frauen denn auch?« fragte Gaimissin zweifelnd.

»Über Frauen kann ich nichts sagen«, antwortete Kagot. »Auf dem Schiff gibt es keine.«

»Die Frauen wird man auch waschen!« beharrte Umkenëu. »Das hat Alexej gesagt, denn in dem neuen Leben sind Mann und Frau gleich.«

Kagot sah Perschin verwundert an: »Stimmt das?«

»Ja.« Perschin nickte. »Die Bolschewiki denken, Frauen und Männer müßten gleichberechtigt sein.«

»Das wird aber nicht schön sein.« Gaimissin wiegte den Kopf. »Die Frauen werden das auch selber gar nicht wollen.«

»Warum nicht?« fragte Umkenëu herausfordernd.

»Halt du nur den Mund!« schrie ihr Vater sie an. »Bist mir schon gar zu gesprächig geworden! Paß auf, ich laß dich nicht länger zum Unterricht!«

Flehend sah Umkenëu Perschin an. Aber der Lehrer war verdutzt, und um dem Gespräch eine andere Wendung zu geben, schlug er vor: »Hören wir lieber zu, was Kagot erzählt.«

»Richtig!« unterstützte ihn Amos. »Wir sind ja gekommen, um Kagot anzuhören.«

Kagot nahm einen Schluck aus der Tasse, wischte sich den von Sundbeck sorgfältig gestutzten Schnurrbart und fuhr fort: »Nach dem Waschen haben sie mich ganz in Sachen aus Stoff eingekleidet. Denn im Schiff ist es warm, und in einer Fell-Kuchljanka schwitzt man sich tot. Zuerst war es ja hart und unbequem in dem Stoffzeug, aber dann habe ich mich daran gewöhnt. Meine Hauptarbeit auf dem Schiff ist, Essen zu bereiten. Das Essen für die Fremdlinge zu bereiten erfordert großes Können. Beigebracht hat es mir Amundsen persönlich, ein Meister auf diesem Gebiet. So habe ich gelernt, Brötchen zu backen und weißes Tangitan-Brot. Da ist welches, ihr könnt es probieren. Inzwischen kann ich auch Renbeefsteaks braten, Suppe kochen und Haferbrei. Lebensmittel haben sie – ganze Laderäume voll. Geht man dorthin, kann man sich zwischen Kisten und Fässern verlaufen. Zu essen haben sie für etliche Jahre!«

»Wozu brauchen sie so viel?« fragte Gaimissin.

»Sie wollen zum Gipfelpunkt der Erde fahren«, antwortete Kagot. »Der Weg dahin ist lang, kann einige Jahre dauern.«

»Was suchen sie denn dort auf diesem Gipfel?« wollte Gaimissin wissen.

»Richtig hat mir das Amundsen nicht gesagt«, antwortete Kagot. »Ich glaube aber, er will von dort auf unsere ganze Erde sehen.«

»Manchmal schwindeln die Fremdlinge auch gern«, bemerkte Gaimissin leise; er bedauerte, daß Kagot seinen interessanten Bericht durch offensichtliche Ammenmärchen verdarb. »Erzähl lieber vom Leben auf dem Schiff.«

»Außer der Sorge um das Essen befassen sie sich viel mit verschiedenen Messungen«, erzählte Kagot weiter. »Sie messen die Dicke des Eises, die Tiefe des Wassers an verschiedenen Stellen, sie messen die Windstärke, den Frost und noch vieles andere.«

»Warum müssen sie das alles messen?« fragte Gaimissin. »Welchen Nutzen bringt das?«

»Das weiß ich nicht«, bekannte Kagot.

»Vielleicht messen sie, um zu teilen?« vermutete Amos und fragte Perschin: »Messen die Bolschewiki auch?«

Für alle Fälle bejahte Perschin die Frage, doch Gaimissin zweifelte: »Welchen Sinn hätte es aber, die Meerestiefe zu teilen oder die Dicke des Eises? Sicherlich messen sie das für irgend etwas anderes, nicht fürs Aufteilen.«

»Wahrscheinlich«, meinte auch Kagot. »Trotzdem nehmen die Messungen im Leben der Fremdlinge großen Raum ein. Als Unterkunft haben sie mir einen hölzernen Polog zugeteilt mit einem aus Holz gezimmerten Gestell zum Schlafen. Auf so einem Gestell habe ich auch auf der ›Belinda‹ geschlafen. Was mich aber gewundert hat: Über das weiche Stoffbettzeug haben sie noch ein Stück weißen Stoff gebreitet.«

»Kakomej!« riefen voller Verwunderung Amos und Gaimissin fast gleichzeitig. »Wozu denn das?«

»Ich habe das später bei den anderen überprüft«, fuhr Kagot fort, »bei allen ist es so: bei Amundsen, bei Sundbeck und bei Olonkin. Der Stoff ist sauber und weiß, es ist schade, sich darauf zu legen. Daraus kann man gut und gern eine Kamlejka für die Winterjagd schneidern. Und nicht nur eine, es sind ja zwei Stücke Stoff – eins für oben und eins für unten.«

»Und hast du dich darauf gelegt?« fragte Gaimissin voll tiefem Mitgefühl.

»Nein«, antwortete Kagot, »das habe ich nicht.«

»Richtig so«, meinte erleichtert Amos, der Kagots Bericht gespannt gelauscht hatte.

»Ich habe diese Stücke vom Bett genommen und sie versteckt. Wenn ich endgültig vom Schiff gehe, nehme ich sie mit.«

»Interessant!« bemerkte Kaljana, von Kagot offensichtlich beeindruckt.

»Ja, schon.« Kagot nickte. »Aber das Eingewöhnen fällt schwer.«

»Und wie ist es bei den Bolschewiki?« Gaimissin wandte sich Perschin zu. »Schlafen die auch auf weißem Stoff?«

»Ja«, antwortete Perschin.

»Woher nehmen sie denn soviel weißen Stoff?« wunderte sich Umkenëu. »Sie sind doch arm!«

»Auch manche armen Leute schlafen so«, entgegnete Perschin.

»Dann werden also künftig auch wir auf weißem Stoff schlafen müssen«, folgerte Amos.

»Ich kann bestimmt nicht einschlafen, wenn ich mich auf so was lege«, sagte Umkenëu.

»Da wird man von Schnee träumen«, ergänzte Kaljana bestimmt.

»Und ihre Gespräche?« fragte Gaimissin. »Worüber reden sie abends?«

»Abends lesen sie meistens«, erwiderte Kagot.

»Sie lesen?« fragte Gaimissin verwundert. »Unser Lehrer liest auch, stimmt's, Umkenëu?«

»Ja«, bestätigte Umkenëu mit einem zärtlichen Blick auf Perschin. »Gespräche – so schön wie Schamanenbeschwörungen.«

»Und dann singt er noch Lieder, die die Leute auffordern, zusammenzuhalten, nicht zu verzagen, ihre Anstrengungen zu vereinen und den Reichen alles wegzunehmen. So ähnlich wie wir, wenn wir aufbrechen, um einen Wal zu erlegen oder Walrosse auf ihrer Lagerstatt zu jagen«, setzte Gaimissin hinzu.

Es sieht ganz so aus, dachte Kagot, als habe das Leben hier, während er unter den Fremdlingen auf dem Schiff gelebt hatte, auch nicht stillgestanden, sondern einen neuen Inhalt gewonnen, und der russische Lehrer habe seine Zeit genützt.

Vorwärts, Genossen, im Gleichschritt!
Mut wächst uns zu in der Schlacht.
Ihr, die heut in den Kampf zieht,
habt Freiheit einst allen gebracht.

Gaimissin sang laut, voller Gefühl, und gegen Ende fiel in seine tiefe dunkle Stimme die helle Mädchenstimme von Umkenëu ein.

»Kakomej!« Mehr wußte Kagot, überrascht und in tiefster Seele betroffen, dazu nicht zu sagen. »Die Neuigkeiten von hier sind auch interessant!«

»Alexej unterrichtet uns«, sagte Umkenëu dankbar. »Wir haben viel von ihm angenommen.«

»Erzähl vom Winterweg«, bat Gaimissin den Lehrer. »Kagot soll es auch hören.«

»Das sind Verse«, erklärte Perschin und räusperte sich. »Verfaßt hat sie der große russische Dichter Alexander Puschkin. Er ist schon lange tot, aber seine Worte sind nicht nur in Büchern erhalten geblieben, sondern auch im Gedächtnis der Menschen. Hört zu:

Trüb des Mondes Strahlen brechen
durch der Nebelwolken Schicht,
auf des Schneefelds öde Flächen
gießen sie ihr fahles Licht.

Öde ist die Fahrt unsäglich,
endlos scheint der Weg mir, lang,
und dazu ermüdend, kläglich
tönt des Schlittens Schellenklang.«

»Hörst du, Kagot?« fragte Gaimissin bewegt. »Ich habe zwar schon lange keinen Winterweg mehr gesehn, sehe es aber wie heute: Die Hunde laufen, setzen die Pfoten, das Leittier blickt sich um, und über den Schnee zieht sich wie eine Spur der von ihren langen roten Zungen tropfende gefrierende Speichel. Die Kufen knirschen, Schnee raschelt über die festen, gleichsam glattgehobelten Schneewehen, weit und breit aber herrscht Stille … Von oben blicken die Sterne auf dich herab, den Rand des Himmels überzieht das Polarlicht, und wie ein Dieb schleicht der Mond herbei … Schön!«

Kagot saß da wie benommen, obwohl er von dem Gedicht kein Wort verstanden hatte. Das war es zweifellos, was er bei sich die Stimme der Äußeren Kräfte nannte, eine Äußerung der Götter durch den Menschen. Also gab es das auch in einer anderen Sprache, der russischen. Nur war es dort ganz anders – eine Beschreibung individuellen Gefühls, persönlichen Eindrucks, später einem anderen mitgeteilt. Galt es aber wirklich dem, wovon Gaimissin sprach?

»Handelt das von einem Winterweg?« fragte Kagot.

»Ja«, antwortete Perschin. »Das ist ein Gedicht über einen Winterweg.«

»Über einen Schlitten und über Hunde?«

»Nicht über einen Tschuktschen-Schlitten, und doch über einen Schlitten. Der sieht aus wie ein geräumiger Hundeschlitten, vor den man aber große Tiere spannt, die Pferde heißen.«

»Pferde habe ich schon gesehen,« meinte Kagot, »an der amerikanischen Küste. Sie sind größer als das größte Rentier und sehr stark. Ich hatte Angst vor ihnen ... Und steht da auch was von Schneewehen?«

»Ja, von Schnee, davon, daß der Weg lang ist und kalt.«

»Und wer fährt?«

»Es fährt derjenige, der diese Worte verfaßt hat, und dann noch ein Kutscher, der Schlittenführer.«

»Ist der Schlittenführer ein Tschuktsche?«

»Wahrscheinlich nicht«, antwortete Perschin. »Auch ein Russe.«

»Wie Anempodist Parfentjew.« Amos fiel der durchgereiste Tschuwanze ein. »Er ist zwar kein ganzer Russe, führt aber seine Herkunft auf sie zurück.«

»Gibt es bei diesem Puschkin auch noch andere schöne Wortverbindungen, ähnlich wie beim ›Winterweg‹?« fragte Kagot.

»Doch«, erwiderte Perschin, verwundert über das ungewöhnliche Interesse des Schamanen für dichterisches Schaffen. »Das russische Volk hat viele Menschen hervorgebracht, die Verse verfaßt haben. Puschkin ist der größte.«

»Wie Lenin!« sagte Gaimissin, der der Unterhaltung aufmerksam gefolgt war.

»Dichtet Lenin auch Verse?« fragte Amos.

»Ich weiß nicht, ich glaube, nein«, entgegnete Perschin verunsichert.

»Vielleicht dichtet er, sagt es anderen nur nicht?« äußerte Kagot eine vorsichtige Vermutung. Er sah den russischen Lehrer forschend an.

Perschin schwankte, sagte aber für alle Fälle: »Vielleicht dichtet er auch.«

»Ohne das geht es nicht«, sagte Kagot zutiefst überzeugt.

Ihm fehlte aus unerfindlichem Grund der Mut zuzugeben, daß er selbst einen ähnlichen Zustand kannte, da einem wundersame Worte zuströmen, die sich fest aneinanderfügen und Gefühle und eine Stimmung ausdrücken, die man mit einfachen, gewöhnlichen Worten nicht wiedergeben kann. Doch vielleicht ist das bei ihm göttliche Intuition, das aber, was Puschkin und viele andere Dichter, wie Perschin es nannte, hervorgebracht hatten, etwas anderes?

Kaljana füllte den Teekessel noch einmal mit zerkleinertem Flußeis und hängte ihn übers Feuer.

Umkenëu legte einige Stücke Holz nach, und das aufflammende Feuer erhellte den Tschottagin.

»Vielleicht sagst du noch was auf?« bat Kagot den Russen. »Wenn nicht von Puschkin, dann andere Gedichte.«

»Ich will euch Verse meines Lieblingsdichters und Landsmanns Alexander Block vortragen«, sagte Perschin. »Er wurde wie ich in Petrograd geboren und lebt auch da. Hört zu:

Am Himelsrand – der Stern Omega,
der Sirius – funkensprühend, bunt.
Zu Häupten – die sprachlose Wega:

im Reich der Nacht, der Schneegestöber,
vereist über dem Erdenrund.

Genauso herrschst du, kalte Gottheit,
aus deinem unmeßbaren Fern
über den Glutball Seele. – Allzeit
vergleichbar jener kalten Hoheit
über dem gluterfüllten Stern.«

Perschin verstummte, sah Kagot an und staunte erneut über dessen entflammte Augen. Er hatte den Eindruck, der Tschuktsche verstünde und fühlte die Bedeutung dieser Worte.

Auf den Vortrag der Gedichte folgten wieder Kagots Erzählungen, der Schneesturm aber schien zur Nacht noch heftiger geworden zu sein. Perschin begleitete Gaimissin sowie dessen Frau und Tochter. Als er in den verwaisten Tschottagin zurückkehrte, lag Kagot schon im Polog, hatte den Kopf hinausgesteckt und rauchte eine Pfeife.

Kagot beobachtete schweigend, wie Perschin den Schnee aus seiner Kleidung klopfte, sich auszog, dann den Tschottagin und das Dach aus Walroßhaut über seinem Kopf betrachtete, und er dachte, dieser Fremdling sei sogar in seinem Alltagsverhalten einem Tschuktschen ähnlich geworden. So konnte sich in der Jaranga nur jemand umsehen, der schon lange und für die Dauer darin lebte und sich als Hausherr fühlte. »Du sagst also, unter den Russen gibt es viele, die Verse verfassen?« fragte Kagot, als Perschin sich ausgezogen hatte, in seinen Gast-Polog gekrochen war und nach Kagots Beispiel den Kopf in den Tschottagin steckte, um vor dem Einschlafen frische Luft zu schnappen.

»Ja, viele …«

»Vielleicht sind sie so was wie Schamanen?« fragte er.

»Vielleicht«, antwortete Perschin, doch in seiner Stimme spürte Kagot Spott.

»Wovon haben denn die letzten Verse gehandelt?«

»Von Sternen.«

Bei der Antwort zuckte Kagot innerlich zusammen: Er hatte gespürt, daß von Sternen die Rede war! Wie war das möglich? Er verstand doch nicht Russisch! Wie konnte er den Sinn von etwas erfassen, das vor langer Zeit fern von hier einmal gesagt worden war? Vielleicht verfügen die Menschen, die Verse verfassen, über Mittel der Verständigung, die gewöhnlichen Leuten fehlen? Kagot spürte eine sonderbare Erregung, fühlte den Wind jenes Hochgefühls aufkommen, das dem Entstehen erstaunlicher Worte, in denen er ein Gebot der Götter sah, voranging.

Er zog den Kopf in das Dunkel und die Schwüle des Fell-Pologs, hörte den gleichmäßigen Atem der neben ihm liegenden Tochter und den unruhigen, von Stöhnen und Gemurmel unterbrochenen von Kaljana.

Plötzlich vernahm er die Stimme von Waal. Sie kam aus der gleichen Ecke, aus der sie früher immer gekommen war. Worte vermochte Kagot nicht zu unterscheiden, aber es war zweifellos die Stimme von Waal. Mal verstummte sie, dann erklang sie erneut, und der hellwache Kagot kam einfach nicht hinter den Sinn ihrer Worte. Sie schienen sich mit dem zu vermischen, was mit dem Wind des Hochgefühls auf Kagot einstürmte:

Fang kein Schneeflöckchen mit der Hand,
es wird schmelzen, wird verschwinden,
versuch keine Zieselmaus zu fangen,
sie läuft doch weg von dir …

So geschieht es auch mit einem Gedanken,
willst du ihn plötzlich mit Worten einfangen,
er läuft weg von dir, verschwindet
wie auf der Handfläche geschmolzener Schnee.

Mit ihm, Waal, enteilst auch du,
verschwindest, schmilzt hin in der Nacht …
Bald wird die Sonne überm Eis aufgehen,
schmilzt deine Stimme für immer hin …

Woher kamen diese Worte? Es hatte sie doch noch nicht gegeben, als er den Gesprächen in der Jaranga lauschte, als er selbst etwas erzählte oder als er den Fremdlingen auf dem Schiff das Essen bereitete. Überhaupt hatte er gerade solche Worte nicht erwartet, die vorhersagten, sein Umgang mit dem, was von Waal geblieben war, würde enden.

Ob es wohl bei den Norwegern auch Dichter gab wie bei den Russen? Falls ja, dann hieße das, die Menschenwelt verfüge über eine unsichtbare, erstaunliche Gemeinsamkeit, von der er nichts geahnt hatte. Wenn es ihm gelungen war, hinter den Sinn eines Gedichts zu kommen, ohne die russische Sprache zu kennen, hieß es doch, daß er den Sinn auch anderer Gedichte erfassen könne. Ob es hier einen Zusammenhang gab mit der Verständigungsform, die die Fremdlinge Radio nannten?

Von diesen Gedanken beunruhigt, wälzte sich Kagot so lange herum, daß schließlich Kaljana wach wurde. Die Frau erstarrte und fragte flüsternd: »Woran denkst du, Kagot?«

»An Gedichte«, antwortete Kagot leise.

## 19

Amundsen betrachtete seine Aufzeichnungen vom Vortag: »17. Januar. Heute hätte sich die Sonne zeigen müssen. Wir haben der Königin aller Königinnen durch das Hissen unserer Fahne Verehrung erwiesen. Leider verdeckte eine Wolkenbank ihr Antlitz, aber wir wissen, daß sie da ist und für lange Zeit bleiben wird. Die Temperatur steigt und fällt, heute abend haben wir minus 32°. Herrliches Polarlicht! Hier sind wir nicht so verwöhnt damit wie auf Kap Tscheljuskin, wo es jeden Tag schien. Neuigkeiten sickern langsam über russische Zeitungen zu uns durch. Heute haben wir von Roosevelts Tod erfahren, der mich sehr betrübt hat, und daß Irland eine Republik geworden sei. Wie werden wir die Welt wohl vorfinden, wenn wir dereinst zurückkommen?«

Am Abend nach der feierlichen Begrüßung der Sonne hatte Amundsen durch das Bullauge seiner Kajüte gesehen, wie Kagot über das Fallreep aufs Eis hinunterstieg und sich ein wenig vom Schiff entfernte. Zuerst dachte er, Kagot würde Küchenabfälle wegbringen, doch der Koch ging irgendwie ungewöhnlich, gemessenen Schritts, das Haupt hoch erhoben, gewissermaßen dem Himmel zugewandt. In den ausgestreckten Händen hielt er das silberne Tablett, auf dem er gewöhnlich den Kaffee brachte. Nachdem er eine Reihe von Eisblöcken passiert hatte, blieb er eine Weile stehen und schwang die Arme wie ein Sämann in Richtung des Sonnenaufgangs. Amundsen erriet, daß er auf seine Weise, nach den Bräuchen seines Volkes, das Erscheinen der Sonne nach langer Polarnacht begrüßte.

Nach der Opferung wieder auf dem Schiff, bewahrte Kagot noch einige Zeit eine verschlossene, feierliche Miene und lebte erst wieder auf, als Olonkin beim Abendtee russische Zeitungen vorzulesen begann, die der nach Uelen durchreisende Grigori Kibisow auf die »Maud« gebracht hatte.

Der Händler hatte auch einen großen Brief von Terechin für Alexej Perschin mit, in dem jener berichtete, sie hätten glücklich das Ziel ihrer Reise – die Mündung der Kolyma – erreicht und beabsichtigten nun, statt über die Eisküste der Tschuktschen-Halbinsel über den Oberlauf des Flusses Anadyr nach Nowomariinsk zurückzukehren.

Nachdem Kagot mit allen anderen aufmerksam die Neuigkeiten angehört hatte, erbat er sich von Olonkin die Zeitung. Er betrachtete jede Zeile, jede Spalte und jedes Bild mit so konzentrierter Miene, daß es Amundsen mitunter vorkam, als würde der Koch lesen. Um so mehr, als der Tschuktsche offensichtlich die Lippen bewegte – ganz wie ein im Lesen und Schreiben ungeübter norwegischer Fischer am Bunnefjord.

»Na, wie steht's?« fragte Sundbeck, der neben Kagot saß.

»Es ist ein Wunder«, seufzte Kagot. »Ich kann einfach nicht begreifen, wie ihr die Stimme hört: in euerm Innern oder direkt von hier, vom Papier?«

Olonkin war um eine Antwort verlegen. »Eine Stimme höre ich nicht. Ich blicke mit den Augen auf diese Zeichen, die die Laute der russischen Sprache bezeichnen. Und aus ihnen formen sich Worte.«

»Russische Worte?«

»Versteht sich«, antwortete Olonkin. »Es ist schließlich eine russische Zeitung.«

»Dann stehen in einer norwegischen Zeitung andere Zeichen?« vermutete Kagot.

»Natürlich«, entgegnete Olonkin.

»Also hat jede Sprache ihre eigenen Zeichen?« fuhr Kagot fort. »Und die Sprachen, die keine Zeichen haben, können keine schriftliche Rede haben?«

»Natürlich nicht«, antwortete Olonkin.

»Und woher haben die Russen diese Zeichen?«

»Soweit ich mich erinnere, hatten wir immer welche«, antwortete Olonkin.

»Die Norweger auch?« wandte sich Kagot an Sundbeck.

Sundbeck nickte.

Mit einem tiefen Seufzer legte Kagot das Zeitungsblatt behutsam auf den Tisch.

Da Amundsen erriet, was Kagot so verstörte, sagte er: »Die Herren sind nicht ganz exakt. Sowohl die Norweger als auch die Russen hatten in weit zurückliegender Zeit keine Schrift. Aber eine Schrift zu schaffen ist heutzutage gar nicht so schwierig. Dänische Missionare haben beispielsweise auf der Grundlage des lateinischen Alphabets, das auch wir gebrauchen, für die grönländischen Eskimos eine Schrift geschaffen und für sie einige Gebete übersetzt.«

»Dann könnte man auch für die tschuktschische Sprache solche Zeichen ersinnen?« fragte Kagot hoffnungsfroh.

»Im Prinzip schon«, antwortete Amundsen.

Als Kagot gegangen war, sagte Sundbeck: »Wir sollten doch versuchen, ihm das Lesen beizubringen.«

»Aber in welcher Sprache wollen Sie ihn unterrichten?« fragte Amundsen. »Er kann weder Norwegisch noch Russisch, also müssen wir ihn in Englisch unterrichten?«

»Einstweilen sollten wir ihm die einfachsten Begriffe von Buchstaben und Zahlen beibringen«, sagte Sundbeck. »Ich denke, so einem gescheiten Mann wie Kagot macht das keine besondere Mühe.«

»Na schön«, meinte Amundsen nach kurzem Zögern. »Versucht es.«

Der Tisch war abgeräumt, das Geschirr gespült, und als Kagot wieder in der lichtüberfluteten Messe erschien, bemerkte er an einem Ende des Tisches unter dem Porträt des Königspaares ein aufgeschlagenes dickes Heft, so eins, wie es für die Aufzeichnungen der magnetischen Beobachtungen verwendet wurde. Daneben lagen zwei gespitzte Bleistifte. Kagot erriet sogleich, daß all das für ihn vorbereitet war.

Sein erster Lehrer war Olonkin. Er malte den gleichen Buchstaben aufs Papier, mit dem auch Perschin in der Jaranga begonnen hatte, und erklärte, das sei das allererste und wichtigste Zeichen in der schriftlichen Verständigung, ein »A«.

So pflegte der große Schamane Amos dazustehen, der Kagot seine Macht übergeben hatte. Mit breit gespreizten Beinen. Und mit einem schwarzen Rabenschnabel oben auf seinem Malachai.

Dann schrieb Olonkin russische und norwegische Wörter auf, die Kagot vom Klang her gut kannte. Es waren »TSCHAI« und »FRAM«. Ihre Bedeutung war Kagot gleichfalls bekannt. Jetzt mußte er sich ihr Schriftbild einprägen. Er sah sich die Umrisse dieser Wörter genau an und suchte die sichtbare Widerspiegelung ihres Sinns und ihrer Bedeutung herauszufinden. Im Wort »TSCHAI« – чай, Tee – erinnerte das erste russische Zeichen an ein Instrument, eine Vorrichtung, darauf folgte wieder das bekannte »Amos«, das letzte russische Zeichen aber mit der kleinen krummen Wolke obendrauf weckte keinerlei Gefühle. Das norwegische Wort »FRAM« – Фрам –, wiederum mit dem bekannten »Amos«, endete mit einem gebrochenen Zeichen, das entfernt an einen Teil des südlichen Horizonts erinnerte, wenn bei gutem Wetter und vor einem klaren Himmel sich die gezackten Gipfel der Gebirgszüge abzeichneten.

Olonkin veranlaßte Kagot, diese Wörter einige Male auszusprechen, und bat ihn dann, sie ins Heft abzuschreiben. Der Bleistift, den Olonkins Finger so geschickt handhabten, wollte sich Kagots ungefügen Fingern einfach nicht unterordnen. Immer wieder entglitt er ihm, fiel herunter, und einmal rollte er sogar unter den Tisch. Von der ungewohnten Anstrengung, das ungehorsame Instrument festzuhalten, traten kleine Schweißtropfen auf Kagots Stirn.

»Machen wir eine Pause!« bat er endlich.

»Gut«, erbarmte sich Olonkin, der es einfach nicht fassen konnte, wieso ein erwachsener Mensch mit so einem einfachen Gerät wie einem Bleistift nicht zurechtkam.

Nach kurzem Verschnaufen griff Kagot wieder zum Bleistift und versuchte, auf dem Papier so etwas Ähnliches wie den Buchstaben »A« darzustellen. Doch statt gerade Linien zu zeichnen, zerriß die Bleistiftspitze das Papier und brach auch noch ab, worauf ein Stückchen von dem aus dem Holz ragenden, schmutzenden schwarzen Stein über das weiße Papier rollte. Kagot stieß einen Laut des Bedauerns oder der Verzweiflung aus und warf den ungehorsamen Bleistift aufs Papier.

»Regen Sie sich nicht auf«, tröstete ihn Olonkin. »Sie dürfen nicht so fest aufdrücken, man muß den Bleistift ganz leicht führen, dann schreibt er von selber.«

»Herrschaften!« ließ sich Amundsen vernehmen, der zusammen mit anderen aufmerksam Olonkins Versuche beobachtete, dem Koch beizubringen, wie man einen Bleistift hält. »Offenbar stört ihn unsere Anwesenheit. Lassen wir sie doch lieber allein. Vielleicht klappt es dann.«

Und in der Tat war Kagot unter den forschenden Blikken der Expeditionsmitglieder in Verlegenheit geraten, beherrschte ihn doch nur ein Gedanke – daß er dieses wendige und widerspenstige Schreibinstrument ja nicht aus der Hand gleiten ließ.

Als in der Messe nur noch er selbst und Olonkin zurückgeblieben waren, nahm der Lehrer einen anderen Bleistift.

»Versuchen Sie es noch einmal.«

Das Ergebnis war das gleiche. Verzweifelt gab Kagot Olonkin den Bleistift zurück.

»Ich kann nicht mehr! Bei mir wird nichts draus!«

»Sie geben zu schnell auf, Kagot. Hierbei braucht es Geduld«, sagte Olonkin ruhig. »Nehmen Sie Bleistift und Heft mit und üben Sie allein.«

Ohne besondere Lust nahm Kagot Bleistift und Heft in seine Kajüte mit, und bevor er sich zum Schlafen hinlegte, setzte er sich an den kleinen Tisch neben dem Bullauge. Nach einigen Versuchen begriff er, daß man den Bleistift locker halten muß, lockerer noch als eine Tabakpfeife. Und das Ende des schmutzenden Steins muß man fast schwebend über das Papier führen. Schließlich schaffte er es, den Buchstaben »A« – Amos, wie er ihn in Gedanken nannte – wiederzugeben. Nachdem er eine Weile geübt hatte, malte er ziemlich leicht die beiden Wörter, die Olonkin in sein Heft geschrieben hatte, »TSCHAI« und »FRAM«.

Erst danach legte sich Kagot ins Bett, fand aber lange keinen Schlaf, in Gedanken immer noch von seiner ersten Unterrichtsstunde gefesselt. Konnte es wirklich sein, daß er lernen wird, den Fremdlingen gleich die Spuren menschlicher Rede zu Papier zu bringen und zu erkennen? Der russische Lehrer Perschin hatte gesagt, er habe fast zehn Jahre lang gelernt. Das Schiff aber würde davonfahren, sowie es aus dem Eis freikäme. Mit ihm würden dann seine Lehrer wegfahren, noch ehe sie ihm die erstaunlichen Tangitan-Weisheiten vermittelt hätten … Perschin freilich wollte wohl nicht wegfahren. Während die auf dem Schiff nur immer davon redeten, zum Gipfel der Erde zu fahren, erzählte Perschin vom künftigen neuen Leben, vom Bau einer großen, richtigen hölzernen Schule, von großen Häusern, in denen die aus allen umliegenden Rentierzüchterlagern zusammengeholten Kinder leben und lernen würden. Russische Ärzte würden kommen und aus dem Inneren der Kranken die Krankheiten herausschneiden. Wenn einer aber nun Kopfschmerzen hat, würde man dann gar seinen Schädel öffnen? Vielleicht sollte er lieber zusammen mit Amundsen zum Gipfel der Erde fahren und von da einen Blick auf die von der Menschheit besiedelte Welt werfen?

Den ganzen Tag, während er das Essen zubereitete, konnte Kagot die Unterrichtsstunde nicht vergessen. Als er Olonkin die eigenhändig geschriebenen zwei Wörter »TSCHAI« und »FRAM« zeigte, blühte der Lehrer vor Vergnügen auf. Dann betrachteten alle Expeditionsmitglieder, angefangen bei Amundsen, Kagots Heft und lobten einmütig den ausdauernden Schüler.

# 20

»Heute werde ich Sie unterrichten«, verkündete Sundbeck am nächsten Abend. »Ich bringe Ihnen die Zahlen bei.«

Er reichte Kagot ein anderes Heft. Die weißen Seiten waren in kaum sichtbare blaue Kästchen unterteilt.

Sundbeck hatte zuvor alle seine Kameraden gefragt, wie man ihnen selber das Rechnen beigebracht hatte, und sich an seine längst vergessenen Schulstunden zu erinnern bemüht.

»Ich denke, Kagot, bis hundert können Sie zählen«, sagte Sundbeck. »Sagen Sie, wieviel Finger und Zehen haben Sie?«

Von der Frage überrascht, antwortete Kagot nicht sofort, sondern zählte in Gedanken.

»Zwanzig«, sagte er.

»Richtig«, bemerkte Sundbeck befriedigt, als wäre es für ihn wichtig und bedeutsam, daß der Koch wüßte, wieviel Finger und Zehen er habe. »Und wieviel ergibt es, wenn wir zu Ihren zwanzig noch fünf von, sagen wir, Amundsen, hinzurechnen?«

Kagot sah den Leiter an, als wolle er ihn fragen, ob er es gestatte, von ihm etwas zu seinen eigenen zwanzig zu nehmen. Amundsen nickte.

»Finger oder Zehen?« Kagot wollte es genau wissen.

Nach einigem Schwanken sagte Sundbeck: »Na schön, meinetwegen Zehen.«

Kagot betrachtete Amundsens Renfell-Torbassen und sagte: »Dann kommen zu meinen zwanzig Fingern und Zehen noch fünf Zehen vom linken Fuß des Vorgesetzten.«

»Warum vom linken?« wunderte sich Sundbeck.

»Er ist mir näher«, antwortete Kagot und blickte wieder auf Amundsen.

»Na gut, dann eben vom linken Fuß«, gestattete Amundsen liebenswürdig mit heimlichem Lächeln.

»Wieviel ergibt das insgesamt?« forschte Sundbeck.

»Fünfundzwanzig!«

»Ausgezeichnet, Kagot!«

Sundbeck war in der Tat mit der Antwort zufrieden, denn er hatte zunächst befürchtet, er könne mit zu großen Zahlen begonnen haben.

»Gehen wir weiter. Wenn wir aber von den zwanzig fünf wegnehmen, wieviel bleiben dann übrig?«

»Was wegnehmen? Finger oder Zehen?«

»Na, meinetwegen Zehen«, gestattete Sundbeck, dem einfach nicht in den Kopf wollte, was es wohl ausmachen würde, ob es sich um fünf Finger oder Zehen handele.

Kagot aber war das durchaus nicht gleichgültig. Er stellte sich sogleich vor, wie es ihm gehen würde, wenn er ohne fünf Zehen am rechten Fuß, hilflos lahmend, zwischen Eisblöcken humpeln müßte, und er schlug scheu vor: »Nehmen wir lieber fünf Finger von der linken Hand.«

»Na schön, dann eben fünf Finger der linken Hand.«

Ohne die linke Hand wäre es immerhin leichter als ohne einen Fuß oder die rechte Hand. Schnell in Gedanken überschlagend, antwortete Kagot: »Dann bleiben fünfzehn übrig.« Und er präzisierte: »Zehn Zehen und fünf Finger an der rechten Hand. Noch ist nicht alles verloren.«

»Was haben Sie gesagt, Kagot?« fragte Sundbeck.

»Ich habe gesagt, ein Mann ohne linke Hand ist noch nicht ganz verloren«, erläuterte Kagot. »Ja, wenn ihm die rechte Hand fehlte oder ein Fuß – dann wäre er schlecht dran. Dann wäre er ein richtiger Krüppel.«

»Jaaa«, meinte Sundbeck. »Dann rechnen wir lieber mit etwas anderem. Sonst machen wir alle zu Krüppeln, lassen sie ohne Hände und Füße.«

Er wühlte in seiner Tasche und zog eine Schachtel Streichhölzer heraus. Er schüttete sie auf den Tisch, machte einige ganz einfache Berechnungen, schrieb dann die Zahlen von eins bis neun ins Heft und gesondert eine Null. Entsprechend jeder Zahl wurden die Streichhölzer ausgelegt, von eins bis zehn. Der zehnte Haufen interessierte Kagot am meisten, denn für ihn gab es auf dem Papier keine Bezeichnung.

»Nun denn«, meinte Sundbeck vielsagend, »zehn Streichhölzer werden von der Zahl Zehn gekennzeichnet. Das Zeichen Null bezeichnet eigentlich nichts, das Fehlen einer Zahl. Sagen wir, Sie, Kagot, haben kein einziges Streichholz, also Null.«

»Aber warum ergibt es dann so viel, wenn wir hinter die Eins noch eine Null setzen?« wunderte sich Kagot.

Die Zahlenbilder erinnerten ihn an viele Dinge. Über die Eins gab es nicht viel zu sagen, die war auf den ersten Blick verständlich. Die Zwei aber ähnelte einem Haken, an dem man in der Jaranga den Teekessel oder einen anderen Kessel übers Feuer hängt. Die Drei erinnerte an gekrümmten Walroßdarm, die Vier an einen umgedrehten Stuhl aus der Messe der »Maud«, die Fünf war so ein Haken wie die Zwei, nur eben umgedreht. Die Sechs war ein kleines Stück Riemen, die Sieben ein von Kreuzschmerzen geplagter Greis. Die Acht konnte gut und gern eine auf die Seite gestellte Brille sein und die Neun dasselbe wie die Sechs, nur umgekehrt. Aber die Zehn …

»Wenn Sie über Dinge nachdenken, die keine Beziehung zu dem haben, was ich Ihnen sage«, bemerkte Sundbeck streng, »dann wird es nichts mit unserem Unterricht. Sie müssen jedem meiner Worte Glauben schenken und es so verstehen, wie ich es Ihnen sage.«

Kagot nickte schweigend. Er brachte den Lehrer mit seinen Fragen wohl wirklich in Bedrängnis, und der verlor beim Erklären den Faden.

Mit Hilfe der Streichhölzer machte das Rechnen innerhalb der Zahlen eins bis zehn keine Schwierigkeiten, und in kurzer Zeit hatte Kagot Zusammenzählen und Abziehen gelernt. Die Rechenoperationen gefielen ihm viel besser als die Versuche, Lesen und Schreiben zu lernen.

Als Kagot in seine Kajüte ging, bemerkte Olonkin, von der für ihn ungewohnten Lehrtätigkeit ermattet: »Mir scheint, mit dem Lesen und Schreiben wird es nichts.«

»Warum?« fragte Amundsen.

»Weil man Kagot entweder in russischer, englischer oder norwegischer Schrift unterrichten muß. Eine tschuktschische Schrift gibt es nicht, also kann man sie ihm auch nicht beibringen.«

»Und in welcher Schrift unterrichtet Alexej Perschin?« fragte Amundsen.

»Ich habe mich dafür interessiert«, antwortete Olonkin. »Alexej unterrichtet gleichzeitig in russischer Sprache und in russischer Schrift. Dabei lernt er selber Tschuktschisch. Für mich ist es sinnlos, die Sprache der hiesigen Eingeborenen zu lernen, denn wir verlassen in einigen Monaten Tschukotka. Ich werde wohl kaum wieder Gelegenheit haben, ihren Einwohnern zu begegnen.«

»Die Zahlen hat er aber doch sofort begriffen!« wandte Sundbeck ein.

»Vielleicht, weil die Mathematik allgemeiner und abstrakter als die Schrift ist«, bemerkte Amundsen. »Lesen und Schreiben ist eng mit der Sprache verbunden, und Olonkin hat ganz recht, daß man Kagot in nur einer Schrift unterrichten muß, meines Erachtens in der russischen.«

»Warum ausgerechnet in der russischen?« fragte Rønne.

»Nun, erstens bleibt er russischer Staatsbürger, und zweitens haben die russischen Bolschewiken, soweit ich verstanden habe, sehr ernste Absichten auf dem Gebiet der Volksbildung.«

»Kagot kann aber doch gar nicht Russisch«, erinnerte Olonkin.

»Warum sollten wir ihm nicht gleichzeitig russischen

Sprachunterricht geben?« schlug Amundsen vor. Und sie beschlossen, Kagot in russischer Sprache Lesen und Schreiben und dazu Arithmetik beizubringen.

»Sein Denken ist, wie ich bemerkt habe, sehr bildhaft«, fuhr Amundsen in seinen Erörterungen fort. »Als Sundbeck ihn in Rechnen unterrichtete, hat er alle Berechnungen mit Fingern und Zehen als reale Handlungen verstanden. Daraus folgere ich, daß man ihn an Hand von Beispielen unterrichten muß, die ihm nahe sind, an Hand von Beispielen aus seiner unmittelbaren Umgebung.«

»Na schön.« Olonkin erklärte sich einverstanden. »Wollen wir mal sehen, was dabei herauskommt.«

Kagot sah sich in Gedanken bereits als lese- und schreibkundig. Ihn lockten sowohl Bücher als auch Zeitungen. Die Bücher enthielten, wie er es auffaßte, die verschiedensten Aussagen über das Leben, auch über vergangenes Leben. Was die Zeitungen anbelangt, so vermittelte nach Olonkins Worten eine einzige ihrer Seiten, groß wie das Fell eines jungen Rens, so viele Neuigkeiten, wie sie Menschen nicht einmal auf etlichen Hundekarawanen mitbringen konnten. Damit es aber so viele Neuigkeiten gab, mußte auch das Leben davon erfüllt sein, mußte es sehr viele Menschen geben, die in verschiedene Angelegenheiten verwickelt waren. Er stellte sich vor, daß irgendwo hinter den südlichen Gebirgszügen, die den Umrissen des Buchstabens »M« glichen, ein ganzes Menschenmeer wimmelt und brodelt, kaum begreifliche und unwahrscheinliche Dinge sich abspielen – darunter menschliche Schlachten mit Feuerwaffen und sogar großen Kanonen, ähnlich denen, mit denen auf Haie geschossen wird. Dort befänden sich auch große Werkstätten, in denen die Armen verschiedene Waren herstellen: Äxte, Messer, Grammophone, Kessel, Winchesterbüchsen, Nadeln, Garn, Stiefel und vieles, vieles andere. Irgendwo dort würden auch Schiffe gebaut – hölzerne und solche mit feueratmenden Maschinen, die schwarzen Rauch in den Himmel speien. Dort habe sich auch die Revolution ereignet, von der Perschin erzählte – da hätten sie den Sonnenherrscher von seinem goldenen Thron gestürzt und die Schätze unter die Armen verteilt … Natürlich, wollte man mit Worten von dieser Masse Neuigkeiten erzählen, brauchte man ungeheuer viel Zeit! Etwas anderes wäre es, hättest du eine Zeitung vor dir. Du überfliegst mit den Augen die Spuren – und das ganze stürmische, vielfarbige, lärmende Leben mit seinen Schüssen aus Kanonen und Winchesterbüchsen, mit seinen Schreien, seinem Stöhnen und seinem Triumphgeschrei ersteht wie lebendig vor dir, so als würdest du es selbst beobachten.

Die Zeichen zu bewältigen war aber eine schwierige Arbeit. Kagot gelang es herauszufinden, daß es einige Dutzend davon gab. Mit den Zahlen war es viel einfacher. Die Fremdlinge zählten nicht in Zwanzigern, sondern in Zehnern. Daher kennzeichneten sie diese Zahl so sonderbar – mit dem kleinsten Wert, dem sie ein Zeichen hinzufügten, das das Fehlen einer Zahl ausdrückt. Hinzufügen und abziehen, eigenmächtig eine Menge vergrößern oder verringern, das eröffnete Möglichkeiten, die Kagot sich früher nicht zugetraut hätte. In den Berechnungen war eine seltsame Macht verborgen, die Zauberkraft, Erscheinungen, vielleicht sogar Menschen zu lenken.

Solche Gedanken beunruhigten Kagot. Er erinnerte sich an längst Vergangenes, Halbvergessenes, als er Schamanenkraft gewann, als ihm beim Träumen und Wachen – von den Äußeren Kräften gesandt – farbenprächtige Bilder erschienen, als er Stimmen zu hören meinte, eine überirdische Musik und diese Worte … In letzter Zeit war in ihm all dies schwächer geworden, selbst die verbalen Eingebungen wurden immer seltener. Er erklärte sich das mit dem Wechsel des Wohnorts, mit der für die Äußeren Kräfte ungewöhnlichen und ungewohnten Umgebung.

Wenn aber nun die Äußeren Kräfte künftig über die Zahlen auf ihn einwirkten? Wenn sie einen neuen Weg zu ihm fänden, einen anderen als den, über den sie mit ihm Umgang pflegten, als er noch in der Jaranga lebte und auf Seehundjagd ging?

Der Schlaf war verflogen. Kagot wußte, daß er jetzt nicht mehr einschlafen würde bis zu der Stunde, da es aufstehen hieß, um das Frühstück zuzubereiten. In der Kajüte wurde es schwül, die Enge bedrückte ihn.

Er zog sich an und ging vorsichtig hinaus aufs Deck. Aus dem Steuerhaus, in dem sich der Wachhabende gewöhnlich die Nachtstunden vertrieb, sickerte das matte Licht einer elektrischen Lampe. Die Tür ging auf, und heraus schaute Amundsen.

»Sie, Kagot?«

»Ja, ich, Herr Vorgesetzter«, antwortete Kagot. »Ich möchte ein bißchen an der frischen Luft sein.«

»Können Sie nicht schlafen?«

»Aus irgendeinem Grund finde ich keinen Schlaf«, entgegnete Kagot leise. »Ich habe mich dauernd herumgewälzt und schließlich beschlossen hinauszugehen.«

»Mir geht es manchmal genauso. Vor allem bei solchem Wetter. Alles scheint gut zu sein, es ist still, klar, nicht mal windig, aber innerlich ist man unruhig.«

Das Wetter war in der Tat erstaunlich. Man hätte mit einer brennenden Kerze hinausgehen können, die Flamme hätte nicht geflackert, so ruhig und still war es. Die Stille breitete sich nach allen Seiten: nach Süden, zu den fernen Gebirgszügen, über die ebene Tundra, und nach Norden bis zum Gipfelpunkt der Erde, über aufgetürmte Eisbänke, Tauwasser und Eisspalten. Die bleichen Reste des Polarlichts im Zenit würden bald erlöschen, und das Sternenlicht würde heller, weil kein Mond am Himmel war.

»Woran denken Sie, Kagot?« fragte Amundsen.

»Daran, daß, wenn ich einmal nicht mehr bin, alles immer noch strahlen und glitzern wird und ein anderer Mensch, der nach mir lebt, denken wird, gerade mit ihm beginne der beste Teil des Lebens.«

Verwundert sah Amundsen Kagot an. »Interessant. Vielleicht haben Sie übrigens recht. Auch mir schien, scheint auch heute noch, daß gerade wir den Morgen der Menschheitsgeschichte erleben.«

»Mit der Geburt eines jeden Menschen beginnt eine neue Welt. Sicherlich ist dieses Gefühl sehr stark, und es hält den Menschen stärker auf Erden als alle Verführungen. Die Hoffnung, daß mit dir die Ewigkeit beginnt.«

»Manchmal habe auch ich darüber nachgedacht. In meiner Jugend, als ich beschloß, mein Leben den Polarreisen zu widmen, dachte ich, da wir alle so jung sind, müsse es auch die Menschheit sein. Schließlich begännen die Menschen doch erst zu begreifen, daß sie ein einheitliches Ganzes sind, Brüder und Schwestern einer Familie. Und daß vor der gesamten menschlichen Gesellschaft gewaltige und große Aufgaben stehen. Vor allem müsse man allen ein menschenwürdiges Leben sichern – müsse allen Hungernden zu essen, allen Unbehausten ein Dach überm Kopf geben und sie lehren, in Frieden und Eintracht zu leben. Darüber hinaus aber – Unerforschtes erschließen. Die Reisen, die ich unternehme, beseitigen die letzten weißen Flecken auf unserem Planeten.«

»Dann reisen Sie also, um Unbekanntes zu entdecken?«

»Ja, Kagot, um Unbekanntes zu entdecken und anderen davon zu berichten.«

»Wir haben uns an die Götter, an die Äußeren Kräfte, gewandt, wenn wir Unbekanntes entdecken wollten. Haben Sie denn keine Götter, die alles wissen?«

»Vielleicht gibt es irgendwo allwissende Götter, aber es liegt in der menschlichen Natur, alles selbst erkennen zu wollen.«

»Dann versuchen Sie also, das zu machen, was die Götter tun müssen«, entwickelte Kagot seinen Gedanken weiter.

»Warum denn?«

»Weil es für die Götter leichter ist zu reisen, ihren Platz im Raum und sogar in der Zeit zu wechseln. Sie werden weder von Eis behindert noch von Unwetter oder großen Entfernungen.«

»Ich finde es aber interessanter und schöner, selbst Unbekanntes zu erforschen«, wandte Amundsen ein, »sozusagen ein göttliches Werk mit eigener Kraft zu tun.«

»Fürchten Sie nicht, die Götter könnten Ihnen zürnen, weil Sie sich in ihre Angelegenheiten einmischen?«

»Wenn die Götter weise genug sind, müßten sie im Gegenteil auf meiner Seite sein und mir helfen«, antwortete Amundsen lächelnd. »Helfen Ihnen denn Ihre Götter nicht?«

»Sie haben mir geholfen«, sagte Kagot, »aber dafür mußte ich einen Menschen töten.«

»Einen Menschen töten?« Amundsen zuckte zusammen.

»Auf dem Weg zu einem Gipfel des Lebens muß der Mensch bisweilen über das Leben eines anderen Menschen hinwegschreiten«, entgegnete Kagot leise. »Um den Platz einzunehmen, den der große Amos innegehabt hatte, mußte ich ihm mit eigener Hand das Leben nehmen.«

»Aber das ist doch ein Verbrechen!«

»Nein, bei uns zählt das nicht als Verbrechen. Das ist Brauch, ein menschlicher Brauch. Nach der Überzeugung, die ihm zugrunde liegt, erringe ich dadurch eine solche Macht, daß ich andere Leben retten kann. Und ich habe wirklich manchmal Menschen gerettet. Doch das für mich teuerste Leben konnte ich nicht retten, das Leben meiner geliebten Frau Waal. Die Götter haben mein Flehen nicht erhört.«

Kagots Worte stürzten Amundsen in schreckliche Verwirrung. Nie hätte er vermutet, daß er ausgerechnet hier so überraschend wieder an die Tragödie Scotts erinnert würde. Wie hatte doch Kagot gesagt? »Auf dem Weg zu einem Gipfel des Lebens muß der Mensch bisweilen über das Leben eines anderen Menschen hinwegschreiten.« Aber Kagot wußte doch nichts von Scott, von dem erbarmungslosen Wettbewerb in der eisigsten, leblosesten Ödnis auf Erden. Vielleicht aber hatte ihm einer der Teilnehmer der Expedition davon erzählt?

»Sie wissen, daß ich am südlichen Gipfelpunkt der Erde war?« begann er vorsichtig.

»Ich habe davon gehört«, antwortete Kagot, »aber mein Verstand weigert sich, das zu glauben und sich eine solche Reise vorzustellen.«

»Wie ich dahin gekommen bin, mit wem ich gefahren bin, wissen Sie das?«

»Nein.«

»Kennen Sie den Namen des Kapitäns Scott?«

»Ich höre ihn zum erstenmal.«

»Er ist auf dem Rückweg vom Südpol ums Leben gekommen«, sagte Amundsen leise, »und es gibt Leute, die mir seinen Tod zur Last legen.«

»Sie sind doch aber nicht schuldig?« fragte Kagot.

»Nein«, bestätigte Amundsen.

»Und Sie fühlen sich nicht schuldig?«

»Nein.«

Kagot seufzte schwer. »Bei mir ist es anders. Alle sagten, mich träfe keine Schuld an Amos' Tod, das mußte so sein, so sei nun mal das Gesetz des Lebens. Trotzdem fühle ich mich schuldig. Und ich begreife, daß ich nur durch die Rettung anderer Leben meine Schuld sühnen und den Schmerz lindern kann, der nun schon viele Jahre an mir nagt.«

»Ich kann mit Ihnen mitfühlen«, sagte Amundsen.

»Ich bin schuldig vor den Menschen, die an mich geglaubt haben. Und es ist gut möglich, daß sie mich suchen, um mich zu töten. Wer von den Äußeren Kräften für ein besonderes Leben auserwählt wurde, muß entweder seine Last bis zum Ende tragen oder weggehen. Einen Abtrünnigen erwartet der Tod.«

»Fürchten Sie um Ihr Leben?« fragte Amundsen.

»Weniger um mein Leben als um das meiner Tochter«, bekannte Kagot.

»Sie können sich auf meinem Schiff absolut sicher fühlen«, sagte Amundsen. »Was Ihre Tochter anbelangt, so müssen Sie sie herbringen. Ich denke, sie wird für Sie keine Last sein und für uns ganz bestimmt nicht. Unser Schiff steht unter dem Schutz des norwegischen Königs, und auf diesem kleinen Territorium Norwegens wirken die Gesetze unseres Landes, die die Ehre, die Würde und das Leben des Menschen schützen.«

»Ich bin Ihnen sehr dankbar, Herr Vorgesetzter.« Kagot verneigte sich tief vor Amundsen.

»Jetzt gehen Sie aber schlafen«, sagte Amundsen weich. »Sie müssen früh wieder raus.«

Kagot ging. Amundsen blickte ihm nach, bis er hinter der schweren, mit Renfellen beschlagenen Tür, die in die inneren Räume des Schiffes führte, verschwunden war.

Im September 1909 hatte Amundsen die Nachricht erhalten, daß der Nordpol bezwungen sei. Er hatte zwar geahnt, daß es Rivalen beim Erreichen des Erdgipfels geben könne, dem aber keine große Bedeutung beigemessen, denn er war von der Erfahrung seiner eigenen Arktisreisen und dem sorgfältigen Studium früherer Expeditionen ausgegangen. Alle Versuche, den Pol über das Eis zu erreichen, hatten mit einem völligen Mißerfolg geendet, vor allem, so vermutete Amundsen, weil es auf dem Eismeer kein einheitliches, geschlossenes Feld bildete. Dieses mitunter äußerst schnell driftende Eis verschiedener Konsistenz wurde häufig von offenen Wasserstellen abgelöst, aber auch von unüberwindlichen Eisbänken. Daher blieb nach Amundsens fester Überzeugung als einzig wissenschaftlich begründeter Weg, den Nordpol zu erreichen, das Driften auf einem speziell ausgerüsteten Schiff. Die »Fram« driftete so nahe an dem ersehnten Ziel vorüber, daß es möglich gewesen wäre, hätte man nur über die erforderliche Anzahl Hunde und die nötige Ausrüstung verfügt, den Pol vom Schiff aus zu erreichen.

Die Wahrscheinlichkeit, daß Cook oder Peary den Nordpol erobern würden, verwies Amundsens Expedition auf ein anderes Ziel, obgleich er von Anfang an unterstrich, ihm ginge es in erster Linie darum, wissenschaftliche Daten zu sammeln, und nicht um sportliche Rekorde. Doch zugleich begriff er sehr wohl, daß ein Polarforscher, der der Spur anderer, vom Standpunkt eines Kleinbürgers Erfolgreicherer folgt, viel weniger Autorität gewinnt als einer, der von Anfang an als Held gilt.

Es blieb der Südpol. Doch Amundsen ließ sich Zeit, seinen Plan bekanntzumachen – er war sich bewußt, daß ein Mißerfolg und sogar eine Verzögerung bei der Erreichung des verkündeten Ziels seinem Ruf nicht nur als vertrauenswürdiger Mann, sondern sogar als seriöser Forscher schaden könne. Ihm war bekannt, daß eine englische Expedition unter Leitung von Kapitän Scott zum Südpol aufbrechen wollte. Ihm war auch zu Ohren gekommen, daß eine japanische Antarktisexpedition unter Leitung von Leutnant Shirase auf dem Schiff »Kainan Maru« beabsichtigte, das König-Edward-VII.-Land zu erforschen.

So nahm die »Fram« Kurs auf die Antarktis. Bei einem kurzen Aufenthalt in Australien schickte Amundsen einen Brief an Kapitän Scott, in dem er ihm mitteilte, er wolle versuchen, den Südpol zu erobern. Während der Überwinterung in der Walfischbucht wurde sorgfältig bis ins kleinste eine Hundeschlittenexpedition vorbereitet, wurden Lebensmittelvorratslager eingerichtet. Natürlich gab es ein

Element von Rivalität zwischen Amundsen und Scott, und es wäre einfältig zu behaupten, Amundsen hätte nicht der Erste sein wollen.

Die Eroberung des Südpols war ein echter Triumph. Wieder in Norwegen, erfuhr Amundsen Einzelheiten über den Untergang der Expedition von Kapitän Scott. Aus den erhaltenen Tagebüchern von Scott ging eindeutig hervor, daß sich der Engländer der Überlegenheit von Amundsens wissenschaftlich begründeter und sorgfältiger vorbereiteter Expedition bewußt war und seine Katastrophe vorausgeahnt hatte. Dann begannen die Anschuldigungen in der englischen Presse, Angriffe einzelner bedeutender und einflußreicher Persönlichkeiten. Am schwersten war der Vorwurf einer indirekten Schuld Amundsens am Tod der Mitglieder der englischen Expedition. Das war ein ehrlicher Wettbewerb, sagte sich Amundsen immer wieder, doch mitunter spürte er tief im Inneren, wie schutzlos er dagegen war, vom unheilvollen Schatten gestreift zu werden – dem Schatten des tragischen Endes der Expedition von Robert Scott.

Und nun war er von unerwarteter Seite daran erinnert worden – von einem ungebildeten Tschuktschen, einem Schamanen, der der wildesten Religion anhing. Vielleicht aber hatte er auf seine eigene, unbekannte Weise erfaßt, daß in ihm, Amundsen, tief verborgen dieser seelische Schmerz saß? Wie hatte er doch gesagt?

»Auf dem Weg zu einem Gipfel des Lebens muß ein Mensch bisweilen über das Leben eines anderen Menschen hinwegschreiten ...« Doch was hätte Amundsen tun können? Auf seine Absicht verzichten, den Südpol zu erreichen, und abwarten, bis Scott es getan hätte? Mit welchem Recht? Warum? Die Engländer meinen, er, Amundsen, habe unehrenhaft gehandelt. Dann wäre es also edelmütig, zu Hause am wohlgeheizten Kamin zu sitzen, eine Pfeife zu rauchen und zu verfolgen, was in der Welt geschieht, aus Zeitungen von der Entdeckung unbekannter Landstriche, von der Bezwingung unerreichbarer Gipfel und ferner Meere zu erfahren? Oder sich einverstanden zu erklären mit der ungerechten, hochmütigen Meinung, nur einem Engländer stehe es zu, neue Landstriche und Meere zu erforschen – nur Großbritannien, das jahrhundertelange Erfahrung in der Unterwerfung von Ländern und Völkern habe, könne die Priorität bei geographischen Entdeckungen für sich beanspruchen?

In Amundsens Bewußtsein verflocht sich das Gefühl, im Recht zu sein, mit einem Gefühl der Schuld. Was sollte er tun? Vielleicht hatte der ehemalige Schamane doch recht mit dem, was er gesagt hatte?

Am Morgen nach dem nächtlichen Gespräch sah Kagot aus wie gewöhnlich, sein Äußeres ließ keine Spur der Schlaflosigkeit erkennen. Vielleicht aber war das auch dadurch zu erklären, daß ein europäisches Auge noch nicht gelernt hatte, dem äußerlich leidenschaftslosen Gesicht eines Eskimos oder Tschuktschen seine Seelenregungen anzusehen? Wie es der Brauch verlangte, meldete Kagot dem Vorgesetzten, daß er beabsichtige, von Bord des Schiffes zu gehen.

»Wir brauchen frisches Seehundfleisch und Leber«, sagte Kagot, der, um die Mahlzeiten abwechslungsreicher zu gestalten, manchmal Gerichte aus frischem Seehundfleisch bereitete. Vor allem liebten die Expeditionsmitglieder Seehundleber, gedünstet oder gebraten, mit körnigem Reis.

Kagot nahm zum Tausch zwei Pfund Mehl mit, einige Stücke Zucker, Apfelmarmelade, die Amos' Kinder so gern mochten, und zu alldem legte er noch zwei Päckchen Tabak.

## 21

Kagot stieg aufs Eis hinab und ging langsam zu den Jarangas auf dem hohen Ufer. Die Stille der vergangenen Nacht hatte gleichsam auch den anbrechenden Tag, die entflammende Morgenröte überzogen. Heute würde die Sonne schon merklich über den Horizont steigen, für etwa anderthalb Stunden würde es blendendes Schneelicht geben. Für diesen Fall hatte Kagot eine Schutzbrille mit grünen Gläsern mitgenommen. Er besaß auch eine tschuktschische Vorrichtung – einen Lederstreifen mit schmalem Sehschlitz –, sie bot zuverlässig Schutz gegen Schneeblindheit.

Kagot wußte, daß alle Männer zu Hause sein würden: Der Vortag war für sie schwer, aber erfolgreich gewesen. Perschin hatte drei aneinandergebundene Seehunde an der »Maud« vorübergezogen. Die gute Beute und der verhältnismäßig ruhige Winter freuten die Menschen, und alles wäre wunderschön gewesen, wären da nicht die beunruhigenden Gedanken, daß das Wetter, das Jagdglück und das Leben überhaupt unsichere, unbeständige Dinge seien und man immer mit einer Veränderung rechnen müsse.

Kagot betrat zuerst Kaljanas Jaranga.

Auf dem Querbalken unter dem Fellvorhang des großen Pologs saß Perschin und reinigte die Winchester. Neben ihm spielte Ainana mit den vorne spitz zugehenden Patronen. Kaljana schabte das Fett von den Seehundfellen und war ganz mit Blut beschmiert. Perschin war im Vergleich zu früher stark verändert. Er hatte sich einen dichten, weichen Vollbart zugelegt, der schon an den Wangenknochen ansetzte.

»Atekai! – Papa!« rief Ainana freudig und stürzte dem Vater entgegen.

Sooft Kagot die Tochter ansah, entdeckte er in ihr Züge

seiner für immer dahingegangenen Waal. Dann traten ihm Tränen in die Augen, zwickte es ihn in der Nase und schmerzte ihn die Brust.

»Ich habe die ganze Leber für dich zurückgelegt«, sagte Kaljana. »Für die Tangitan.«

»Ich nehme hier zwei«, sagte Kagot, »und dann noch zwei von Amos. Damit alles zu gleichen Teilen geht.«

»Na gut, wie du meinst.« Kaljana erklärte sich einverstanden.

»Wie war's auf dem Meer?« wandte sich Kagot an Perschin.

»Das driftende Eis hat sich entfernt«, begann Perschin. Er sprach mit Sachkenntnis, als hätte er sich sein Leben lang mit nichts anderem befaßt, als Seehunde auf dem Eis zu erbeuten. »Das Ufereis hat sich ausgedehnt, bis zum offenen Wasser muß man weit gehen. Sowie das Wasser offen ist, friert es schon wieder zu. Es ist gefährlich, übers Eis zu gehen. Dafür gibt es viele Seehunde. Es macht Spaß zu jagen!«

Kagot bedauerte, daß er nicht mit auf Jagd gehen konnte. Er mußte einmal den Vorgesetzten um einen freien Tag bitten und aufs Eis gehen. Sonst vergaß er am Ende, wie man einen Seehund erbeutet! Schließlich konnte er nicht sein Leben lang Koch bei Amundsen sein!

Das von fern unbegreifliche und sogar anziehende Leben auf dem Schiff der Fremdlinge war im großen und ganzen gleichförmig und sehr gemessen. Dieser Eindruck wurde noch verstärkt, weil der Expeditionsleiter verlangte, daß alle Arbeiten exakt zu bestimmten Stunden erledigt würden. Das betraf vor allem die Essenszeiten. Eine Verzögerung selbst von einigen Minuten verdroß ihn, brachte Kagot einen strengen Verweis ein. Kagot aber hatte sich angewöhnt, Frühstück, Mittagessen und Abendbrot genau zur festgelegten Stunde aufzutragen, sogar ein wenig eher, um Vorwürfen aus dem Weg zu gehen.

»Spuren von Eisbären sind selten«, fuhr Perschin fort, »aber es gibt welche, vor allem bei den Uferfelsen.«

»Seien Sie vorsichtig«, warnte Kagot. »Wahrscheinlich ist das eine Bärenmutter mit ihren Jungen. Sie kann sich von hinten heranschleichen und Sie anfallen.«

»Das hat Amos auch gesagt«, meinte Perschin. »Als ich damals den Bären tötete, kam es mir so vor, als würde es mir nun nichts mehr ausmachen, auch einen zweiten zu erbeuten. Aber ich erwische keinen.«

»Ein Eisbär ist eine seltene Beute«, bemerkte Kagot. »Das ist von Jahr zu Jahr verschieden. Aber zum Frühling hin können sich Tiere zeigen.«

Kaljana reichte Tee, und die Männer tranken reichlich Tee mit Zucker.

Auch Ainana bekam welchen in eine flache Schale gegossen, damit sie sich nicht verbrühte, und sie erhielt ein großes Stück Zucker. Das kleine Mädchen trank wie eine Große: schob sich den Zucker hinter die Wange. Wenn sie den Tee ausgetrunken hatte, nahm sie den Zucker wieder heraus, legte ihn auf den Tisch und wartete, daß man ihr neuen Tee eingoß.

»Was macht der Unterricht?« erkundigte sich Kagot.

»Der geht mühsam voran«, entgegnete Perschin. »Schließlich muß ich ihnen das Lesen und Schreiben nicht auf tschuktschisch, sondern auf russisch beibringen.«

»Ich sehe doch aber, daß Sie beim Tschuktschischen gute Fortschritte machen«, bemerkte Kagot.

»Ich habe gute Lehrer.« Perschin lächelte. »Sie unterweisen mich ständig. Ich habe ja niemanden, mit dem ich Russisch sprechen könnte.«

»Mich lehrt man auch Lesen und Schreiben«, bekannte Kagot.

Perschin wunderte sich merklich. »In welcher Sprache? In Norwegisch?«

»Noch begreife ich das nicht«, antwortete Kagot. »Jedenfalls gefallen mir die Zahlen und das Rechnen besser ... Was ich Sie schon immer fragen wollte: Gibt es bei den seefahrenden Fremdlingen auch Dichter, oder gibt es die nur bei den Russen?«

»Dichter gibt es bei allen Völkern«, antwortete Perschin. »Auch bei den Norwegern und Engländern. Ich bin mir sicher, daß sogar Sie welche haben. Denn wer Lieder verfaßt, ist auch ein Dichter. Und Lieder haben Sie doch, nicht wahr?«

»Lieder haben wir schon, aber ohne viel Worte«, seufzte Kagot.

»Gibt es denn in Ihrer Sprache nicht so was Ähnliches wie das, was ich Ihnen von Puschkin und Block vorgelesen habe?« fragte Perschin.

»Vielleicht schon«, antwortete Kagot unsicher, »aber das sind Schamanenbeschwörungen, und sie stammen nicht vom Menschen, sondern von den Äußeren Kräften.«

»Wie das?« fragte Perschin verständnislos.

»Die Äußeren Kräfte sprechen zwar scheinbar auch mit menschlichen Worten, aber durch einen Auserwählten, einen Schamanen«, erklärte Kagot.

»Dann ist der Schamane ein Dichter!« folgerte Perschin fröhlich.

Kagot wiegte den Kopf. Aus Perschins Worten ging hervor, daß auch er, Kagot, ein Dichter sei – so wie jene Fremdlinge, die die Worte über den Winterweg und die Sterne zusammengefügt hatten, doch das bezweifelte er.

Äußerlich hatte sich in der Jaranga nichts verändert. Der Gast-Polog hing am alten Platz und zeugte davon, daß die Träume der Hausfrau, einen Mann in den großen Polog zu bekommen, sich noch nicht erfüllt hatten. Das machte Kagot ein wenig stutzig, denn schon vor seiner Begegnung mit den Teilnehmern der Expedition von Amundsen und vor Perschins Ankunft hatte er unter den Tangitan Männer gesehen, die geil auf Frauen waren und oft sogar alte Weiber nicht verschmähten. Ob diese Männer anders waren? Doch der Körperbau der Männer von Amundsens Expedition unterschied sich durch nichts von seinem eigenen, ebensowenig wie von dem Perschins, den er im Schwitzbad auf dem Schiff schon nackt gesehen hatte. Sonderbare Leute ... Dabei sah es gar nicht so aus, als hätten sie kein Interesse an Frauen. Im Gegenteil, in der Messe waren häufig Worte des Lobes über Kaljana und Amos' Frau Tschejwyne zu hören, und vor allem aber über die junge Umkenëu. Wahrscheinlich waren diese Fremdländischen von besonders genierlichem Wesen, oder sie waren ihren Frauen sehr treu.

»Haben Sie eine Frau?« fragte Kagot.

»Ich bin noch nicht zum Heiraten gekommen«, erwiderte Perschin, aus irgendeinem Grund schuldbewußt lächelnd.

»Wollen Sie es nicht tun?«

»Irgendwann werde ich wohl müssen.«

»Werden Sie hier heiraten oder zu Hause in Petrograd?«

»Das wird das Schicksal entscheiden.«

»Stimmt«, seufzte Kagot und schickte sich an aufzubrechen. »Na, ich gehe jetzt, ich muß noch die Nachbarn besuchen.«

Bei Amos' Jaranga fuhren Ermen und Ilkej Schlitten. Die Kinder stürzten auf Kagot zu: »Onkel Kagot! Onkel Kagot! Hast du uns Tangitan-Süßigkeiten mitgebracht?«

»Aber ja!« antwortete Kagot fröhlich und fühlte sich als Wohltäter, als einer, der nicht nur den Erwachsenen, sondern auch den Kindern Freude bringt. Er hatte sich an seine neue Lage bereits gewöhnt. In der Siedlung bedeutete jeder Besuch Kagots eine Ergänzung der spärlichen Vorräte an Mehl, Tee und Zucker, die zwar als Delikatesse galten und nicht die Hauptnahrung darstellten, ohne die das Leben jedoch sehr nüchtern gewesen wäre.

Amos besserte den Schlitten aus und hatte sich dazu am

hell brennenden Feuer niedergelassen. Tschejwyne befaßte sich mit ureigener Frauenarbeit – mit Hilfe eines an einem hölzernen Griff befestigten Steinschabers reinigte sie ein Seehundfell.

»Amtyn etti!« begrüßte Amos den Gast. »Was gibt's Neues?«

»Besondere Neuigkeiten gibt es nicht«, antwortete Kagot würdevoll, setzte sich auf den Walwirbel und band den Sack mit den Geschenken auf. »Ich habe euch und den Kindern was mitgebracht.« Er gab dem Jungen und dem Mädchen je einen Bonbon und das übrige Tschejwyne. »Sie haben angefangen, mich im Rechnen zu unterrichten.«

»Rechnen?« fragte Amos zurück. »Wozu das?«

»Nun ja, damit ich die Zahl der Dinge kennenlerne.«

»Hast du dir viele Dinge angeschafft?«

»Nicht so sehr viele, aber etwas schon«, antwortete Kagot. »Aber nicht deshalb soll ich zählen.«

»Du hast gesagt, die Fremdlinge messen alles«, sagte Amos. »Das brauchen sie aus irgendeinem Grund. Aber wozu brauchst du das? Wirst du auch messen?«

»Vielleicht werde ich es müssen«, antwortete Kagot vage. »Gibt denn der russische Lehrer keinen Rechenunterricht?«

»Ich glaube schon«, erinnerte sich Amos. »Aber nur so, zur Belustigung und Unterhaltung für die Kinder.«

»Bei mir ist es Ernst«, sagte Kagot. »Und ich habe das Gefühl, daß sich dahinter etwas Wichtiges verbirgt.«

»Vielleicht.« Amos nickte und schob den Schlitten beiseite. »Tschejwyne, wenn es schon frischen Tee gibt, wollen wir auch welchen trinken.«

Beim Tee unterhielten sie sich weiter. Amos erzählte von den Eisbewegungen an der Grenze vom Ufereis zu den driftenden Eisfeldern und kam dann wieder auf die Angelegenheiten der Siedlung zu sprechen.

»Alles wäre in Ordnung mit diesem Lehrer, aber er ist ein seltsamer Kauz«, bemerkte er.

»Ja.« Kagot nickte. »Das habe ich auch gespürt: Er schläft noch immer im Gast-Polog, ist nicht in den großen umgezogen.«

»Aber das ist nicht die Hauptsache. Dauernd will er uns verlocken.«

»Wohin denn?« wollte Kagot wissen.

»In die Zukunft«, antwortete Amos vielsagend. »Wovon auch immer die Rede ist, dauernd kommt er auf die Zukunft zu sprechen. Als hätte das Leben eben erst begonnen und das Entscheidende, das Interessanteste und Schönste läge erst vor uns.«

»Interessant!«

»Und als wäre das neue Leben ganz nah. Sowie das Eis weg sein wird, soll ein großer Dampfer kommen.«

»Ich habe von Durchreisenden gehört, in der Nähe von Kap Serdze-Kamen überwintert ein Dampfer im Eis.«

»Der ist es nicht.« Amos winkte ab. »Ein großer Dampfer wird kommen, auf dem sie hölzerne Jarangas für die Schule bringen, für ein Krankenhaus, für den Fang von Worten.«

»Für den Fang von Worten?« fragte Kagot zurück und kam selbst darauf: »Ah, ein Radio! Amundsen hat seine Leute nach Nowomariinsk geschickt – das liegt an der Mündung des Flusses Anadyr –, damit sie über die dortige Station Nachrichten in die Heimat senden. Aber wozu brauchen wir eine solche Station? Wem sollen wir so weit Nachrichten senden?«

»Perschin sagt, auf diese Weise erreicht uns schneller Lenins Wort.«

»Lenins Wort?« fragte Kagot verwundert. »Hat er denn auch für unsere Ferne spezielle Worte?«

»Perschin sagt«, fuhr Amos fort, »Lenin sei ein ganz einfacher Mensch, so wie du und ich.«

»Aussehen kann er ja wie ein einfacher Mensch, die Hauptsache aber ist, welche Kraft in seinem Innern steckt«, sagte Kagot bedeutungsvoll. »Arme Leute zu etwas bewegen ist nicht so leicht«, fuhr er nachdenklich fort und sah in Gedanken eine Masse zerlumpter, unfroher Menschen, auf einer Anhöhe aber Lenin, der sein Wort an sie richtete.

»Er hat sie doch aber bewegt! Hat den Sonnenherrscher gestürzt!« sagte Amos.

»Und hat seine Leute in unseren Landstrich geschickt«, ergänzte Kagot.

»Ich möchte aber gern wissen, wie alles wirklich ausgehen wird«, sagte Amos nachdenklich. »Ich sage dir, Kagot, ich denke mir, je sonderbarer und unerwarteter, desto besser!«

»Wieso?«

»Weil dann die bösen Geister, die Keljet, ganz durcheinanderkommen und mich nicht mehr finden. Heute spüre ich eine große Kraft in mir, fühle mich viel stärker als damals, als ich fast ertrunken wäre. Ich muß dir gestehen, Kagot, ich habe ein Kind gezeugt ... So ist das!« Er schielte zur emsig arbeitenden Tschejwyne hinüber. »Tschejwyne!« rief er. »Gib Kagot zwei Stück frische Seehundleber! Soll er doch die Fremdlinge auf dem Schiff damit bewirten! Perschin mag Leber auch gern. Vor allem aber gefrorene, rohe. Umkenëu hat sich angewöhnt, zu ihm zu gehen und für ihn Leber zu zerkleinern. Das Mädchen hat total den Verstand verloren, hängt sich an ihn und läßt ihn nicht in Ruhe!«

»Sie ist wahrscheinlich reif geworden«, vermutete Kagot.

»Aber der Fremdling nimmt sie nicht«, bemerkte Amos. »Unbegreiflich! Kaljana hat er nicht genommen, und Umkenëu will er auch nicht.«

In Gaimissins Jaranga saß Umkenëu am Feuer und handhabte einen steinernen Stößel. »Kyke wai – Kagot!« rief sie erfreut und schrie in den Polog: »Kagot ist gekommen!«

»Zerkleinerst du Leber für den Fremdling?« Kagot nickte zum Stößel hin.

»Ja, für ihn«, antwortete Umkenëu herausfordernd. Ihr

war heiß, sie hatte einen Ärmel ihres Kerkér – ihrer Pelzjacke – ausgezogen und dabei eine gut ausgebildete bräunliche Brust mit dunkler, fast schwarzer Brustwarze entblößt.

Aus dem Polog steckte zunächst Gaimissin den Kopf, dann erschien auch seine Frau, Tutyna.

»Was gibt's Neues auf dem Schiff?« fragte der Blinde.

Er hörte sich aufmerksam an, was Kagot schon in der Jaranga von Kaljana und dann bei Amos erzählt hatte. Zu der Nachricht vom Rechenunterricht bemerkte Gaimissin: »Sie lieben das Rechnen sehr. Das steckt ihnen wohl im Blut.«

»Wir lernen auch Rechnen!« mischte sich Umkenëu ins Gespräch. Offenbar wurde der strenge Brauch, der einer Frau verbot, sich in ein Männergespräch einzumischen, in dieser Jaranga nicht beachtet. Umkenëu benahm sich wie eine Erwachsene, wie die Frau des Hauses.

»Es ist etwas anderes, ob man Kinder unterrichtet oder einen erwachsenen Mann«, bemerkte Gaimissin mit einem Anflug von Mißfallen und murrte: »Das Mädchen ist völlig außer Rand und Band geraten. Der Unterricht bringt ihr keinen Nutzen, er verdirbt sie nur.«

»Der Lehrer sagt aber, ich bin begabt«, protestierte Umkenëu und lächelte Kagot verschmitzt zu. »Wenn richtige Lehrer kommen, werden sie mir schnell alles beibringen und mich dann in eine große Siedlung schicken.«

»Nach Uelen?« fragte Kagot.

»Noch weiter!«

»Nach Nowomariinsk?«

»Nach Petrograd!«

»Hast du gehört?« Gaimissin deutete mit dem Kopf auf seine Tochter. »Nach Petrograd will sie. Aber wie man sich in Männergesellschaft benimmt, das hat sie nicht gelernt. Ist bissig wie ein Hündchen.«

»Wir haben doch Gleichberechtigung!« erinnerte ihn Umkenëu.

»Sogar wenn wir diese Gleichberechtigung haben sollten«, sagte Gaimissin streng, »gilt sie nicht für Kinder.«

»Wie oft soll ich es denn noch sagen, ich bin kein Kind mehr«, erwiderte Umkenëu müde. »Ich werde bald heiraten!«

»Wen denn?« fragte Gaimissin.

»Das ist meine Angelegenheit«, entgegnete Umkenëu rätselhaft.

»Schlag dir das aus dem Kopf!« schrie Gaimissin. Auf seinem blinden Antlitz spiegelte sich echter Zorn. »Du hast es auf den Lehrer abgesehn, bringst ihn in Verwirrung. Wo hat es denn das gegeben, daß ein Tschuktschenmädchen einen Fremdling heiratet?«

»Wir haben jetzt Gleichberechtigung nicht nur zwischen Mann und Frau, sondern auch zwischen Fremdlingen und Tschuktschen! Das hat der Lehrer Alexej gesagt. Und das hat er sich nicht selber ausgedacht, sondern von Lenin gehört, dem Führer der Bolschewiki und der Armen.« Umkenëu sagte es so laut, daß es im ganzen Tschottagin zu hören war.

»Was für Worte sie gelernt hat, man kann sich ja die Zunge zerbrechen«, stöhnte Gaimissin. »Der Mann wurde zu einer wichtigen Arbeit hergeschickt, und du bringst ihn ganz aus der Fassung!«

Fröhlich lachend und ohne Furcht vor ihrem blinden Vater brühte Umkenëu frischen Tee und goß ihn in Tassen.

Tutyna biß ein winziges Stück Zucker ab und schob es mit der Zunge tiefer in den Mund.

»Dir haben wir zu verdanken, daß wir diesen Winter immer süßen und starken Tee trinken können.« In der Stimme der Frau schwang aufrichtige Dankbarkeit. »Früher kam es vor, daß er für einen Monat reichte, solange Sommer war, und den ganzen Winter über haben wir nur mit der Erinnerung daran gelebt, bis jemand kam, der zur

Kolyma fuhr. Zum Frühling hin vergaßen wir schließlich ganz, wie Zucker schmeckt, und auch, wie richtiger Tabak riecht.«

»Voll Trauer denke ich manchmal, daß bald die schöne Zeit vorüber ist und die Fremdlinge mit ihrem Schiff in andere Landstriche fahren«, seufzte Gaimissin.

»Zum Gipfelpunkt der Erde«, erinnerte Kagot.

»Stünde es in meiner Macht, ich würde sie bei uns festhalten, würde ihr Schiff für ewig an unserer Küste einfrieren«, sagte Gaimissin träumerisch. »Haben sie es denn schlecht bei uns? Hier gibt es Menschen und eine gute Jagd. Was aber erwartet sie dort, am Gipfel der Erde? Vielleicht gibt es dort überhaupt nichts Interessantes. Wir aber bleiben wieder ohne Fremdlinge, ohne Tee, ohne Zucker und ohne guten Tabak.«

»Perschin bleibt hier«, erinnerte Umkenëu.

»Was haben wir von deinem Perschin, abgesehn von Gesprächen und von Zukunftsträumen?« Gaimissin winkte ab. »Es sieht ganz so aus, als besäßen deine Bolschewiki selber nichts.«

»Sie haben die Lehre von der Gerechtigkeit«, wandte Umkenëu ein. »Daß bei den Menschen alles gleich ist.«

»Weißt du, Töchterchen, alle diese Gespräche über Gleichheit sind Unsinn! Es wird nie so sein, daß die Menschen gleich leben. So ist nun mal die menschliche Natur. Der eine muß sich mit zwei kleinen Seehundrippen begnügen, ein anderer aber will das ganze Bruststück haben und wird auch davon nicht satt; der eine lebt mit einer Frau, ein Rentierzüchter aber beispielsweise kann auch zwei oder drei Frauen haben, je nachdem, wie groß seine Herde ist.«

»Unter der neuen Macht wird es keine so reichen Rentierzüchter mehr geben!« sagte Umkenëu überzeugt.

Draußen vor der Jaranga erklang Hundegebell. In den Tschottagin kam atemlos Amos' Sohn Ermen gestürzt und verkündete: »Von Osten her kommen Hundegespanne! Wir kriegen Besuch!«

»Da hast du Nachrichten ohne Mast und ohne Netz fürs Einfangen von Worten«, sagte Gaimissin fröhlich und begann sich anzuziehen.

## 22

Die zur Begrüßung Versammelten rätselten laut, wer das wohl sein könne. Wahrscheinlich einer von Kibisows Leuten, die im Auftrag des Handelshauses der Gebrüder Karajew die Küste abfuhren und als Vertreter einer russischen Firma versuchten, russische Waren gegen die amerikanischen durchzusetzen. Gewöhnlich kam Kibisow mit mehreren Gespannen, auch jetzt war schon von fern zu sehen, daß es mindestens zwei Schlitten waren. Als die Gespanne jedoch näher kamen, sahen sie, daß ihre Vermutung, es könne Kibisow sein, falsch war: Auf den Schlitten saßen Landsleute, Tschuktschen. Die tief überm Horizont stehende Sonne beleuchtete die Reisenden von der Seite, die langen Schatten machten es schwer, die Menschen richtig zu sehen und zu erkennen. Die tief hinter Vielfraßpelzen verborgenen Gesichter, die bereiften Schnurrbärte und Brauen weckten jedoch sofort Kagots Besorgtheit.

Langsam kamen die Hunde bis vor die Jaranga, und als sie ein langgedehntes, beruhigendes »Heee!« hörten, das ihnen lange Ruhe und reichliches Futter verhieß, blieben sie stehen und legten sich sofort in den Schnee.

»Amyn ettyk! – Seid gegrüßt!« ließ sich als erster Amos vernehmen.

»Ii«, antwortete der erste Gespannführer, der leichtfüßig vom Schlitten gesprungen war, und an der Stimme erkannte Kagot den Schamanen Taap, einen Freund des aus dem Leben gegangenen großen Schamanen Amos.

Taap trat langsam auf den vor Überraschung erstarrten Kagot zu und sagte leise: »Nun sind wir uns also doch begegnet … Wir haben dich lange gesucht, dachten schon, wir finden dich nie.«

Auch den zweiten Mann kannte Kagot. Es war Nuten, ein Neffe von Taap, ein entfernter Verwandter von Amos. Wollte man alle verwandtschaftlichen Verbindungen des verstorbenen Amos und Taaps verfolgen, dann war durch seine verstorbene Frau auch Kagot mit dem jungen Nuten verwandt.

Gaimissin, der der Unterhaltung lauschte, fragte: »Woher des Wegs? Habt ihr es noch weit?«

»Wir sind aus Inakul«, antwortete Taap. »Es sieht ganz so aus, als wären wir am Ziel, als hätten wir den verirrten Bruder gefunden.«

»Wen habt ihr denn gesucht?« fragte der Blinde weiter.

»Kagot«, antwortete Taap.

»Nun steht er ja vor euch«, sagte Gaimissin breit lächelnd. »Ihm ist nichts Schlimmes passiert. Wir haben ihn liebgewonnen.«

»Warum müssen wir im Frost reden!« rief Amos besorgt. »Kommt in die Jaranga, wärmt euch. Unterhalten können wir uns später.«

Die Gäste traten in den Tschottagin, zum lebendigen Feuer, Amos und Kagot aber nahmen sich nach altem Brauch der Hunde an. Sie spannten die müden Tiere aus, führten sie zum Rastplatz und banden sie an eine lange Kette. Sie befreiten die Schlitten von ihrer Last und schoben sie aufs Dach der Jaranga.

Taap und Nuten hatten die vom Frost hart gewordenen Kamlejkas ausgezogen, tranken mit Genuß heißen Tee und warteten auf frisches Fleisch. Tutyna und Tschejwyne stülpten das Schuhwerk der Reisenden um, damit es gut trocknete.

Aus Kaljanas Jaranga kam Perschin. Er begrüßte die

Gäste und erkundigte sich, ob sie für ihn Post mitgebracht hätten.

»In Uelen wollte uns die neue Obrigkeit einen Packen Papiere mitgeben, aber wir haben ihn nicht genommen«, sagte Taap. »Wir sind es nicht gewöhnt, so was zu befördern.«

»Sehr schade«, sagte Perschin ärgerlich. »Und wie geht es dort meinen Genossen? Wie arbeitet das Revolutionskomitee?«

»Wir haben mit den Tangitan nichts zu tun«, erwiderte Taap trocken.

Nachdem Amos und Kagot die Hunde untergebracht und mit Kopalchen gefüttert hatten, kamen auch sie in den Tschottagin.

Perschin gab die Hoffnung nicht auf, doch noch etwas über die Tätigkeit seiner Genossen zu erfahren, und fragte: »Aber Sie haben doch irgendwas über die Sowjetmacht gehört?«

»Vielleicht gibt es sie, diese Macht«, antwortete Taap langsam, »aber wir brauchen sie nicht.«

»Wie das? Warum nicht?« empörte sich Perschin.

»Wo kommt denn der bei euch her?« fragte Taap voll unverhohlener Verachtung für die Fragen des Lehrers.

»Er ist ein Abgesandter der neuen Macht«, antwortete Amos unsicher. »Ist Anfang des Winters mit einem Genossen aus Nowomariinsk hierhergekommen. Der andere ist weitergefahren, und der hier ist geblieben.«

»Was macht er denn hier?«

»Er unterrichtet in Lesen und Schreiben, in Rechnen ...«

»Und was noch?«

»Und dann redet er noch von der Zukunft. Verheißt ein anderes Leben.«

»Und ihr glaubt ihm?«

»Wir hören ihm zu.« Amos lächelte hilflos.

»Er erzählt sehr interessante Dinge!« mischte sich Gaimissin ein. »Alles kann man freilich nicht glauben, aber interessant ist es!«

Perschin war etwas verlegen und wußte nicht, wie er sich verhalten sollte. Diese Ankömmlinge konnten ihn offensichtlich schon vom ersten Augenblick an nicht leiden. Wer mochten sie sein? Er sah Kagot an und war betroffen, wie der sich verändert hatte. Noch vor einer Stunde war er ein selbstsicherer, ruhiger Mann gewesen, jetzt aber wirkte er wie aufgeschreckt, als wisse er plötzlich nicht ein noch aus.

»Wir haben einen weiten Weg durchs Tschuktschenland hinter uns«, sagte Taap. »Haben alles mögliche gesehen, sind verschiedenen Menschen begegnet, mußten Unwetter überstehen, unsere Hauptaufgabe aber war, einen verlorenen Bruder zu finden.« Dabei sah er unverwandt, ohne zu lächeln, Kagot an.

Taap und sein Neffe gehörten zu einer weitverzweigten, aus Tschuktschen und Eskimos bestehenden Familie, die sich in den Siedlungen um Inakul niedergelassen hatte. Einige Verwandte waren sogar über die Beringstraße auf die St.-Lawrence-Insel gezogen. Das Leben wurde unsichtbar von einer kleinen Gruppe gelenkt, zu der der verstorbene Amos gehört hatte, weiterhin Taap gehörte und der auch Kagot hätte angehören müssen, wäre er nicht aus der Siedlung geflohen.

»Wir wollen uns ein paar Tage ausruhen und dann zurückfahren«, sagte Taap. »Der Weg ist weit, und wir müssen zu Hause sein, ehe die Flüsse in Bewegung geraten und der Schnee taut.«

»Dann wird also Kagot mit euch fahren?« fragte Gaimissin.

»Ja«, erwiderte Taap.

»Schade«, seufzte Gaimissin. »Er hat uns sehr gefallen. Und eine unverheiratete Frau gibt es hier auch noch.«

»Wir haben genug eigene Frauen.« Taap grinste.

»Auch mit Tee und Zucker wird es dann vorbei sein«, klagte der Blinde weiter.

Taap begriff nicht, warum mit Kagots Abreise die Tangitan-Waren abnehmen würden, wollte aber nicht nachfragen. Das Hauptziel ihrer monatelangen Reise war erreicht – der Flüchtige war gefunden und würde nach Hause gebracht. Dort würden sie ihn vor die Wahl stellen: Entweder kehrte er zu der Lebensweise zurück, die ihm von oben bestimmt war, oder er ging aus dem Leben. Aber wer würde sich in so jungen Jahren freiwillig vom Leben verabschieden? Taap begegnete Kagots Augen und lächelte erst jetzt.

Kagot sah nicht erschöpft aus. Wahrscheinlich hatte er sich hier gut erholt und satt gegessen. Fern vom Ort trauriger Begebenheiten hatte er offensichtlich Ruhe gefunden.

»Und wo ist deine Tochter, Kagot?« fragte Taap.

»Sie ist in der benachbarten Jaranga.« Kagot erhob sich. »Ich gehe zu ihr.«

»Bring sie her«, sagte Taap. »Schließlich ist sie mit mir verwandt.«

Kagot ging hinaus. Perschin folgte ihm.

»Kennst du sie? Wer sind sie?«

Kagot wandte sich erschrocken zum Jaranga-Eingang um, als befürchtete er, verfolgt zu werden. »Das ist der Schamane Taap und sein Neffe. Sie sind gekommen, um mich zu holen. Ich muß hier weg, muß flüchten!«

Kagot lief wirklich zu Kaljanas Jaranga. Perschin konnte ihn kaum einholen. Kagot lief in den Tschottagin, packte seine Tochter und trug sie hinab zum Meer, zu dem von der Steilküste gut sichtbaren Schiff. Eine Weile ging Perschin hinter ihm her, blieb dann aber stehen und beobachtete lange den laufenden Mann mit dem Kind auf dem Arm, bis er sich überzeugt hatte, daß Kagot glücklich das Schiff erreicht hatte und an Bord gegangen war.

Inzwischen dauerte in der Jaranga das Gespräch an. »Was für ein Schiff steht denn da an eurer Küste?« fragte Taap. »Gehört es vielleicht denen, die vom neuen Leben reden?«

»Nein, das sind andere Fremdlinge«, antwortete Amos. »Norweger. Sie fahren zum Gipfel der Erde und warten auf den Frühling, damit sie mit driftendem Eis weiterkommen.«

»Manchmal kann man sich nur wundern, wie viele Verrückte es unter den Tangitan gibt«, bemerkte Taap.

»Sie erzählen, daß sie es schon geschafft haben, am entgegengesetzten Ende der Erde zu sein«, ergänzte Gaimissin, »direkt unter unseren Füßen.«

»Kagot erzählt viel Sonderbares von ihnen«, sagte Amos.

»Ja, Kagot ist in seiner Jugend auf einem fremdländischen Schiff gefahren und war in ihrem Land«, bestätigte Taap.

»Kagot arbeitet auch jetzt bei ihnen und wohnt auf dem Schiff«, teilte Amos mit. »Er kocht für sie, räumt die Kajüten auf. Er wird gut bezahlt, kriegt Mehl, Tee, Zucker, Tabak. Und auch wir bekommen etwas ab.«

»Was du nicht sagst!« Taap sprang auf und schrie seinem Kameraden zu: »Komm!«

In Kaljanas Jaranga saß nur Perschin im Tschottagin.

»Wo ist Kagot?« fragte Taap.

Perschin antwortete gelassen: »Er ist aufs Schiff gegangen.«

»Und seine Tochter?«

»Die hat er mitgenommen.«

Taap sah den Lehrer argwöhnisch an und fragte: »Wieso kennst du unsere Sprache so gut?«

»Ich habe sie gelernt.«

Taap betrachtete aufmerksam den Tschottagin, ging zum Polog, hob den Fellvorhang an, schaute ins warme Dunkel des Schlafraums und spuckte böse auf den Boden.

Taap und Nuten stiegen aufs Eis hinab und gingen am Hundestall und am Magnetobservatorium vorüber. Taap ärgerte sich nicht wenig über Kagots Flucht. Er hatte erwartet, einen hilflosen, von dem Erlebten geistig geschwächten Mann vorzufinden, den er leicht zur Rückkehr überreden oder sonst einfach gewaltsam nach Hause befördern könne. Statt dessen hatte er einen normalen, sogar aufgeblühten Mann vorgefunden, der seine alten Verwandten nicht mehr zu brauchen schien und wohl nicht einmal wünschte, mit ihnen etwas gemein zu haben. Taap war nur wenig älter als Kagot, aber längst hatte er sich die uralten, oftmals grausamen Stammesbräuche zu eigen gemacht. Sonst hätte er nicht überleben, hätte er einen sich widersetzenden Menschen, der versuchte, selbständig zu denken, seiner Macht nicht unterwerfen können – zumal jetzt, da das Leben an der Küste ganz durcheinandergeraten war, da die Bolschewiken mit ihren Ideen von einem neuen Leben aufgetaucht waren. Diese Ideen hatten noch vor kurzem so unerfüllbar geschienen wie der Traum von einem nie zufrierenden, von allerlei Getier wimmelnden Meer. Der Abstand zwischen der Idee von einem für alle gerechten Leben und der Wirklichkeit war nicht geringer als der zwischen der Erdoberfläche und dem Mond. Jedenfalls schien das so. Plötzlich aber hatten sich Menschen gefunden, die verkündeten, bis zum Mond sei es nur ein Katzensprung und den Schlüssel zu einem gerechten Leben habe man in der eigenen Hand. All das konnte die armen Menschen nur verwirren.

Während sie sich dem Schiff näherten, erlahmte Taaps Entschlossenheit allmählich. Wer weiß, vielleicht hatte Kagot bei den Tangitan eine Weisheit gewonnen, die stärker war als die eines Schamanen?

Das fest ins Eis eingefrorene Schiff sah nicht aus, als sei es in Not geraten. Ein großer Teil des Decks war mit fester Zeltleinwand bedeckt. An den bereiften Masten, an der Takelage hing gefroren geschlachtetes Wild – hingen Rentiere und weiße Schneehühner. Aus einem großen Schornstein stieg streng riechender schwarzer Rauch. Taap wußte, daß so bei den Tangitan ein heißer Stein roch, der starke und anhaltende Hitze lieferte.

Eine breite hölzerne Schiffstreppe führte von Bord des Schiffes aufs Eis. An Deck stand ein Mann in einer Fell-Kuchljanka und blickte auf die Näherkommenden. Als Taap und Nuten das Schiff erreicht hatten, machte der Mann eine warnende Handbewegung.

»Wir brauchen Kagot!« schrie Taap.

Der Fremdling schüttelte ablehnend den Kopf und gab durch Gesten zu verstehen, die Ankömmlinge sollten lieber umkehren.

»Kagot! Kagot!« wiederholte Taap und trat auf die unterste Stufe.

An Deck erschien ein zweiter Fremdling. Aus der tief hinabgezogenen Kapuze blickte eine große Nase. Der Mann trug eine Winchester. Er drohte jedoch nicht mit der Waffe, sondern schrie nur laut und gebieterisch: »Zurück!«

Taap begriff, was der Schrei bedeutete, und trat zurück.

Der Großnasige sagte irgendwas. Er sprach lange und sehr entschieden.

Taap hörte sich die Rede des Fremdlings so aufmerksam an, als verstünde er jedes Wort. An dem unbedingten Ton erriet er, daß man ihnen verbot, an Bord zu kommen und Kagot zu holen. Sie mußten anders vorgehen.

»Komm weg von hier«, sagte er zu Nuten und entfernte sich vom Schiff, ohne sich umzusehen.

Nuten folgte ihm. Plötzlich sagte er: »Taap, siehst du, was da ist?«

»Wo?« fragte Taap beunruhigt.

»Dort über der Jaranga.«

Taap sah dahin und erblickte über der letzten Jaranga eine im Licht der untergehenden Wintersonne grell leuchtende rote Fahne.

# 23

Zu Kagots Verwunderung hatte Ainana kein bißchen Angst vor den neuen Leuten, auch nicht vor dem großen Zinktrog voll warmem Seifenwasser. Sundbeck und Rønne, beide mit Wachstuchschürzen, zogen das kleine Mädchen behutsam aus und setzten es ins Wasser. Zuerst verstummte Ainana erschrocken und sah den Vater flehend an, aber schon im nächsten Augenblick lächelte sie wieder, brach in helles Lachen aus – es klang, als rollten Splitter von durchsichtigem Flußeis über einen zugefrorenen Strom.

»Tüchtig!« rief Sundbeck. »Man könnte meinen, Seife und ein Bastwisch sind ihr längst vertraut!«

Der erfindungsreiche Sundbeck hatte ein paar Stücke farbigen Stoff aufgetrieben, der dem Mädchen für die erste Zeit ein Kleid ersetzte. »Ich nähe für sie im Handumdrehn eine ganze Garderobe«, versprach er.

Sundbeck war nicht nur ein ausgezeichneter Mechaniker, Schlosser, Dreher und Kupferziseleur, sondern nähte auch sehr gut. In seiner Werkstatt stand eine Singer-Nähmaschine, die bei Kagot seinerzeit gewaltige Neugier hervorgerufen hatte.

Amundsen selbst hatte es übernommen, den Milchbrei zu kochen, wollte diese Arbeit aus irgendeinem Grund nicht dem Vater anvertrauen. Während er mit einem großen Löffel den dick werdenden Brei rührte, fragte er Kagot: »Womit drohen Ihnen Ihre Landsleute?«

»Sie können mich töten, wenn ich nach Inakul zurückkehre.«

»Warum?«

»Das ist das Los eines Abtrünnigen. Wer sich der Berufung zum Schamanen entzieht, den erwartet der Tod von der Hand seiner Kameraden.«

»Und Sie wollen nicht mehr Schamane sein und auch nicht nach Inakul zurück?«

»Nein.«

»Glauben Sie nicht mehr an die Existenz von Geistern?«

Kagot seufzte. »Doch. Ich glaube. Aber nicht so wie früher. Früher hatte ich keine Zweifel, und ich habe befolgt, was mir der verstorbene Amos und andere Schamanen gesagt haben. Ich habe sogar an das geglaubt, was es wirklich nicht gab, und dachte, es sei zum Wohl der Menschen notwendig. Doch dann kamen mir Zweifel ... Der Glaube geriet ins Wanken, als ich meine Frau nicht retten konnte.«

»Was für eine Krankheit hatte sie denn?«

»Die rote ... Der ganze Körper war voller roter Flecken, und sie konnte nicht in helles Licht sehen.«

»Den Symptomen nach waren es wohl die Masern.«

In seiner Jugend hatte Amundsen Medizin studiert, und obwohl er von der Universität abgegangen war, hatte er das Interesse daran nicht verloren.

»Und wie haben Sie sie behandelt?«

»Gegen die Krankheiten, die die Rekken bringen, gibt es keine Medizin«, antwortete Kagot. »Da bleibt allein die Hoffnung auf die Gnade der Götter. Ich habe sie gebeten, habe sie angefleht, aber sie zeigten sich taub gegenüber meinem Flehen und haben Waal zu sich genommen.«

»Ich kann sehr gut mit Ihnen mitfühlen, Kagot. Aber Sie haben immer noch die Tochter.«

»Ich würde ihr ein glückliches Leben wünschen«, sagte Kagot hoffnungsvoll. »Ihr gefällt hier alles: das Waschen, die hölzerne Jaranga und die Musik.«

Zu Ainanas Ankunft an Bord und um dem Mädchen ein Vergnügen zu bereiten, hatten sie das Grammophon aufgezogen – die Musik war auch in der Kombüse zu hören. Mangel an Kinderwärtern herrschte nicht, jeder gab sich Mühe, das Kind zu unterhalten. Es fanden sich sogar einige

Spielsachen, die wer weiß woher auf das Expeditionsschiff geraten waren. Große Freude bereiteten Ainana ein Plüschbärchen und eine kleine Guttapercha-Puppe mit einem Kleidchen.

Amundsen nahm den Topf von der Herdplatte, kostete den Brei und sagte zufrieden: »Genau richtig, finde ich.«

»Sie mag das fremdländische Essen.« Kagot lächelte, er war diesen ihm eigentlich fremden Menschen sehr dankbar, daß sie sich so nett um seine Tochter kümmerten.

Vor dem Mittagessen kam Perschin aufs Schiff.

»Sehr gut, daß Sie gekommen sind«, sagte Amundsen. »Ich muß mich mit Ihnen als dem Vertreter der gesetzlichen Macht wegen Kagot und seiner Tochter beraten. Ihnen ist gewiß bekannt, daß für sie in Verbindung mit der Ankunft ihrer Landsleute eine sehr bedrohliche Situation entstanden ist.«

»Ja, ich weiß«, antwortete Perschin.

»Die Schwierigkeit ist«, bemerkte Amundsen, »daß wir beide, Sie und ich, uns in eine Lebensweise einmischen, die hier seit Urzeiten existiert, daß wir gewissermaßen gegen Gesetze vorgehen, die von jeher ihr Leben regeln.«

»Da kann man nichts machen.« Perschin zuckte mit den Schultern. »Es ist eine Zeit gekommen, da man sich einmischen muß, ob man will oder nicht. Für mich ist absolut klar: Die Leute, die Kagot holen wollen, sind Feinde des neuen Lebens!«

»Wenn sie aber auf ihre Weise im Recht sind?« fragte Amundsen behutsam. »Schließlich stehen hinter ihren Handlungen eine jahrhundertealte Erfahrung, tausendjährige Traditionen. Ihre Beziehung zu Kagot haben sie sich nicht erst gestern ausgedacht. Das macht alles so kompliziert und schwierig. Offen gesagt, ich beneide Sie.«

»Worum?«

»Daß für Sie alles so einfach ist.«

»Sie haben mich falsch verstanden«, sagte Perschin. »Der

Weg, bis wir ein solches Verhältnis zur Vergangenheit gewonnen haben, war lang und schwer. Aber da wir schon beschlossen haben, mit ihr Schluß zu machen und die Menschen von Fesseln zu befreien, die Sie jahrhundertealte Erfahrung und tausendjährige Traditionen nennen, hält uns nichts mehr auf.«

»Mich wundert Ihre Entschlossenheit und Überzeugung«, sagte Amundsen nach einigem Überlegen.

»Meine Entschlossenheit und Überzeugung beruhen darauf, daß das eine historische Unvermeidlichkeit ist, bewiesen von den Begründern des wissenschaftlichen Sozialismus, Marx und Engels, und bestätigt von der Erfahrung unserer Revolution, von ihrem Führer Lenin.« Perschins Stimme klang feierlich.

Amundsen hörte zu, nickte, doch erschreckte ihn, wie fanatisch und kategorisch dieser junge Mann argumentierte – Zeugnis geringer Bildung, oft aber auch die Art, wie sich Revolutionstheoretiker an die unterdrückten Klassen wenden. Als Perschin verstummt war, bemerkte Amundsen vorsichtig: »Leider hatte ich nicht die Zeit, mich eingehender mit ihrer Lehre zu befassen. Nur hin und wieder kam mir der Gedanke: Wie konnte im Schoß der deutschen Gesellschaft, die derart auf Gesetzlichkeit und Ordnung baut, eine solche revolutionäre Lehre entstehen, die den historischen Weg Rußlands offenbar so völlig verändert hat?«

»Ich erlaube mir die Bemerkung«, sagte Perschin, »daß die Revolution in Rußland einen solchen Einfluß auf die Weltgeschichte ausüben wird, wie wir es jetzt nicht vorhersagen können. Eine gewaltige neue Kraft ist auf die historische Arena getreten, die Kraft des Arbeitervolks.«

Amundsen betrachtete den jungen Russen und hatte dabei widersprüchliche Empfindungen. Einerseits war es schwer, der Logik und Überzeugungskraft seiner Erörterungen zu widerstehen, andererseits fiel es ihm nicht leicht, sich damit abzufinden, daß vieles, was er früher für unumstößlich und festgefügt gehalten hatte, nun sehr zweifelhaft erschien. Die Frage, die ihm schon am ersten Tag der Abfahrt aus Norwegen in den Sinn gekommen war – wie die Welt aussehen würde, sobald die Expedition in zivilisierte Länder zurückkehrte –, hatte neue Brisanz erhalten. Und angesichts der gewaltigen, alle bisherigen Vorstellungen sprengenden Ziele, in deren Namen sich dieser russische Revolutionär hier befand, schien ihm sein eigenes Vorhaben, die Nordostpassage zu erschließen und den Nordpol zu bezwingen, mitunter gar nicht mehr so bedeutsam.

Bemüht, ein aufkommendes Gefühl der Besorgnis und der Gereiztheit zu unterdrücken, sagte Amundsen: »Wenn Sie nichts dagegen haben, wird Kagot einstweilen auf der ›Maud‹ bleiben – unter dem Schirm und Schutz der norwegischen Fahne.«

»Ich werde Ihnen dafür sehr dankbar sein«, antwortete Perschin würdevoll. »Wir könnten auch unterm Schutz der roten Fahne für ihn eintreten, aber in der gegebenen Situation ist es besser, er bleibt bei Ihnen.«

Nachdem Amundsen den Gast verabschiedet hatte, blickte er bei Kagot hinein und sah ihn mit dem kleinen Mädchen spielen. Ainana hatte sich völlig verändert. Die Haare kurz geschnitten, mit duftender Seife sauber gewaschen, in ein rasch umgenähtes Männerhemd von Sundbeck gekleidet, strahlte sie vor Zufriedenheit und Glück, ohne etwas von der Gefahr zu ahnen, die ihr und dem Vater drohte. Sogar Kagot wunderte sich, daß das Mädchen die Umgebung fremder Personen so akzeptiert hatte, als hätte sie ihr Leben lang unter diesen bärtigen und hellgesichtigen Leuten verbracht.

Ainana streckte Amundsen die Ärmchen entgegen und weckte in seiner Brust eine seltsame, unbekannte Wärme.

»Sie ist ein prächtiges kleines Wesen!« rief der Vorgesetzte. »Wie hübsch du bist, Ainana!«

»Sie ist ihrer Mutter sehr ähnlich«, sagte Kagot.

Ainana war im Nu aller Liebling geworden. Dank gemeinsamer Bemühungen waren für sie buchstäblich in zwei Tagen ein Kleidchen sowie Schuhe und ein Pelz aus weichem Renkalbfell genäht worden. Jedem Expeditionsmitglied machte es größtes Vergnügen, mit dem Mädchen an Deck spazierenzugehen oder sie schlafen zu legen. Sie wurde jeden Abend gebadet, abwechselnd von jedem Expeditionsmitglied.

Bei all diesen Bemühungen hatte Sundbeck die Unterrichtsstunden ganz vergessen, die er Kagot geben mußte, und so war er zunächst verwundert, als dieser fragte: »Und wann werden wir lernen?«

Kagot hatte offensichtlich eine Vorliebe für die Stunden, die mit Rechnen zu tun hatten, während Olonkin vergeblich versuchte, ihm die Grundbegriffe von Lesen und Schreiben beizubringen. Die hohe Kunst, Laut und Zeichen zu vereinen, blieb für Kagot unbegreiflich. Dagegen fesselten ihn die Manipulationen mit Zahlen, verschiedene arithmetische Möglichkeiten. Mit Berechnungen konnte er sich endlos abgeben. Das bereitete ihm einen seltsamen Genuß, weckte in ihm das Empfinden, mit einer unbekannten Kraft, einer geheimnisvollen Macht Umgang zu haben. Kagot hoffte, irgendwo zwischen den großen Zahlen sei das Rätsel vieler Erscheinungen verborgen, ließe sich die Enträtselung tiefster Geheimnisse des Seins finden, zum Beispiel, wie die Äußeren Kräfte mit den auf Erden lebenden Menschen verbunden seien.

Das dicke Heft, das er erhalten hatte und das vorher für die Aufzeichnung von Beobachtungen über das Magnetfeld der Erde bestimmt gewesen war, füllte sich mit Zahlenblöcken und Zahlenreihen – mit zusätzlichen Zeichen, deren Sinn nur Kagot verstand.

Nach einem Blick in das Heft sagte Rønne voll unverhohlener Bewunderung: »Es sieht ganz so aus, als begeistere sich Kagot ernsthaft für die Mathematik.«

Die durch Ainanas Ankunft leicht gestörte Schiffsordnung wurde schnell wiederhergestellt, und abends, wenn das Geschirr gespült, Ainana gewaschen und schlafen gelegt war, wurde in der Messe der Unterricht erneut aufgenommen. Schnell beendete Kagot seine Versuche, das Geheimnis der Buchstaben zu ergründen, schloß mit einem Seufzer der Erleichterung das Heft für Schreibarbeiten und öffnete das andere für die Zahlen.

Als Sundbeck eine sonderbar große Zahl sah, die wer weiß woher auf die erste Heftseite geraten war, fragte er verwundert: »Was ist das?«

»Eine Zahl.« Betreten schlug Kagot die Augen nieder.

»Woher kommt denn die?«

»Ich habe die Zahl der Füße und Hände aller Menschen genommen, die ich je gekannt habe«, versuchte Kagot zu erläutern, »habe die Pfoten aller Expeditionshunde und unserer eigenen hinzugerechnet und mir dann vorgestellt, diese Zahl sei doppelt so groß wie in Wirklichkeit; dabei ist das herausgekommen. Ich kann diese Zahl nicht einmal aussprechen.«

»In der Tat«, murmelte Sundbeck. »Ein Teufelszeug ist rausgekommen.«

»Ich kann sie streichen«, schlug Kagot bereitwillig vor.

»Warum?« wandte Sundbeck ein. »Soll sie ruhig stehenbleiben. Ich sage Ihnen nur, Kagot, auch diese Zahl kann man verdoppeln, sogar verdreifachen.«

»Ja?« fragte Kagot mit aufglühenden Augen. »Kann man das wirklich?«

»Man kann.«

»Und nichts passiert dabei?«

»Was soll denn passieren?« Sundbeck zuckte mit den Achseln.

»Aber das geht doch nicht so einfach«, sagte Kagot nachdenklich. »Das ergibt doch eine riesige, unvorstellbare Zahl!«

»Wissen Sie, Kagot«, sagte Sundbeck mit ernst gewordener Stimme. »Sie eilen zu sehr voraus. Zum Begriff der Unendlichkeit kommen wir schon noch, jetzt besteht unser Hauptziel darin, ganze Zahlen zusammenzuzählen, abzuziehen, zu teilen und malzunehmen. Dann kommen wir zu den Bruchzahlen.«

»Was ist denn das – Bruchzahlen?«

»Die Teile von ganzen Zahlen.«

»Wie das?« murmelte Kagot verwirrt. »Teile von Füßen? Teile von Händen?«

»Darüber reden wir später.« Sundbeck lächelte und setzte entschieden hinzu: »Einstweilen wollen wir uns mit ganzen Zahlen befassen.«

Gelassen zählte Kagot an diesem Abend Zahlen zusammen, zog ab und nahm sie mal zwei oder sogar drei, doch der scharfsinnige Sundbeck bemerkte, daß er sich in sonderbarer Verfassung befand, und fragte: »Beunruhigt Sie irgendwas, Kagot?«

»Nein«, antwortete Kagot.

»Vielleicht sind Sie müde? Dann machen wir für heute Schluß mit dem Unterricht.«

»Gut, lassen wir's bleiben.«

Kagot nahm das Heft und ging in seine Kajüte.

Nachdem die Tür hinter ihm geschlossen war, bemerkte Amundsen besorgt: »Ihm ist zur Zeit offenbar nicht nach Lernen zumute.«

»Einem Außenstehenden fällt es schwer, sich vorzustellen, daß im Innern ihrer primitiven Gesellschaft solche Leidenschaften brodeln können«, meinte Rønne.

»Das spricht davon, daß wir es keineswegs mit einer primitiven Gesellschaft zu tun haben«, sagte Amundsen. »Es gibt keinen größeren Fehler, als die arktischen Völker für primitiv zu halten, ihr geistiges und gesellschaftliches Leben herabzusetzen. Ich werde den Gedanken nicht los, daß ich, indem ich mich den Forderungen von Kagots Stammesgefährten widersetzte, äußerst wichtige Stammesgesetze grob verletzt habe.«

»Denken Sie, es wäre richtiger gewesen, ihn den seinetwegen hierhergekommenen Schamanen auszuliefern?« fragte Olonkin.

»Nein, das wäre keine Lösung gewesen«, sagte Amundsen achselzuckend. »Wir werden sehen, wie's weitergeht. Das einzige, was ich sagen kann: In den vielen Jahren meiner Arktisreisen bin ich in solche Angelegenheiten noch nie verwickelt worden. Das erstaunlichste ist, Perschin hat möglicherweise recht. Die russische Revolution wird sich so oder so nicht nur auf den Lauf der Weltgeschichte, sondern auch auf unsere Schicksale auswirken.«

»Was Kagot anbelangt, so hat sich die Revolution jedenfalls schon insofern ausgewirkt, als sie ihm das Leben gerettet hat. In einer anderen Zeit hätten sie den armen Kagot längst weggeschafft und ihn entweder unterwegs oder in seiner heimatlichen Siedlung getötet«, meinte Rønne.

Während dieses Gesprächs saß Kagot an dem kleinen Klapptisch unter dem Bullauge seiner Kajüte und sah sich die von ihm aufgeschriebenen Zahlen an. Wieder spürte er die sonderbare Erregung, die ihn in den letzten Tagen heimgesucht hatte, sooft er über die riesigen Zahlen nachdachte, über die er mit Hilfe der Bleistiftspitze gebot. Was ließ sich mit Zahlen vergleichen, die der Verstand nicht mehr fassen konnte? Das erste, was ihm in den Sinn kam, war der Sternenhimmel. Sterne gab es natürlich zahllose, aber mit gewisser Geduld und Übung könnte man sogar sie zählen. Man könnte sicherlich sogar die Mücken in der sommerlichen Tundra zählen, wenn sie in ganzen Wolken über den weidenden Rentieren hingen. Sehr groß war offenbar auch die Zahl der Menschen auf der Welt, wie er den Gesprächen in der Messe entnahm. Eine Vorstellung von großen Zahlen gaben sowohl die Fischschwärme als auch die Kieselsteine auf den vom Wasser bloßgelegten

Küstenstreifen, der Sand und die fallenden Schneeflokken … Und doch – wie lautete die allerletzte Zahl? Es mußte sie geben! Es konnte ja nicht sein, daß es sie nicht gab, das widerspräche doch der Vernunft!

Diese Zahl mußte natürlich über magische Eigenschaften verfügen. Wer sie erkennt, würde nicht einfach die Zahl gefunden haben, sondern etwas Größeres, vielleicht würde er eine besondere Kraft gewinnen, Scharfsinn, Weisheit, würde er die Quelle menschlichen Glücks entdecken, höhere Gerechtigkeit – kurz, alles, wovon der Mensch träumt.

Natürlich kann man eine beliebige Zahl verdoppeln oder verdreifachen, das hatte Kagot mitbekommen. Doch die magische Zahl zeichnete sich, wie er vermutete, nicht durch ihre Größe aus, sondern durch ihre Unüberschaubarkeit, die Vollendung des Prozesses der Mengenzunahme. Um diese Zahl zu finden, muß man also behutsam vorgehen, Schritt für Schritt, eine Einheit nach der anderen hinzufügen, um den Moment nicht zu verpassen, da diese magische Zahl aufleuchtet.

Kagot begann zu schreiben. Er schrieb die Zahlen spaltenförmig untereinander, und um Platz zu sparen, teilte er jede Seite durch eine vertikale Linie, begann, wenn er eine Säule beendet hatte, daneben die nächste. Das war eine monotone und ermüdende Arbeit, aber in der Ferne leuchtete ein hohes Ziel. Die Zeit blieb stehen, hörte auf zu existieren. Kagots Selbstvergessenheit war so groß, daß er nicht einmal mehr an seine Tochter dachte, die eine Handbreit entfernt neben ihm lag und seiner verstorbenen Frau so ähnlich war. Er hatte sich gleichsam über all das erhoben, hatte die hölzernen Wände der Schiffskajüte auseinandergeschoben und war von der Küste der Tschaunbucht viel weiter geflogen als dorthin, wohin der Leiter der norwegischen Polarexpedition, der große Reisende Roald Amundsen, strebte.

Kagot kam erst zur Besinnung, als seine Augen keine Zahlen mehr unterschieden und ihm der Bleistift aus der Hand fiel. Er löschte das Licht, sank, ohne sich auszuziehen, auf die schmale Koje und fiel in einen Schlaf voller sonderbarer zauberhafter Träume. Ihm schien, er sähe die magische Zahl in weiter Ferne vor sich, innerhalb einer Reihe von Zahlen, die aus irgendeinem Grund an der Küste auf dem Ufereis standen. Kagot lief zu der leuchtenden Zahl hin, wollte sie einfangen, doch sie entfernte sich von ihm, lief immer weiter weg, mit elektrischen Lämpchen geschmückt, die Sundbeck angezündet hatte. Kagot lief – er fürchtete, die magische Zahl könne ins kalte Wasser fallen, könne erlöschen und für immer verschwinden. Er wollte schreien, damit man nicht zuließe, daß diese Zahl abstürzt, doch sie blieb unerreichbar. Plötzlich blieb diese Zahl wie durch ein Wunder an der Spitze eines Eisblocks hängen, und Kagots Herz begann vor Freude zu schlagen: Ein paar Schritte noch, und er hätte sie … Doch da packte ihn jemand an der Schulter, hielt ihn im Lauf an und … Kagot erwachte. Vor ihm stand Amundsen.

»Kagot! Kagot! Es ist schon halb acht!«

Kagot sprang auf, begriff entsetzt, daß er verschlafen und der Mannschaft kein Frühstück zubereitet hatte. Er stürzte in die Kombüse und seufzte erleichtert auf: Der Herd war geheizt, im Backofen stand ein Blech mit leicht gebräunten Brötchen, und in einem großen Topf kochte Haferbrei.

»Was ist mit Ihnen, Kagot? Haben Sie schlecht geschlafen?« fragte Amundsen teilnahmsvoll.

»Ich bin spät eingeschlafen.«

»Sie machen sich unnütz Sorgen«, sagte Amundsen beruhigend. »Hier auf dem Schiff sind Sie und Ihre Tochter außer Gefahr. Niemand wird es wagen, Ihnen etwas zu tun.«

»Danke, Herr Vorgesetzter.« Kagot wußte vor Scham nicht ein noch aus. »Ich fürchte meine Verfolger nicht.«

»Sie fordern doch aber, daß Sie mit ihnen zurückkehren«, erinnerte ihn Amundsen.

»Sie haben sicherlich noch nicht begriffen, daß ich nicht mehr der Kagot bin, den sie von früher kennen.«

»Sie wollen sich mit Ihnen treffen und mit Ihnen reden«, sagte Amundsen. »Vielleicht sollten Sie sich wirklich sehen? Dann hören sie aus Ihrem Mund, daß Sie mit ihnen nichts mehr zu tun haben wollen.«

»Gut, ich werde mich mit ihnen treffen.« Kagot nickte. »Ich werde mit ihnen sprechen.«

Während Kagot das Frühstück auftrug, dachte er unentwegt daran, daß er an jedem anderen Ort, von anderen Fremdlingen für das heutige Vergehen sofort vom Schiff gejagt worden wäre. Er entsann sich, wie er auf der »Belinda« behandelt worden war. Damals hatte er gedacht, es gebe sicherlich keinen anderen Umgang von Fremdlingen mit Tschuktschen. So war es auch an der Küste gewesen, wenn die weißen Händler die Tschuktschen angeschrien, offen verhöhnt, ihr Benehmen und ihre Redeweise lächerlich gemacht hatten. Dummer Hochmut und Dünkel schienen eine Stammeseigenschaft dieser Menschen zu sein, setzten sie in den Augen der Ureinwohner sehr herab. Nun aber zeigte sich, daß es unter ihnen ganz normale Leute gab mit einem normalen Verhältnis zu jedem beliebigen Menschen, daß sie in jedem einen Bruder sahen.

## 24

Sundbeck und Amundsen sagten Kagot mit tiefernster Miene, daß die Suche nach einer allerletzten, größten Zahl absurd sei. Er glaubte ihnen nicht. Natürlich war ihm klar, daß seine Kenntnisse keinen Vergleich mit den Kenntnissen derer aushielten, die lange Jahre Lesen, Schreiben und Rechnen gelernt hatten. Aber aus irgendeinem Grund wollte ihm scheinen, sie hätten einfach den Sinn der magischen Kraft einer allerletzten, größten Zahl nicht begriffen, als hielten sie ihn bewußt vor ihm verborgen. Vielleicht erklärte gerade die Kenntnis einer solchen Zahl den Erfolg dieser Menschen, ihre erstaunliche Fähigkeit, Dinge herzustellen und zu erfinden?

Immer öfter überkam Kagot der Wunsch, alle Arbeit hinzuwerfen, sich das Heft vorzunehmen und Zahlen zu schreiben, sich an die magische Zahl heranzutasten.

Nach dem Vorfall mit dem Frühstück bemühte sich Kagot, ein besonders gutes und vielfältiges Mittagessen zuzubereiten, und bei Tisch äußerten alle laut ihre Zufriedenheit. Für die kleine Ainana hatte Sundbeck einen extra hohen Stuhl gezimmert. Auf der Drehbank hatte er aus Walroßbein auch einen winzigen Löffel gedrechselt, eine kleine Gabel und einen mit Schnitzerei verzierten Serviettenring. Wenn Ainana sich an den Tisch setzte und eine bunte Serviette unters Kinn gebunden bekam, stockte ihres Vaters Herz vor Liebe und Zärtlichkeit. Ainana selbst dachte, alle diese bärtigen, lauten und großen Männer, die in einer fremden Sprache redeten, wollten mit ihr spielen, und sie benahm sich dementsprechend, versuchte mit Löffel und Gabel zu essen, ging auf dem verschneiten Deck spazieren, fuhr neben der Schiffstreppe auf einem eigens hingelegten vereisten Brett Schlitten. Der Tag endete mit dem Bad in einem großen Zinktrog.

Als die Zeit für die nächste Unterrichtsstunde heran war, sagte Kagot plötzlich zu Sundbeck: »Vielleicht verzichten wir aufs Rechnen?«

»Warum?«

»Ich sehe darin keinen Sinn.«

»Nein?« fragte Sundbeck verwundert.

»Wir zählen dauernd zusammen, ziehen ab, lösen verschiedene Aufgaben, aber zum Wesentlichen kommen wir nicht«, sagte Kagot.

»Und was ist für Sie das Wesentliche?« fragte Sundbeck.

»Die allerletzte, größte Zahl«, sagte Kagot leise.

Sundbeck seufzte tief und schwer. Alle, die in der Messe saßen, spitzten die Ohren. »Ich habe Ihnen doch schon einmal gesagt, Kagot, daß es keine allerletzte, größte Zahl gibt.«

»Aber Sie haben doch selber zu Beginn unseres Unterrichts gesagt, daß die Zahlen die Mengen der uns umgebenden Gegenstände bezeichnen«, erinnerte ihn Kagot. »Gegenstände aber haben eine allerletzte Zahl. Alles hat ein Ende. Ich denke mir, auch die Mücken sind einmal zu Ende, genauso wie der Sand ein Ende nimmt, wenn Sie über einen sandigen Küstenstreifen gehen – Sie stoßen dann auf Kiesel oder Feldsteine oder auf die Tundra. Die Haare auf einem Renfell und sogar die Sterne kann man zählen, wenn man es richtig anpackt.«

»Sind Sie sicher, daß man die Sterne zählen kann, Kagot?« fragte Amundsen ironisch.

»Ja«, antwortete Kagot entschieden.

»Interessant«, sagte der Expeditionsleiter und sah seine Gefährten an.

»Mir scheint«, sagte Kagot, »diese allerletzte, größte Zahl kann man finden. Man braucht nur Geduld.«

Kagot ging in seine Kajüte. Als die Tür hinter ihm zugefallen war, sagte Amundsen: »Er ist einfach müde. Offenbar schläft er schlecht, macht sich Sorgen wegen der Nähe seiner Feinde.«

»Vielleicht aber schreibt er Zahlen?« vermutete Sundbeck.

»Ich sehe mal nach«, sagte Olonkin, erhob sich vom Stuhl und ging auf Zehen zur Tür von Kagots Kajüte. Vorsichtig öffnete er sie einen Spaltbreit, warf einen Blick hinein und sah den Koch über ein vor dem Bullauge ausgebreitetes Heft geneigt. Kagot rührte sich nicht einmal, drehte den Kopf nicht zur Tür.

Wieder in der Messe zurück, sagte Olonkin: »Er schreibt.«

»Mir macht seine Verfassung Sorgen«, sagte Sundbeck beunruhigt. »Vielleicht bringen Lesen, Schreiben und Rechnen einem Hiesigen wirklich nur Schaden?«

»Ich habe in einer ethnographischen Arbeit gelesen«, sagte Amundsen, »daß Leute, die an eine bestimmte, schon Jahrtausende alte Lebensweise gewöhnt sind, so sehr mit ihr verwachsen, daß sich jede Störung ihres gleichmäßigen Lebensablaufs schmerzhaft auf ihre psychische Verfassung auswirken kann.«

»Wollen Sie damit sagen, daß der Unterricht Kagot keinen Nutzen gebracht hat?« fragte Sundbeck.

»Meiner Meinung ist es für solche Schlußfolgerungen noch zu früh«, sagte Amundsen beschwichtigend. »Zunächst ist ja alles gutgegangen.«

»Ich denke, wir müssen eine Pause einlegen«, beschloß Sundbeck. »Kagot hat es jetzt nicht leicht: die Stammesverwandten, die ihn holen wollten, die Sorge um seine Tochter … Soll er nur ein wenig ausruhen.«

Am nächsten Morgen beim Frühstück erklärte Sundbeck Kagot, daß der Unterricht für eine Weile eingestellt würde. Der Koch sah seinen Lehrer verwundert an. »Warum?«

»Das ist so üblich«, antwortete Sundbeck munter. »Bei solchen geistigen Beschäftigungen macht man von Zeit zu Zeit Pausen, die Ferien heißen.«

»Wozu?«

»Damit sich die Kenntnisse tief im Bewußtsein des Schülers verankern«, antwortete Sundbeck.

Kagot nickte schweigend, doch seine ganze Miene drückte Mißtrauen aus. Als der Abend gekommen war, zog Amundsen, um Kagot zu zerstreuen, das Grammophon auf und veranstaltete einen Tanzabend.

Kagot und Ainana lachten Tränen, als sie sahen, wie der Vorgesetzte, der den Kavalier darstellte, den hochgewachsenen, stämmigen Sundbeck um die Taille zu fassen suchte. Olonkin wirbelte Rønne herum. Die fremdländischen Tänze hatten natürlich nichts mit den Tänzen der Tschuktschen und Eskimos gemeinsam, doch wenn man eine Weile zusah, konnte man sich durchaus daran gewöhnen. Kagot lauschte jedoch lieber der Musik, vor allem, wenn aus dem breiten Trichter eine Frauenstimme erklang. In dieser Stimme schwang tiefe Sehnsucht. Aus irgendeinem Grund war der größere Teil der Lieder, die von Frauen gesungen wurden, traurig. Oder kam das Kagot nur so vor?

Die Tänzer wechselten einander ab. Sundbeck nahm Ainana auf den Arm und drehte mit ihr einige Kreise. Das Mädchen lachte herzlich und wollte erst schlafen gehen, als ihr erlaubt wurde, an diesem Tag länger im warmen Wasser zu planschen.

Nachdem alle Expeditionsmitglieder, von den Tänzen und Späßen ermattet, auseinandergegangen waren, räumte Kagot die Messe auf, wischte mit einem an einem langen Stock befestigten feuchten Lappen das Linoleum, legte die Platten zusammen und blieb dann eine Weile unentschlossen stehen, ehe er das Grammophon wieder in dem Intarsienkasten verstaute.

Auf dem Schiff herrschte Stille. Aus Amundsens Kajüte drangen gleichmäßige Atemzüge. Hin und wieder war vom oberen Deck zu hören, wie unter den Füßen des Wachhabenden der Schnee knirschte. Kagot seufzte tief. Vielleicht käme so eine Gelegenheit nie wieder? Vorsichtig nahm er das Grammophon aus dem Kasten und trug es auf den großen Tisch unter die Hängelampe. Er ging in die Kombüse und holte von dort einen Schraubenzieher.

Den Trichter abzunehmen war nicht schwer. Er löste sich leicht von dem Gehäuse und lag nun auf dem Tisch. Ebenso leicht ging die schwere Metallscheibe ab, auf die die Platten aus einem unbekannten, leichten schwarzen

Material, das weder Holz noch Metall glich, gelegt wurden. Während Kagot Einzelteile des Musikkastens abnahm, suchte er sich einzuprägen, woher er sie genommen hatte, und legte sie sorgfältig nebeneinander.

Nun mußte er in das Heiligste des Musikkastens vordringen, in sein Herzstück.

Kagot hatte sein Gehör so angespannt, daß er sogar Rønnes Atem aus der fernsten Kajüte vernahm. In dem Gehäuse klirrte manchmal etwas, so als bewegte sich jemand vorsichtig und stieße an Blechteile. Mit stockendem Herzen drehte Kagot die Schrauben heraus, die den Deckel festhielten. Sie gaben leicht nach, er mußte sich nicht anstrengen. Mit jedem Moment wurde Kagots Erregung größer, seine Hände begannen zu zittern. Eine Schraube blieb sonderbarerweise am Schraubenzieher haften, löste sich dann aber und fiel aufs Linoleum. Er mußte unter den Tisch kriechen. Im Dunkeln tastete er nach der weggerollten Schraube. Als er sie gefunden hatte, kehrte er zu dem geöffneten Musikkasten zurück. Von der Wand der Messe beobachteten ihn der König und die Königin. Kagot sah sie ängstlich an. Bei dem Gedanken, sie könnten ihn im nächsten Moment anschreien, wurde ihm heiß. Doch die norwegischen »Ermetschin« verfolgten Kagots Tun schweigend und schienen nicht die Absicht zu haben, sich einzumischen.

Nun kam der spannendste Augenblick: die Abnahme des Deckels. Kagot befürchtete ernstlich, er brauche ihn nur anheben, und schon würden kleine Menschlein, Musiker, Sänger und Sängerinnen, ins Freie stürzen und durch die Messe laufen. Für alle Fälle stand er auf und prüfte, ob die Tür gut geschlossen war.

Doch in dem Gehäuse waren gar keine Menschlein! Statt dessen eine Masse kleiner Räder mit Zacken und eine dicke Feder, weiter nichts! Die Enttäuschung war so groß, daß Kagot aufstöhnte.

Langsam ging die Kajütentür auf, und im Rahmen zeigte sich die hohe Gestalt des Expeditionsleiters.

»Warum schlafen Sie nicht, Kagot?«

Amundsen hatte nicht gleich das zerlegte Musikgerät auf dem Tisch bemerkt. Als er es aber erblickte, spiegelte sich auf seinem Gesicht Erstaunen, vermischt mit Entsetzen, und er fragte überraschend leise: »Was haben Sie angerichtet, Kagot?«

»Ich wollte im Kasten die Menschlein finden«, murmelte Kagot verwirrt.

»Ich habe Ihnen doch schon wiederholt gesagt, daß im Grammophon keine Menschlein sind!« Amundsen stöhnte fast.

»Ja, das haben Sie gesagt«, bestätigte Kagot betrübt.

»Glauben Sie denn nicht, was wir sagen?«

»Doch.«

»Ich sehe aber den Beweis, daß Sie uns nicht glauben.« Amundsens Stimme war lauter und härter geworden, aber er nahm sich zusammen, denn er vergaß nicht, daß in den Kajüten seine Gefährten schliefen und ganz in der Nähe das kleine Mädchen.

»Ich fühle mich sehr schuldig«, sagte plötzlich Kagot schnell. »Aber ich konnte nichts dagegen tun! Ich habe ja wirklich geglaubt, daß in dem Kasten keine Menschlein sind. Wenn aber plötzlich doch? Wenn da plötzlich etwas war, was Sie nicht bemerkt hatten? Da habe ich eben reingesehen. Keine Sorge, ich schraube den Kasten wieder zusammen, ihm passiert nichts, er ist ja nicht lebendig ... Verstehen Sie mich doch, Sie müssen mich verstehen. Es hat mich so angezogen, daß ich drauf und dran war, mir die Hände zu fesseln. Für mich war es dasselbe wie für Sie der Nordpol.«

»Was haben Sie gesagt, Kagot?« fragte Amundsen verwundert.

»Wie der Nordpol«, wiederholte Kagot leise. »Dahin

zieht es Sie doch auch. Der Nordpol – weil dort Unbekanntes lockt und Sie mit eigenen Augen sehen wollen, was es tatsächlich ist. Stimmt das denn nicht?«

Zunächst begriff Amundsen nicht, was es für eine Verbindung zwischen einem Grammophon und dem Nordpol geben könne, doch nach einigem Überlegen sagte er versöhnlich: »Nun ja, Kagot: Bauen Sie das Grammophon wieder zusammen, und stellen Sie es an seinen Platz. Und dann gehen Sie schlafen. Ich hoffe, das Frühstück steht pünktlich auf dem Tisch.«

»Gut«, sagte Kagot erleichtert. »Machen Sie sich keine Sorgen, ich bringe alles in Ordnung. Alles wird wieder gut.«

Als Amundsen am Morgen erwacht war, zwang er sich, noch eine Weile liegenzubleiben und lauschte auf die Geräusche vor seiner Kajüte. Der nächtliche Vorfall hatte ihn geärgert. Kagot hatte eindeutig die Grenze überschritten, die ihm seine Stellung als Koch der Expedition setzte. Zwar ließ sich alles durch seine Wißbegier erklären, durch den unbändigen Wunsch, alles zu ergründen, alles mit eigenen Händen zu untersuchen. Hatte er aber heute das Grammophon zerlegt, würde er sich dann morgen nicht das Chronometer und die Kompasse vornehmen? Sundbeck hatte schon berichtet, Kagot habe ihm geholfen, die Maschine auseinanderzunehmen und zu schmieren, und das habe ihm viel Spaß gemacht.

Als Amundsen Punkt acht in die Messe kam, sah er alle am gedeckten Tisch sitzen. Sogar die kleine Ainana saß an ihrem Platz und aß mit ihrem kleinen Löffel konzentriert den Milchbrei.

Während Amundsen langsam die Serviette öffnete, warf er unwillkürlich einen Blick auf den Intarsienkasten mit dem Grammophon und dann auf Kagot.

Kagot sah aus, als hätte es den nächtlichen Vorfall nicht gegeben.

»Es ist ja heute so still bei euch«, sagte Amundsen fröhlich.

»Wir haben gutes Wetter«, sagte Rønne, der gerade von Deck herabgestiegen war. »Heute bekommen wir einen prächtigen Sonnentag! Es riecht nach Frühling!«

»Aus diesem Anlaß und zu Ehren des Sonntagmorgens wäre es nicht schlecht, wenn wir mit Musik frühstücken würden«, sagte Amundsen und sah dabei Kagot an.

Der ging bereitwillig zum Musikkasten, öffnete ihn und zog die Kurbel heraus, mit der die Feder aufgezogen wurde. Dann fragte er: »Welche Platte soll ich auflegen?«

»Einen Marsch«, sagte Amundsen.

Kagot nahm eine Platte. Die gefiel ihm sehr gut, und er hatte schon bekannt, daß er zu ihrer Musik am liebsten losgehen würde.

Kaum erklangen die schneidigen Töne eines norwegischen Militärmarsches, da sagte Amundsen mit einem fröhlichen Seitenblick zu Kagot: »Lassen Sie uns heute den Frühlingsanfang feiern! Erstens erkläre ich den heutigen Tag zum Ruhetag. Zweitens fordere ich alle auf, an Wettkämpfen teilzunehmen – wir wollen Pfeile werfen, Eisbänke überwinden und auch auf dem Eis Ball spielen.«

Bereits während der Polarnacht hatten sie neben dem im Eis eingefrorenen Schiff einen kleinen Platz frei gemacht, auf dem sie manchmal Ball spielten oder Pfeile warfen. An diesem Tag ging es hier besonders lebhaft zu. Aus der Siedlung kamen Amos mit seiner Frau und zwei Kindern, Gaimissin mit Frau und Umkenëu, die stürzte sogleich auf die herausgeputzte Ainana zu, drückte und beschnupperte sie.

»Wie hübsch du geworden bist! Ein richtiges Tangitan-Mädchen!«

Dann kam Perschin, gefolgt von Kaljana.

Der Wettbewerb im Pfeilewerfen war im vollen Gange, als an der Steilküste zwei Gestalten auftauchten. Sie blieben in einiger Entfernung stehen und beobachteten von dort, wie sich die Leute vergnügten. Amundsen fragte Perschin: »Sind sie denn noch nicht weggefahren?«

»Einstweilen haben sie wohl nicht die Absicht«, antwortete der Russe.

»Was wollen sie denn?«

»Mir haben sie gesagt, sie dürften nicht ohne Kagot und das Mädchen zurückkommen«, antwortete Perschin. »Sie wohnen bei Gaimissin, gehen auf Jagd, fahren zu den Rentierzüchtern, kurz, sie benehmen sich so, als hätten sie beschlossen, sich hier für immer niederzulassen.«

»Haben Sie irgendwelche Nachrichten von Ihrer zentralen Macht erhalten?« wollte Amundsen wissen.

»Ja, einen Brief von Terechin. Den Fluß Anadyr entlang ist er glücklich in der Zentrale von Nowomariinsk angekommen. In einem Rentierzüchterlager ist er übrigens Sverdrup begegnet.«

»Na, so was!« rief Amundsen. »Und was sagt er über unsere Gefährten?«

»Ihre Reise verläuft normal, und sie sind mit den Ergebnissen sehr zufrieden. Terechin läßt sagen, die Schlitten seien mit verschiedenen ethnographischen Objekten beladen.«

»Besten Dank für die wertvollen Nachrichten!« rief Amundsen und fragte nach kurzem Schweigen: »Und was werden Sie mit denen da machen?« Er nickte in Richtung von Taap und Nuten, die noch immer in einiger Entfernung auf einer Eisscholle standen und die Spiele aufmerksam verfolgten.

»Es liegt in meiner Macht, ihnen zu befehlen, daß sie die Siedlung verlassen«, antwortete Perschin. »Schließlich soll hier eine spezielle Basis mit Schulinternat, Werkstätten, einer Funkstation und einem Krankenhaus entstehen, kurz, ein Stützpunkt für die Verbreitung von Kultur, die Alphabetisierung und die medizinische Versorgung der seßhaften und der nomadisierenden Bevölkerung.«

»Ja, hier ist dafür wohl kein schlechter Ort«, sagte Amundsen, »ein günstig gelegener Hafen, gute Zugänge, ein relativ ruhiges Klima. Jedenfalls gibt es hier weniger Schneestürme als an der Taimyr-Küste, wo wir den vergangenen Winter verbracht haben.«

Amos, der sich entschlossen hatte, am Pfeilewerfen teilzunehmen, verblüffte alle durch seine Treffsicherheit und erhielt einen Preis – eine Tüte weißes Mehl und ein paar Stücke Raffinade.

»Schade, daß ich nicht sehe!« rief Gaimissin betrübt. »Ich hätte mich auch am Wettbewerb beteiligt!«

»Wir haben ja noch einen Preis für den teilnahmsvollsten Zuschauer«, erklärte Amundsen und befahl Rønne, eine ebensolche Tüte samt einem Päckchen Virginia-Tabak zu bringen.

»Und warum soll ich zurückstehen?« rief plötzlich Umkenëu. »Her mit diesen Pfeilen!«

Sie nahm drei Pfeile aus Amos' Hand und versuchte zu treffen. Zuerst verfehlte sie das Ziel, dann aber hatte sie es heraus, und vom zweiten Versuch an gelang es ihr, einige Male hintereinander die Scheibe zu treffen. Stolz auf ihren Erfolg, ging sie auf Amundsen zu und sagte laut: »Choroscho!«

»Sie sprechen ausgezeichnet russisch«, lobte sie der Expeditionsleiter, der von Olonkin das vielverwendete russische Wort kannte.

»Wir haben einen guten Lehrer!« Umkenëu sah Perschin so zärtlich an, daß gar kein Zweifel bestand, das Mädchen brachte dem jungen Russen die wärmsten Gefühle entgegen.

Perschin sagte einige Worte auf tschuktschisch. Amundsen verstand sie natürlich nicht, aber Umkenëu ließ, während sie sich von den Fremdlingen entfernte, ihren verschmitzten und zugleich verliebten Blick so schnell nicht von ihrem Lehrer.

Kagot versuchte sich mit den anderen zu vergnügen. Auch er warf mit einem Pfeil auf die Zielscheibe, trieb den Gummiball übers Eis, spürte aber jeden Augenblick, daß er und jede seiner Bewegungen, daß jeder Schritt seiner Tochter von vier aufmerksamen Augen verfolgt wurden.

## 25

Kagot erwartete die Gäste in der Messe. Er saß an dem großen Eßtisch. Auf einem Metalltablett standen der Teekessel, drei dicke Steingutbecher und die vom Frühstück übriggebliebenen Milchbrötchen. Ainana hatten Rønne und Olonkin an die Küste mitgenommen, sie wollten mit ihr Hundeschlitten fahren.

Kagot hatte aus irgendeinem Grund das Heft bei sich, in das er die Zahlen schrieb. Er hatte wieder begonnen weiterzuschreiben, nutzte jede freie Minute, um noch eine Spalte hinzuzufügen. Abends blieb er schon nicht mehr in der Messe, sondern setzte sich, wenn er Ainana schlafen gelegt hatte, an seinen kleinen Tisch und schrieb.

Vor der Ankunft der Gäste hatte er gerade eine neue Seite angefangen. Jedesmal, wenn er eine Seite vollgeschrieben und eine neue in Angriff genommen hatte, flammte die Hoffnung, daß ausgerechnet hier die magische allerletzte, größte Zahl erscheinen würde, mit neuer Kraft auf.

Die Tür ging auf, und als erster trat Taap in die Messe. Bei einem schnellen Blick auf die Wände entdeckte er das Königspaar, bekreuzigte sich weit ausholend, wie es ihm ein russischer Pope beigebracht hatte, und verneigte sich.

»Das ist nicht der fremdländische Gott«, sagte Kagot.

»Wer dann?« fragte Taap verwundert.

»Das ist der norwegische König.«

»Ah, so was wie der russische Sonnenherrscher.«

Der hinter ihm eingetretene Nuten sah sich erstaunt und neugierig um.

»Setzt euch hierhin.« Kagot zeigte mit der Geste eines Hausherrn auf die Stühle.

Nachdem Taap am Tisch Platz genommen hatte, blickte er sich noch einmal um, sah seinen Landsmann durchdringend an und sagte: »Hier wirkst du wie ein richtiger Tangitan. Aber wenn du, herausgeputzt wie ein weißer Mann, meinst, du seist ein anderer geworden, dann irrst du dich gewaltig.«

»Ich bin doch ein anderer geworden, Taap«, sagte Kagot leise.

»Man kann nicht auf eigenen Wunsch ein anderer werden, und du kannst dich von deiner Vorherbestimmung nicht einfach lossagen, nur weil du das willst.«

Kagot stand auf und goß Tee ein. Er schob den Gästen die Becher, Zucker und Brötchen hin und sagte gutmütig: »Trinkt Tee und langt zu.«

Taap und Nuten tranken jeder einen Schluck und bissen von den Brötchen ab. »Hast du denn kein schlimmes Feuerwasser?« wollte Taap wissen.

»Nein.«

»Richtige Tangitan haben immer einen großen Vorrat von diesem Getränk«, bemerkte Taap.

»Die Fremdlinge hier sind andere als die, von denen du sprichst. Sie sind keine Händler.«

»Was sind sie denn?«

»Reisende und Forscher. Sie studieren die Umrisse der Küsten, die Windrichtung und die Meeresströmungen. Außerdem bereiten sie sich vor, den Gipfel der Erde zu erklimmen.«

»Nehmen sie dich dahin mit?« fragte Taap.

»Gut möglich«, antwortete Kagot ausweichend.

»Fürchtest du denn nicht, da du dich von deiner Vorherbestimmung losgesagt hast, ich könnte dir eine göttliche

Strafe schicken, einen todbringenden Uiwel?« fragte Taap nach kurzem Schweigen mit unheilvoller Stimme.

»Ich fürchte deinen Uiwel nicht«, entgegnete Kagot mit feinem Lächeln.

Betroffen von der Antwort, sah Taap einige Augenblicke Kagot an. »Wieso fürchtest du ihn nicht? Begreifst du, was du sagst?«

»Ich rede so, weil ich es weiß.«

Taap spitzte die Ohren. »Was weißt du?«

»Es geht nicht um den Uiwel. Es geht um die Zahlen. Sie bergen die Lösung des Rätsels.«

»Was für Zahlen? Was redest du da? Dir hat sich wohl der Verstand getrübt?«

Taap hatte nicht erwartet, daß die Unterhaltung mit Kagot eine solche Wendung nehmen würde, er war ein wenig verwirrt. Kagot sah ihn an und sagte mit Bitternis in der Stimme: »So ist es immer, kaum hat einer mal nachgedacht oder was Neues gemacht, etwas Ungewohntes, schon heißt es von ihm – sein Verstand hat sich getrübt!«

»Was du behauptest, zeugt davon«, bemerkte Taap. »Wieso haben die Tangitan das nicht herausgefunden?«

»Sie haben mir die Zahlen beigebracht«, antwortete Kagot lächelnd. »Bald werde ich sicherlich auch lernen, die Spuren menschlicher Rede auf dem Papier zu entziffern.«

»Ihr habt hier alle den Verstand verloren!« rief Taap. »In der elenden Siedlung an der Küste lernen sie, hier ebenfalls, in Uelen sammelt man die Kinder und scheucht sie in ein großes Holzhaus zum Lernen! Nein, euch allen hat sich der Verstand getrübt!«

»Noch ist nicht raus, wessen Verstand trüb geworden ist«, antwortete Kagot ruhig und schlug das neben ihm liegende Heft auf. »Sieh mal!«

Taap beugte sich beunruhigt über das Heft. »Was ist das?«

»Das sind Zahlen!« entgegnete Kagot stolz. »Meine Zahlen! Ich habe sie geschrieben! Ich schreibe jeden Tag, jede freie Minute.«

»Aber wozu das alles?«

»Ich möchte die Grenze finden, die allerletzte Zahl«, erwiderte Kagot. »Dann, so denke ich, wird alles klar. Alles kommt an seinen Platz, wird verständlich.«

»Das geht über meinen Verstand«, flüsterte Taap nach einem weiteren Blick auf die Zahlen.

»Ich hatte es zuerst auch nicht begriffen«, sagte Kagot. »Jetzt aber spüre ich, wenn ich schreibe, daß in meiner Brust etwas Großes wächst. Manchmal denke ich, es wird mir gleich die Brust sprengen.«

»Hör mal, Kagot!« Taaps Stimme gellte vor Erregung. »In dir hat sich der böse und unruhige Geist des weißen Mannes festgesetzt. Erinnere dich, früher warst du ganz anders!«

Kagots Antwort war ein Lächeln. »Nein, ich war immer so. Ihr habt das nur nicht gesehen, nicht bemerkt. Nun ja, ich selber habe vieles in mir nicht vermutet.«

Die große Schiffsuhr schlug, und von ihrem Ton fuhren Taap und Nuten zusammen.

»Trinkt Tee«, sagte Kagot noch einmal. »Nehmt Zucker zum Tee und diese Brötchen, das ist mein Arbeitsverdienst. Geniert euch nicht.«

Taap trank den kalt gewordenen Tee aus und bat um einen neuen Becher. Nuten folgte seinem Beispiel.

»Du fürchtest also meinen Uiwel nicht?« sagte Taap nachdenklich.

»Nein«, antwortete Kagot.

»Hast du hier irgendeinen Schutz? Eine Waffe?«

»Das da ist mein Schutz!« Kagot zeigte auf das Heft.

»Liegt denn darin eine Kraft?« fragte Taap verwundert.

»Darin ist eine solche Kraft«, sagte Kagot bedächtig und bedeutsam, »die du dir nicht mal im Traum vorstellen kannst!«

Ängstlich warf Taap einen Blick auf das Heft und schob es beiseite.

In der Messe war Stille eingetreten. Zu hören war nur das Ticken der großen Schiffsuhr, und hin und wieder drang vom Oberdeck das Knarren der Schritte des Wachhabenden.

»Hör mal, Kagot«, begann Taap wieder. »Da du endgültig beschlossen hast, mit deinem früheren Leben zu brechen, hab wenigstens Mitleid mit deiner Tochter!«

»Nein, ich kann auch meine Tochter nicht weggeben.« Kagot schüttelte den Kopf. »In jungen Jahren habe ich vieles geglaubt, was sich als verlogen herausgestellt hat. Ich will nicht, daß es meiner Tochter ebenso geht. Du hast gerade von dem Uiwel gesprochen. Ihr wißt doch noch, zuerst habe ich all das geglaubt, doch als ich das Leben meiner geliebten Frau hätte schützen müssen, haben sich die Götter von mir abgewandt, haben sie mein Flehen nicht erhört.«

»Ainana gehört nicht nur dir, sondern unserem ganzen Stamm«, erinnerte ihn Taap. »Sie muß zurückkehren, heranwachsen und unseren Stamm fortsetzen.«

»Sie wird nie zu euch zurückkehren«, antwortete Kagot fest. »Das ist meine Tochter, mein einziges Verbindungsglied zu der für immer dahingegangenen Waal.«

»Du verstößt gegen unsere ureigensten Gesetze«, wiederholte Taap langsam, »gegen Festlegungen, auf denen das Leben beruht.«

»Das Leben beruht auf etwas anderem«, wandte Kagot ein.

»Wenn du es weißt, dann sag, worauf«, rief Taap herausfordernd. »Wir hören.«

»Ich kenne die endgültige Wahrheit noch nicht.« Kagot zögerte mit der Antwort. »Noch habe ich sie nicht gefunden. Doch ich spüre, sie liegt in den Zahlen.«

»Wie willst du weiterleben, wenn du von uns weggegangen, im anderen Leben aber nicht angelangt bist? Willst du denn herumstreifen wie einer, der sich im Nebel verirrt hat?«

»Ich habe mich nicht verirrt.« Kagot wiegte den Kopf. »Vor mir leuchtet ein Lichtschimmer, und dem gehe ich entgegen.«

»Willst du lange gehen?« fragte Taap, der die Geduld verlor.

»Ich weiß nicht«, antwortete Kagot. »Das ist so eine Sache: Die Wahrheit kann sich heute oder morgen zeigen, vielleicht aber geht bei der Suche auch mein ganzes Leben drauf.«

»Du wirst sterben, ohne die Wahrheit erkannt zu haben.«

»Jemand wird mein Werk weiterführen«, sagte Kagot hoffnungsvoll. »Vielleicht Ainana.«

»Zieh das Mädchen nicht in diesen Wahnsinn hinein!« rief Taap.

»Wenn ihr gekommen seid, um mir einzureden, daß die Arbeit vergeblich ist, verschwendet ihr Zeit und Kraft«, entgegnete Kagot gelassen und lächelte erneut. »Auch Ainana gebe ich nicht her! Und wenn ich sterbe, ich gebe sie nicht her!«

Taap schob zornig den Becher mit dem Tee weg und stand auf. Auch Nuten erhob sich.

Bevor Taap die Tür hinter sich zuschlug, drehte er sich um und flüsterte unheildrohend: »Das Mädchen, da sei sicher, werden jedenfalls keine Zahlen vor meinem Uiwel beschützen!«

Kagot horchte, wie ihre Schritte sich von der Messe zur Schiffstreppe entfernten. Als er zum Bullauge hinausblickte, sah er, wie seine Stammesgefährten aufs Eis hinabstiegen und sich an die Küste begaben, zu den sich dunkel abhebenden drei Jarangas. Bei gutem Wetter war die Siedlung von dem breiten Bullauge aus gut zu erkennen.

Kagot kehrte zum Tisch zurück und setzte sich auf einen Stuhl. Erst jetzt spürte er, welche Anspannung ihn diese Begegnung, dieses Gespräch gekostet hatte. Er bemerkte, daß er das Heft mit den Zahlen in der Hand hielt. Zunächst hatte er sie in der Unterhaltung mit seinen Landsleuten nicht erwähnen wollen. Es hatte sich von selbst so ergeben. Er hatte daran gedacht, sich mit Geschenken freizukaufen: In seiner Kajüte waren zwei Säcke mit Mehl, Zucker, Tee und Tabak vorbereitet, für alle Fälle stand auch eine Flasche mit dem schlimmen Feuerwasser da. All das war dageblieben. Sollte er es ihnen nicht doch noch geben? Als ihm aber einfiel, wie Taap ihm mit dem Uiwel gedroht hatte, geriet er in Zorn und wies diesen Gedanken von sich.

Um sich selbst machte Kagot sich keine Sorgen. Er war überzeugt, ihm könne kein Schamanenfluch etwas anhaben. Doch Ainana … Würden die hölzernen Wände des fremdländischen Schiffes und die neue Stoffkleidung sie schützen?

Kagot spürte, wie seine Unruhe wuchs, und jäh kam ihm ein verblüffender Gedanke: der Name! Es war dasselbe zu tun wie immer in solchen Fällen – den Namen Ainana zu wechseln, dann würde der Uiwel sie nicht finden.

Er konnte die Rückkehr des Mädchens kaum erwarten, denn er befürchtete auch, Taap und Nuten könnten dem Gespann auflauern und Ainana gewaltsam entführen. Doch offenbar hatten sie das nicht gewagt. Als Kagot an Deck kam, sah er schon von fern seine hell und hübsch angezogene kleine Tochter.

Amundsen trat auf ihn zu und fragte: »Wie ist das Treffen ausgegangen?«

»Ich habe ihnen alles gesagt«, erwiderte Kagot.

»Waren sie mit Ihnen einverstanden?«

»Die Hauptsache ist, daß ich mit ihnen nicht einverstanden war«, sagte Kagot.

»Denken Sie, sie werden nun von Ihnen ablassen?«

»Sie haben begriffen, daß es keine Kraft gibt, die mich zwingen könnte, zu ihnen zurückzukehren.«

»Aber Kagot, vielleicht ist an diesem Anliegen nicht alles schlecht? Soviel ich weiß, befassen sich die Schamanen nicht nur mit Zauberei: Sie heilen auch, sagen das Wetter voraus, üben verschiedene Rituale aus, bewahren Traditionen. Vielleicht gibt es verschiedene Diener Ihres Kults – gute und böse Schamanen?«

»Nein«, antwortete Kagot fest, »unsere Schamanen kann man nicht in weiße und schwarze, in gute und böse einteilen. Gerechterweise ist zu sagen, daß ein Schamane unbedingt gut sein soll. Doch die Macht, die ihm die Äußeren Kräfte verleihen, wird oftmals zum Schaden eines Menschen genutzt. Ich habe mich von meinem Los nicht deshalb losgesagt, weil ich das wollte, sondern weil sich das Schicksal selbst von mir abgewandt hat. In jungen Jahren war es mir so vorgekommen, als hätte ich Götter gesehen und ihre Stimmen gehört. Damals erschien mir das Leben wunderschön und endlos. Als ich gar Waal begegnet war, überzeugte ich mich endgültig davon, daß die Äußeren Kräfte mich unter den vielen auf Erden Lebenden auserwählt und mir großes Glück geschenkt hatten. Doch schon damals begann ich mich zu fragen, ob das nicht zuviel Glück war? Mein Herz schmerzte, wenn ich daran dachte, es könne einmal zu Ende gehen. Und mein Vorgefühl erwies sich als richtig. Obwohl ich Tag und Nacht die Äußeren Kräfte beschwor, sie zu bewegen suchte, starben die Menschen, bekamen sie kein Stück Fleisch in den Mund, keine Tasse mit Wasser an ihre verdorrten Lippen. Niemand erhörte mich: weder die Äußeren Kräfte noch andere Schamanen ... Auch meine Waal starb. Damals habe ich meine Vorherbestimmung verflucht und bin weggegangen. Einen anderen Weg gab es für mich nicht.«

Kagot versagte vor Erregung die Stimme.

»Beruhigen Sie sich, Kagot.« Amundsen legte ihm seine

schwere Hand auf die Schulter. »Hier sind Sie in Sicherheit.«

Der Schlitten kam näher. Ainana sprang herunter und lief die Treppe hoch an Deck. Sie hielt etwas in der Hand. Kagot nahm ihr ein Bruchstück von einem alten, schwarz gewordenen Walroßhauer ab.

»Das bringt Glück«, sagte er. »Ich schnitze dir daraus einen Talisman.«

»Das hat Onkel Olonkin aus dem Schnee gegraben, aber gefunden habe ich es allein«, sagte das Mädchen stolz.

Zu Mittag reichte Kagot als Nachspeise im natürlichen Kühlschrank an Bord zubereitetes Sahneeis, dann nahm er mit seinem Teller neben der Tochter Platz, und als die gesättigten Expeditionsmitglieder zu ihren Zigarren und Pfeifen griffen, erklärte er laut: »Meine Herren! Ich möchte Ainana einen fremdländischen Namen geben.«

Sundbeck musterte den Koch verwundert und sagte: »Mir gefällt ihr Name aber! Ainana klingt doch sehr gut, nicht wahr, meine Herren?«

»Das Mädchen braucht aber dringend einen fremdländischen Namen!« wiederholte Kagot.

»Warum denn?« fragte Amundsen.

Kagot wollte den wahren Grund nicht nennen und sagte ausweichend: »Am Ende fährt sie eines Tages zu fremdländischen Schulen, um zu lernen, und wird dort gefragt, wie sie heißt.«

»Das klingt ganz vernünftig«, sagte Amundsen. »Mir kam wirklich schon so manches Mal der Gedanke, wir sollten das Mädchen nach Europa mitnehmen und sie in eine anständige Pension geben, damit sie Lesen und Schreiben und Musik lernen kann.«

»Na schön«, mischte sich Olonkin ins Gespräch. »Angenommen, Ainana lernt das wirklich und dazu noch europäische Manieren. Und dann soll sie wieder in eine Jaranga zurück?«

»Noch unlängst hat diese Überlegung mich zurückgehalten«, sagte Amundsen. »Jetzt aber haben wir eine andere Situation: Perschin und seine Genossen wollen das Leben hier grundlegend verändern.«

»Und Sie glauben, die schaffen das?« fragte Olonkin leicht mißtrauisch.

»Sie werden sich vielleicht über meine Antwort wundern, meine Herren, aber ich habe den Eindruck, es muß ihnen gelingen«, antwortete Amundsen ernst. »Es kann also geschehen, daß Ainana als Ärztin oder diplomierte Krankenschwester hierher zurückkehrt, vielleicht sogar als Lehrerin.«

»Nennen wir sie doch Anna«, schlug Sundbeck vor.

»Anna klingt so ähnlich wie Ainana«, sagte Kagot nach kurzem Überlegen. »Es wäre besser, der neue fremdländische Namen würde ganz anders lauten.«

»Vielleicht Mary?« ließ sich Rønne vernehmen.

»Mary – das ist schön!« freute sich Kagot. »Das läßt sich leicht aussprechen und ist doch dem alten Namen gar nicht ähnlich!« Er hatte gefürchtet, jemand würde einen Namen vorschlagen, den er selbst gar nicht würde aussprechen können.

»Mary gefällt mir auch«, sagte Amundsen zufrieden und wandte sich dem Mädchen zu: »Mary!« Ainana hob das mit Eis verschmierte Gesicht und lächelte.

»Da sehen Sie!« rief Kagot triumphierend. »Sie reagiert schon auf den neuen Namen. Mary! Du wirst Mary sein. Von nun an ist hier ein kleines Mädchen namens Mary!«

Die Erregung des Kochs, sein leidenschaftlicher Wunsch, den Namen des Mädchens zu verändern, erschien etwas verdächtig, aber Amundsen, der gesehen hatte, wie Kagot das Grammophon erst auseinandergenommen und dann wieder zusammengesetzt hatte, sagte sich, daß Sonderbarkeiten wohl zu Kagots Charaktereigenschaften zählten.

# 26

Zwei Tage später beschloß Kagot, der Siedlung einen Besuch abzustatten. Wie immer belud er sich mit Geschenken, aber Ainana-Mary nahm er nicht mit. An dem Tag hing Nebel über der Küste, der Vorbote des nahenden langen Frühlings. Die Sonne war schon hoch über den Horizont gestiegen, und an klaren Tagen funkelte alles ringsum. Besonders schön sah die »Maud« mit ihren bereiften Masten aus. Kagot blickte sich ein paarmal um und freute sich am Anblick des Schiffes.

Am Abend des Tages, an dem seine Tochter zu Mary geworden war, hatte er im Dunkeln insgeheim den Göttern ein Opfer gebracht, hatte nach allen Seiten wunderbare Gaben geworfen – Stücke von Milchbrötchen, eine Prise aromatischen Virginia-Tabak, fein zerkrümelten Zucker, Renfleisch und Speck. Die Worte kamen von selbst, Kagot wunderte sich sogar ein wenig darüber, als er die Beschwörung murmelte:

Suchst du die Spur, blicke dich um,
verlier nicht den Weg im Weiß,
vielleicht hebst du die Augen zum Himmel
und siehst das Licht eines Sterns.

Suchst du die Spur, denke daran,
wie herrlich das Leben ist rings –
die Schönheit der Erde, der Sterne Glanz
erregen nur lebendiges Blut …

Er hatte die Worte einige Male wiederholt, ohne tief in ihren vagen Sinn einzudringen, und war in seine Kajüte zurückgekehrt. In der oberen Koje schlief friedlich seine

Tochter. »Siehst du, jetzt bist du Mary«, flüsterte Kagot leise. »Und kein Uiwel wird dich in der hölzernen schwimmenden Jaranga finden – unter dem anderen, fremdländischen Namen.«

Wie glich sie doch der verstorbenen Waal! Die war noch blutjung aus dem Leben gegangen, ihr Gesicht hatte noch nicht einmal seine kindlichen Rundungen verloren. Schon viele Tage war sie Kagot nicht mehr erschienen, immer weiter trat ihr Bild in den Dunst des Vergessens zurück. Bisweilen bereitete es ihm Mühe, das entgleitende Antlitz im Gedächtnis wiederherzustellen, und dann dachte er: Wie schön wäre es, hätte einer der Fremdlinge in jener längst entschwundenen Zeit »einen Schatten« von Waal aufgenommen.

Man hatte ihm erklärt, mit Hilfe dieser Vorrichtung, die halb einem Gewehr mit kurzem Lauf und halb einem einäugigen Fernglas ähnelte, könne man einen Menschen erstaunlich genau auf Papier darstellen. Als Kagot nach der Erinnerung aus einem Walroßhauer, der vom langen Liegen in der Erde schwarz geworden war, ein Abbild von Waals Gesicht schnitzte, brauchte er dafür mehrere Tage. Die fertige Plastik war dann so groß wie eine mittlere fremdländische Münze. Oben hatte er eine Öse gemacht, durch die er eine aus Rensehnen geflochtene Schnur zog. Doch Sundbeck, der das kleine Mädchen besonders ins Herz geschlossen hatte, brachte eine dünne Goldkette und ersetzte damit die Sehnenschnur. Außerdem schnitt er auf Kagots Bitte in die Rückseite des Porträts: Mary Ainana Kagot.

Auf dem gewohnten Pfad stieg Kagot zu Kaljanas Jaranga hinauf und vernahm schon von fern die monotone Wiederholung unbekannter Worte. Es hörte sich so an, als rezitiere der Lehrer wieder einmal Gedichte. Als Kagot den Tschottagin betrat, verblüffte ihn ein ungewöhnliches Licht, das nie und nimmer von einem brennenden Feuer ausgehen konnte. Er hob den Kopf und sah eine ins Dach eingesetzte, von Walroßfell eingerahmte Glasscheibe.

»Amyn etti!« grüßte der Lehrer freundlich, nahm eine kleine Glocke, klingelte und erklärte: »Pause!«

Unter den Schülern, die Kagot versammelt sah, fehlte diesmal Umkenëu. Eine andere Schülerin, Kaljana, war auch mit anderem beschäftigt – sie nähte. Froh über die Pause, rannten die Kleinen ins Freie. Kagot betrachtete das Fenster im Dach und sagte anerkennend: »Gut gemacht.«

»Weißt du, Kagot, wer sich das ausgedacht hat?« fragte Perschin. »Umkenëu! Zuerst wollte sie da einen alten Regenmantel aus Walroßdarm einsetzen, dann aber hat sie gesagt, warum sollten wir nicht die Fremdlinge vom Schiff um ein Stück richtiges Glas bitten? Als ich Sundbeck erklärte, was ich brauche, hat er in einer halben Stunde das kleine Fenster angefertigt. Es einzusetzen war dann nicht mehr schwer.«

»Von fern sieht unsere Jaranga jetzt wie ein Tangitan-Schiff aus«, sagte Kaljana, ließ ihr Nähzeug liegen und begann die Bewirtung zuzubereiten. »Wir haben eine Fahne und jetzt auch noch ein gläsernes Auge. Bald wird unser Lehrer eine Maschine aufstellen.«

»Nun müssen wir nicht mehr so lange warten«, sagte Perschin fröhlich. »Es geht auf den Frühling zu. Wenn das Eis verschwindet, wird ein Dampfer kommen. Deine Landsleute, Kagot, sind weggefahren.«

»Weggefahren?« fragte Kagot zurück. Er hatte in der Tat bemerkt, daß der Platz, an dem die Hunde angebunden waren, leer war. »Vielleicht sind sie nur für eine Weile zu den Rentierzüchtern gefahren?«

»Nein«, entgegnete Perschin. »Es ist wohl für immer. Die ganze letzte Nacht haben sie sich noch bei Gaimissin mit Beschwörungen beschäftigt. Haben alle aus der Jaranga weggeschickt und ihnen erst am Morgen erlaubt, wieder reinzukommen.«

»Wahrscheinlich haben sie versucht, mir oder dem Mädchen einen Uiwel auf den Hals zu schicken«, bemerkte Kagot. »Aber ich habe sie überlistet.«

»Wie das?« fragte Perschin.

»Ich habe den Namen meiner Tochter gegen einen anderen, fremdländischen ausgetauscht. Jetzt heißt sie Mary.«

»Das heißt auf russisch Mascha, Maria.«

»Außerdem habe ich ihnen mein Heft mit den Zahlen gezeigt, da haben sie wohl von mir abgelassen.«

»Schreibst du immer noch Zahlen, Kagot?« fragte Perschin verwundert.

»Ja«, erwiderte Kagot. »Ich habe nur nicht genug Zeit. Ohne die Arbeit in der Kombüse würde ich nichts anderes tun als Zahlen schreiben und sie endlich rauskriegen!«

»Wen denn?«

»Die allerletzte, größte Zahl.«

Perschin schwieg eine Weile, machte sich so seine Gedanken und begann dann vorsichtig: »Weißt du, Kagot, mit der Mathematik, dem Rechnen, befassen sich die Menschen auf Erden schon seit Urzeiten. Viele Tausende Jahre. Und sie alle, lauter Menschen mit großem Verstand, sind zu dem Schluß gelangt: Es gibt keine Endzahl!«

»Sie haben sie einfach nicht gespürt«, antwortete Kagot gelassen.

»Wie das – nicht gespürt?« fragte Perschin verwundert.

»Sie fühlten nicht, daß diese Zahl zum Greifen nah ist. Sonst hätten sie nicht aufgehört zu zählen.«

Kagot sprach überzeugt, mit einer Miene, als wäre er im voraus bereit zum Widerspruch. Und so war es auch. Jeder hielt es jetzt aus irgendeinem Grund für seine Pflicht, ihn von der Vergeblichkeit seiner Versuche zu überzeugen, die allerletzte, größte Zahl zu finden, und er begriff allmählich, daß es wohl am besten wäre, seine Arbeit nicht so herauszustreichen, sondern sie im stillen zu tun. Manchmal vernachlässigte er dabei sogar seine Verpflichtungen als Koch, indem er Gerichte zubereitete, die nicht viel Zeit kosteten.

»Würde in den Zahlen keine Kraft stecken, dann hätte Taap sich nicht so beeilt, von hier wegzukommen«, sagte Kagot, bemüht, dem Gespräch eine andere Wendung zu geben.

»Und was macht das Lesen und Schreiben?« wollte Perschin wissen.

»Wir haben Ferien«, sagte Kagot. »Das ist so üblich ... Aber ich sehe, auch bei euch lernen die Erwachsenen nicht mehr?«

»Einstweilen nicht«, antwortete Perschin gleichgültig.

»Macht ihr auch Ferien?« fragte Kagot teilnahmsvoll.

»Unser Lehrer hat sich heftig in Umkenëu verliebt«, teilte plötzlich Kaljana aus ihrem Winkel mit.

»Kakomej!« Kagot konnte seine Verwunderung nicht unterdrücken. »Das hätte ich nicht erwartet!«

»Das hat niemand erwartet«, seufzte Kaljana, die redete, als wäre Perschin gar nicht im Tschottagin. »Alle dachten, das Mädchen sei noch zu jung, und plötzlich zeigt sich, für die Liebe ist sie schon reif.«

»Stimmt das?« wandte sich Kagot an Perschin.

Der Lehrer nickte schweigend.

»Wollt ihr heiraten?«

»Ich würde sie schon heiraten«, bekannte Perschin verlegen, »aber ich denke dauernd, vielleicht ist sie noch nicht volljährig?«

»Was ist denn das?« Kagot begriff nichts.

»Vielleicht ist sie noch zu jung für ein Familienleben«, erklärte Perschin. »Weißt du übrigens, wie alt sie ist? Wir haben versucht, es auszurechnen, und es kommt etwas zwischen fünfzehn und siebzehn heraus.«

»Warum soll man denn die Jahre zählen?« fragte Kagot.

»Um zu wissen, ob sie reif ist für die Ehe«, erläuterte Kaljana. »Mir ist nur nicht klar, was die Jahre damit zu tun haben. Die Hauptsache ist doch, daß es die Frau nach einem Mann verlangt. Und wie ein kleines Mädchen sieht sie wirklich nicht mehr aus.«

»Warum zögert ihr dann?« fragte Kagot.

»Ich denke trotzdem, ich muß noch etwas warten«, antwortete Perschin zögernd.

Vor der Jaranga war Lachen und Lärm zu hören, und in Begleitung der Kinder stürmte Umkenëu in den Tschottagin. Laut begrüßte sie Kagot und griff dann nach einer Tasse mit frischem Tee.

In der kurzen Zeit, in der Kagot sie nicht gesehen hatte, hatte sich das Mädchen auffallend verändert. Sie hatte sich in eine sehr schöne und blühende junge Frau verwandelt, und das Zögern und die Unentschlossenheit des russischen Lehrers, der, statt sie zu heiraten, sich nur damit befaßte, die Lebensjahre des Mädchens zu zählen, wurden unbegreiflich.

Umkenëu trat auf den verwirrten Lehrer zu und sagte mit einem stolzen Blick auf Kagot: »Alexej! Küß mich russisch wie gestern!«

»Aber Umkenëu!« rief Perschin vorwurfsvoll. »Wer küßt sich denn vor allen Leuten? Ein Mädchen muß sich schämen, das zu tun!«

»Ich schäme mich aber nicht!« erklärte Umkenëu laut. »Ich bin darauf stolz! Mir gefällt der russische Kuß sehr gut!«

Der arme Perschin wurde rot. »Umkenëu!«

»Na schön, dann küß mich eben nicht.« Das Mädchen hatte mit ihm Mitleid. »Ich habe mit den Eltern noch mal meine Jahre zusammengezählt, da sind sechzehneinhalb herausgekommen. Und wenn wir noch das nächste dazurechnen, gehe ich schon auf achtzehn zu.«

Umkenëu setzte sich neben Perschin, Kagot gegenüber, zeigte auf das Fenster im Dach der Jaranga und sagte: »Das habe ich mir ausgedacht. Wenn Alexej in meine Jaranga zieht, setzen wir dort zwei Fenster ein. Und die Fahne nehmen wir mit.«

Kagot hörte es und wunderte sich über die Festigkeit und Entschiedenheit von Umkenëus Charakter. Sie glich so gar nicht den bescheidenen, schüchternen Tschuktschenmädchen. Das erklärte sich offenbar vor allem daraus, daß sie in der Jaranga des Vaters faktisch die Wirtschaft führte. Manchmal mußte sie nicht nur selbst mit Hundegespannen fahren, sondern auch Fallen stellen und auf Meeresjagd gehen, wenn Amos aus irgendeinem Grund nicht aufs Eis hinauskonnte.

Umkenëu malte das neue Leben aus, Perschin aber hörte ergeben zu und nickte nur, wenn das Mädchen seine Bestätigung einforderte.

»Wenn hier ein Kulturstützpunkt errichtet wird, ziehen wir in ein richtiges großes Holzhaus mit großen Fenstern. Alexej sagt, so ein Haus wird noch größer sein als das fremdländische Schiff. Daneben wird ein Schwitzbad stehen und ein Krankenhaus. Im Schwitzbad werden wir uns waschen. Wenn man sich oft wäscht, kann man weiß werden, stimmt's, Alexej?«

Diesmal befiel den Lehrer Zweifel, und er sagte: »Ach nein, wenn die Hautfarbe dunkel ist, kann man sie nicht mehr abwaschen.«

»Wozu soll man sich dann so oft waschen?« fragte Umkenëu verständnislos. »Dann genügt es doch seltener … Hier wird ein großer Laden eröffnet, mit mehr Waren, als es sie auf dem fremdländischen Schiff gibt. Stimmt's, Alexej?« Perschin nickte schweigend. »Und die Waren kann man billig kaufen, fast umsonst, weil die Macht der Armen und die Armen selbst Handel treiben werden.«

»Und woher nimmt der Arme die Waren?« fragte Kagot.

»Die nimmt er von den Reichen!« antwortete Umkenëu entschieden. »Von deinen Fremdlingen!«

»Wie das?« wunderte sich Kagot.

»Umkenëu!« Diesmal klang Perschins Stimme streng. »Das habe ich nicht gesagt!«

»Na schön«, stimmte ihm das Mädchen zu. »Das habe ich mir selber ausgedacht. Woher wollen wir denn die Waren nehmen, wenn es weit und breit keine Reichen gibt? Unsere einzige Hoffnung sind doch die Leute vom norwegischen Schiff!«

»Die Waren werden von einem Dampfer gebracht«, sagte Perschin. »Aus Wladiwostok oder Petropawlowsk, das auf Kamtschatka liegt.«

»Und wenn wir hier alle ausgebildet und alle Kranken geheilt haben, fahren wir nach Rußland, in das Land der Fremdlinge, nach Petrograd. Warst du schon mal in Petrograd, Kagot?«

»Nein«, antwortete Kagot. »Ich war nur in Nome und Seattle.«

»Aber Petrograd ist schöner als Nome oder Seattle, ja?«

»Es ist schöner«, antwortete Perschin.

»Da stehen die Häuser einander gegenüber, zwischen ihnen fahren Wagen auf Rädern, und die werden nicht von Hunden gezogen, sondern von Maschinen mit Rauch und Gepolter. In Petrograd wohnt Lenin, der Führer der Bolschewiki und der Revolutionäre. Alexej, werden wir ihn besuchen gehen?«

»Er wohnt jetzt in Moskau«, sagte Perschin.

»Du hast aber gesagt – in Petrograd«, erinnerte ihn Umkenëu.

»Er ist umgezogen.«

»Warum?«

»Es war nötig.«

»Schade, daß er nicht auf uns gewartet hat«, seufzte Umkenëu. »Ich habe schon angefangen, für ihn eine Kuchljanka zu nähen und einen Malachai mit Vielfraßpelz.«

»Wir müssen sowieso über Moskau fahren, da bringen wir sie ihm«, sagte Perschin lächelnd. Perschin fand an diesem Spiel offensichtlich Gefallen, gab Umkenëu immer recht und sah sie entzückt an.

»Mein größter Wunsch aber wäre, daß mein Vater wieder sehen kann«, sagte Umkenëu seufzend. »Ein Durchreisender hat mir erzählt, in Uelen lebe der Ermetschin Tyneskyn. Er konnte wie mein Vater lange Jahre kein Tageslicht sehen, mußte mit einem Blindenführer gehen. Dann aber ist aus dem amerikanischen Land ein Doktor gekommen und hat seine Augen kuriert.«

»Davon habe ich auch gehört«, bestätigte Perschin. »Als wir in Uelen waren, bin ich Tyneskyn begegnet. Er kann sehen, geht allein, braucht keinen Führer mehr. Aber seine Augen tränen ständig und sind gerötet. Deinen Vater werden wir besser operieren, in einem richtigen Krankenhaus.«

»Ich sehne mich nach nichts mehr, als meinem Vater das Augenlicht wiederzugeben!« sagte Umkenëu noch einmal. Sie schwieg eine Weile und sah Perschin so zärtlich an, daß Kagot, der es bemerkte, das Herz zusammenzuckte und er sich unwillkürlich nach Kaljana umblickte.

Ihre Blicke trafen sich, und er entdeckte in Kaljanas Augen Schicksalsergebenheit. Allem Anschein nach hatte sie sich damit abgefunden, daß auch dieser Mann, der sich in ihrer Jaranga einquartiert hatte, weggehen würde wie seinerzeit Kagot.

Nach altem Brauch besuchte Kagot auch die anderen Jarangas. Bei Amos hörte er sich dessen Bericht über die Fahrt zu den Rentierzüchtern an.

»In der Tundra ist es unruhig«, erzählte Amos. »Die Leute haben von dem neuen Leben gehört, vom Aufteilen der Reichtümer, sie machen sich Sorgen. Besonders alle, die große Herden haben. Korawje ist schon ins jakutische Land gezogen, aber auch dort soll es unruhig sein. Unbekannte streifen durch die Tundra, überfallen die Nomaden, töten sie, rauben sie aus, jagen die Rentiere weg. Sie nennen sich Weiße. Die aber, die gegen die Weißen kämpfen, nennen sich Rote, obwohl sie alle gleich aussehen.«

»Die Roten, das sind die Bolschewiki«, sagte Kagot überzeugt. »Denn ihr Kennzeichen ist roter Stoff, den sie an eine hohe Stange hängen.«

»Die Tangitan haben alle die Angewohnheit, Stoff aufzuhängen«, bemerkte Amos. »Auf unserem Schiff hängt am Heck auch was.« Er meinte die norwegische Fahne.

»Am Stoff erkennen sie, wer zu wem gehört«, sagte Kagot. »Die Fremdlinge vom Schiff haben einen riesigen Vorrat von solchem Stoff. Sie nennen das Fahnen. Rønne hat mir einige gezeigt. Die alte russische hat drei Farben. Die amerikanische ist gestreift, aber in einer Ecke sind auf blauem Feld lauter Sternchen. Dann haben sie auch noch eine englische – die ist hell wie die Kamlejka eines Eskimos.«

»Haben sie auch eine rote Fahne?« fragte Amos.

»Eine rote Fahne haben sie nicht«, antwortete Kagot. »Aber Rønne hat gesagt, sie werden eine aus rotem Stoff machen.«

»Aber unsere rote Fahne wird wohl umziehen«, sagte Amos.

»Umkenëu hat es mir gesagt.« Kagot nickte. »Was meinst du, hat dieser Russe ernste Absichten?«

»Ich denke mir, seine Hochzeit wird für Dauer sein, nicht nur für einige Zeit, wie es bei den Tangitan vorkommt«, antwortete Amos. »Wie viele Kinder gibt es schon im Küstengebiet, die aus einem zeitweiligen Zusammenleben hervorgegangen sind. Ihre Gesichter sind reinweiß, man kann sie nur an der Sprache und an der Kleidung unterscheiden.«

»Ich will mal zu Gaimissin gehen«, sagte Kagot und erhob sich von dem Walwirbel.

Auffallend war die Ordnung um die Jaranga des Blinden. Gaimissin hielt eine Schaufel aus Walbein in der Hand und schippte Schnee, warf ihn weit zur Seite. Als er an den Schritten erkannte, daß Kagot näher kam, hielt er ein und grüßte mit einem Lächeln: »Amyn etti!«

»Ii!« antwortete Kagot und ging auf den Blinden zu. »Um deine Jaranga ist es ja so sauber geworden!«

»Was kann man machen«, seufzte Gaimissin, »ich geb mir eben alle Mühe. Die Tochter will den Fremdling als Mann herbringen, da kann die Wohnung doch nicht unordentlich sein.«

»Haben sie sich entschieden?«

»Kann man denn unserer Umkenëu was ausreden?« Gaimissin winkte ab und stieß die Schaufel in eine Schneewehe. »Ich denk mir so manches Mal: Sie hätte ein Mann werden sollen, kein Mädchen!«

»Und wie ist der Bräutigam?«

»Zu ihr ist er zärtlich, uns bringt er Achtung entgegen«, sagte Gaimissin. »Warum stehen wir hier rum? Komm in die Jaranga.«

Gaimissin ging mit sicheren Schritten voran. Ein Fremder hätte nicht sagen können, daß da ein Blinder ging. Im Tschottagin begab er sich zu dem Querbalken, ließ sich nieder und wies auf den Platz neben sich. »Setz dich, Kagot.«

Auch der Tschottagin war verblüffend sauber. Der Erdboden war sorgfältig gefegt, die gefrorenen Hundepfützen waren weggekratzt.

»Mich hat die Nachricht erreicht«, setzte Gaimissin an, »daß in Uelen ein Wunder geschehen ist: Der dortige ehemalige Ermetschin Tyneskyn hat mit Hilfe eines fremdländischen Arztes das Augenlicht wiedergewonnen. Hast du mal von ihm gehört?«

»Daß er wieder sehen kann, habe ich gerade gehört.«

»Tyneskyn stammt aus einer starken und reichen Familie, die dem Clan Gemalkot nahesteht«, berichtete Gaimissin. »Gut hat er gelebt, der Tyneskyn, in Wohlstand und Freude. Schon in der Jugend hat er sich zwei Frauen zugelegt. Dann aber ist ihm ein Unheil widerfahren – vor seinen Augen verschwamm alles im Nebel, so wie bei mir. Zuerst war es nur, als sei ein bewölkter Tag angebrochen, dann verdeckten dichte Wolken das Sonnenlicht, bis alles in weißlichem Nebel verschwand. Ich sehe ja Licht, vor allem, wenn ich in die Sonne schaue«, fuhr Gaimissin fort, »aber unterscheiden kann ich nichts, stille meine Neugier nur durch das Gehör. So hat auch Tyneskyn viele Jahre gelebt. Vor anderthalb Jahren nun hat ein Verwandter von ihm, der Händler Carpendale, der seine hölzerne Jaranga in Keniskun gebaut hat, aus Amerika einen Arzt kommen lassen. Der ist mit Messern und verschiedenen anderen Gerätschaften angereist. Sie haben Tyneskyn gefesselt, damit er sich nicht losriß, haben ihm bis zur Bewußtlosigkeit schlimmes Feuerwasser eingeflößt und den Nebel aus seinen Pupillen geschabt. Blut hat es freilich gegeben und solche Schmerzen, daß Tyneskyns Geschrei bis nach Naukan zu hören gewesen sein soll, aber was macht das schon! Ein paar Tage mußte er mit einer Augenbinde rumlaufen, und als man sie ihm abnahm, konnte er die Welt wieder sehen! Ach, wenn ich doch auch so ein Glück hätte!«

Nun begriff Kagot den eigentlichen Grund für Gaimissins schnelles Einverständnis, den Fremdling in seine Familie aufzunehmen. Er hoffte, Perschin würde ihm gleichfalls einen fremdländischen Arzt besorgen.

»Und was sagt Perschin?« fragte Kagot geradezu.

»Er sagt, falls so etwas möglich ist, würden die neuen Ärzte mir das Augenlicht wiedergeben«, sagte Gaimissin mit heimlicher Hoffnung in der Stimme. »Wenn es doch so wäre! Ich bin ja noch nicht alt, habe viel Kraft! Und vor uns liegt ein neues, interessantes Leben, wie Perschin sagt. Es nicht zu sehen wäre doch kränkend! Und wenn Umkenëu Kinder bekommt, soll ich die etwa nur betasten können? Weißt du, Kagot, ich würde eine Hand und einen Fuß dafür geben, wenn ich nur wieder sehen könnte!«

»Wir wollen die Hoffnung nicht aufgeben«, sagte Kagot.

Gaimissin wandte ihm sein trotz Blindheit so sprechendes Gesicht zu und fragte: »Was machen übrigens deine Zahlen? Ich habe gehört, wie Taap und Nuten sie verflucht haben. Sind sie wirklich so stark?«

»Stark sind sie, das spüre ich.«

»Vielleicht kannst du sie um etwas bitten, wenn sie so mächtig sind?« schlug Gaimissin vor. »Am Ende könnten sie mir helfen?«

Kagot antwortete nicht sogleich. »Vielleicht werden sie helfen«, sagte er nachdenklich. »Aber zuerst muß ich die magische Zahl finden. Sie ist zum Greifen nah, entgleitet mir aber immer wieder.«

»Ach, wenn ich dir doch dabei helfen könnte.«

»Nein, ich muß sie allein suchen«, sagte Kagot. »Das habe ich begriffen. Sie ist wie ein vorsichtiges, schlaues Tier: versteckt sich, verwischt die Spur. Würde ich sie vor mir sehen, ich würde losgehen – ohne Rücksicht auf den Weg. Aber nein, sie steckt irgendwo unter diesen Zahlen, mit denen ich schon fast das halbe Heft vollgeschrieben habe.«

»Und was geschieht, wenn du sie findest?« fragte Gaimissin mit angehaltenem Atem.

»Dann erschließt sich mir die Wahrheit, und allen wird es gutgehen. Nur, wie das wirklich sein wird, weiß ich noch nicht.«

Auf dem Rückweg zum Schiff, in Gedanken immer noch bei seiner Unterhaltung mit dem Blinden, überlegte Kagot: ob er am Ende nicht tatsächlich Macht gewinnt, wenn er die allerletzte, größte Zahl gefunden hat?

Dann würde er das Eis schmelzen lassen und das Schiff befreien …

würde er zusammen mit der norwegischen Expedition zum Gipfel der Erde fahren …

würde er dem armen Gaimissin das Augenlicht wiedergeben …

würde er einen guten Mann für Kaljana finden …

würde er es so einrichten, daß immer genügend Tiere an der Küste von Tschukotka wären …

würde er alle glücklich machen …

## 27

Während der Frühling nahte und es wärmer wurde, nahm die Arbeit auf dem Schiff zu. Doch genau konnte niemand vorhersagen, wann das Meer an dieser Küste frei sein würde. In Begleitung von Kagot und Olonkin ging Amundsen ein paarmal ans Ufer und befragte Gaimissin, Amos und sogar Kaljana, wann denn nun offenes Wasser zu erwarten sei. Er erhielt jedoch keine plausible Antwort. Amos sagte sogar, er erinnere sich an einen Fall, da mitten im Winter ein Sturm das Eis losgerissen habe und das Meer bis zum Horizont hin offen gewesen sei, das Eis aber sei damals nach einigen Tagen wiedergekommen, unüberwindlicher als zuvor.

Gemeinsam kamen sie zu dem Schluß, der wahrscheinlichste Termin für die Öffnung des Meeres sei Ende Juni, Anfang Juli. Amos hielt es dennoch für nötig zu warnen: »Ich erinnere mich an ein Jahr, wo das Eis gar nicht von unserer Küste verschwand und altes Festeis bis zum neuen Winter blieb.«

»Das wäre das Schlimmste, was uns passieren kann«, bemerkte Amundsen düster.

Wieder auf dem Schiff, ging Amundsen in seine Kajüte und blätterte in seinem Tagebuch.

»27. April. Morgens Nordwestwind, der sich gegen Mittag verstärkte … Sundbeck hat das immer noch starke junge Eis gemessen … Haben gestern einen Teil des

Daches vor der Kombüse abgenommen, damit es dort heller ist. Jetzt kann ich ganz ohne elektrisches Licht arbeiten …

28. April. Der April ist hier genauso launisch wie bei uns zu Hause. Letzte Nacht hatten wir 17° Frost und um zwei Uhr -14°. Der frische Nordwest legte sich am Tag. Karajew und zwei Russen sind vormittags weggefahren. Einer der letzteren wollte sofort nach Sucharnoje zurück, um einen kleinen Eisbären zu holen, den sich dort Kibisow hält. Er hat ihn auf seiner ersten Reise im März in der Nähe der Kolyma gefunden. Das Bärchen war damals nicht größer als eine Katze, aber sehr wild. Jetzt soll er ganz zahm sein. Ich habe versprochen, ihn mit nach Nome zu nehmen.«

Das Bärchen war für Mary bestimmt, die schon selbständig an Deck spazierenging und fröhlich in der grellen, blendenden Frühlingssonne spielte.

Ihr Vater war dagegen verschlossen und wortkarg geworden. Er zog sich oft in seine Kajüte zurück und saß dort über seinem Heft. Amundsen versuchte ein paarmal, ihn von der nutzlosen Beschäftigung abzubringen, aber Kagot blickte nur schweigend beiseite.

Das alles wäre nicht weiter schlimm gewesen, aber das Zahlenschreiben hatte offensichtlich zur Folge, daß Kagot seine Pflichten vernachlässigte. Bisweilen mußte er an die einfachsten Dinge erinnert werden – daß er das Geschirr spülen müsse oder nicht vorschnell das Brot aus dem Ofen nehmen dürfe.

So auch heute: Als Amundsen in die Kombüse hineinschaute, sah er, daß der Koch sein unglückseliges Heft auf dem Brett aufgeschlagen hatte, wo er gewöhnlich den Teig ausrollte. Er mußte ihn darauf hinweisen, daß die Kombüse keineswegs der Ort ist, wo man sich mit Mathematik befaßt. Kagot war betreten. Schnell versteckte er das Heft, als befürchtete er, es könne ihm weggenommen werden, entschuldigte sich und versprach, das würde nicht wieder vorkommen.

Nach dem fälligen Verweis machte sich Kagot mit frischer Energie und neuem Eifer an die Arbeit. Er achtete wieder auf sich, strahlte vor Sauberkeit, wischte und schrubbte nicht nur die Kombüse, sondern auch die Messe, bereitete raffinierte und schmackhafte Gerichte zu. Auch sein Verhalten änderte sich: Er suchte mehr Umgang mit den Expeditionsmitgliedern, sprach mit ihnen, beschäftigte sich mit der Tochter. Doch nach einer Weile zog er sich wieder zurück und vertiefte sich in seine Zahlen. Das ging so bis zum nächsten Mißklang, nach dem alles wieder ins Gleis kam.

Immer mehr erfaßte Frühlingsstimmung die Leute auf dem Schiff, das allmählich vom Schnee befreit wurde. Frische Luft verdrängte nun die abgestandene Frostluft, Licht drang überallhin, und um abends einschlafen zu können, mußte man sogar die dichten Vorhänge vor die Bullaugen ziehen.

Amos besaß ein kleines Fellboot. Den ganzen Winter hatte es auf einem hohen, aus einem Walkiefer gefertigten Gestell gelegen, nun aber war die Zeit gekommen, es herunterzuholen und am Ufer mit Schnee zu bedecken, damit, wenn das Meer eisfrei würde, das im Winter ausgetrocknete Walroßfell wieder straff und elastisch war. Beim Herabholen der Boote wurde gewöhnlich ein Ritual vollzogen, um die Meeresgötter gnädig zu stimmen, und Amos hatte dazu Kagot eingeladen. Als Kagot darum bat, ihm dafür freizugeben, fragte Amundsen: »Erklären Sie mir doch bitte, warum Sie immer noch solche heiligen Handlungen vollziehen, obwohl Sie sich doch von Ihrer Berufung zum Schamanen losgesagt haben. Sie haben Amos einen anderen Namen gegeben und ihn vor den bösen Geistern bewahrt, dann haben Sie die gleiche Prozedur an Ihrer Tochter vollzogen. Jetzt wollen Sie das heilige Ritual beim Herunterholen der Boote zelebrieren ... Was hat das alles zu bedeuten?«

»Ich sage mich doch keineswegs von meiner Berufung zum Schamanen los«, erwiderte Kagot. »Ich will einfach nicht mehr Mittler zwischen den Äußeren Kräften und den Menschen sein. Ich will auch nicht Menschen mit Hilfe von magischen Beschwörungen heilen, an die ich nicht mehr glaube. Doch an die Existenz der Äußeren Kräfte und an die Abhängigkeit des Menschen von ihnen glaube ich weiterhin. Der Mensch muß so handeln, wie es ihr Wille ist, sonst kann es für ihn schlecht ausgehen. Es gibt Forderungen und Bräuche, die in einer fernen Vergangenheit wurzeln. Wir haben die Bedeutung des Brauchs bereits vergessen, befolgen ihn aber, um die inneren Kräfte des Menschen zu festigen.«

»Sie sagen – die inneren Kräfte eines Menschen?« fragte Amundsen.

»Ja«, antwortete Kagot, »der Mensch muß innerlich nicht weniger stark sein als äußerlich. Mitunter ist innere Stärke sogar nötiger.«

Amundsen dachte nach und nickte. »Sie haben wohl recht, Kagot.«

An seinen Augen war jedoch zu erkennen, daß er an etwas anderes dachte – ihn beschäftigte der Gedanke an einen möglichen Fehlschlag, falls das Küsteneis die »Maud« in diesem Jahr nicht freigeben sollte.

Amundsen zog ein Blatt Papier heraus und skizzierte den Lageplan des Schiffs. Der Rand des Ufereises verlief an dem Tag ziemlich weit draußen, und oft genug fror in diesem Gebiet schwimmendes Eis mit dem festen zusammen. Er mußte überlegen, wie man der Meeresströmung und dem Wind helfen könnte, das Eis zu brechen. Dazu konnte man den an Bord befindlichen Vorrat an Sprengstoff nutzen. Auf seiner Skizze zog Amundsen einen Strich von der »Maud« nach Nordost. Wenn sie vorbereitete

Schürflöcher mit ausreichend starken Ladungen füllten, könnten sie im geeigneten Moment versuchen, mit ihrer Hilfe einen Kanal zum offenen Wasser hin zu sprengen.

Neben Amos' Jaranga hatten sich alle Bewohner der Siedlung versammelt.

Das kleine Boot war schon von den Robben- und Walroßfellriemen befreit. Tschejwyne hielt eine breite Holzschüssel, auf der gelbliche Scheiben von Renschinken und Speck sowie ein durch ein Wunder für diesen Zweck gerettetes Stück Wal-Speckschwarte – Itgilgyn – lagen. Zu den Gaben für die Meeresgötter gehörten auch Stückchen von Zucker, Schokolade, Hartbrot, Tabak und einige Zigarrenstummel aus den Aschenbechern in der Messe der »Maud«.

Tschejwyne übergab Kagot die Schüssel. Der blickte sich um und bemerkte, daß Perschin abseits stand und die Zeremonie beobachtete.

»Warum tritt er nicht näher?« fragte Kagot Umkenëu, während er alle mit der Speise der Götter bewirtete: Nach altem Brauch mußten zuerst die Menschen von den Gastgeschenken kosten, erst die Reste waren für die Götter bestimmt.

»Er kann nicht«, antwortete Umkenëu und nahm sich etwas Hartbrot und ein Stück Schokolade.

»Warum nicht?«

»Er ist ungläubig.«

»Na und?« Kagot zuckte mit den Achseln.

»Er ist ein Bolschewik«, sagte Umkenëu. »Die Bolschewiki meinen, daß alle diese Bräuche nur die Sinne benebeln. Er sagt, eigentlich müsse man dagegen ankämpfen.« Und sie setzte hinzu: »Wenn ich erst Bolschewikin bin, werde ich auch gegen den Schamanismus und die alten Rituale kämpfen.«

»Und wann gedenkst du eine Bolschewikin zu werden?«

Umkenëu biß ein Stückchen von der Schokolade ab und blinzelte vergnügt. »Vielleicht werde ich heute nacht die Frau eines Bolschewiken, dann sehen wir weiter.«

»Warum gerade heute?«

»Weil morgen der Hauptfeiertag der Arbeitsleute ist.«

»Das haben wir gar nicht gewußt!« sagte Kagot leicht vorwurfsvoll.

»Ich habe es ja selber erst vor kurzem erfahren«, bekannte Umkenëu. »Alexej hat es mir gesagt, als er mir versprach, mich an dem Tag zu heiraten.«

Nachdem Kagot alle mit den Speisen der Götter bewirtet hatte, stellte er sich an die Spitze der Prozession. Sie nahmen das Boot behutsam von dem Gestell und hoben es auf ihre Schulter.

»Komm und hilf!« rief Umkenëu den Lehrer.

Perschin stemmte seine Schulter unter die Last, ging neben Gaimissin, der trotz seiner Blindheit nach Kräften bemüht war, sich nützlich zu machen. Das Gesicht des Blinden spiegelte Glückseligkeit darüber, daß nun die Zeit des wahren, tätigen Lebens nahte, die Zeit des großen Lichts, der Schneeschmelze, der Vogelstimmen und des Walroßgebrülls unter dem felsigen Ufer.

Der Frühling hatte dem Leben der winzigen Siedlung bereits seinen Stempel aufgedrückt. Kein Tag verging, ohne daß Gespanne vorüberfuhren, die nach Hause eilten, da die Zeit näher rückte, wo Tauwasser alle Schlittenwege unpassierbar machen würde. Wer immer die dunkle Jahreszeit erlebt hatte, sehnte sich ungeduldig nach Licht und Wärme.

So hatten sie denn auch alle unter den warmen Sonnenstrahlen die Köpfe entblößt, niemand trug einen Malachai oder eine Kapuze.

Die Kinder liefen mit den Hunden der Prozession voraus und blieben erst unter dem Steilufer an dem für das Boot bestimmten Platz stehen. Bereits am Vortag hatte Amos in dem festen, abgelagerten Schnee mit einem breiten, auf einen Griff gesteckten Walknochen eine für das Fellboot bestimmte Grube gegraben.

Langsam stellten sie das Boot in der Grube ab. Kagot trat ein wenig vor, bis an die unsichtbare, schneebedeckte Grenze zwischen Meer und Ufer, und sprach leise:

Das erhabene Licht, mit der Sonne zu uns gekommen,
hat alles erweckt, alles erhellt …
Vergessen sind die Dunkelheit, das kalte Sternenlicht
und der Frost, der bis ins Hirn vordringt.

Heute, ihr Meeresgötter, die ihr uns ernährt,
bringen wir euch unsere Opfer dar,
flehen wir euch an, uns Erfolge zu schenken,
mit reicher Beute die Menschen zu erfreuen.

Selber werden wir euch nichts schuldig bleiben,
werden euch immer euren Anteil darbringen.
Ohne Abstriche werden wir die Bräuche befolgen,
um die Herzen der Meeresgötter zu erfreuen.

Möge das Eis recht schnell die Ufer verlassen,
mögen Vogelrufe über die Erde schallen.
Über die Erde, von Menschen bewohnt,
die euch achten und stets an euch denken …

Bei den letzten Worten warf Kagot weit ausholend die Reste des Opfermahls auf das Meereseis. Die Hunde stürzten sich auf die Götterspeise, und bald lagen nur noch die dicken Zigarrenstummel auf dem Schnee.

Das Boot wurde nun mit Schnee umgeben. Genau zu der Zeit, da sich Risse durchs Ufereis ziehen, würde das im Winter ausgetrocknete Walroßfell von Feuchtigkeit vollgesogen und das Boot zur Ausfahrt bereit sein.

Auf dem Rückweg ging Kagot zufällig vor Kaljana. Sie holte den Mann ein und sagte leise: »Ich habe Sehnsucht nach dem Mädchen. Wie geht es ihr dort unter den Fremdlingen?«

»Sie hat sich eingewöhnt«, antwortete Kagot mit heimlichem Stolz.

»Mir aber wird es wohl nicht mehr beschieden sein, den Schrei eines eigenen Neugeborenen zu hören, ich werde bestimmt allein bleiben«, sagte die Frau betrübt.

Kagot wußte keine Antwort. Kaljana litt offensichtlich. Die geringe Hoffnung, die die Ankunft des Lehrers geweckt hatte, war für immer erloschen.

»Ich habe gehört, daß es hier an dieser Küste bald viele Menschen geben wird«, sagte Kagot vorsichtig. »Sie werden ein Kulturzentrum errichten.«

»Davon redet der Lehrer Alexej«, erwiderte Kaljana. »Alle setzen ihre ganze Hoffnung darauf, sogar der blinde Gaimissin erwartet ein Wunder.«

»Vielleicht wird auch dir ein Wunder zuteil?«

Kaljana blieb stehen und sah Kagot unverwandt an. »Was sagen denn deine Zahlen?«

»Noch schweigen sie«, antwortete Kagot ernst. »Aber ich spüre, ich bin auf dem rechten Weg.«

»Ich habe immer gewußt, daß du ein ungewöhnlicher Mensch bist!« rief Kaljana, und in ihrer Stimme entdeckte Kagot ein neues Gefühl für ihn – tiefe Hochachtung.

Amos bat alle in seine Jaranga, wo eine reichliche Bewirtung vorbereitet war – die Reste eines schon stark ausgetrockneten und nun fast geschmacklosen Renschinkens, frisches Seehundfleisch und vorjähriger, von bläulichen Adern durchzogener Kopalchen, der angenehm und scharf die Zunge kitzelte. Als sie beim Tee angelangt waren, sagte Perschin zu Kagot: »Sag denen auf dem Schiff, morgen ist bei uns ein großer Feiertag, der Erste Mai! Sie sollen nur kommen!«

Als Kagot dem Expeditionsleiter die Einladung überbrachte, fragte Amundsen: »Ist das ein tschuktschischer Feiertag?«

»Nein, es ist wohl ein bolschewistischer«, entgegnete Kagot. »Früher kannten wir so was nicht. Wir hatten nur den Feiertag der Bootsbereitschaft, dann Kilwej, den Festtag des jungen Rens, daß aber die Arbeitsleute gefeiert hätten, ist mir noch nie zu Ohren gekommen.«

»Nun, meine Herren, das ist offensichtlich ein staatlicher Feiertag der Sowjetrepublik, und da wir uns nun mal auf dem Territorium dieses Landes befinden, müssen wir ihm wohl unsere Achtung erweisen – ganz gleich, was wir von der Revolution und ihren Ergebnissen halten. Vor allem müssen wir die sowjetische Fahne aufziehn«, sagte Amundsen.

»Eine sowjetische Fahne haben wir nicht«, erinnerte ihn Rønne, der auf der »Maud« für das Schiffsinventar verantwortlich war.

»Wir müssen schnell eine anfertigen«, verfügte der Leiter.

Auf dem Schiff fand sich genügend roter Kattun. Aus dunklem Stoff schnitt Rønne mit einer Schere die Umrisse von Hammer und Sichel aus und nähte sie auf das Fahnentuch. Auf Perschins Bitte fertigte er noch einige Fähnchen an und schrieb sogar eine Losung auf einen Streifen roten Stoff, der zwischen zwei Stöcken gespannt wurde: »Es lebe der Erste Mai!«

Frühlingslicht, vom Schnee verstärkt zurückgeworfen, flutete zu den Bullaugen hinein. Im Verlauf des langen sonnigen Tages war der Schnee merklich aufgetaut, doch gegen Abend kam Frost. Auf der weißen Oberfläche bildete sich eine glatte, glänzende Schicht, die den hellen Himmel widerspiegelte.

Kagot saß an seinem gewohnten Platz vor dem Bullauge und schrieb langsam. Früher hatte er sich beeilt, hatte schnell Zahl an Zahl gefügt. Doch die Hast der ersten Tage war längst vorbei: So konnte er die geheimnisvolle magische Zahl verpassen. Zudem waren die Zahlen so groß geworden, daß er viel Zeit brauchte, um auch nur eine zu Papier zu bringen.

An dem Tag befand er sich in einer eigenen, erregten Stimmung. Ob der Grund dafür die Unterhaltung mit Kaljana gewesen war? Oder der Frühling? … Der Frühling, der Beginn einer neuen Lebensrechnung … Zu dieser Zeit beginnt tatsächlich ein neuer Abschnitt im Leben eines Menschen. Kagots ganze Umgebung verband mit dem anbrechenden Frühling ihre Hoffnungen: Alexej Perschin wartete auf den Dampfer mit den Waren, Büchern und den Holzhäusern für die Schule und das Krankenhaus; Amos wollte seinen Sohn auf die erste Jagd im Frühling mitnehmen und anfangen, ihm die schwierige Arbeit eines Jägers beizubringen; Gaimissin hoffte aufrichtig, sein Augenlicht zurückzubekommen; Umkenëu strahlte vor Glück und Vorfreude auf die Ehe; die Mitglieder von Amundsens Expedition sahen schon den Erdgipfel, den Nordpol, vor sich. Welche Zukunft aber erwartete ihn, Kagot? Die Möglichkeit, zusammen mit den Fremdlingen zum Gipfel der Erde zu fahren, war schon nicht mehr so verlockend wie zuerst. Wer weiß, was dort am Nordpol ist. Und brauchte er, Kagot, überhaupt diesen Nordpol? Würde er zum Glück seiner Tochter beitragen?

Wird er seine magische Zahl finden? Wird er ein anderer werden oder so bleiben, wie er ist? Ein anderer werden? Geht das denn? Der Mensch wird mit seinem Schicksal geboren und mit seinem ihm von Gott gegebenen Aussehen. Das einzige, was man ändern kann, ist der Name. Und auch das nur, um einem Uiwel zu entgehen.

Nachdem Kagot die fällige Zahl geschrieben hatte, hielt er inne, blickte auf den unterm himmlischen Licht leicht schimmernden Schnee und dachte nach.

Wer ist er – Kagot – eigentlich? Nun ja, er hat sich von

seinem Schicksal losgesagt. Fühlt er sich dadurch wohler? Der Wind des Lebens trägt ihn durch den gewaltigen Raum einander ablösender Tage und Nächte, und er weiß nicht, wo er haltmachen, wo er bleiben soll. Seine einzige Hoffnung ist die ersehnte Endzahl.

Warum behaupten alle einmütig, eine solche Zahl gebe es nicht? Der Verstand sagt ihm, es gibt sie doch. Oder ist der allgemeine Irrtum vieler Menschen stärker als die Wahrheit, die sich einem einzigen Menschen erschließt?

Der Schnee wurde heller. Die für kurze Zeit hinterm Horizont verschwundene Sonne war aufgegangen. Bald würde sie sich gar nicht mehr verstecken, und an der Küste würde ein langer Sonnentag anbrechen. Dieser Tag würde der »Maud« den Weg freigeben, und die Fremdlinge würden wegfahren. Was aber würde aus ihm werden? Was würde mit der kleinen Mary geschehen?

Kagot erhob sich vorsichtig von seinem Stuhl und ging auf Zehenspitzen zu dem schlafenden Mädchen. Sie hatte ihm das vom Schlaf gerötete Gesicht zugewandt. Manchmal zitterten ihre Wimpern, die vollen kleinen Lippen bewegten sich, als spräche sie in dem anderen Sein, in den farbenreichen Träumen, die sie nicht wiedergeben konnte. Ja, sie sah Waal sehr ähnlich ... Nur sich selbst, nur in seinem tiefsten Inneren konnte Kagot eingestehen, daß er mit den Zahlen die vage Hoffnung verband, auf unbekannte Weise Waal wiederzusehen. Ob es so etwas gab? Aber bei wem mußte ein solches Wunder beginnen, auf das die Menschen insgeheim schon viele Jahrhunderte warten?

Während der Morgen nahte, begannen Kagots Gedanken sich zu verwirren, bisweilen fiel sein schwer gewordener Kopf sogar auf den Tisch, direkt auf das Heft mit den ordentlich geschriebenen Zahlenreihen.

Er hörte nicht, wie Amundsen aufstand, in die Kombüse ging, Feuer machte und den großen Kaffeetopf darauf stellte.

Kagot sprang auf, als ihm der Duft von frischem Kaffee in die Nase stieg. Schnell wusch er sich und begann fieberhaft, Amundsen zu helfen. Er hatte sogar vergessen, ihn zu begrüßen. Eilig rannte er an Deck, brachte vom nächstgelegenen Schneehaufen einen Eimer für neues frisches Wasser, stürmte in die Messe, den Tisch zu decken, und verwechselte dabei die Bestecke, die Becher und Teller.

Amundsen schwieg.

Als jedoch alle am Tisch saßen, klopfte der Leiter mit dem Messer an sein Glas und bat um Aufmerksamkeit, ehe sie zu essen begannen.

»Bevor ich die heutige Tagesordnung bekanntgebe«, sagte er mit strenger Stimme, »möchte ich alle Expeditionsmitglieder von Kagots heutigem Vergehen in Kenntnis setzen, das uns fast um unser Frühstück gebracht hätte. Ich will den Grund für sein derartiges Verhalten, das sich in jüngster Zeit verschlimmert hat, nicht näher erörtern. Es ist Ihre persönliche Angelegenheit, Herr Kagot, sich in Ihrer Freizeit mit Beliebigem zu befassen. Das einzige, was ich von den Mitgliedern meiner Expedition verlange – und Sie, Herr Kagot, haben die Ehre dazuzugehören –, ist die strikte Erledigung der Verpflichtungen. Heute, Herr Kagot, erteile ich Ihnen einen öffentlichen Tadel und möchte Sie davon in Kenntnis setzen, daß wir uns von Ihnen trennen müssen, falls Sie Ihr Verhältnis zu den Ihnen auferlegten Verpflichtungen nicht ändern. Verstehen Sie mich recht, Herr Kagot, ich würde nicht gern zu der äußersten Maßnahme greifen, aber als Leiter der Expedition werde ich verpflichtet sein, das zu tun. Haben Sie verstanden, was ich Ihnen sagte, Herr Kagot?«

Kagot nickte schweigend. Etwas zu seiner Rechtfertigung zu sagen fiel ihm schwer.

# 28

Zur festgesetzten Stunde versammelten sich alle Expeditionsmitglieder an Deck, um gemeinsam in die Siedlung zu gehen. Kagot hatte Mary die schönste Kamlejka angezogen und trat mit dem Mädchen aus der Kajüte in die grelle Sonne. An dem Hauptmast der »Maud« flatterten zwei Fahnen – die norwegische, mit einem blauen Kreuz auf rotem Grund, und die Fahne der Sowjetrepublik, grellrot, durchdrungen von Frühlingssonnenstrahlen. Auf allen drei Jarangas wehten rote Fahnen. Sie sahen alle gleich aus, und ihnen war nicht anzusehen, ob Umkenëus Traum in Erfüllung gegangen, ob Alexej heute in ihre Jaranga umgezogen war.

Rønne verteilte die selbstgefertigten norwegischen und sowjetischen Fähnchen, und mit dem Expeditionsleiter an der Spitze begaben sich alle ans Ufer, wobei sie sich an den gut bekannten Weg hielten. Mary ging zuerst mit dem Vater, dann aber nahm Sundbeck sie in die Arme und setzte sie sich auf die Schultern. Das kleine Mädchen winkte mit den beiden Fähnchen und schrie etwas Lustiges von ihrer Höhe.

Die schön herausgeputzten Bewohner der Siedlung hatten sich neben Kaljanas Jaranga, die dem Ufer am nächsten stand, versammelt. Amos und Gaimissin trugen gut gearbeitete, reich mit verschiedenfarbigen Bändern verzierte Wildlederkittel. Die Frauen hatten neue Kamlejkas angezogen, die sie aus dem ihnen von den Norwegern geschenkten Stoff genäht hatten. Umkenëu hatte obendrein ein großes rotes Band an die Brust gesteckt.

Als die Gäste näher kamen, winkte Perschin, der eine weiße Kamlejka und ein ebensolches rotes Band wie Umkenëu trug, mit der Hand, und ein Chor, der aus Amos' beiden Kindern, Gaimissin, Umkenëu und Perschin selbst bestand, begann hingebungsvoll und einigermaßen wohlklingend zu singen:

Wacht auf, Verdammte dieser Erde,
die stets man noch zum Hungern zwingt!
Das Recht wie Glut im Kraterherde
nun mit Macht zum Durchbruch dringt …
Völker, hört die Signale!
Auf zum letzten Gefecht!
Die Internationale
erkämpft das Menschenrecht!

»Was ist denn das für ein Lied?« erkundigte sich Amundsen leise bei Olonkin. »Es klingt wie eine Hymne.«

»Wie die Zarenhymne aber nicht«, antwortete Olonkin.

»Nun ja, sie haben schließlich eine neue Regierung«, meinte Amundsen, »also auch eine neue Hymne. Übersetzen Sie bitte.«

Obwohl klar war, daß die meisten Sänger die Worte nicht verstanden, sangen sie recht verständlich. Nachdem Amundsen sich die knappe Übersetzung angehört hatte, bemerkte er: »Entschiedene Worte!«

Nach dem Gesang der »Internationale« stieg Perschin auf einen vorher bereitgestellten Schlitten und hielt eine Rede.

»Tumgyturi! Liebe Genossen, meine Herren! Heute feiern die Bewohner dieser Küste zum erstenmal in ihrer tausendjährigen Geschichte den lichten Feiertag des Ersten Mai. Dieser Feiertag ist bis hierher gelangt, bis in den entferntesten Winkel der Tschuktschen-Halbinsel. Solche Kundgebungen finden heute auch in Uelen statt, in Nowomariinsk, in Jakutien und an anderen Orten unseres Nordens. Unsere Revolution erlebt erst ihr viertes Jahr. Aber diese Jahre gleichen manchen Jahrhunderten in der

Geschichte der Menschheit, für diese Jahre gilt ein anderes Maß! Wir beginnen eine neue Zeitrechnung.«

Der neben Amundsen stehende Olonkin übersetzte Wort für Wort, ohne zu hasten, denn Perschin sprach bedächtig, langsam und ließ die Möglichkeit offen, das Gesagte zu durchdenken.

»Die neue Macht, die Sowjetmacht, schlägt feste Wurzeln auf Tschukotka«, fuhr Perschin fort. »Überall entstehen neue Organe der Macht – die Sowjets. Unser nächster Schritt wird darin bestehen, die werktätigen Jäger und Rentierzüchter in Genossenschaften gemeinschaftlicher Arbeit zusammenzuschließen, damit es leichter wird, Wildtiere zu erbeuten und Rens zu weiden. Dann schaffen wir hier, an der Küste der Tschaunbucht, ein Kulturzentrum, von dem sich die großen Ideen zur Umgestaltung der Welt auf der Grundlage der Gerechtigkeit über die ganze Tundra und die Eismeerküste ausbreiten werden: Wer nicht arbeitet, der soll auch nicht essen!«

»Das ist gut!« bemerkte Amundsen, als Olonkin ihm alles übersetzt hatte. »Damit bin ich voll und ganz einverstanden!«

»Es lebe die Revolution! Es lebe der Erste Mai! Proletarier aller Länder, vereinigt euch!« Das Band mit dieser Losung hielten Amos' Kinder an zwei Stöcken, und neben ihnen stand die stolze Umkenëu mit einer roten Fahne, die der Segelmeister Rønne genäht hatte.

»Genossen, meine Herren!« sagte Perschin. »Ich bitte Sie zu einem Festumzug.«

Er sprang vom Schlitten, nahm Umkenëu die Fahne ab und schritt voran. Ihm folgten Amos' Kinder, Amos selbst mit Frau, Gaimissin, der sich an Tutynas Schoß festhielt, sowie Kaljana, und die Mitglieder der norwegischen Polarstation schlossen sich diesem Zug an. Mit ihren Fahnen und Losungen umkreisten sie die Siedlung, gingen um alle drei Jarangas herum, stiegen dann zum Boot hinab, das von tauendem Schnee zugedeckt war, und begaben sich schließlich auf dem Trampelpfad, am Magnetpavillon vorüber, wieder hinauf zu Amos' Jaranga.

»Jetzt, Genossen«, sagte Perschin, »bitte ich Sie zu einer festlichen Veranstaltung. Sie wird in Gaimissins Jaranga stattfinden.«

Der Fußboden im Tschottagin war sorgfältig gefegt, auf der linken Seite aber hing ein kleiner Polog, den es vorher da nicht gegeben hatte.

Der vordere Wandvorhang des großen Pologs war etwas angehoben und durch einen Stock gestützt, gab so den Blick auf das Innere des Schlafraums frei, in dem erloschene, von Tran und Ruß geschwärzte steinerne Leuchten standen.

»Nehmt alle im Tschottagin Platz!« verfügte Umkenëu. »Die Kinder und mein Vater können sich auf den Querbalken setzen. Alexej, hierher! Sie aber, Herr Amundsen, unser Ehrengast, nehmen diesen Walwirbel. Darauf haben Sie es bequemer.«

Als alle sich gesetzt hatten, stellte sich Umkenëu vor den Polog und verkündete laut: »Jetzt beginnt das Vergnügen, mit dem wir den Feiertag der Werktätigen des ganzen Landes feiern wollen, den Ersten Mai!«

Sie drehte sich um, machte eine Handbewegung, und schon stimmte der Chor an:

Vorwärts, Genossen, im Gleichschritt!
Mut wächst uns zu in der Schlacht.
Ihr, die ihr heut in den Kampf zieht,
habt Freiheit einst allen gebracht.

Während Amundsen Olonkins Übersetzung lauschte, dachte er, nach den langen Jahren seiner Reisen durch unerforschte Gegenden des Planeten erlebe er heute möglicherweise das interessanteste, wichtigste Ereignis. Was waren die Bolschewiken für Menschen? Wenn man's recht bedenkt – konnte etwas edler sein, als die brennendsten Aufgaben der Menschheit lösen zu wollen: alle Hungernden zu ernähren, die Benachteiligten zu beglücken und die Beleidigten zu trösten? Aber ließ sich solches Glücksverständnis mit Gewalt durchsetzen, mit einem Fanatismus, wie er sogar in ihrem Lied mitschwang: »Wacht auf, Verdammte dieser Erde, die stets man noch zum Hungern zwingt ...«? Und endeten nicht alle Sklavenaufstände damit, daß die Sklaven selbst zu Unterdrückern wurden?

Nachdem sie einige russische Lieder gesungen hatten, gingen die Bewohner der Siedlung zu ihren althergebrachten Liedern und Tänzen über. Unmerklich ergab es sich, daß Umkenëu, die noch am Vortag niemand hatte als erwachsen anerkennen wollen, heute die treibende Kraft der Feier war. Sie hatte eine große Trommel beschafft, ihre Oberfläche angefeuchtet und sie dem Vater gereicht. Das regsame Gesicht des Blinden erhellte sich; mit einem elastischen Fischbeinstöckchen schlug er ein paarmal leicht auf das gespannte Fell und stimmte dann ein Lied an – einen Freudentanz. Alle sangen sie mit – Amos, Tutyna, Umkenëu, und sogar Kagot konnte sich nicht beherrschen, fiel mit seiner etwas heiseren, aber ausdrucksstarken Stimme ein.

Umkenëu trat auf den kleinen freien Platz vor dem Herd und begann zu tanzen. Zum langsamen Teil des Tanzes bewegte sie sich mit halbgeschlossenen Augen, als wolle sie mädchenhafte Scham bekunden. Kagot sah sie an und dachte an Waal. Er erinnerte sich: Den ersten Keim wachsender Zärtlichkeit für seine künftige Frau hatte er verspürt, als er sie beim Tanz sah und begriff, daß seine Freundin aus Kindertagen kein kleines Mädchen mehr war, sondern eine erwachsene Frau, die im Tanz ihre geheimen Wünsche und Hoffnungen ausdrückte.

Ein schriller Trommelschlag, mit dem Gaimissin zum

zweiten Teil des Tanzes übergegangen war, ließ Umkenëu zusammenzucken: Sie erstarrte für einen Moment, ihr kräftiger, reifer Körper spannte sich, und schon wurde sie vom raschen, zielstrebigen Tempo der weiteren Tanzmelodie fortgerissen.

Laute Rufe des Entzückens waren ihr Lohn, der Leiter der norwegischen Expedition aber rief: »Bravo!«

Das Trommelgedröhn und die alten Melodien weckten Erinnerungen in Kagot, er gab Gaimissin ein Zeichen und trat auf den Platz, den Umkenëu soeben verlassen hatte.

Es war der Tanz des Raben, ein langer Tanz, der erzählte, wie Erde, Wasser und Himmel entstanden sind. Ein märchenhafter Tanz, schwer auszuführen.

Kagots Gesicht erstarrte zunächst, als wäre es aus Stein, dann malte sich darauf ein Lächeln, wurde zur Maske, während der Tänzer mit Arm- und Körperbewegungen vorführte, wie ein durch ewiges Dunkel fliegender Rabe Erde, Wasser und Himmel schuf. In den Handlungen des heiligen Vogels erblickten die Zuschauer die Vorgeschichte ihrer Wohnstatt, der Erde; alles, was Kagot – der Rabe – tat, war für sie von tiefer Bedeutung. Amundsen beobachtete den erzählenden Tanz mit weitgeöffneten Augen, fühlte sich von ihm im Innern so bewegt, wie es sonst nur geschah, wenn er eine Symphonie hörte oder einer religiösen Zeremonie beiwohnte. Diesen schlichten und auf den ersten Blick primitiven Tönen und Körperbewegungen wohnte jene geheimnisvolle Kraft der Kunst inne, die alles Menschliche auf Erden vereint.

Am Ende der Veranstaltung bat Umkenëu alle in Kaljanas Jaranga, wo ein Festmahl vorbereitet war. Sie hatte alles gut durchdacht. In langen Holzschüsseln lagen dünn geschnittener Kopalchen, frisches Robbenfleisch und alter geräucherter Renschinken, türmten sich Fischscheiben, funkelte im Steinmörser zerstoßene Robbenleber.

Bevor sie das Mahl begannen, erhob sich Amundsen und

verkündete feierlich: »Wir danken Ihnen aufrichtig, von ganzem Herzen für die Einladung zu diesem schönen Feiertag. Doch auch wir sind keine Nichtstuer. Und wenn dieser Maitag ein Feiertag der Werktätigen ist, dann haben auch wir dazu eine Beziehung. Deshalb laden wir nach diesem Essen Sie alle, ausnahmslos alle, zum großen Teetrinken auf unser Expeditionsschiff ein.«

Anderthalb Stunden später begab sich die ganze Prozession, nun schon ohne Fahnen und ohne Losung, zu dem ins Eis eingefrorenen Schiff.

Während in der Messe der Tisch gedeckt wurde, sagte Perschin zu Amundsen: »Wir haben geheiratet, Umkenëu und ich.«

»Ich gratuliere!« rief Amundsen. »Warum haben Sie mir nicht vorher etwas gesagt? Wir hätten Geschenke vorbereitet.«

»Nein, nein, danke, wir brauchen nichts.« Perschin schüttelte den Kopf. »Ich bin Bolschewik, und die Bolschewiki sind gewöhnt, mit einem Minimum an Sachen auszukommen.«

»Minimum hin, Minimum her«, bemerkte Amundsen, »aber eine Heirat ist ein Ereignis, das eine Spur fürs ganze Leben hinterlassen muß. Entschuldigen Sie mich, Herr Perschin und Frau Umkenëu, aber da Sie sich auf meinem Schiff befinden, müssen Sie uns gestatten, diesen Tag wenigstens im Rahmen unserer Möglichkeiten zu begehen.«

Er rief Rønne und Sundbeck, befahl ihnen, in den Lebensmittel-Laderaum hinabzugehen und für besondere Fälle aufgesparte Speisen zu bringen. Dann nahm er das Grammophon aus dem Intarsienkasten und legte eine Platte auf.

Gaimissin stellte sich neben den Musikkasten, wiegte im Takt den Kopf und versuchte sogar, leise mitzusingen. Unterhalten konnten sie sich mit Hilfe von Olonkin und Perschin. Zu der erneut erzählten Geschichte, wie der Ermetschin Tyneskyn aus Uelen die Sehkraft wiedergewonnen hatte, sagte Amundsen: »Davon habe ich bereits gehört, und da ich früher einmal Medizin studiert und das Interesse daran bis heute nicht verloren habe, kann ich sagen, daß solche Operationen manchmal erfolgreich sind.«

Inzwischen füllte sich der Tisch mit märchenhaften Speisen. Mit angehaltenem Atem verfolgten Amos' Kinder, wie Kagot bald dieses und bald jenes nie gesehene Gericht auftrug, Konserven öffnete, Tassen und Sektgläser mit dünnen Füßen verteilte.

Als Krönung des Ganzen stellte Sundbeck einen großen Strauß künstlicher, aus dünnem Zigarettenpapier angefertigter weißer Rosen auf den Tisch. Wann er dieses Kunstwerk vollbracht hatte, wußte Gott allein, aber die Blumen beeindruckten Perschin derart, daß er mit vor Erregung bebender Stimme sagte: »Als wären sie echt! Sieh nur, Umkenëu, solche Blumen schenkt man einer Braut bei der fremdländischen Hochzeitszeremonie.«

»Wie schön!« rief Umkenëu.

Nachdem Amundsen die Gäste und die Expeditionsmitglieder placiert hatte, wobei Braut und Bräutigam an der Spitze des Tisches zu sitzen kamen, gab er ein Zeichen, den Champagner einzugießen, und als das schäumende, perlende Getränk die durchsichtigen Kelche füllte, erhob er sich und sagte feierlich: »Auf die Gesundheit der Neuvermählten!«

Amos, Tschejwyne, Tutyna, die Kinder, Kaljana und Umkenëu beobachteten aufmerksam und bemüht, keine Bewegung zu übersehen, wie nun der große norwegische Fremdling mit dem Rand seines vollen Glases sacht an den Rand von Perschins Glas stieß, dann an den Rand von Umkenëus Glas, und es erst danach an den Mund hob. Alles, was bei Tisch vor sich ging, erzählte Tutyna leise ihrem Mann, und auf Gaimissins Gesicht spiegelte sich gespannte Aufmerksamkeit. Als er den Klang der Gläser vernahm, sagte er leise: »Kakomej!«

»Liebe Freunde!« sagte Amundsen und hob das zweite Glas. »Ich weiß nicht, ob es uns gelingen wird, noch einmal in diesem einträchtigen Kreis zusammenzukommen, aber gerade heute möchte ich Ihnen viel sagen. Vor allem danke ich Ihnen von Herzen für die Hilfe, die Sie unserer Expedition erwiesen haben. Unsere königliche Regierung, denke ich, wird das zu würdigen wissen, wenn wir nach Hause kommen und Ihrer Majestät berichten, wie Sie uns geholfen haben, die schwierige Überwinterung zu überstehen. Mit welch erhabenen und schönen Worten wir auch selbst für die Erforschung von weißen Flecken auf unserem Planeten bedacht wurden – ich muß bekennen, wie tief mich jene ständige Heldentat beeindruckt, die Sie vollbringen, indem Sie die rauhesten und verlassensten Gebiete der Erde bewohnen. Unsere Taten werden für immer im Schatten der Ihren stehen! Und dann noch – in diesem langen Winter hatten wir kein einziges Mal Veranlassung, miteinander unzufrieden zu sein. Angesichts der Verschiedenheit unserer Bräuche, der Gewohnheiten und des Glaubens zeugt das davon, daß die allgemeinmenschliche Freundlichkeit stärker ist als alles andere. Mag unsere kleine Erfahrung der Zusammenarbeit allen als Beispiel dienen. Wenn wir nach Europa zurückkehren, werden wir von Ihnen berichten, von Ihrer kleinen Siedlung, und die Wärme unseres menschlichen Umgangs werden wir unser Leben lang in der Erinnerung bewahren.«

Amundsen holte tief Luft und wandte sich, das Glas noch immer in der Hand, lächelnd an die Frischvermählten: »Heute wurden wir Zeuge eines schönen Ereignisses im Leben Ihrer Siedlung – Alexej Perschin und Umkenëu wurden Mann und Frau. Unsere ganze Polarexpedition gratuliert Ihnen herzlich zur Eheschließung und bittet Sie, unsere bescheidenen Geschenke anzunehmen.«

Auf ein Zeichen von Amundsen brachten Sundbeck und Rønne eine bunte Wolldecke, einige Packen Bettwäsche und ein mit Ziselierung verziertes Handwaschbecken aus Messing in die Messe. Hinzu kamen ein zusammenklappbarer Tisch mit einem Stuhl, Garn, eine Halskette, Glasperlen und ein Paket Lebensmittel.

Umkenëu nahm alle Geschenke mit glückseliger Miene in Empfang, lächelte breit als Zeichen der Dankbarkeit und nickte allen zu.

Als der Champagner ausgetrunken war, wandten sich die Gäste dem Tee zu. Da Kagot die Gewohnheiten seiner Landsleute kannte, hatte er zwei große Teekessel auf den Herd gestellt und schaffte es dennoch kaum, immer wieder die Tassen zu füllen und frischen Tee zu bereiten.

Amos und Amundsen neigten sich über eine Skizze von der Lage der Eisfelder und erörterten lange, in welcher Richtung sich das Eis in diesem Frühling wohl öffnen würde.

Rønne führte die Frauen in seine Werkstatt und zeigte ihnen, wie die Nähmaschine funktioniert, Olonkin aber unterhielt die Kinder, indem er endlos die Grammophonkurbel drehte und die Platten wechselte.

Die Gäste verabschiedeten sich kurz vor dem frühen Sonnenaufgang.

Als Kagot vor allen anderen wieder aufgewacht war, ging er, bevor er sich in die Kombüse begab, an Deck und sah von dort auf die Siedlung: Eine Fahne hing jetzt nur noch über Gaimissins Jaranga – sie zeugte davon, daß die Vertretung der Sowjetmacht ihren Platz gewechselt hatte.

## 29

Der Frühling 1920 am Ufer der Tschaunbucht war wechselhaft und launisch, mitunter dachte man, daß in diese verlassene Gegend nie ein wirklicher Sommer einziehen würde. Oft überzog sich der klare Himmel mit dichten

Wolken, tagelang zeigte sich die Sonne überhaupt nicht, und man konnte meinen, die Polarnacht kehre zurück. Hin und wieder erhob sich ein solcher Schneesturm, wie es ihn nicht einmal im Winter gegeben hatte. Der Sturmwind pfiff in den Wanten, drohte die zum Trocknen aufgehängten Felle loszureißen, das Bärenfell aber, ein Geschenk von Perschin, mußten sie in den Laderaum schaffen. Dennoch wurden die Vorbereitungen auf die Befreiung aus der Gefangenschaft im Eis keinen Augenblick eingestellt, und der Expeditionsleiter nutzte jede Möglichkeit, um seine Gefährten aufzumuntern. Ihn selbst schreckte die Aussicht auf eine dritte Überwinterung, wo doch die Beringstraße so nahe war und bis zu dem Eisfeld, in dem sie einfrieren wollten, um mit ihm zum Nordpol zu driften, nur anderthalb Tage Fahrt durch klares Wasser blieben.

Am 18. Mai kam Sverdrup. Zuerst dachte Amundsen, da kämen schon wieder Besucher, und er fürchtete, erneut die Arbeit unterbrechen und ein übriges Mal erklären zu müssen, daß er keinen Handel treibe und keine Spirituosen zu verkaufen habe. Erst als ein Mann aus dem Schlitten stieg und auf die Schiffstreppe zukam, erkannte er Sverdrup.

Trotz der Beschwerlichkeit der langen Winterfahrt fühlte sich der Reisende gut. Nur um eins bat er, als die erste Wiedersehensfreude vorbei war: schnell ein Bad!

»Ich sehe, bei Ihnen hat es große Veränderungen gegeben!« sagte er beim Abendessen, während er interessiert den die Speisen auftragenden Kagot beobachtete und die auf ihrem hohen Stühlchen sitzende Mary. »Als ich über einer Jaranga die rote Fahne wehen sah, dachte ich, ich hätte mich verirrt und der Schlittenführer hätte mich an einen falschen Ort gebracht. Erst als ich die bekannten Umrisse der ›Maud‹ sah, beruhigte ich mich und begriff, daß ich zu Hause war. Erzählen Sie mir doch um Himmels willen, was hat sich bei Ihnen ereignet?«

»Hier wurde die Sowjetmacht errichtet«, antwortete Amundsen. »Die Jaranga, über der die rote Fahne weht, ist die offizielle Residenz des Vertreters der neuen Macht, Alexej Perschin. Er ist zugleich Lehrer.«

»Ich hätte nie gedacht, daß die Bolschewiken schon hierhergekommen sind!« bemerkte Sverdrup. »Sie können sich nicht vorstellen, wieviel Widersprüchliches ich von ihnen in der Tundra gehört habe. Es heißt, sie nehmen den Besitz weg, teilen unter sich alles auf, was man nur teilen kann, unterwerfen nicht nur Sachen, sondern sogar die Frauen der allgemeinen Nutzung!«

»Nun, bis zu uns ist das noch nicht gedrungen!« Amundsen lachte auf. »Was Perschin anbelangt, der ähnelt kein bißchen denen, von denen Sie erzählen. Das ist ein intelligenter normaler Bursche, der sich für die Ideen Lenins begeistert. Er hat großartige Pläne, wie er die Siedlung hier zu einem kulturellen Mittelpunkt und Bildungszentrum der Region umgestalten will. Vor zwei Wochen hat er übrigens die hiesige Schöne Umkenëu geheiratet.«

»Aber Sie selbst haben auch keine Zeit verloren, wie ich sehe«, sagte Sverdrup, als Kagot, nachdem er den Tee eingegossen hatte, mit der Tochter in seine Kajüte gegangen war. »Kagot müßte eigentlich nicht hier bedienen, sondern am Königshof! Habt ihr ihm etwa auch Lesen und Schreiben beigebracht?«

»Versucht haben wir es«, antwortete Sundbeck spöttisch, »aber er hat sich nur für die Mathematik begeistert, das Schreiben völlig vernachlässigt, und es sieht so aus, als wolle er nicht wieder damit beginnen.«

»Im gegebenen Fall würde ich nicht sagen, daß Kagot sich für die Mathematik begeistert hat«, bemerkte Amundsen bekümmert. »Eher hat er sich verrannt und will um nichts in der Welt Vernunft annehmen.« Und er erzählte von Kagots fixer Idee mit der Endzahl. »Das wäre ja nicht weiter schlimm«, fuhr er traurig fort, »aber Kagot hat angefangen, seine Verpflichtungen zu vernachlässigen. Gestern hat er es abgelehnt, sich im Schwitzbad zu waschen, obwohl wir ihn noch vor kurzem gar nicht wieder hinausjagen konnten. Wie hat er seine Ablehnung begründet, Sundbeck?«

»Er befürchtet, von seiner Haut könne nichts mehr übrigbleiben«, sagte Sundbeck lächelnd. »Aber dann habe ich in seine Kajüte hineingeschaut, und da saß er wie immer vor dem Bullauge und schrieb seine Zahlen. Er erschrak tüchtig und verdeckte das Heft mit der Brust, als hätte er Angst, ich würde es ihm wegnehmen.«

»Gestern hat er uns angebrannte Beefsteaks vorgesetzt und das Geschirr nicht abgewaschen«, fuhr Amundsen fort. »Es ist zwar bedauerlich, aber wir werden uns von ihm trennen müssen.«

»Das Mädchen tut mir leid«, seufzte Sundbeck, der Mary offenbar mehr ins Herz geschlossen hatte als alle anderen auf dem Schiff.

»Nun, das Mädchen kann ja bis zu unserer Abfahrt bei uns bleiben«, sagte Amundsen. »Ich habe mich übrigens auch sehr an das liebe kleine Geschöpf gewöhnt.«

»Die Ureinwohner passen sich allgemein schwer an eine andere Lebensweise an!« bemerkte Sverdrup. »Während meiner Fahrt durch Nomadenlager und Siedlungen bin ich zur Überzeugung gelangt, daß die Tschuktschen ein stolzes und unabhängiges Volk sind, sogar mit einem Hauch merklichen Hochmuts gegenüber Menschen einer anderen Nationalität. Nach der Tschuktschensprache ist alles, was sich unmittelbar auf ihre Lebensweise, auf ihre Bräuche bezieht und ihren Vorstellungen entspricht, das Echte und Wahre. Und sogar wie sie sich selbst bezeichnen – Luorawetljan –, bedeutet: Mensch in der wahren Bedeutung des Wortes.«

»Die entsprechende Bezeichnung der Eskimos – Inuit – wird genauso übersetzt«, sagte Amundsen. »Mir scheint, hier gibt es keinen Grund, von Hochmut zu reden. Im Gegenteil, unsere Erfahrung beim Umgang mit den hiesigen Ureinwohnern hat uns davon überzeugt, daß das äußerst liebenswürdige und stets hilfsbereite Leute sind.«

»Nun zu den Bolschewiken«, fuhr Sverdrup fort. »Nach Jakutien sind von Süden her die Truppen des zaristischen Generals Koltschak eingedrungen – der hat versucht, in Sibirien die alte Macht wieder zu errichten. Ihnen hat aber die Rote Garde, haben die Bolschewiken eine harte Niederlage beigebracht. Was nun die Lebensweise der Rentierleute anbelangt, mit denen wir vorwiegend zu tun hatten, so ist sie die alte geblieben, so, wie sie meiner Kenntnis nach schon seit Jahrtausenden existiert. Mir jucken buchstäblich schon die Finger, weil ich möglichst bald das gesammelte ethnographische Material bearbeiten möchte.«

»Jetzt fehlen nur noch Hansen und Wisting, dann ist unsere Expedition wieder vollständig«, sagte Amundsen und setzte, an Sverdrup gewandt, hinzu: »Hin und wieder haben uns durchreisende Händler und Tschuktschen von ihnen erzählt. Ursprünglich wollten unsere Gefährten über die Funkstation des bei Kap Serdze-Kamen überwinternden russischen Dampfers ›Stawropol‹ Telegramme aufgeben, aber die Funkstation auf dem Schiff ist nicht in Betrieb. Sie mußten zum Kap Deshnjow weiterziehen, von da ist es ein Katzensprung bis Nome auf Alaska, wo es eine ziemlich starke Funkstation gibt. Aber im Winter ist die Beringstraße wegen des ständig in Bewegung befindlichen Eises unpassierbar. Daher mußten unsere Reisenden bis nach Nowomariinsk fahren, das an der Südküste der breiten Anadyrbucht liegt. Meiner Meinung nach müßten sie die Mündung des Flusses Anadyr bereits erreicht haben und sich jetzt auf dem Rückweg befinden.«

Bevor Amundsen sich in seine Kajüte zum Schlafen zurückzog, ging er noch einmal an Deck und bemerkte im Bullauge von Kagots Kajüte einen Lichtschein.

Der Ärmste! Offenbar war er doch irgendwie geistig gestört, möglicherweise war das auf seinen Schamanismus zurückzuführen. Sonst war er doch völlig normal, angenehm und gescheit! Konnte denn eine heftige, zudem irrtümliche Leidenschaft so von einem Mann Besitz ergreifen, daß er einen vernünftigen Rat, die Warnungen erfahrener Leute mißachtete?

Bei diesen Überlegungen durchzuckte Amundsen unversehens der Gedanke: Wodurch unterschied er sich eigentlich von Kagot? Hatte man nicht auch ihn einen Fanatiker, einen Irren genannt, der den Rat kluger und erfahrener Leute mißachtete? Das war gewesen, als er seine Absicht verkündet hatte, die Nordwestpassage zu durchfahren und den Magnetpol der Erde zu entdecken, wie auch später, als er über den riesigen Eiskontinent auf Schlittengespannen zum Südpol vorstieß, und das ohne die hervorragende technische Ausrüstung, über die sein Rivale, Kapitän Scott, verfügte. Nun, da er beabsichtigte, die »Maud« im Eis einfrieren zu lassen und mit ihr zum Nordpol zu driften, nannte man ihn wieder einen Irren und erinnerte daran, daß dies sogar dem erfahrenen Polarforscher Fridtjof Nansen nicht gelungen war.

Inzwischen saß Kagot in seiner Kajüte und schrieb endlos Zahlen. Es war schön, in der nächtlichen Stille nicht nur zu beobachten, wie die Zahlen anwuchsen, sondern auch zu spüren, wie die eigene Überzeugung wuchs, daß die magische Zahl existierte. Sooft er eine neue Zahl geschrieben hatte, zögerte er kurz, ehe er sich der nächsten zuwandte, und überschaute in Gedanken den Abstand zwischen diesen beiden Zahlen. Einerseits bestand er mengenmäßig nur in einem Einer, andererseits trennte nur ein kleiner Streifen weißes Feld die eine Zahl von der anderen. So schien es auf den ersten Blick. Sollte sich indessen herausstellen, daß die nächste Zahl ebenjene gesuchte war, könnte der Abstand zwischen beiden eine Ewigkeit sein.

Manchmal kam Kagot die Reise durch die Zahlen wie ein endloser Aufstieg vor: Immer schien die Zahl vor ihm der ersehnte Höhepunkt zu sein, hatte er sich aber mit letzter Kraft zu ihr hinaufgequält, stellte es sich heraus, daß hinter ihr die Schneemassen einer weiteren schimmerten – noch schöner und noch unerreichbarer …

Das schwierigste war, die nötige Kraft zu finden, um rechtzeitig mit dem Schreiben aufzuhören und das Heft zuzuklappen. Doch noch lange danach zogen vor seinen geschlossenen Augen die geschriebenen Zahlen vorbei, überholten einander, zerstörten die Reihenfolge. Vielleicht hatten die Fremdlinge recht, wenn sie behaupteten, daß es keine Endzahl gebe und alles, was Kagot empfinde, nichts anderes sei als eine besondere Art einer neuen, unerforschten Krankheit? Doch sosehr Kagot in sich hineinhörte, konnte er keine Krankheitszeichen entdecken, von leichten Kopfschmerzen am Ende einer schlaflosen Nacht abgesehen. Nachdem er schon gegen Morgen noch eine Zahl geschrieben hatte, zwang er sich, das Gesicht in kaltes Wasser zu tauchen, damit die Schläfrigkeit verflog, und ging in die Kombüse, das Frühstück zuzubereiten. Als erstes kochte er Kaffee, für den er eine Leidenschaft entwickelt hatte, und kaum hatte er einige Schlucke getrunken, fühlte er sich wieder morgendlich frisch. Das in der Kajüte zurückgelassene Heft reizte ihn, doch er überwand sich. Diesmal beschloß er, zum Frühstück Pfannkuchen zu backen – sie erforderten nicht soviel Zeit wie die allseits beliebten weißen Brötchen. Er knetete den Teig, stellte die große Pfanne aufs Feuer und ging in seine Kajüte, um schnell doch noch einige Zahlen zu schreiben.

Als er in die Kombüse zurückkam, hatte sich die Pfanne bereits erhitzt. Er klatschte den Teig für ein paar Pfannkuchen darauf und sagte sich, daß er, während diese Portion buk, die nächste Zahl schreiben könne. Wieder in der Kombüse, stellte er fest, daß sich die Pfannkuchen innerhalb dieser Zeit gerade auf einer Seite gebräunt hatten. Froh über seine Entdeckung, wendete er die Pfannkuchen, legte im Herd Holz nach und ging zurück in seine Kajüte.

Diesmal beschloß Kagot, einige Zahlen zu schreiben, denn bis das Holz richtig durchgebrannt war, würde etwas mehr Zeit vergehen. Die morgendlichen Gedanken über die Vergeblichkeit seiner Suche nach der allerletzten, größten Zahl waren verflogen, sowie er erneut zu schreiben begonnen hatte. Wieder beherrschte ihn jene innere Spannung, die er stets empfand, wenn er mit dem Heft allein war. Es war wie bei einer Jagd, wenn man übers Eis geht und ungeachtet umherschweifender Gedanken, die kaum etwas mit der Suche nach einem sich verbergenden Tier zu tun haben, mit einem Teil des Körpers doch ständig auf der Hut bleibt. Ein Seehund oder ein Eisbär könnten ja überraschend auftauchen, jeden Augenblick, aber sie würden den Jäger nicht unvorbereitet antreffen. Ebenso ist es, wenn man an der Eisküste sitzt und auf eine Robbe lauert, die Augen gleichgültig über die glatte Wasseroberfläche gleiten, die Gedanken wer weiß wo sein können, aber es braucht nur der runde glänzende Kopf einer Robbe aufzutauchen, und schon gehört ihr alle Aufmerksamkeit.

Ein widerwärtiger Geruch drang in die Kajüte, aber Kagot achtete nicht darauf, er schrieb weiter Zahlen, eine nach der anderen, bis ihn doch ein Lärm aufhorchen ließ. Jemand rannte an Deck und schrie: »Es brennt! Es brennt!«

Erst jetzt hatte er begriffen: die Pfannkuchen! Auf der erhitzten Pfanne brennen die Pfannkuchen! Er warf das Heft weg, rannte aus seiner Kajüte und stürzte durch die mit stinkendem, bitterem Rauch erfüllte Messe in die Kombüse.

Rauch und Brandgeruch schlugen ihm aus der geöffneten Tür zur Kombüse entgegen, wo der nur halb angezogene Amundsen am Werk war. Als Kagot hereinstürzte, sah er das wütende Gesicht des Expeditionsleiters, die rußverschmierte große, spitze Nase, die an die Flosse eines räuberischen Welses erinnerte.

»Gehen Sie in Ihre Kajüte!« gellte es ihm entgegen. »Sie werden hier nicht mehr benötigt!«

Ergeben ging Kagot in die Kajüte zurück. Die von dem Lärm und den Schreien aus dem Schlaf gerissene Mary saß in ihrer Koje.

»Schluß«, sagte Kagot finster zu ihr. »Unser Tangitan-Leben ist zu Ende!«

Seltsamerweise empfand er weder Bedauern noch Reue. Als wäre er eben aus einem langen, unruhigen Schlaf erwacht und müsse sich nun mit den gewohnten, bisweilen vielleicht sogar langweiligen Dingen befassen, also einfach leben.

Er zog das Mädchen an und entließ sie zum Spazierengehen an Deck. Dann packte er seine einfache Habe zusammen. Vom Boden des Sitzkastens holte er seinen Seesack aus gebleichtem Seehundfell. Er nahm das Barometer von der Wand, sein erstes fremdländisches Stück. Dann das Heft. Er strich mit der Hand über den Einband und legte das Heft auf den Grund des Seesacks, zusammen mit einem Vorrat von neuen, noch nicht angespitzten Bleistiften. Was noch? Kagot öffnete den Wandschrank und sah die Bettwäsche, die er noch nie benützt hatte. Wie mochte es sich wohl auf schneeweißem Stoff liegen? Schade, daß er es nie probiert hatte. Er hatte nie Zeit dazu gehabt, hatte wohl auch vergessen, daß er im Schrank Stoff fürs Schlafen versteckt hatte.

Er sah sich um. Es war wohl nichts mehr übriggeblieben. Seine Tschuktschenkleidung, in der er aufs Schiff gekommen war, wurde an Deck aufbewahrt, in einer kalten Kammer. Und die andere würde er wahrscheinlich abgeben müssen.

Kagot seufzte und setzte sich auf seine Koje. Er würde in Kaljanas Jaranga zurückkehren müssen, wohin auch sonst? Sie hätte sicherlich nichts dagegen. Schließlich war der Tangitan, auf den sie vage Hoffnung gesetzt hatte, zu Umkenëu gezogen. Vielleicht wollte das sein Schicksal? Sie ist eine gute Frau und hat immer für Mary gesorgt.

Den Nordpol würden sie also ohne ihn sehen. Den Gipfel der Erde. Sie würden ihn erklimmen und vielleicht an Kagot denken. Ob sich die Fremdlinge wohl an die Hiesigen erinnern werden, wenn sie in ihr Land zurückkehren?

An die Tür wurde geklopft, und Sundbeck steckte seinen Kopf in die Kajüte.

»Komm frühstücken, Kagot.«

Die Messe war leer. Auf dem Tisch lag nur noch ein Gedeck. Kagot setzte sich. Sundbeck brachte ihm ein Omelett aus Eipulver mit Schinken, etwas aufgebackenes Brot vom Vortag, Butter, Jam und Kaffee und nahm ihm gegenüber Platz.

»Und wo ist Mary?« fragte Kagot und begann zu essen.

»Sie spielt auf dem Eis«, sagte Sundbeck und betrachtete ihn voller Mitgefühl.

»Ich habe meine Sachen gepackt«, sagte Kagot. »Nur die Kindersachen habe ich noch nicht geschafft.«

»Dich jagt einstweilen noch niemand vom Schiff«, meinte Sundbeck.

»Ich kann aber nicht länger hier bleiben«, seufzte Kagot. »Sie alle waren sehr gut zu mir.«

»Mir tut es leid, daß Mary, die sich hier so gut eingelebt hat, wieder in die Jaranga zurückmuß«, sagte Sundbeck.

»Was hilft's? Sie ist hier geboren und offenbar nicht für ein anderes Leben bestimmt.«

»Dann soll sie doch bei uns bleiben, bis wir abfahren.« In Sundbecks Stimme schwang echte Wärme. »Wir haben uns alle so an sie gewöhnt.«

Kagot gelang es aber nicht, das Schiff sofort zu verlassen. Während er in seiner Kajüte saß, kam es am Mittagstisch zu einem Gespräch zwischen den Expeditionsmitgliedern.

»Bevor ich Kagot mitteile, daß er entlassen ist und das Schiff natürlich verlassen muß«, begann Amundsen, »möchte ich Ihnen meinen Beschluß bekanntgeben. Haben Sie dazu etwas zu sagen?«

Alle schwiegen. Allen war schwer ums Herz. Amundsen fuhr fort: »Kagot hat in letzter Zeit seine Verpflichtungen und die Regeln der Hygiene, die er strikt beachten mußte, unübersehbar vernachlässigt. Ich habe ihn einige Male verwarnt und ihm gesagt, daß wir uns von ihm trennen müßten, wenn er seine Arbeit nicht so gewissenhaft wie früher verrichtet. Leider hat er meine Warnungen nicht beachtet.«

»Ich habe aber immer gehört, Kagot sei sehr begabt und ein ausgezeichneter Koch und Diener«, bemerkte Sverdrup verwundert.

»Ja, das war er einmal«, meinte Amundsen.

»Ich glaube«, warf Sundbeck ein, »zum Teil bin ich schuld, daß Kagot sich so verändert hat.«

»Was meinen Sie damit?« fragte Sverdrup.

»Ich habe angefangen, ihm das Rechnen beizubringen«, sagte Sundbeck.

»Ja, alles hat mit den Zahlen begonnen«, bestätigte Olonkin.

»Es hat ihn überkommen wie ein Sinnenrausch«, ergänzte Rønne. »Früher war er ein ruhiger, normaler Mann. Sowie er aber zu zählen und Zahlen zu schreiben begann, hat er sich völlig verändert.«

»Vielleicht sollten wir ihm einfach das Heft wegnehmen, ihm verbieten, Zahlen zu schreiben?« schlug Sverdrup vor.

»Wir wollen lieber Kagot selbst fragen«, meinte Sundbeck. »Wir stellen ihm eine Bedingung: Wenn er keine Zahlen mehr schreibt, kann er wieder normal seine Pflicht tun und auf dem Schiff bleiben.«

Amundsen spürte den heimlichen Widerstand der Mannschaft und erinnerte sie: »Meine Herren! Vergessen Sie nicht, wir haben große Aufgaben vor uns. Unsere Expedition hat, offen gesagt, die Hauptaufgabe noch gar nicht in Angriff genommen – die Erkundung des Nordpols. Ich möchte Sie daran erinnern, daß unsere Ziele keineswegs wohltätig sind, und als Expeditionsleiter fühle ich mich verpflichtet, alles beiseite zu räumen, was uns auf unserem Weg hinderlich sein könnte ... Ich sehe aber, daß Sie sich von Kagot nicht trennen wollen. Glauben Sie mir, meine Herren, auch mir tut es sehr leid, daß unsere Zusammenarbeit mit ihm so unschön endet. Ich schließe mich Sundbecks Meinung an, daß ein Teil der Schuld auch uns trifft. Ich bin einverstanden, fragen wir Kagot.«

Von Sundbeck herbeigerufen, zeigte sich Kagot den Expeditionsmitgliedern in ungewohntem Äußeren. Er hatte bereits seine Kuchljanka und den Malachai geholt, sich umgezogen und die Kleidung, die er auf dem Schiff erhalten hatte, sorgfältig zusammengelegt.

»Setzen Sie sich, Kagot«, forderte ihn Amundsen zurückhaltend auf. Kagot setzte sich gehorsam an seinen gewohnten Platz nahe der Tür zur Kombüse.

Nach einer kleinen Pause begann Amundsen: »Sie verstehen, Kagot, nach allem, was geschehen ist, müssen wir uns von Ihnen trennen. Doch uns verbindet soviel Gutes, daß wir alle zusammen beschlossen haben, zunächst Sie zu fragen: Wie sehen Sie selbst all das, was vorgefallen ist?«

Kagot antwortete nicht sogleich. Er umfing alle mit seinem Blick und sagte: »Ich habe beschlossen wegzugehen. Eine andere Lösung sehe ich nicht.«

»Sie haben aber die Wahl, Kagot«, sagte Amundsen. »Wenn Sie sich endgültig die wahnsinnige Idee aus dem Kopf schlagen, eine tatsächlich nicht existierende Zahl zu finden, und versprechen, in der Kombüse so zu arbeiten wie zu Beginn Ihrer Zeit auf dem Schiff, dann können Sie bleiben. Doch, ich wiederhole, keine Zahlen mehr!«

Ein mattes Lächeln huschte über Kagots Gesicht. »Nein«, sagte er fest, »von der Suche nach der magischen Zahl kann ich nicht lassen. Ich gehe vom Schiff.«

»Nun denn ... In dem Fall werden wir Sie nicht zurückhalten, Herr Kagot.«

Aber Kagot verließ das Schiff erst gegen Abend. Zuerst erfuhr er, wieviel Geld er verdient hatte, und durfte dafür Waren nach Wunsch auswählen. Damit war er fast den ganzen Tag beschäftigt – er ging mit Sundbeck und Rønne durch den vollgestopften Laderaum des Schiffs. An Deck stapelten sich Säcke mit Mehl, Zucker, Trockenmilch und Grütze, Butter, Sirup, Tee und Tabak. Dazu kam eine neue Winchester mit einem Vorrat von Patronen, und zu guter Letzt durfte Kagot noch alle Kleidung behalten, die er auf dem Schiff getragen hatte. Als er den Haufen seiner Güter überblickte, dachte er verwundert: Hatte er wirklich soviel erarbeitet?

Er brauchte drei Fahrten mit einem Schlitten, um alle Waren an Land zu bringen. Die Tochter wollte er trotz allem mitnehmen.

## 30

»Kommst du für immer an die Küste zurück?« fragte Kaljana, und in ihrer Stimme schwang leise Hoffnung.

»Ja«, antwortete Kagot.

»Das ist schön«, meinte Kaljana.

Als sie die letzten Packen und ein großes Stück alten, nun schon unnötig gewordenen Segeltuchs brachten, das als Überdachung für das Deck gedient hatte, sagte Kagot zu Kaljana: »Ich werde bei dir wohnen.«

»Ich habe aber keinen Gast-Polog mehr«, erinnerte ihn

Kaljana. »Den hat Perschin mitgenommen, als er in Gaimissins Jaranga gezogen ist.«

»Macht nichts, ich werde in deinem Polog schlafen, wenn du nichts dagegen hast.«

»Wie könnte ich?« Kaljana lächelte. »Wir haben doch schon so gelebt. Auch für Ainana findet sich ein Platz.«

»Sie heißt jetzt Mary«, erinnerte sie Kagot.

»Na schön, meinetwegen Mary.«

Nachdem sie das Mädchen schlafen gelegt hatten, sichteten und ordneten Kagot und Kaljana die Waren, die Kagot für seine Arbeit und als Geschenk erhalten hatte.

»Du bist ja fast ein reicher Tangitan geworden«, bemerkte Kaljana und sagte plötzlich erschrocken: »Wir müssen alles möglichst schnell verstecken, damit der Lehrer Alexej es nicht sieht!«

»Warum fürchtest du ihn?« fragte Kagot verwundert.

»Er ist doch ein Bolschewik!« antwortete Kaljana.

»Ich dachte, du hättest keine Angst vor den Bolschewiki«, sagte Kagot.

»Ich habe ja auch keine Angst, aber du mußt dich vor ihm in acht nehmen.«

»Warum?« Kagot konnte es nicht begreifen.

»Weil du reich bist! Die Bolschewiki mögen die Reichen nicht und nehmen ihnen ihre Reichtümer weg. Morgen früh wird er kommen und sagen: Na los, Kagot, wir wollen deinen Reichtum nach bolschewistischem Brauch teilen.«

»Das will ich sowieso machen«, sagte Kagot ruhig. »Du kennst doch sehr wohl unseren Brauch: Wenn einer Glück hat, teilt er mit anderen. So lautet das Gesetz wahren Lebens und wahrer Menschen. Wenn, wie du behauptest, das auch bei den Bolschewiki üblich ist, sind sie gar nicht so schlecht!«

Am nächsten Tag teilte Kagot, was er erarbeitet hatte, in gleiche Portionen und verteilte sie auf alle Jarangas.

Perschin wollte entgegen Kaljanas Voraussage seinen Anteil nicht nehmen, aber Umkenëu erklärte ihm: »So will es bei uns der Brauch – Glück wird mit allen geteilt.«

Die junge Frau blühte von Tag zu Tag mehr auf. Das mädchenhaft Eckige war verschwunden, auch die Schroffheit der Bewegungen, nun wirkte sie ausgeglichen und bedächtig. Sie setzte Kagot frischen Tee vor und sagte plötzlich: »Du solltest mir einen anderen Namen geben, Kagot.«

»Droht dir denn irgendwas?«

»Noch nicht.«

»Welchen Sinn hätte es dann, den Namen zu wechseln? Vor wem willst du deine Spur verwischen?«

»Mir scheint, Alexej gefällt mein Name nicht.«

»Na, hör mal! Umkenëu klingt doch gut!« protestierte Perschin.

»Manchmal nennt er mich Umka«, beklagte sich Umkenëu.

»Das habe ich so verkürzt«, erklärte Perschin.

»Umka heißt der männliche Eisbär«, erläuterte Kagot Alexej, »ihr Name aber bedeutet Eisbärin, und das darf man nicht abkürzen.«

»Na gut, ich will es nicht mehr tun«, versprach Perschin.

»Ich möchte so gern einen richtigen fremdländischen Namen haben!« sagte Umkenëu träumerisch. »Wie heißt denn deine Schwester?«

»Lena, Jelena.«

»Ein schöner Name!« rief Umkenëu. »Und wenn ich den nehme?«

»Wie kann man einfach einen anderen Namen nehmen!« sagte Gaimissin böse. »Das ist doch kein Pelz-Kerkér, den man an- und wieder auszieht!«

Obwohl Gaimissin streng sprach, war seinen Worten Freude darüber anzumerken, daß seine Tochter glücklich war. Perschin wiederum, der von allem Vorgefallenen etwas verwirrt war, gab sich Mühe, solide und ernsthaft zu wirken. Er hatte alle Unterrichtsmittel in Gaimissins Jaranga gebracht, und die Kinder lernten nun hier.

In Amos' Jaranga hatte sich fast nichts verändert, wenn man davon absah, daß da eine Art Tisch mit einem Waschbecken aufgetaucht war und an einem ins Wandgerüst geschlagenen Nagel ein sauberer Lappen hing.

»Der Lehrer hat den Kindern befohlen, sich die Hände zu waschen«, sagte Amos leicht schuldbewußt. »Das Papier ist doch weiß und schmutzt leicht.«

Der Hausherr der Jaranga nahm die Geschenke zurückhaltend wie etwas ihm Gebührendes entgegen, weil es sich nicht ziemte, aus so einem Anlaß besondere Freude oder Dankbarkeit zu zeigen, und sagte: »Gut, daß du wieder an der Küste bist. Bald kommt die Zeit der Walroßjagd, da brauche ich einen Gefährten fürs Boot.«

»Und der Lehrer?« fragte Kagot.

»Bei der winterlichen Robbenjagd hat er es zu großer Meisterschaft gebracht«, lobte Amos, »aber im Boot habe ich ihn noch nicht geprüft. Er muß noch vieles lernen: wie man eine Harpune wirft oder wie man mit dem Segel umgeht.«

Während Kagot durch die Jarangas ging und mit seinen Landsleuten und Stammesgefährten sprach, spürte er, wie sich sein erregtes und betrübtes Herz beruhigte, wie er Gelassenheit und Selbstachtung wiederfand. So gut es ihm auch auf dem Schiff gegangen war, so freundlich ihm alle begegnet waren, er hatte sich doch immer ein wenig fremd gefühlt. Ja, man hatte ihn geachtet, aber in dieser Achtung steckte stets auch ein Quentchen Neugier – unentwegt erwarteten sie Sonderlichkeiten von ihm, vor allem aber Erstaunen über irgendwelche technischen Wunderdinge. Nach der Geschichte mit dem Grammophon hatte Kagot freilich kein großes Interesse mehr für die technischen Einrichtungen auf dem Schiff gezeigt und damit die Fremdlinge enttäuscht.

Hier an der Küste genoß er aufrichtige Achtung, so wie es ein Mann verdient, der mit seiner Hände Arbeit für Nahrung sorgt und Erfolg hat. Erfolg aber haben bekanntlich nur Leute, die tüchtig und erfinderisch sind.

Wieder in Kaljanas Jaranga, betrachtete Kagot die Wohnstatt, ging um sie herum und richtete die Riemen, mit denen große Steine umwunden waren. Diese Steine hielten gewissermaßen die leichte Behausung auf der Erde fest und ließen nicht zu, daß der Wind sie ins Meer wegtrug. In dem Dach aus Walroßhaut zeigten sich hier und da Löcher, die mit flachen kleinen Brettern verschlossen waren. Sobald der Schnee taut, würde er die alten, ausgedienten Häute abnehmen und an ihrer Statt das als Geschenk erhaltene große Stück Zelttuch einsetzen müssen. Sonst war die Jaranga noch fest, sie würde noch lange stehen.

Kaljana packte Kagots fremdländische Kleidung aus und hängte sie im Tschottagin an die Wand. Beim Schein des Feuers glänzten auf der Tuchjacke matt die Metallknöpfe, und Kagot dachte, wie albern er aussehen würde, sollte es ihm jetzt einfallen, sich mit dieser Jacke herauszuputzen.

An einem sichtbaren Platz, auf dem Querbalken, lag sein dickes Heft. Kagot nahm es in die Hand und strich mit der Hand darüber. Jetzt hatte er genug Zeit, um ruhig Zahlen zu schreiben.

Er schlug das Heft auf und sah sich die letzte Zahl an. Wie viele Gegenstände mochten das sein, wenn man sie damit ausfüllte? Wieviel Menschen beispielsweise? Wenn man sie nebeneinanderstellte, würden sie wohl von der Tschaunbucht bis nach Uelen reichen und dann noch nach Süden abbiegen, zur Mündung des großen Flusses Anadyr. Nein, so war die Zahl nicht zu fassen. Sicherlich kann nur der Sternenhimmel mit seinen zahllosen Lichtern diese unermeßliche Zahl ausdrücken.

Kagot schrieb beim Schein des Tranlämpchens und hörte

dabei den gleichmäßigen Atem der Tochter auf dem Lager aus Renfellen sowie die Seufzer von Kaljana, die lange keinen Schlaf fand. Schließlich flüsterte sie: »Du schläfst nicht, Kagot?«

»Nein.«

»Schreibst dauernd Zahlen?«

»Ja.«

»Darf ich einen Blick auf sie werfen?«

»Aber sicher, du wirst nur nichts begreifen.«

»Wenn ich aber plötzlich doch etwas darin entdecke?« flüsterte Kaljana laut. »Ich habe gute und scharfe Augen. Manchmal ist ein Jäger noch weit weg auf dem Eis, und niemand sieht ihn, ich aber sehe ihn. Und ich mache kleine Steppstiche, daher lassen meine Torbassen kein Wasser durch.«

»Niemand wird irgendwas entdecken, ehe ich nicht die große magische Zahl gefunden habe«, sagte Kagot mit einem Seufzer.

Kaljana rückte näher. Sie war splitternackt, und das Renfell, mit dem sie sich zugedeckt hatte, rutschte herunter. Im Halbdunkel des vom Tranlämpchen erleuchteten Fell-Pologs schien ihr Körper von innen zu leuchten, und ihre Haut verströmte eine solche Hitze, als tobte darin ein Feuer. Kaljanas Atem ging heiß, er erinnerte an den heißen Sommerwind, der einen jäh erfaßt, wenn man langsam in einem Boot an der Küste mit ihren zum offenen Meer hin steil abfallenden tiefen Tälern entlangfährt.

Kagot machte eine Bewegung, um von der Frau abzurücken, aber Kaljana war noch immer nah, streifte mit ihrer vollen, straffen Brust seinen Körper, benebelte sein Bewußtsein und erregte sein Blut.

Das Licht in dem Tranlämpchen zuckte von den Atemstößen der Menschen und erlosch, der warme Fell-Polog tauchte in heißes Dunkel. Kagot kam es vor, als schwimme er in einem langen schmalen Fluß mit heißem, dampfendem Wasser. Solche Flüsse und Bäche gab es zahlreich in der Umgebung von Inakul, und in der Kindheit war er zusammen mit anderen Kindern stockenden Herzens barfüßig hineingestiegen. Die Frau war heiß und ein wenig feucht vom Schweiß …

Als sie ermattet zur Seite rückte, spürte Kagot plötzlich eine Leere um sich und streckte erschrocken die Hand aus. Er berührte Kaljanas warmen Körper und sagte leise: »Geh nicht weg.«

»Jetzt gehe ich nie wieder weg von dir«, antwortete Kaljana, und den warmen Fell-Polog erfüllte leises Frauenlachen. »Ich habe lange auf dich gewartet. Manchmal hatte ich schon die Hoffnung verloren, aber dann habe ich doch wieder gehofft.«

Unversehens zuckte Kagot zusammen.

»Was hast du?« fragte Kaljana erschrocken.

»Nichts«, flüsterte Kagot und nahm die Hand von ihrem Körper.

Bis es schmerzte, bis es ihm in den Ohren rauschte, horchte er, blickte er ins Dunkel des Pologs, in die bewußte Ecke. Aber da war weder eine Stimme noch Bewegung. Nichts. Er hörte nur die erregten Atemzüge der glücklichen Frau neben sich.

## 31

Als Kagot erwachte, schlug er erschrocken die Augen auf, doch da er statt des Bullauges das Innere des Fell-Pologs erblickte, das von dem matten Licht zahlreicher Kahlstellen im Fell erhellt war, beruhigte er sich, überkam ihn wieder tiefer innerer Frieden. Aus dem Tschottagin vernahm er das Stimmchen von Mary und den Gesang Kaljanas. Worte konnte er nicht verstehen, aber sogar einem Außenstehenden mußte klar sein, daß da eine glückliche Frau sang.

Er steckte den Kopf aus dem Polog und erblickte Kaljana, beleuchtet vom Feuerschein und vom Oberlicht aus dem Fenster, das der Lehrer Perschin ins Dach eingesetzt hatte.

»Wir haben Gäste in der Siedlung«, teilte ihm Kaljana mit. »Nuten ist aus Inakul gekommen. Dieser andere, junge, der schon im Winter da war.«

»Wo ist er?«

»Bei Amos.«

Der Schlaf und die selige Stimmung waren im Nu verflogen. Schnell glitt Kagot aus dem Polog. Er zog sich an und sagte: »Er ist wegen Mary gekommen!«

»Wieso wegen Mary?« fragte Kaljana erschrocken.

»Sie wollten das Mädchen schon im Winter mitnehmen, ich habe sie aber nicht hergegeben«, antwortete Kagot. »Amundsen hat uns damals unter seinen Schutz gestellt.«

»Und wer schützt sie jetzt?«

»Ich bringe das Mädchen aufs Schiff!« erklärte Kagot entschlossen, nahm Mary, die nichts begriff, auf den Arm und stürzte aus der Jaranga.

Wie immer überlas Amundsen, bevor er an Deck ging, seine Eintragung vom Vorabend: »9. Juni. Prächtiges klares Wetter bei schwachem Südost … Wir bereiten uns weiter auf die Fahrt vor. Alles geht leicht und glatt, fröhlich und lebhaft. Und zweifellos werden wir fünf, die wir jetzt an Bord sind, die ›Maud‹ ebenso leicht und gut in Bereitschaft versetzen, wie das im vergangenen Jahr zehn Mann schafften … Ich habe schon das halbe Schutzdach abgenommen, und Rønne hat es auf dem Hüttendeck ausgebreitet. Sverdrup schreibt pausenlos an seiner Abhandlung, damit er fertig wird und sie aus Nome abschicken kann.«

An Deck war Lärm zu hören. Amundsen klappte das Tagebuch zu und legte es in die Schublade des Schreibtischs, er ging hinaus an Deck und sah Kagot mit dem Kind.

»Was ist passiert, Kagot?«

»Erinnern Sie sich noch an die beiden, die im Winter hier waren?«

»Sind sie denn zurückgekommen?«

»Einer ist zurückgekommen, er will offenbar das Mädchen rauben«, sagte Kagot, vor Aufregung stotternd.

»Dann lassen Sie das Mädchen an Bord«, sagte Amundsen entschieden. »Hier ist sie außer Gefahr … Guten Tag, Mary. Wir hatten schon Sehnsucht nach dir.«

Zutraulich ging Mary auf Amundsen zu.

»Sie brauchen sich um Ihre Tochter keine Sorgen zu machen«, versprach Amundsen. »Und Sie können sie besuchen, wann immer Sie wollen.«

»Vielen Dank, Herr Vorgesetzter«, sagte Kagot. »Sie sind so gut zu mir.«

Kagots Kajüte war noch immer frei, und Mary wurde dort untergebracht. Zu Kagot sagte Amundsen, als sie sich verabschiedeten: »Wenn Ihnen Gefahr droht, sind wir bereit, Ihnen Zuflucht zu gewähren.«

»Nein, mir persönlich droht keine Gefahr«, antwortete Kagot.

Vom Schiff aus begab er sich geradewegs in Amos' Jaranga, neben der an einer langen Kette die Hunde des Gastes lagen und sich in der Sonne wärmten.

Nuten saß im Tschottagin und schärfte ein Jagdmesser.

»Warum bist du gekommen?« fragte Kagot.

»Wozu fragst du, wenn du es schon weißt?« entgegnete Nuten.

»Alles das ist vergeblich«, sagte Kagot, »ich habe dem Mädchen einen anderen Namen gegeben. Sie heißt Mary.«

»Aber sie ist dadurch keine andere geworden«, bemerkte Nuten.

»Sie hat fast den ganzen Winter auf dem Schiff gelebt

und viele Bräuche der Tangitan angenommen. Sie wäscht sich gern, liebt Süßigkeiten.«

»Gewohnheiten vergißt man schnell.«

»Du weißt, daß ich das Mädchen nicht weggebe.«

»Die Zeit kommt, da ich sie mir selbst nehme«, sagte Nuten ruhig. »Sie haben mich hierhergeschickt und gesagt, ohne Ainana dürfe ich nicht wieder zurückkommen.«

»Ainana gibt es nicht«, gab Kagot wieder zu bedenken, »es gibt Mary.«

»Für uns bleibt sie Ainana, die Waal geboren hat.«

Die Erwähnung der verstorbenen Frau gab Kagot einen Stich ins Herz. Hatte er sie denn vergessen, und nahm Kaljana nun ihren Platz ein? Waal kam nicht mehr zu ihm, weder im Wachen noch im Traum, sie war verschwunden, hatte sich in nichts aufgelöst.

Amos erschien und teilte mit: »Ein großes Eisfeld hat sich vom Ufereis losgerissen und wird jetzt ins offene Meer hinausgetragen. Um das Schiff ist das Eis aber noch fest, sie müssen noch warten, bis es schwächer wird. In etwa zwei Tagen lassen wir das Boot ins Wasser und gehen auf Walroßjagd. In unserem Boot wird noch ein Ruderer mehr sein.«

Die nächsten Tage benahm sich Nuten so, als hätte er beschlossen, für immer in der Siedlung Eppyn zu bleiben. Die Hunde hatte er für den Sommer freigelassen, den Schlitten auf das hohe Gestell aus Walknochen gepackt, auf dem im Winter Amos' Fellboot gelegen hatte. Er ging auf Jagd, brachte die Beute in Amos' Jaranga und begann sogar, die Unterrichtsstunden zu besuchen, die Perschin für die Erwachsenen abhielt – für Kaljana und Umkenëu.

Manchmal tauchte er in der Nähe des Schiffes auf, aber die kleine Besatzung der »Maud« war auf der Hut, und Nuten unternahm nicht einmal den Versuch, auf das Schiff vorzudringen, er sah das Mädchen nur von fern.

Kagot besuchte sie und ging auch zum Expeditionsleiter.

»Erinnern Sie sich, Kagot«, sagte Amundsen, »im Winter hatten wir davon gesprochen, Mary nach Norwegen mitzunehmen und sie dort in eine Schule oder in ein Pensionat zu geben?«

»Ich weiß.« Kagot nickte.

»Auf Kap Deshnjow hat der Händler Carpendale ein Mädchen im gleichen Alter wie Mary. Ich schicke sie nach Norwegen. Es wäre doch schön, wenn Mary mit ihr fahren würde. Zu zweit wäre es für beide nicht so langweilig. Und wenn sie dann die Schule beendet hat, kann sie hierher zurückkommen. Dann wird ihr hier wohl keine Gefahr mehr drohen, dann ist sie erwachsen.«

»Ich weiß nicht ...« Zweifelnd wiegte Kagot den Kopf. »Obwohl es wahrscheinlich doch richtig wäre.«

Vom Oberdeck erklangen Stimmen. Sundbeck stürzte in die Kajüte und verkündete: »Unsere Leute kommen!«

Es waren Hansen und Wisting, die vom Ostkap zurückkehrten.

Kagot spielte noch lange mit dem Mädchen, ehe er spätabends ans Ufer zurückkehrte.

An dem Abend schrieb Amundsen in sein Tagebuch: »Wie wenig wissen wir doch über unsere Zukunft! Erst gestern habe ich Hansen und Wisting endgültig aufgegeben, und heute sind sie da ... Beide sind sonnenverbrannt und gesund, nur die Hunde sind schrecklich mager ... Hansen hat über seinen Aufenthalt in Anadyr nur Gutes zu berichten. Allerdings hat es große Schwierigkeiten bereitet, die unterbrochene Verbindung mit Amerika wiederaufzunehmen. Schließlich mußten sie ein Notsignal senden. Als die Amerikaner erfuhren, worum es ging, nahmen sie die ersten beiden Telegramme entgegen, und achtundvierzig Stunden darauf öffneten sie den Weg für alle Nachrichten von der ›Maud‹. Jetzt ist der Schlagbaum wieder hochgezogen! Dank den Russen und besonders dem Gouverneur für ihre Ausdauer. Und Dank den amerikanischen

Behörden, die die Weiterleitung der Telegramme gestatteten! Natürlich herrschte unter allen Expeditionsmitgliedern große Freude über die guten Nachrichten von zu Hause. Jetzt freuen wir uns alle schon auf Post in Nome … Wir haben wieder Südost, und es ist warm. Das ganze Süßwasser ist vom Eis abgeflossen, von da können wir also kein Wasser mehr holen. Ich denke deshalb wieder daran, Eis zu schmelzen, damit unsere sechs Fässer bis zu unserer Abfahrt von hier voll bleiben.«

Bevor Amundsen sich schlafen legte, warf er einen Blick in Kagots Kajüte, überzeugte sich, daß das Mädchen fest schlief, und ging in seine Kajüte zurück.

## 32

Das Eis war so dünn geworden, daß es schon gefährlich war, aufs Schiff zu gehen, und das beunruhigte Kagot ein wenig.

Man kann sagen, in der Tschaunbucht war der echte Polarsommer angebrochen. Die Lummen kamen angeflogen, und im Speisenplan der Siedlungsbewohner wie auch der Fremdlinge tauchten nun frische Eier auf. Das gefiel vor allem Perschin, und er brachte Umkenëu bei, wie man ein Omelett bereitet, indem man frische Eier mit in Wasser aufgelöstem Milchpulver schlägt. Für die Tschuktschen taugte diese Speise allerdings nur als Zugabe zum Fleisch, und alle sehnten sich schon nach frischem Walroßfleisch.

Doch in einem Fellboot aufs Meer hinauszufahren war wegen des dichten Eises noch unmöglich. Hier und da tauchten auf den Eisschollen bereits Walrosse auf, und es fehlte nur der Nordwind, der die Eisfelder mit den Tieren herantreiben würde. Diese Jagd war gefährlich, denn zu dieser Zeit veränderte sich das Wetter schnell – in einem

Augenblick konnte der Wind umschlagen und das Eis ins offene Meer hinaustreiben.

Perschin hatte das Lehrjahr beendet, er wollte nicht länger auf den Dampfer warten und machte sich daran, Schwemmholz zu Gaimissins Jaranga zu schleppen, um einen Anbau zu errichten.

Nuten setzte die Einwohner der Siedlung durch seinen Eifer in Erstaunen. Er saß nie untätig herum und nutzte jede Minute, um auf Jagd zu gehen. Manchmal ging er mit Kagot aufs Meer. Auf dem auseinanderdriftenden Meereseis erzählte der junge Mann vom Leben im heimatlichen Inakul, von den Verwandten. Wie sich herausstellte, blieb Taap zunächst, als Kagots Verschwinden bemerkt wurde, ruhig und riet denen, die sofort nach ihm suchen wollten, davon ab. Erst als Gerüchte zu ihm drangen, Kagot sei am Leben und er habe Ainana bei sich, beschloß er zu handeln.

»Taap hat sein Wort gegeben«, erzählte Nuten, »daß ein Mann, der die Götter verflucht und sich seiner Bestimmung entzogen hat, nicht am Leben bleiben werde. Die Äußeren Kräfte hätten ihm befohlen, dich zu finden und entweder in die Siedlung zurückzubringen oder zu töten ... Als sich dann aber herausstellte, daß du bei den Tangitan warst, obendrein mit deinen magischen Zahlen, begann Taap zu zweifeln. Noch stärker wurde sein Zweifel, als seine Beschwörungen hier vor der Abreise sich als vergeblich erwiesen und weder dir noch Ainana auch nur im geringsten schadeten.«

Kagot fragte: »Warum kehrst du nicht nach Inakul zurück? Du siehst doch, daß du das Mädchen nicht kriegen wirst.«

»Ich kann ohne sie nicht zurückkommen«, antwortete Nuten seufzend. »Dann geht es auch um mein Leben.«

Manchmal bewölkte sich der Himmel, und es fiel Schnee, der in eiskalten Regen überging. Amos und Gaimissin behaupteten, so sei nun mal das Sommerwetter an der Küste der Tschaunbucht, und beruhigten die erschreckten Norweger: Bis zum Winter sei es noch weit.

Nach der denkwürdigen Nacht, in der Kagot die Frau nahm, hatte sich in ihm etwas verändert. Morgens fühlte er sich jetzt so, als habe er lange an einer seltsamen Krankheit gelitten und sei nun endlich von ihr befreit, sei wieder gesund geworden, habe Scharfsicht und Beobachtungsgabe wiedergewonnen. Er schrieb noch immer Zahlen, bemerkte aber, daß es ihn mitunter Anstrengung kostete, das Heft aufzuschlagen. Sein Gefühl, daß er der Lösung des Rätsels mit der größten, der magischen Zahl ganz nahe und das Ziel fast erreicht sei, war verschwunden. Manchmal stürzte ihn die Erkenntnis, daß er vom endgültigen Resultat möglicherweise ebensoweit entfernt war wie ganz zu Beginn, in Verzagtheit und Bestürzung.

An dem Tag hatte Nuten trotz Amos' Warnung eine leichte Harpune genommen, an den Füßen »Krähenpfoten« befestigt und war aufs Eis gegangen. Ein paar Tage schon blies Nordwind, das auseinandergedriftete Eis war wieder zusammengefroren, so daß man weit darauf gehen konnte, bis zu den in der Ferne dunkel sich abhebenden Walrossen.

Kagot und Amos standen am Ufer und beobachteten den jungen Mann durchs Fernrohr.

»Ein verwegener Bursche«, sagte Amos. »Aber er kennt die Tücken der hiesigen Winde nicht. Zwar scheint jetzt ein beständiger Nordwind zu wehen, doch er kann jeden Moment drehen, und Nuten wird das nicht mal merken. Auch die Strömung wechselt zu dieser Zeit oft.«

Dennoch war wohl nichts zu befürchten: Das Eis überzog die Tschaunbucht als geschlossenes Feld bis dorthin, wo Meer und Himmel aufeinandertrafen.

Amos und Kagot beobachteten Nuten nicht länger. Sie kehrten in die Jaranga zurück, wo neben dem Mittelpfeiler bereitgelegte Harpunen und Bündel von Robbenfellriemen auf sie warteten. Die Riemen waren im Winter ausgetrocknet, und die Harpunenspitzen mußten auf einem weichen Stein neu geschärft werden, damit die gerundete Schneide die dicke Walroßhaut leicht durchdrang. Während sie sich unterhielten, hatten sie nicht bemerkt, wie der Wind umschlug, und als sie hinausblickten, sahen sie, daß das Eis in der Bucht in Bewegung geraten war. Von der »Maud«, die am Vortag noch fest ins Ufereis eingefroren zu sein schien, zog sich ein Riß direkt ins offene Meer. Sie hörten einige Sprengungen, sahen, wie sich das Schiff in Eis- und Wasserstaub hüllte.

»Wir müssen Nuten holen«, sagte Amos erregt, während er aufs Meer hinaussah. »Abends wird es zu spät sein, da kann es die Eisschollen schon ins offene Meer hinausgetragen haben.«

»Ich gehe!« beschloß Kagot, ergriff einen Stock und einen leichten Bootshaken und schnallte die »Krähenpfoten« an.

Nachdem er aufs Eis hinuntergestiegen war, warf er einen Blick auf die »Maud« und sah, wie sich das Schiff auf den großen Riß zubewegte, der wiederum auf eine sich erweiternde eisfreie Zone hinführte.

Auf dem Eis war der Wind fast nicht zu merken, dafür spürte Kagot deutlich eine darunter verborgene Bewegung, so als wären dort in der Tiefe des Meeres unsichtbare Unterwasserriesen am Werk. Zuerst ging er ziemlich leicht, entfernte sich schnell vom Ufer und ließ das norwegische Schiff linker Hand zurück. Morgen würde er mit einem Boot an Bord gehen und Mary holen. Bei dem Gedanken an seine Tochter erinnerte Kagot sich an Waal, und das gab ihm einen Stich ins Herz.

Mit einem tiefen Seufzer blickte er vorwärts und suchte inmitten der Eisschollen die Gestalt von Nuten zu erspähen. Der Bursche aber war in einer weißen Kamlejka weggegangen, damit er sich unbemerkt an die schlafenden Walrosse heranschleichen konnte, und von fern war er in dem Weiß der Umgebung nur schwer auszumachen. Kagot selbst trug ebenfalls eine weiße Jagd-Kamlejka, die aus den beiden vom Schiff mitgebrachten Bettlaken genäht war.

Der Himmel über dem Meer war voller Vögel. Sie flogen im Schwarm und auch einzeln – Gänse, Lummen, Papageientaucher, Möwen, Enten, Kormorane –, erfüllten den freien Raum mit pfeifenden Flügelschlägen und Schreien. Kagot erinnerte sich, wie er in ferner Kindheit gerade in solcher Frühlingszeit bei der Vogeljagd auf hohe Uferfelsen geklettert war und sich vorgestellt hatte, ein Vogel zu sein – in Gedanken die Küste und Tundraseen überfliegend, sich über die Wolken erhebend, die als bizarre Gebilde am Himmel schwebten, näher zu den Sternen und dem Mond.

Kagot kletterte auf einen Eisblock, um sich umzublicken, und plötzlich merkte er, daß der Wind stärker geworden war und ihn zusammen mit einigen Eisfeldern ins offene Meer trug. Im Süden hatte sich das Wasser geöffnet, und sogar von hier war gut zu sehen, daß sich das Ufereis völlig von der Festlandküste gelöst hatte und in einige kleine Stücke zerbrochen war.

Da wurde ihm klar, was für eine Dummheit er begangen hatte, als er so entschlossen vorwärts gegangen war, ohne sich ein einziges Mal umzusehen. Geschehen war das, wovor Amos immer wieder gewarnt hatte: Strömung und Wind hatten ihre Kräfte vereint. Wenn sich nun der Wind nicht legte, würde es ihn ins Meer hinaustragen – eine Rückkehr wäre unmöglich. Wenn er nicht wie durch ein Wunder wieder an Land getrieben würde; das kommt vor. Er würde natürlich Geduld haben und sich eine möglichst feste Eisscholle aussuchen müssen. So eine fand sich in der Nähe, und Kagot kletterte auf sie hinüber. Nicht weit, auf einer ebensolchen Scholle, mußte der unvernünftige Nuten driften, der ihn gezwungen hatte, nicht minder unbedacht zu handeln.

Die Sonne schien, Vögel flogen, die Eisscholle aber trieb unerbittlich nach Norden, in die Richtung, wo sich nach Amundsens Worten der Gipfel der Erde befand – der Nordpol.

Kagot setzte sich auf die untergelegten Robbenfellhandschuhe und den Malachai und dachte plötzlich, daß er jetzt, wo ihm nichts anderes mehr übrigblieb, als zu warten und auf ein gnädiges Schicksal zu hoffen, soviel freie Zeit wie nie zuvor hätte, um Zahlen zu schreiben.

Was mag das sein – die magische größte Zahl? Vielleicht diese endlose Weite? Oder der Freiraum über dem Kopf, der nur den kräftigsten Vögeln zugänglich ist?

Kagot blickte auf den Himmel, auf den sich erweiternden Horizont, und dachte: Falls es ihm nicht gelänge, ans Ufer zurückzukehren – würde er wohl dort, im anderen Leben, Waal wiederbegegnen und sich bei ihr entschuldigen können, daß er mit einer anderen Zärtlichkeiten ausgetauscht hatte, die allein ihr vorbehalten waren? Und wo würden ihn die Götter unterbringen, die über die für immer von der Erde Gegangenen verfügen? Wahrscheinlich würde er in die Umgebung des Polarsterns auffliegen, ins Sternbild der Trauer, wo die nicht ganz gewöhnlichen Menschen, die auf Erden gelebt haben, ihren Platz finden.

Plötzlich schmunzelte Kagot innerlich: Wie leicht findet sich doch ein Mensch mit den Umständen ab! Noch war die Küste zu sehen, nichts deutete auf ein tragisches Ende hin, aber schon dachte er an den Platz beim Polarstern …

Kagot stand entschlossen auf und umschritt die Eisscholle. Falls sie nicht mit einem großen Eisberg zusammenstieß, könnte sie ihm noch viele Tage als Zuflucht dienen, und er könnte auf ihr ans Ufer zurückkehren. Er hatte nur nichts zu essen. So wollte es der Brauch. Wer auf Jagd ging, nahm keinen Vorrat mit, damit nichts sein Streben minderte, möglichst schnell mit Beute ans Ufer zurückzukommen. Er war zwar nicht auf Jagd gegangen, aber Brauch war Brauch. Warum aber hatte er seine neue Winchesterbüchse nicht mitgenommen? Wie leicht hätte er Vögel schießen können, die doch so nah vorüberflogen, daß es ihm manchmal vorkam, er brauche nur die Hand auszustrecken, und schon könne er sie greifen. Kagot betrachtete seine Kleidung und fand in den Torbassen aus Rensehnen geflochtene Schnüre, mit denen sie zugezogen wurden. Daraus konnte er ein Eplykytet, ein Gerät für den Vogelfang, knüpfen.

Indessen befreite sich die »Maud« allmählich aus ihrer Gefangenschaft im Eis. Das war nicht einfach. Während sie auf Hansen und Sverdrup gewartet hatten, die Renfleisch besorgen wollten, hatten sie Zeit versäumt. Im dichten Nebel zu manövrieren war schwieriger geworden. Plötzlich wurde die Eisscholle zusammen mit dem darin eingefrorenen Schiff zum Ufer getragen. Sie mußten ums Schiff herum einige Minen detonieren lassen, um es zu befreien und ihm zu ermöglichen, mit Hilfe der Maschine in größere Tiefe zu gelangen.

Amundsen befand sich fast die ganze Zeit über an Deck, stieg auch auf den Ausguck am Mast, um von da die Manöver zu leiten. Es wäre widersinnig gewesen, unmittelbar vor der Erlösung aus der fast einjährigen Gefangenschaft im Eis gegen eine große Eisscholle zu prallen, ein Leck zu bekommen und das Schiff so zu beschädigen, daß ihr Vorhaben, zum Nordpol zu driften, unmöglich würde.

Nachdem Amundsen fast zwei Tage und Nächte auf der Brücke zugebracht hatte, ging er am frühen Abend in seine Kajüte.

Sverdrup sagte, er habe Kagot am Ufer nicht gesehen und habe also auch nicht mit ihm über das Schicksal des Mädchens reden können. Es gab allerdings eine halbe

Übereinkunft von früher, daß, falls Nuten in der Siedlung bleiben würde, Mary auf der »Maud« bis Uelen mitfahren und, falls Kagot nichts anderes verfügte, zusammen mit Carpendales Tochter nach Norwegen geschickt werden sollte.

Amundsen trank eine Tasse heißen Kaffee und trug in sein Tagebuch ein: »8. Juli. In dem kleinen Kanal, der zur breiten Rinne verlief, herrschten gestern abend starke Eispressungen. Riesige Packeishügel wuchsen empor und stürzten gleich wieder zusammen. Einige von ihnen türmten sich bis in eine Höhe von sechs Metern. Die Strömung hier war stark. Wir beobachteten die ganze Zeit über die Bewegung im Kanal. Plötzlich stoben gegen 11.30 Uhr abends die Eisschollen mit einer Geschwindigkeit von vielen Meilen auseinander, und bald befanden wir uns in einer eisfreien Rinne. Sie erstreckte sich nach Norden. Wir fuhren darin bis 3.30 Uhr morgens, dann aber bog sie zu sehr nach Westen ab und konnte uns nicht mehr nutzen. Wir legten am Eisrand an. Es war neblig, wir hatten schlechte Sicht. Um 8 Uhr morgens klarte es dann auf, und zu unserer Verwunderung sahen wir eine Wasserstraße mit Richtung Nordost … Wir machten Dampf, und bald darauf setzten wir die Fahrt fort. Inzwischen war die Sonne herausgekommen, und wir erblickten in der Ferne Ajon sowie die vertrauten Berge an der Küste. Bis 4 Uhr nachmittags fuhren wir weiter durch herrliches offenes Meer. Dann wurden wir wieder eingeschlossen.«

An dem Tag kam am Kap Jakan Nuten an Land – erschöpft und kaum noch menschenähnlich. Als er die Jarangas der Siedlung Eppyn erreicht hatte, waren die ersten Worte, die er zu hören bekam: »Wo ist Kagot?«

»Ich habe ihn nicht gesehen«, antwortete Nuten mit ausgetrockneten, aufgesprungenen Lippen.

Nachdem er sich satt gegessen hatte, legte er sich hin

und schlief zwei Tage und Nächte. Als er erwachte, fragten sie ihn wieder nach Kagot, und er sagte wieder, er habe ihn auf dem Eis nicht gesehen.

Sowie es die Eislage und der sich lichtende Nebel erlaubten, ließ Amos das Boot ins Wasser, und zu dritt – er, Perschin und der wieder zu sich gekommene Nuten – fuhren sie hinaus aufs Meer. Manchmal, wenn sie einen dunklen Fleck auf dem einsamen Eis erblickten, hielten sie darauf zu, aber es war nur ein Stück altes Packeis oder ein Walroß. Kagot war nirgends.

So geschah es etliche Tage.

Jedesmal erwartete sie Kaljana, schweigsam und traurig. Ohne nach etwas zu fragen, half sie, das kleine Boot an Land zu ziehen, teilte die Beute, trug Stücke von Fleisch und Fett nach oben, in die Vorratsgrube.

Noch gab es die vage Hoffnung, die »Maud« habe Kagot aufgegriffen. Doch von da kam keine Nachricht.

Nach altem Brauch wurde Kagot nicht vor dem neuen Eis als tot aufgegeben. Daher ging Kaljana, die auch für das in ihr wachsende neue Leben hoffte, immer wieder ans Ufer. So ging es den ganzen Sommer über.

Es kam der Dampfer, auf den der Lehrer Perschin so gehofft hatte, es kamen Leute und begannen eine neue, nur aus Holzhäusern bestehende Siedlung zu bauen, wie man sie auf Tschukotka noch nie gesehen hatte. Man wartete auf einen großen, geschickten fremdländischen Arzt, der Gaimissin die Sehkraft wiedergeben würde.

Kagot aber war noch immer nicht zurück.

In Kaljanas Jaranga lag auf dem alten Platz sein Heft mit den sauber geschriebenen, immer größer werdenden Zahlen. Und immer noch war Kagot nicht wieder da.

Der Sommer vergeht schnell an der eisigen Küste von Tschukotka. Gerade war es noch warm, aber nachts gab es bereits Frost. Nuten nahm den Schlitten vom hohen Gestell und machte ihn für den Winter fertig. Auf einer fernen Landzunge ließen sich Walrosse nieder, und die Jäger bereiteten sich auf das herbstliche Schlachten vor.

Kagot war nicht unter ihnen.

Es kam der Tag, da dichtes Eis die Küste der Siedlung Eppyn überzog und festes Ufereis auch das letzte Eisloch am Ufer verschloß.

Eine kleine Holzschale in der Hand, stieg eine Frau in einem Kerkér aus dunklen, einfarbigen Renfellen ans Ufer hinab, vorbei am hochgestellten und für den Winter befestigten Boot, und warf schweigend in kleine Stücke geschnittenes Renfleisch, Tabak und Zucker aufs Eis. So nahm Kaljana für immer Abschied von dem zweiten Mann, den ihr das erbarmungslose Meer genommen hatte.

Das Leben aber ging weiter. Es setzte sich fort in Perschins neuen Schülern, die aus der umliegenden Tundra gebracht worden waren und nun in einem großen Holzhaus wohnten, in der Hoffnung auf Gaimissins Genesung, in Umkenëus Glück und schließlich in ihr, Kaljana, in der Kagot, ein erstaunlicher und ungewöhnlicher Mensch, neues Leben gezeugt hatte.

# Epilog

Das dicke Heft in dem braunen Umschlag mit der norwegischsprachigen Überschrift »Norwegische Polarexpedition von Roald Amundsen« fiel mir im Sommer 1960 in die Hände und blieb unter anderen Notizbüchern und Heften fast ein Vierteljahrhundert liegen. Als ich zum erstenmal die dichte Reihe ständig größer werdender Zahlen erblickte, begriff ich gar nichts.

Bekanntlich war es Amundsen nicht gelungen, auf der im Eis driftenden »Maud« den Nordpol zu erreichen, obwohl er nach der Überwinterung in der Tschaunbucht noch zwei Jahre lang solche Versuche unternahm.

Den Nordpol erreichte Amundsen auf anderem Weg. Mit dem Luftschiff »Norge« – Norwegen – überflog er am 12. Mai 1926 den Gipfel der Welt.

Danach befaßte er sich mit der Bearbeitung seiner Tagebücher und Beobachtungen, er hielt Vorträge, berichtete von seinen Reisen und erwähnte dabei manchmal auch seinen Koch Kagot. Auf eine lange Fahrt ging er nicht mehr.

In seinem Buch »Mein Leben als Entdecker« schrieb er: »... ich will dem Leser anvertrauen, daß ich meine Entdeckerlaufbahn als abgeschlossen betrachte. Es ist mir beschieden gewesen, alles zu vollenden, was ich mir vorgenommen hatte. Das ist Ehre genug für einen einzigen Menschen. Von nun an werde ich wohl immer noch lebhaftes Interesse für die noch ungelösten Rätsel der Polarregion haben, aber ich kann nicht hoffen, noch ein so wichtiges Betätigungsfeld zu finden wie jenes, das hinter mir liegt. Ich werde mich daher mit wissenschaftlichen Problemen bescheiden und den größten Teil meiner Zeit dem Schreiben, den Vorträgen und dem geselligen Zusammensein mit meinen vielen Freunden in Amerika und Europa widmen.«

Das ruhige Leben des großen Reisenden dauerte allerdings nur zwei Jahre. 1928 wollte der Italiener Umberto Nobile mit dem Luftschiff »Italia« die Route wiederholen, die er zwei Jahre zuvor in Amundsens Begleitung zurückgelegt hatte.

Doch ein Unglück geschah, das Luftschiff »Italia« erlitt wegen Vereisung eine Katastrophe, stürzte aufs Eis. Amundsen mietete das französische Flugzeug »Latham« und flog zusammen mit dem norwegischen Flieger Dietrichson am 18. Juli von Tromsø ab. Niemand wußte von der beabsichtigten Route des Flugzeugs, aber niemand bezweifelte, daß die Teilnahme einer solchen Autorität an der Suche nach den auf dem Eis gebliebenen Teilnehmern der italienischen Expedition sehr nützlich sein würde.

Zwei Stunden nach dem Start riß die Funkverbindung zu dem Flugzeug ab. Es folgten lange Tage der Vermutungen und Hoffnungen.

Die Hoffnung schwand den ganzen Sommer über nicht.

Im Spätherbst zogen Fischer, die an der Nordküste Norwegens Kabeljau fingen, auf der Höhe des Leuchtturms Torsvåg einen Flugzeugschwimmer mit der Aufschrift »Latham« aus dem Wasser. Doch erst am 14. Dezember ehrte das norwegische Volk das Andenken an seinen großen Sohn durch zwei Minuten Schweigen.

Kürzlich war ich bei einer meiner Reisen nach Norwegen noch einmal in meinem geliebten Meeresmuseum in einem Vorort der norwegischen Hauptstadt. Hier ruhen an der freien Luft für immer die großen Schiffe kühner Norweger, darunter auch die »Fram«. Etwas weiter weg stehen in einem Extrapavillon die Balsa-Floßboote von Thor Heyerdahl.

Einmal ging ich zu früher Stunde dahin, das Museum war noch geschlossen. Während ich am Ufer saß, von dem aus ich einen herrlichen Blick auf die norwegische Hauptstadt hatte, erinnerte ich mich an das Heft von Kagot, an seine Niederschrift, erinnerte mich an die zahlreichen, fast legendären Berichte über ihn, an die Begegnung mit seiner Enkelin in Kopenhagen. Wieder zurück in Leningrad, nahm ich mir sein Heft vor.

Die magische Zahl fand ich darin nicht, aber vor mir eröffnete sich ein erstaunliches Leben, von dem ich einfach erzählen mußte.

*1984*

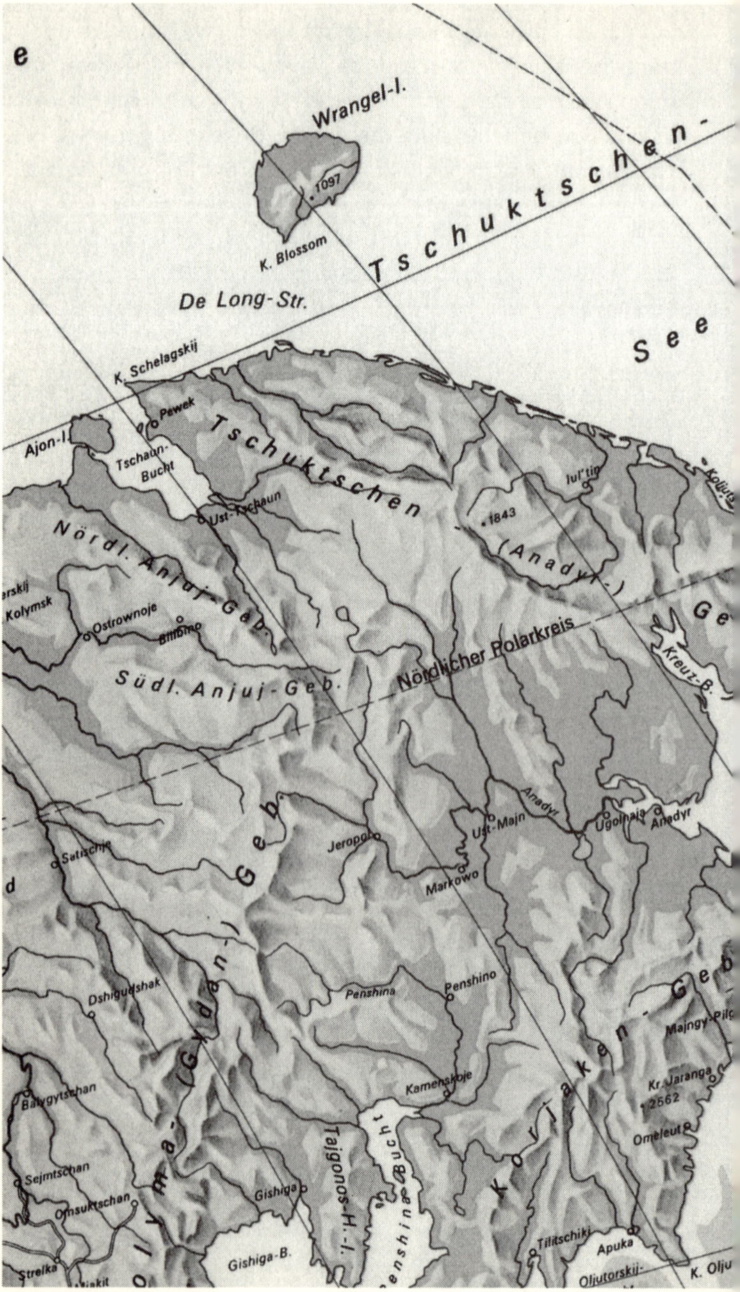

Wrangel-I.
1097
K. Blossom
Tschuktschen-
De Long-Str.
See
K. Schelagskij
Pewek
Ajon-I.
Tschaun-Bucht
Tschuktschen
Ust-Tschaun
Iul'tin
1843
(Anadyr-)
Nördl. Anjuj-Geb.
Kolymsk
Ostrownoje
Bilibino
Südl. Anjuj-Geb.
Nördlicher Polarkreis
Kreuz-B.
Anadyr
Ust-Majn
Ugolnaja
Anadyr
Jeropol
Markowo
Satischje
Geb.
Penshino
Penshina
Dshigudshak
(Gydan-)
Kamenskoje
Korjaken-Geb.
Kr. Jaranga
2562
Omeleut
Balygytschan
Sejmtschan
Omsuktschan
Gishiga
Taigonos-H.-I.
Penshina-Bucht
Gishiga-B.
Tilitschiki
Apuka
Oljutorskij-
Strelka

Brooks-Kette
Anaktuvuk Pass
Endicott-Bge.
2682
Caro
Corwin
Point Hope
Allakaket
Stevens Village
Alaska
U.S.
Noorvik
Kotzebue
Kotzebue-Sund
Bering
Shishmaref
Seward-H.-I.
Taylor
K. Deschnew
Uelen
850
Tschukotka-H.-I.
Diomede-In.
K. Prinz-v.-Wales
Wales
Teller
Golovin
Nome
Str.
Tanana
Kokrines
Galena
Nulato
Unalakleet
Norton-Sund
Yukon
St. Michael
Kotlik
Anvik
Holy Cros
Alakanuk
Mountain Village
Russian Mission
Kuskokwim
Prowidenija
K. Tschuktschen
Gambell
St.-Lawrence-I.
Golf
Beringowskij
K. Nawarin
Bethel
Mekoryuk
Nunivak-I.
Quinhag
Kuskokwim-Bai
St.-Matthew-I.
(U.S.A.)
Meer

Alexander Puschkins Gedicht »Trüb des Mondes ...« zitiert in der Nachdichtung von Friedrich Fiedler/Georg Edward, A. Puschkin Gedichte, Aufbau-Verlag, Berlin u. Weimar, 3. veränderte Auflage 1985.

Alle übrigen Gedichtzitate – über die Kagot in den Mund gelegten hinaus – in Nachdichtungen der Übersetzer: Alexander Blocks »Spät im Herbst ...« und »Am Himmelsrand ...«; Leonid Radins »Vorwärts, Genossen ...«; Volkslied »Durch Steppengestrüpp ...«.

Roald Amundsens Buch »Mein Leben als Entdecker« in der Übersetzung von Georg Schwarz, E. P. Tal & Co. Verlag, Leipzig/Wien 1929.

Die Zitate aus Amundsens Tagebüchern hat anhand der norwegischen Originale Rudolf Kähler überprüft. Quelle: Roald Amundsen, Nordostpassagen, Kristiania, Gyldendalske Boghandel, Kjøbenhavn/Berlin/ Wien 1921.

## *Personen und Worterklärungen*

*Amundsen, Roald Engelbregt Gravning:* 1872–1928; erzwang 1903/06 die Nordwestliche Durchfahrt, erreichte 1911 als erster den Südpol, durchfuhr 1918/20 die Nordöstliche Durchfahrt; Bücher: »Die Nordwestpassage«, 1907, »Die Eroberung des Südpols«, 1912, »Mein Leben als Entdecker«, 1929.

*Block, Alexander Alexandrowitsch:* 1880–1921; russisch-sowjetischer Lyriker und Dramatiker.

*Bogoras, Wladimir Germanowitsch:* 1865–1936; russisch-sowjetischer Ethnograph, Schriftsteller, Folklorist, Sprachwissenschaftler.

*Choroscho:* russisch für »gut«.

*Cook, Frederic Albert:* 1865–1940; amerikanischer Arzt und Polarreisender.

*Deshnjow, Semjon Iwanowitsch:* um 1605–1673; russischer Kosak und Seefahrer, umsegelte 1648 gemeinsam mit Fedot Alexejew Popow die Tschuktschen-Halbinsel.

*Ermetschin:* tschuktschisch für Führer.

*Fellboot:* tschuktschische Bezeichnung für Boote, bei denen ein Holzgerüst mit in dünne Schichten zerteilter und in gegerbtem Zustand fast durchsichtiger, gelber Walroßhaut bespannt ist.

*Heyerdahl, Thor:* geboren 1914; norwegischer Naturforscher.

*Jakuten:* turksprachiges Volk in Sibirien.

*Jaranga:* Wohnstatt der Tschuktschen und der Eskimos; besteht aus einem kreisförmigen Holzgerüst, das mit Brettern oder Grasnarbe abgedichtet wird, kuppelförmig überdacht durch eine Konstruktion aus Holzrippen mit darübergebreiteten Walroßhäuten; für den festen Sitz der Häute sorgen darübergezogene Riemen oder Seile, die – seitlich herabhängend – durch darangebundene Steine in Spannung gehalten werden; eine Öffnung in der Mitte der Überdachung läßt Licht ein und dient als Rauchabzug; bei mobilen Jarangas der Rentierhirten ruht die Überdachung – hier aus Rentierfellen – auf einem zeltförmigen Gerüst aus langen Stangen; das Innere einer Jaranga gliedert sich in den Tschottagin und den Polog.

*Jochelson, Wladimir Iljitsch:* 1855–1937; russischer Ethnograph, Erforscher der Nordvölker; publizierte, ab 1922 in den USA lebend, unter dem Namen Jochelson Waldemar.

*Jukagiren:* Volk nordwestlich der Kolyma-Mündung und am Mittellauf der Kolyma; gehört zu den Völkern in Sibirien, ist wie die Tschuktschen, Korjaken, Itelmenen, Niwchen in keine der auf dem Territorium Sibiriens vorkommenden großen Sprachfamilien einzuordnen.

*Kamlejka:* Umhang, den man über die Kuchljanka zieht, um deren Fell vor Schnee und Feuchtigkeit zu schützen; wird vorwiegend aus Stoff genäht, mit Kapuze und Bauchtasche; Jäger tragen gewöhnlich eine weiße Kamlejka, um im Schnee getarnt zu sein.

*Koltschak, Alexander Wassiljewitsch:* 1873–1920; russischer Admiral.

*Kopalchen:* in »Kymgyts«, Rollen aus Walroßstücken samt Haut und Fettschicht, in der ewig gefrorenen Erde eingelagertes und während solcher Lagerung von den eigenen Säften durchtränktes Fleisch – Nahrung für Menschen und Hunde.

*Kristiania:* alter Name für Oslo.

*Kuchljanka:* knielanges Kleidungsstück aus Fell, mit Kapuze. Kuchljankas wie auch andere Kleidungsstücke für Frauen unterscheiden sich von denen für Männer durch verschiedene Verzierungen, und statt der gesonderten Fellhose der Männer tragen Frauen zur Kuchljanka eine Kombination mit großem Brustausschnitt, um beim Arbeiten den ganzen Arm frei machen zu können.

*Kyke wai!:* Ausruf des Erstaunens.

*Lamuten:* frühere Bezeichnung der Ewenen (nicht zu verwechseln mit den Ewenken), Völkerschaft in Nordostsibirien.

*Nansen, Fridtjof:* 1861–1930; norwegischer Polarforscher.

*Nenzen:* Volk im Norden der ehemaligen UdSSR, zwischen Mesen und Jenissei.

*Nobile, Umberto:* 1885–1978; italienischer General, Erbauer der Luftschiffe »Norge« und »Italia«, Teilnehmer und Leiter von Polarexpeditionen.

*Nordenskiöld, Adolf Erik (Freiherr von):* 1832–1901; schwedischer Polarforscher.

*Nordostpassage:* Durchfahrt aus dem Atlantischen Ozean zum Pazifik durch das Nördliche Eismeer entlang der Eurasischen Küste – Nordöstliche Durchfahrt.

*Nordwestpassage:* Durchfahrt aus dem Atlantischen Ozean zum Pazifik, zur Beringstraße um die Küsten von Nordamerika – Nordwestliche Durchfahrt.

*Peary, Robert Edwin:* 1856–1920; amerikanischer Polarforscher.

*Pepeljajew, Anatoli Nikolajewitsch:* 1891–1938; russischer General.

*Pitschwutschin:* mythologische Gestalt der Tschuktschen.

*Polog:* so heißt sowohl der durch Tranlampen erleuchtete und beheizte Raum im Inneren der *Jaranga* als auch der an vier miteinander verbundenen Pfosten aufgehängte und den Raum umschließende Fellvorhang nebst Fellüberdachung, durch den er gebildet wird; an der zur Jaranga-Tür weisenden Vorderseite läßt sich der Polog öffnen, und quer zu diesem »Eingang« liegt ein Holzbalken, der beim Schlafen als Kopfstütze dient, vom *Tschottagin* aus aber auch als Sitzgelegenheit.

Der Polog ist mit einer dicken Moosschicht und Fellen ausgelegt; er dient als Familienschlafraum, aber auch zum Trocknen der Kleidung.

*Pomoren:* Bezeichnung der Nachfahren alter russischer Siedler im 12. bis 18. Jahrhundert an den südwestlichen und südöstlichen Küsten des Weißen Meeres.

*Puschkin, Alexander Sergejewitsch:* 1799–1837; Klassiker der russischen Literatur.

*Roosevelt, Theodor:* 1858–1919; von 1901 bis 1909 Präsident der Vereinigten Staaten von Amerika.

*Scott, Robert Falcon:* 1868–1912; englischer Polarforscher.

*Sedow, Georgi Jakowlewitsch:* 1877–1914; russischer Polarforscher.

*Shirase, Choku:* Leiter einer japanischen Antarktisexpedition auf dem Schiff »Kainan Maru«.

*Smithsonian Institution:* in Washington; genannt nach dem englischen Mineralogen Smithson; beherbergt u. a. das Nationalmuseum für Naturgeschichte.

*Torbassen:* Stiefel aus Robbenfell; um die Füße darin warm und trocken zu halten, werden zusätzliche Kleidungsstücke und Tundragras verwendet.

*Tschottagin:* der den *Polog* umgebende unbeheizte Innenraum der *Jaranga,* auch »kalter Raum« genannt; dient als Aufenthaltsraum, insbesondere bei der Verrichtung häuslicher Arbeiten; auf offenem Feuer wird hier gekocht. In der kalten Jahreszeit werden auch die Schlittenhunde im Tschottagin gehalten.

*Tschuwanzen:* Bewohner von Anadyr, Nachkommen der ersten russischen Entdeckungsreisenden und der seit Urzeiten hier seßhaften *Jukagiren.*

*Wilkizki, Boris Andrejewitsch:* 1885–1961; russischer Hydrograph, Geodät.

## Juri Rytchëu im Unionsverlag

*Die Reise der Anna Odinzowa*
Anna heiratet den jungen Tschuktschen Tanat, damit sie als Ethnographin aus nächster Nähe das Leben der Nomaden erforschen kann, und wird zur Nachfolgerin des alten Schamanen.

*Im Spiegel des Vergessens*
Nach einer langen Reise quer durch den Kontinent klopft der junge Tschuktsche Gemo am Portal der Leningrader Universität an. Tastend geht er seinen Weg, als Fremdling in der europäischen Kultur.

*Unter dem Sternbild der Trauer*
1934 schlägt eine sowjetische Forschergruppe auf der von Eskimos bewohnten Wrangel-Insel ihr Lager auf. Die Insel wird zum Schauplatz unheilvoller Machtkämpfe und Intrigen.

*Der letzte Schamane*
Familiengeschichte, Epos des eigenen Volkes und Schöpfungsmythos verschmelzen in diesem Roman. »Mit Rytchëu verfügt die Arktisliteratur über einen raren Kronzeugen, dessen Perspektive eine völlig andere ist.« *Rheinischer Merkur*

*Teryky*
In eindringlicher und bildreicher Sprache wird die tragische Liebesgeschichte zwischen Goigoi und Tin-Tin erzählt, deren Seelen sich im Polarstern wiederfinden.

*Traum im Polarnebel*
Durch einen Unfall muß der Kanadier John MacLennan in einer Siedlung der Tschuktschen an der eisigen Nordküste Sibiriens überwintern. Aus einem Winter wird ein ganzes Leben.

*Unna*
Im Internat findet Unna Gefallen an der Zivilisation. Beinah kann sie auf der Karriereleiter ganz nach oben gelangen. Zu spät begreift sie, welche Opfer man von ihr dafür verlangt.

*Wenn die Wale fortziehen*
Eine poetische Schöpfungslegende der Tschuktschen von der ursprünglichen Gemeinschaft von Mensch und Wal und von der Einheit von Mensch und Natur.

**Der hohe Norden im Unionsverlag**

**Anne Cameron** *Töchter der Kupferfrau*
Ein Zyklus von Geschichten zur Entstehung der Menschen nach der Überlieferungen der Nootka-Indianerinnen auf Vancouver Island.

**Joan Clark** *Der Triumph der Geraldine Gull*
Am Rande der Hudson Bay, zwischen der Baumgrenze und den Eisbergen, liegt und vergessen das Indianerdorf Niska. Ein Fluch scheint über ihm zu liegen, bis die rätselhafte, unbezähmbare Geraldine Gull mit ihrer Vision den Bann bricht.

**Farley Mowat** *Der Schneewanderer*
Farley Mowat, der berühmte Chronist der arktischen Welt, erzählt vom Überleben der Inuit. »Wer von diesem Buch nicht gerührt wird, den kann überhaupt nichts mehr rühren.« *Tagesanzeiger*

**Stan Jones** *Weißer Himmel, schwarzes Eis*
Alaska State Trooper Nathan Active, selbst Inupiaq, glaubt nicht an das Gerede über einen alten Schamanenfluch gegen den Clinton-Clan. Aber bald steckt er bis zum Hals in einem Umweltskandal, der ihn Kopf, Kragen und Karriere kosten kann.

**Stan Jones** *Gefrorene Sonne*
Nathan Active auf der Suche nach einer spurlos verschwundenen jungen Frau. Eine Odyssee durch ganz Alaska – von der Siedlung Chukchi am Polarkreis über die Schlupfwinkel der Obdachlosen in Anchorage bis zu den windgepeitschten Aleuten-Inseln.

**Allen Roy Evans** *Attu. Die Aleuten-Saga*
Die Aleuteninseln sind der letzte Pfeiler einer versunkener Brücke, die einst Asien mit Amerika verband. Die Begegnung ihrer Bewohner mit dem Industriezeitalter wird zur Tragödie. »Grandioses Leseerlebnis!« *Niels Jensen, Buchkultur, Wien*

**Jørn Riel** *Das Haus meiner Väter*
Die Geschichte des Inuit-Jungen Agorajaq, seiner zwei weißen Väter, seiner drei Onkel und ihrem Haus am Fuß des Berges, der Miss Molly genannt wird.